푸른 화가의 진실

푸른 화가의 진실

방주 장편소설

그들의 파괴적인 사랑과 예술

그 눈은
축복인가 저주인가

큰집

차례

1. 권 기자 이야기 ─1 7
2. 잘못된 만남 15
3. 권 기자 이야기 ─2 37
4. 등가교환 40
5. 우성호 60
6. 수호신 71
7. 권 기자 이야기 ─3 85
8. 재회 88
9. 얼음처럼 차가운 울트라마린 블루 96
10. 화련 118
11. 균열 139
12. 내 모든 걸 너에게 주고 싶어 175
13. 권 기자 이야기 ─4 186
14. 그가 마지막으로 만난 사람 189
15. 권 기자 이야기 ─5 194
16. 금성과 은성 196
17. 그들이 말하는 금성 211
18. 반짝이지 않는 별 248
19. 다시 태어나 널 본다 해도 268
20. 권 기자 이야기 ─마지막 285

1. 권 기자 이야기 —1

어느 날, 그에게 전화 한 통이 걸려 왔다.

"저는 현준호에 관한 일들을, 당사자를 제외하면 가장 정확하게 알고 있는 사람입니다. 그의 이야기를 권 기자님께 하고 싶습니다."

"현준호? 그게 누구죠?"

휴대폰이 한동안 차갑게 식었다. 일종의 쓰라림이 감도는 침묵이었다.

"권 기자님"이라고 불렸을 때도, 그는 어리둥절해 있었다. 권 기자는 이제 더 이상 기자가 아니었기 때문이다. 몇 년 전에 그는 '푸른 은하'라는 별명으로 유명한 스타 여류 화가, 강은하의 소개로 최대 출판사 중 한 곳으로 들어갔다. 거기서 그는 비소설 작가로 일하면서 와인이나 커피에 대한 실용서를 주로 쓰며, 전보다 즐겁고 여유롭게 살고 있었다.

잠시 후에야, 그는 현준호의 이름을 기억해냈다. 강은하는 유명 화가들과의 스캔들로도 유명했는데, 그중 하나였다.

푸른 화가의 진실

아니, 입은 비뚤어졌어도 말은 바로 해야 할 것이다. 강은하와의 커플 마케팅으로도 잘 알려진 화가 금성은 강은하보다 천재인 유명 화가가 맞지만, 현준호는 전혀 아니었다. 현준호는 '유명 화가'가 아니라 '유명 화가의 아들'로, 우리나라 최고의 설치미술 작가 '현목성'의 아들이었다. 현목성이라는 작가는 한국에서 천재로 불리는, 우리나라 설치미술의 거목이다. 백남준처럼 세계적인 명성이 있지는 않지만, 어쨌든 현목성은 우리나라 최고의 설치미술 원로 작가이다.

현목성은 마치 예명 같은 이름이지만, 그의 본명이다. 비교적 평범한 이름을 가진 현준호도 그럴싸한 예명을 잠깐 갖고 있었던 듯도 한데, 그의 예명 따윈 알 필요 없다. 예술가로서의 그는 '현목성의 아들'이란 것 말고는 주목할 만한 점이 없었고, 그나마도 그만두고 딜러의 길을 걸었으니 말이다.

권 기자는 심지어 강은하를 만나기도 전에 현준호를 자신의 기사에 응용한 적이 있었고 그 기사로 유명세까지 얻었음에도, 그때나 지금이나 그에 대한 권 기자의 인식은 '현목성의 아들'이었다. 현목성의 아들이란 것만 기억하면 되지, 이름까지 기억할 필요는 없는 인물이었다.

현준호가 누구인지 기억해내고도, 권 기자는 시큰둥한 생각이 들었다. 천재 화가 금성과 스타 여류 화가 은하, 그리고 '목성의 아들'과 얄궂은 삼각관계, 이 스캔들을 제외한 현준호는 기자 입장에서 그다지 알 만한 가치가 없었다.

"아……현목성 아들의 어떤 이야기를 하고 싶으신 거죠?"

권 기자가 심드렁한 말투로 물었다. 다시 무거운 침묵이 감돌았.

잠시 후, 상대방은 내키지 않는 듯한 태도로 권 기자가 가장 원하는 대답을 해주었다.

"현준호와 금성, 그리고 강은하와 얽힌 진실입니다."

1. 권 기자 이야기 —1

그제야 권 기자의 얼굴에 흥미가 떠올랐다. 이런 류의 소식이라면 권 기자는 물론 OK였다. 어쨌든 기자 출신인 그에게, 이 이야기는 절대 마다할 이유가 없었다. 권 기자가 그에게 누구냐고 묻자, 그는 아마 자신을 보면 누군지 바로 알게 될 거라고 의미심장한 말을 남겼다. 권 기자는 그를 자신의 작업실로 초대했다.

정확히 약속 시간에 벨이 울렸다.
문을 열자, 선글라스를 끼고 회색빛 양복을 입은 젊은이가 들어왔다. 권 기자는 그와 악수를 하고 소파에 앉길 권했다. 그리고 준비해둔 커피를 내주었다.
맞은편에 있는 그를 보면서, 권 기자는 그의 외모가 어딘지 낯이 익다는 생각이 들었다. 그것은 권 기자에게 약간의 공포감을 불러일으켰다. 권 기자가 자리에 앉자 그는 의미심장한 미소—하지만 어딘지 쓰라린 미소—를 지으며 선글라스를 벗었다.
권 기자는 몸이 얼어붙었다. 한동안 말이 나오지 않았다.
한국이 낳은 비운의 천재 화가 금성, 분명 그였다.
이건 말이 되지 않는다.
하지만 잠시 후, 권 기자는 마음을 안정시켰다.
강은하로부터 금성에게 쌍둥이 남동생이 있다는 말을 언뜻 들은 적이 있기 때문이다.
"금성의 동생분이신가요?"
그는 씩 웃었다. 웃는 표정을 보자, 금성 작가가 아님을 훨씬 실감나게 알 수 있었다.
금성은 눈웃음이 없고 순수해 보이는, 어찌 보면 멍청해 보이기까지 하는 미소를 갖고 있었다. 그것은 여성팬들로부터 '백치미스러운 게 귀엽다'

며 인기를 모으는 요인이기도 했다.

하지만 눈웃음기가 있는 그의 미소는 호감형이지만 좋거나 기뻐서가 아니라 가식적인 미소가 습관적으로 붙어 있는 듯했고, 그의 표정에선 잘 갈무리된 영리함이 느껴졌다.

그는 금성 작가와 마찬가지로 귀염성 있는 동안의 얼굴이긴 했으나, 조금 더 갸름하고 날카로워 보이는 인상이었다. 눈꼬리가 긴 눈매에 물기 있는 눈동자가 어딘지 다람쥐나 길에 버려진 강아지를 연상케 하는 건 금성과 똑같았으나 눈빛은 좀 달랐다. 금성은 약간 옅은 색 눈동자가 큰 편이고 자주 멍 때리는 눈빛인 데 비해, 그는 새까맣고 또렷한 눈동자가 눈에 비해 작아서 금성보단 좀 영악해 보였다. 짙고 뚜렷한 입술선도 금성과는 달랐고 턱선도 좀 빈약해서, 특히 코 아랫부분부터는 차이가 확연했다. 체격도 서로 달랐다. 금성처럼 균형 잡힌 팔다리를 갖고 있긴 했지만 키가 약간 더 작고 말랐다.

결정적으로, 그에겐 금성이 지닌 특유의 신비한 아우라가 없었다. 금성은 예술가스럽게 요란한 차림은 하지 않았음에도, 한눈에 예술가로 보이는 특별한 아우라가 있었다. 나 예술가니 봐달라고 외치는 듯한 옷차림을 하는 사람—예를 들면 현준호 같은 사람—보다 훨씬 예술가로 보였다.

아마도 이 남자는 예술가는 아닐 것이다. 옷차림이나 분위기도 딱딱한 게, 투명하고 산뜻한 느낌을 주었던 금성보다 사회인 같은 느낌을 주는 야무진 면이 있었다.

물론 이것은 아주 자세히 관찰할 경우의 이야기이고, 둘은 충분히 쌍둥이로 보일 만큼 닮아 있었다.

그는 자리에서 일어나 악수를 청한 후, 명함을 건넸다. '브라이언 리'라는 이름의 변호사 명함이었다. 금성이었다면 절대 안 어울렸을 명함이지만, 이 남자에겐 어울렸다.

1. 권 기자 이야기 —1

"화가 금성의 동생입니다. 김은성이라고 불러주세요."

"쌍둥이 동생이 있었다는 말이 사실이었군요. 우와, 특히 턱과 입을 가리고 보면 아주 똑같아요."

권 기자의 말에, 김은성의 얼굴에는 분노 섞인 우울함이 번뜩였다. 아마도 그 말과 관련하여 유쾌하지 않은 일이 있었던 모양이었다. 궁금하긴 했으나 굳이 이유를 묻지는 않았다.

"그런데 저를 찾아오신 이유가 뭐지요?"

"권 기자님이 강은하와 가까운 기자 출신 작가라는 이야기를 들었기 때문입니다."

"흠, 그럼 저에게 하실 이야기가 강은하에게 플러스가 되는 이야깁니까, 마이너스가 되는 이야깁니까?"

"둘 다 아닙니다."

"그럼, 이야기를 하러 온 이유는 뭡니까?"

"그저, 제가 사랑한 사람들의 진실이 잊히는 게 싫기 때문입니다."

"당신이 사랑한 사람이 강은하입니까?"

권 기자는 내심 '형제간의 삼각관계'를 상상하며 물었다. 은성의 얼굴에 혐오에 가까운 표정이 스쳐가는 것을 보고, 권 기자는 자신이 아주 잘못 짚었다는 것을 알았다.

"아니요, 강은하를 제외한 두 사람입니다."

은성의 얼굴에 괴로운 표정이 스쳐 지나갔다. 그는 힘겹게 말했다.

"나는 그 여자가 역겨워요."

권 기자는 잠시 입을 다물었다. 은성의 표현이 도저히 이해가 되질 않았다.

"강은하를 그렇게 표현하는 사람은 처음 보는군요."

"아마 그런 사람이 이따금씩은 있었을 겁니다, 분명. 강은하가 역겹게 느껴질 정도로 질리거나, 그 여자의 존재감이 혐오스러웠던 사람이 없진 않았을 거예요. 향기가 너무 짙은 향수 같아요. 악취가 나는 건 아니에요. 향기에 가깝죠. 멀리서도 사람들을 끌어당길 만한 향기를 가졌지만, 가까이 가면 부담스러워요. 때론 그 향이 너무 역겹고 머리 아파서 질식당할 것 같은 사람도 있죠."

권 기자는 그 말에 완전히 공감할 순 없었지만 어렴풋이 이해할 수 있었다.

강은하는 매력적이지만 사랑스럽진 않다. 어딘지 두려운 구석이 있다.

그녀는 상당히 재밌는 유형의 아티스트다. 그야말로 '스타'란 말이 어울리는 미술가이다.

그녀는 언론과 방송을 매우 잘 이용한다. 스타성도 있다. 하지만 기발하고 다재다능한 그녀는 외모와 아티스트라는 직업을 이용해 뜨기만 하려는 이슈인물은 아니다. 그녀는 확실하게 자신의 작품으로 승부를 보는 예술가이며, 작업을 할 때도 매우 성실하다. 때문에 그녀는 방송에 자주 모습을 보이고 방송을 잘 이용하지만, 미술가로서도 인정을 받고 있다.

그녀는 블루블랙으로 염색한 머리에 푸른 아이라인과 마스카라, 주로 푸른색 계통의 알이 굵은 목걸이를 주렁주렁 달고, 청바지 브랜드에서 협찬받아 갖가지 보이시한 청패션을 선보이는 것이 트레이드마크였다. 그래서 그녀는 때때로 '푸른 은하' '쪽빛 화가' 등으로 불리기도 했다.

강은하는 언론계와 친하게 지내고 언론플레이에 능한 스타였는데, 그중에서도 권 기자와 특히 친분이 있었다. 권 기자가 강은하의 최측근이 됐을 때 권 기자는 문화 예술 계통이 아닌 스포츠 연예부 기자였고 그것은 권 기자가 기자 생활을 접을 때까지 마찬가지였다.

그녀는 스포츠 연예부 기자들에게도 인기 스타였다. 그런데 그녀는 당시 보잘것없었던 권 기자를 자신의 기자로 선택했다. 어쩌면 여간해선 자신을 배반하지 않으면서 공생할 수 있는 기자를 찾은 것인지도 모르겠다. 권 기자는 글은 잘 썼지만 남 사생활 캐내려는 기자 기질보단 글을 감각적으로 잘 쓰는 작가 기질이 더 뛰어난 기자였으며 비교적 신중한 성격이었다.

권 기자는 은하에게 많은 혜택을 받았지만, 기자 시절부터 시작해서 지금까지, 강은하에게 잡힌 약점도 많았다. 친해지면서 그녀가 교묘하게 권 기자로부터 빼낸 정보긴 하지만, 그가 연예인 몇 명을 띄워주며 무슨 무슨 회장 애인이 된 여자를 건드린 사건 등을 강은하가 알고 있기도 했다. 또한 그 사람 중엔, 강은하의 작품을 좋아하며 후원하는 사람도 있었다. 그것은 강은하가 마음먹으면 권 기자의 안전을 위협할 수 있다는 것을 뜻했다.

강은하는 자신의 이익을 위해서 입을 열지는 않겠지만, 권 기자가 강은하에게 해를 입히게 되는 순간부터는 입을 여는 것을 망설이지 않을 것이다. 자신을 지키기 위해서라면 가차 없이 권 기자를 나락으로 빠뜨릴 것이다. 그러지 않는 한은 오히려 그를 보호해주겠지만.

권 기자는 강은하가 굳이 그걸로 협박하진 않더라도 그것을 의식해 강은하에게 유리한 쪽으로 활동하는 언론인이 되어야 했을 것이다. 강은하는 은연중에, 티는 안 나게, 그것을 그에게 종종 주입시켜주곤 했다. 그의 생각에도, 그녀는 확실히 사랑스럽지는 않았다.

"저와 생각이 일치한 사람이 한 명 있었습니다. 그게 현준호였죠."

"대체 왜 저를 찾아왔죠? 강은하에 대해 악의적인 이야기를 쓰길 바란다면 제가 아니라 강은하를 싫어하는 기자를 찾아가는 게 빠를 텐데요."

"아까도 말했듯이, 강은하를 좋게 쓰는 것도 나쁘게 쓰는 것도 바라지 않습니다. 강은하에 대해 무조건적으로 나쁘게 쓰는 건 원치 않아요. 그래서 당신을 찾아왔고요."

"이유가……뭐죠?"

"형이 원치 않을 테니까. 그리고 저도 왠지……원치 않아요. 그 여자는 경멸하지만.”

 은성의 얼굴에 희미하게, 투명하고 공허한 미소가 잠깐 스쳤다. 순간적으로 그의 얼굴이 금성으로 보이는 표정이었다.

 “이야기를 하고 나서, 어쩌실 생각이죠.”

 “모르겠어요, 아직. 다 하고 나서 생각하죠. 그냥 흐름에 맡기세요.”

 '흐름이라…….'

 은성은 갑자기 강은하가 생각나는 화법을 썼다. 그가 확실히 강은하와 어떤 관계가 있었을 것이라는 생각이 들었다. 오랜만에 어마어마한 호기심이 밀려왔다.

 그리고 권 기자는 그에게 긴 이야기를 듣게 되었다.

 사람들에게 왜곡된 그들의 사건들, 그 진실들을.

2. 잘못된 만남

 강은하와 금성 작가는 큰 공통점이 있었다. 그것은 둘 다 일찍 부모를 여읜 작가라는 것이다. 강은하는 중학교 시절 홀아버지를 여의고 친척집에서 눈칫밥을 먹으며 살았고, 금성은 고아원 출신이었다.
 강은하가 어찌하여 그렇게 처세술이 좋았는지 설명되는 부분이다. 그녀는 자신의 '없는' 배경을 마케팅 재료로 엄청나게 써왔다. '어려운 환경에서 성공한 예술가' 그것은 그녀가 후에 겪을 모든 사건에서 세상이 그녀 편이 되어준 타이틀이기도 했다.
 반면 현목성의 아들은 그 '현목성의 아들'이란 탄탄한 배경 때문에 세상 그 누구로부터도 동정받지 못했다. '유명인 부모의 그늘'이라는 요소도 전혀 동정의 요소가 되지 못했는데, 그것은 바로 '우성호'라는 작가 때문이었다.
 가끔 사람들은 현목성의 그늘 때문에 클 수 없었던 비운의 예술가라고 현준호를 포장한다. 하지만 그것은 누가 봐도 핑계였다. 이것 역시 현준호가 운이 없는 것일지도 모르겠지만, 현목성의 절친이자 당대 최고의 한국화가였던 우보배에게도 현준호와 돌림자까지 똑같은 우성호라는 아들이 있었기 때문이다. 현준호보다 훨씬 나이 많은 우성호는 현준호가 미대에 들어가기도 전부터 이미 스타 작가였다.

우성호는 현재까지도 미디어아트의 일인자다. 요컨대, 우성호라는 존재는 '현준호가 아버지의 그늘 때문에 성공할 수 없었다'는 말을 비굴한 핑계로 만들어주고 있는 것이다. 더군다나 예술가로서의 업적이나 미술계로서의 위치로나 대중에게의 지명도로나, 우보배가 현목성보다 위에 있으면 위에 있었지 결코 밑에 있진 않았다.

우보배 화백의 이름은 예명이었고 비교적 평범한 본명을 가지고 있었지만, 그는 현준호와는 반대로 본명이 기억나지 않는다. 우보배 화백과 현목성 화백은 절친했던 관계로 아들들에게도 돌림자를 썼지만, 마치 한 아들이 나머지 아들의 기를 모두 빼앗은 듯이 두 아들은 다른 길을 걸었다. 우성호는 강은하와도, 현준호와도, 그리고 곧 이야기할 금성과도 친분이 있는 사람이지만, 이 이야기에선 제3자이다.

그것은 어쨌든 훗날의 일이고, 강은하의 환경이 좋지 않았던 것은 사실이다. 하지만 권 기자도 은성에게 들어서야 알게 된 것인데, 이제껏 언론에 알려진 그녀의 어릴 적 환경은 과장된 부분이 없지 않았다.

그녀는 아버지의 사망 당시 약간의 유산이 있었는데, 자신을 키워주던 작은아버지 댁이 그녀의 유산을 가로채려는 것을 지켜냈다. 뜨고 난 후 은하는 그 사건을 이용해 동정표를 얻었고, 친척집에서 밥도 제대로 못 먹을 정도로 극도의 구박 속에서 힘겹게 살아남은 콩쥐로 알려져 있다. 그녀의 친척들은 사회의 눈총 때문에 은하의 친척이라는 것을 쉬쉬하며 살다가, 나중에 해외로 이민을 갔다고 들었다.

2. 잘못된 만남

실제로 친척들이 은하를 특별히 예뻐한 건 아니었지만, 언론에 나온 것처럼 엄청나게 구박한 것 역시 아니었고 기본적인 대접은 해주었다. 사촌들과의 사이도 괜찮았기 때문에, 은하가 나중에 그 집안사람들 모두를 몹쓸 사람들로 만들어버렸을 때 사촌들이 충격을 받았다고 한다. 친척집에서 재산을 가로채려 했던 것은 사실이었지만, 그것은 작은어머니의 단독 행동으로 어쨌든 실패했다.

하지만 '돈 있는 집인 우리가 불쌍한 처지에 있는 고아 조카의 얼마 안 되는 재산을 가로채려 한 건 맞지만, 구박한 적은 없다'라고 할 순 없지 않은가? 차라리 '음주도 했고 운전도 했지만 음주 운전은 하지 않았다'라고 하는 게 훨씬 믿을 만할 것이다. 은하는 결코 야비한 성격은 아니었지만, 냉정한 면이 있었다. 특히 자신에게 해코지하려는 사람들에겐 절대로 너그럽지 않았다.

스무 살 전후로 은하는 그 사건을 겪고, 재산 문제를 정리한 뒤 친척들과 인연을 끊고 완전히 독립했다. 언론에 알려져 있지 않지만, 그때 매우 유능한 변호사가 은하의 재산 문제며 친척이 재산을 가로채려 한 정황 등을 정리해주었다. 그 변호사는 당시 은하의 남자 친구가 소개해준 사람이었다.

은하는 독립한 뒤, 평일에는 미술학원을 다니며 미대 입시 준비를 하고, 주말에는 클럽에서 파티매니저로 일했다. 주말엔 늘 클럽에 있어서, 겉보기엔 죽순이 내지는 클럽댄서처럼 보였다. 물론 그녀는 춤을 추고 돈을 받는 게 아니라 클럽 그래피티를 그리거나 파티 콘셉트를 짜고 포스터를 디자인하거나 인테리어를 손보는 등의 일로 돈을 벌었지만 말이다. 그러면서 그녀는 영리하게 미술 대회 몇 개를 휩쓴 뒤 낮은 수능 성적에도 비교적 괜찮은 미대를 갈 수 있었다.

대학 입학 후에도 은하는 파티매니저로 일했다. 그녀는 특별히 남자를 밝히는 것도 아니고 담배도 안 하고 술도 그다지 즐기진 않았지만, 음악을 좋

푸른 화가의 진실

아하고 클럽 안의 비현실적인 분위기를 좋아했다.

알려진 것처럼, 은하의 미대 생활은 끔찍했다. 은하는 권위주의적인 교수와 끔찍하게 맞지 않았다.

그녀의 교수는 강자에게 대단히 약하고 약자에게 대단히 강한, 전형적인 속물이었다. 대통령의 조카란 소문이 있는 학생에겐 학교에 나오지도 않았는데도 점수를 주고 대리 시험을 주도한 다음, 입막음을 위해 조교들을 윽박지르기까지 했지만, 힘없는 학생에겐 냉혹했다. 학생의 배경이나 혹은 학생이 자신에게 봉사해주는 정도에 관심 있지, 학생의 재능엔 관심이 없었다. 은하처럼 배경이 없는 학생은 자신의 조수가 되어 몸이 부서져라 봉사해줘야만 학생으로서의 가치가 있다고 생각했을 것이다.

한데 은하는 존경할 일말의 가치도 없는 사람을 위해 봉사하는 학생이 결코 아니었다. 아니, 오히려 그런 사람의 제자이고 싶지 않아서, 교수가 낙제점을 줄 때도 항의도 하지 않고 불만도 없었다. 그래도 그녀는 수업을 빠진 적은 없었고, 과제는 절반 정도 냈었다. 다만 학기말 시험은 확실히 망쳤다. 배울 것도 없는 과목을 공부하는 것 자체가 역겨웠기 때문이다. 비슷한 조건의 다른 학생에겐 점수를 주었고, 교수는 그 이유를 '그 학생은 너보다 나이가 많아서'라고 성의 없이 해명했다. 그리고 수업은 나오지도 않은 대통령의 조카에겐 학점은 물론 대리 시험지까지 내줬다는 소문을 듣고, 은하는 오히려 자신은 그분에게 0.1점도 받은 적이 없다는 것이 자랑스럽기까지 했다. 배운 것이 전혀 없는데 왜 점수를 받는단 말인가?

2학년이 끝나고 봄 학기 직전의 과 모임에서, 교수는 신입생들에게 강은하를 가리키며 자신이 F를 준 학생이라고 자랑스럽게 떠들어댔다. 교수는 그녀가 F를 받은 거기서부터 다시 시작해야 하며 어떤 학생이든 자신에게 성실하지 않으면 강은하처럼 될 수 있다고 엄포를 놓았다. 그리고 술이 더 들어가자, 신입 여학생들만 모아놓고 자신이 젊었을 적에 얼마나 오입질을

2. 잘못된 만남

잘하는 오입쟁이였는지 자랑을 늘어놓았다. 뒤에서 그것을 지켜보며 어이를 상실한 은하는 그 다음 날 바로 휴학을 하고, 학교 자퇴를 진지하게 생각했다.

스물네 살부터 스물여섯 살, 그녀 인생에서 그 2년여의 방황의 기간 중 절반 이상을, 은하는 현실도피성으로 거의 클럽에서 살다시피 했다. 은하가 현목성의 아들—이제부턴 현준호라고 하겠다. 이 이야기에서 다룰 인물은 현목성이 아니라 현목성의 아들, 현준호니까—현준호와 금성을 만난 것도 클럽에서였다.

은하가 일하는 클럽에 놀러온 현준호는, 멀리서 그녀가 춤추는 것을 보고 흥미를 느꼈다. 현준호는 클럽 스태프에게 부탁해 은하를 자신의 일행이 있는 테이블로 데려왔다.

그날 현준호는 금성과도 함께였다.

현준호의 친구 중에는 집안이 좋은 친구들이 꽤 있었지만, 놀러올 때는 금성을 데리고 오는 일이 많았다. 여러 가지 이유 중에서 중요한 이유 중 하나가, 현준호에게 금성은 아랫사람이어서 마음에 드는 여자를 가로채일 염려가 없기 때문이었다. 금성에게 관심을 보인 여자가 현준호의 마음에 들었을 때 저 여자가 마음에 든다고 말하기만 하면, 금성은 눈치껏 적당한 타이밍에 빠져주곤 했다.

은하는 클럽에서 남자를 만나는 일은 거의 없었지만, 사람들만 괜찮다면 어울려 놀면서 술 마시는 것 정도는 좋아했다. 어떤 사람들이냐에 따라서 한 잔만 마시고 가기도 하고 그날 내내 함께 놀기도 했다. 아무리 즐겁게 함께 놀아도, 은하는 좀 더 은밀한 밤을 원한다거나 연락이 지속되길 바라는 남자들을 깔끔하게 차단하는 것에 능숙했다. 그녀는 분위기를 주도하는 타입은 아니었고 남자들이 자신을 사랑하게 만드는 유혹술에도 거리가 멀었으나, 사람과 사람 사이에 흐르는 공기가 어떤 종류의 공기인지 냄새를 맡고 그 흐름을 미세하게 조정하는 일에 능했다.

연휴 기간이라 3일 내내 춤만 추었던 은하는 꽤 지쳐 있었다. 사람들만 대충 괜찮으면 쉴 겸 해서 그날 내내 같이 놀 생각으로, 그녀는 현준호의 테이블을 재빨리 훑어보았다.

마침 은하는 막 현준호와 눈이 마주쳤다. 그녀는 현준호를 보고 눈살을 찌푸리고, 바로 눈을 피했다.

현준호는 가슴골이 깊이 파인 그물망 상의를 입고, 그 위에 징 박힌 검은색 가죽 재킷을 걸쳤다. 내려 입을 만큼 내려 입은 바지는 흔히 '똥 싼 바지'라고 부르는 바지에 통은 스키니에 가까운 일자였다. 허리에는 락 가수나 멜 듯한 벨트를 찼다. 신발은 아이돌 가수가 신을 듯이 화려한 징이 박힌 검은색 하이탑 운동화였다.

거기다 한쪽으로 길게 늘어뜨려 얼굴을 반쯤 가리면서 급격한 사선으로 자른 머리가 인상적이었는데, 고개를 휙휙 꺾으며 머리를 넘기는 것이 습관적으로 붙어 있었다. 손톱에는 검은색 매니큐어를 칠했고, 입술과 귀의 피어싱은 기본이었다.

하지만 더욱 놀라운 것은, 그의 그런 차림이 이상하거나 어색해 보이지 않는다는 것이었다. 엉뚱하고 무의미하지만 거슬리지 않고 묘하게 조화로웠다. 마치 제레미 스캇의 옷들 중에서, 감각적인데 별 의미는 없는 옷을 골라놓은 것 같았다.

어쩌면 그는, 위험한 패션에 도전해서 아슬아슬하게 조화시키는 것에 재미를 느끼는지도 모르겠다. 자칫 테러에 가까울 뻔한 그의 옷차림과 헤어스타일은, 머리를 넘기는 습관까지 더불어 그와 일체가 되어 빛났다. 현준호는 매우 섬세하고 아름다운 이목구비를 지니고 있었고, 무엇보다도 설명할 수 없는 이상한 존재감이 그 주변에 감돌면서 그의 모습을 희한한 매력으로 조화시켜주고 있었다.

하지만 은하는 그를 보고 속이 울렁거릴 정도의 심한 거부감을 느꼈다. 그의 차림새는 그녀가 싫어하는 스타일이긴 했으나, 은하는 그런 개인의 취향에는 매우 관대한 편이었다.

은하가 거부감을 느낀 것은 옷차림 때문이 아니었다. 어둠 속에 침체된 듯 음산한 그의 눈이 어딘지 그녀에게 거부감을 주었다. 그 어두운 눈과는 대조적으로, 눈 위로 제3세계를 꿰뚫어볼 듯 독특한 광채가 번뜩이는 것도 마음에 들지 않았다.

동시에 그녀는 강한 두려움도 느꼈는데, 왜 그렇게 그가 두려웠는지 그때는 알지 못했다. 어쨌든 은하는 이유를 알 수 없는 거부감과 두려움을 느끼고 현준호에게서 고개를 바로 돌렸다.

마침 현준호 옆에는 여자가 한 명 있었다. 현준호는 항상 여자관계가 문란했고 여자를 밝히는 편이었는데, 그게 단순히 '여자를 좋아한다'는 개념이 아닌 것이 신기하면서도 야릇한 인물이었다. '여자를 밝힌다'기보단 '여자를 밝히려고 애쓴다'에 가까운 그의 습성은, 그의 강박적인 '겉멋'과 관계된 것 같았다. 에곤 쉴레처럼 문란하게 살면 그림도 에곤 쉴레처럼 그릴 수 있을 거라고 착각하는 것 같았다. 물론 그는 에곤 쉴레와는 달리 사생활만큼이나 작품 활동도 엉망이었지만 말이다. 어쨌든 우연히 엇갈린 그 첫 만남에서, 은하는 현준호가 아닌 금성과 먼저 이야기를 나눌 수 있었다.

현준호 옆에 있던 그는 여기 있는 것이 부자연스러울 정도로 평범해 보이는 청년이었다. 깔끔한 면바지에 캔버스 운동화, 회색빛이 도는 소라색 니트를 걸쳤다. 머리는 20대 초중반 청년 중 한 50퍼센트는 하고 있을 듯이 가장 흔한 스타일로 커트되어 있었다.

하지만 언뜻 눈에 띄지 않는 그의 모습은 꽤 멋스럽고 분위기가 있었다. 그의 옷차림도 멋스럽고 깔끔하게 조화가 잘되어 있었다. 이 조명 속에서도 은하는 그의 옷에 인 보풀을 발견하고, 옷들이 아마도 시장에서 산 싸구려일 것임을 짐작할 수 있었다. 그럼에도 그는 브랜드로 차려입은 것처럼 산뜻한 멋을 풍겼다. '옷차림에 크게 신경은 안 쓰지만 센스는 있는' 종류일 거라고 그녀는 생각했고, 바로 그것이 그녀가 가장 좋아하는 타입이었다. 또한 싸구려치곤 꽤 괜찮은 핏의 옷들을 입은 걸로 봐선, 우연히 핏이 좋게 나온 싸구려를 귀신같이 골라내는 재주도 있는 듯했다.

은하는 그에게 강렬한 흥미를 느꼈다. 그가 갖고 있는 영혼이 보통 영혼이 아닐 거란 생각이 들었다.

은하는 즉시 그 청년 옆에 앉았다. 이름을 묻자 청년은 금성이라고 소개하고, 미대생이라고 했다.

"예? 진짜요? 나도 미대생인데. 금성이라, 재밌는데요? 저는 은하거든요."

은하의 말에 금성은 잔잔하게 웃었다. 은하는 금성의 그 공허한 웃음이, 단지 자연스럽게 대충 분위기를 맞춰주기 위함인 걸 알았다. 정말 아무 의미 없이, 현실을 매끄럽게 넘어가기 위한 그런 웃음. 이름처럼 금성에서 지구로 잠시 초대받은 금성인이 지구인이 떠들어대는 말에 분위기 맞춰주려고 웃는 표정 같고, 은하는 그게 왠지 마음에 들었다. 그녀는 흥미를 가지고 그에게 물었다.

"전공은 어느 쪽?"

"서양화, 순수미술이요."

"저도 전공을 순수미술 할 걸 그랬어요. 요즘엔 목적 없이 자유롭게 그리는 편이 훨씬 재밌어요."

둘은 대충 이야기하다가 동갑인걸 알자 은하는 금성에게 말을 놓자고 권했다. 말을 놓고 그나마 분위기가 약간 친숙해지자 금성이 무심코 말했다.

"여기 클럽 입구에 그려진 벽화, 꽤 재미있는 것 같아. 색감은 별로지만."

2. 잘못된 만남

"그거 내가 그렸어. 밑색 좀 싼 거 썼다가 색감 구리게 나와서 걱정했는데 역시나. 뭐, 원래도 색감 잘 내는 편은 아니지만."

금성의 눈빛이 달라진 것은 바로 이 대목에서였다. 마치 그는 "피카소? 그 사람 우리 할아버지야"라는 말을 들은 사람처럼 눈을 동그랗게 떴다. 평소 멍 때리는 눈빛의 그였기 때문에 그 멍한 눈빛에 급격하게 생기가 도는 것이 은하에게 몹시 매력적으로 보였다.

갑자기 얼굴에 화색이 돈 금성은 한동안 모티브가 어떻고 구성이 어떻고 말을 더듬으며 은하의 벽화에 대해 말했다. 하지만 그러잖아도 시끄러운 클럽 음악 속에서, 예술에 대한 이야기를 할 때 흥분하면 말을 더듬는 금성의 버릇 때문에 무슨 이야기인지 알아들을 수가 없었다.

그 때 전화가 왔다. 은하는 금성의 핸드폰을 힐끗 보았고, '작업실'이라고 이름이 뜬 것을 보는 순간 자신이 비록 세기의 절세 미녀라 해도 금성이 전화를 받으러 나갈 것임을 능히 짐작하고 이해할 수 있었다. 금성이 은하에 대한 존재감 자체를 잊은 얼굴로 전화를 받으러 뛰어나가자, 마침 현준호 옆에 있던 여자도 자리에서 일어났다.

현준호는 각도 있게 고개를 꺾으며 머리를 넘기고 나서, 은하 옆으로 다가왔.

은하는 처음 봤을 때와 마찬가지로 준호의 눈빛이 몹시 두렵게 느껴졌다. 분명 아름다운 외모이고, 은하는 보통 이상으로 담대한 편인데도, 준호는 은하에게 있어 묘하게 거부감이 들게 하는 무언가가 있었다. 하지만 가까이서 보니 그 거부감 이외에도, 그에겐 설명할 수 없는 짙은 매력도 함께 감돌았다.

현준호는 폼 잡는 자세로 삐딱하게 앉아 은하에게 물었다.

"이름이 뭐야? 몇 살? 집은 어디? 무슨 일 해?"

그 특별한 미모나 특이한 매력과는 달리 현준호가 반도의 흔한 나이트클럽 부킹남처럼 식상한 질문을 줄줄이 늘어놓자, 은하는 두려움이 가시며 짜증이 밀려왔다. 그녀는 그의 질문에 건성건성 대충 대답했다. 자세히 보니 몸에 걸친 것은 온통 브랜드뿐이었고 비교적 '있어 보이는' 외모였지만, 은하는 애초 그런 것에 관심이 별로 없었다.

다시 금성이 돌아왔고, 은하는 반가운 표정으로 금성 옆에 붙었다.

"이 밤중에 무슨 일이야?"

"아, 작업실에 도둑이 든 것 같다고 연락이 왔는데……취객이 문 두드리고 행패부린 거였나 봐. 저번처럼 물이라도 샌다 그랬으면 그림들 망가질까 봐 그 자리에서 달려갔을 텐데, 그런 거 아니라 다행이야."

금성은 정말 다행이라는 듯 은하를 보며 순진한 얼굴로 헤죽 웃었다. 그림이 멀쩡해서 다행인 건지 은하를 버려두고 달려갈 필요가 없어서 다행인 건지는 모르겠으나, 은하는 그 웃음에 왠지 기분이 좋아졌다. 다행인 이유가 오로지 전자의 이유뿐이라 해도 오히려 그것 때문에 더 호감이 갔다.

둘의 다정한 분위기에 현준호의 얼굴이 바로 일그러졌고, 금성은 준호의 눈치를 보고 불편한 표정이 되었다. 은하는 둘의 상하관계를 바로 눈치 챘다. 아마 현준호는 돈이 좀 있는 집 자제분일 테고, 금성은 친구이긴 해도 '준호가 데리고 다니는 똘마니' 비슷한 위치일 것이다.

은하는 근처에 있던 스태프를 불러, 일명 '애니'라고 하는 여자를 불러서 현준호 옆에 앉혀 달라고 부탁했다. 애니는 갓 스무 살의 어린 나이였지만, 평소엔 상위 10퍼센트의 고급창부로 일하면서 이 클럽에선 반쯤 스태프처럼 있는 단골이었다. 그녀는 모든 고급 클럽들을 제집 드나들 듯 다니면서, 그것이 마치 자신이 대단한 VIP여서 그렇다는 듯 뽐내는 속물이었다.

애니는 그리 크지 않은 은하보다도 아담해 보이는 작은 키였지만, 대단한 미녀였다. 피부가 몹시 희고 말랐지만 얼굴도 몸매도 아름다웠다. 노란빛이 도는 희한한 갈색 눈에 언제나 진하게 검정 스모키 메이크업을 했는데, 그것도 고양이같이 보여 잘 어울리긴 했다. 하지만 그녀 주변에 오래 붙어 있는 친구가 없다는 것은 그녀의 인성을 어느 정도 설명해주고 있었다. 같은 업종 여자조차도 그녀를 피했다. 은하는 소설 《게이샤의 추억》에 나오는 더러운 인격의 미녀 게이샤 하추모모가 이렇게 생기지 않았을까, 하고 생각하곤 했다.

그녀는 입만 열면 남에 대한 험담밖에 나오지 않았는데, 그 종류가 아주 심플했다. 여자를 욕할 때는 이야기의 핵심은 그 여자가 걸레라는 것이었고, 남자를 욕할 때는 그 이야기의 핵심은 그 남자가 거지라는 것이었다. 너무 심플한 주제에 대해 아주 더럽고 야비한 말로 욕을 해댔기 때문에, 은하는 만약 애니의 말에 귀 기울이고 믿을 만큼 머리에 똥이 찬 사람이 있다면 그 사람조차도 가까이 할 필요가 없는 사람이라 생각했다.

어쨌든 애니는 대단히 아름다운 여자였고, 그녀와 어울리는 것은 어느 정도 편리한 면도 있었다. 은하도 미인 축에 들어가긴 했고 혼자 다닐 땐 인기가 없지 않았지만, 희한한 건 둘다 미인이면 남자들이 나눠서 노릴 만한데 그러지 않다는 것이었다. '미인'과 '더 미인'이 함께 있을 때면 남자들은 전부 '더 미인'을 노렸다. '덜 미인'을 노리는 것은 패배자라고 생각하는 모양이었다. 따라서 함께 다닐 땐 모든 남자의 작업의 화살은 은하 대신 애니에게 돌아갔고, 은하는 그 옆에서 관심의 부담을 애니에게 모두 넘기면서 그 혜택을 즐기기만 하면 됐다. 그럴수록 애니는 자신의 미모에 대한 우월감을 느끼며 은하를 무시하면서 즐거워했고, 은하는 그것에 대해 전혀 질투하지 않았다. 별로 친하지 않은 두 사람은, 애니가 발톱만 드러내지 않으면 서로가 적절히 만족할 수 있는 사이였다.

은하는 스태프에게 여기 손님이 아주 대단해 보이는 것 같으니 애니를 데려와달라고 눈치를 살짝 주었다. 은하의 그런 감은 대개 맞는 편이었고 그래서 가끔 애니 같은 여자들을 어느 테이블에 붙여줄 것인가를 은하가 골라주기도 했다. 스태프는 두말없이 바로 애니를 데려와 현준호 옆에 앉혀주었다. 현준호가 애니 옆에 붙어 그녀의 관심을 끌려고 애쓰기 시작하자, 은하는 피식 웃으며 마음놓고 금성에게 말했다.

"저 사람도 당연히 예술가겠지? 안 그러면 범죄겠어, 저렇게 머리끝부터 발끝까지 나 예술가라고 시위하는 것 같은데."

은하 말에 금성은 웃음을 터뜨렸다.

"하하, 그런가?"

"저 정도 시위하는데 알아줘야지. 작품은 별로인가봐?"

은하의 말에 금성은 표정이 약간 심각해지며 물었다.

"왜 그렇게 생각하는데?"

"빈 수레가 요란하잖아. 근데 또 묘하게 어울리는 게 이상해, 뭔가 있을 것 같기도 하고……."

은하가 눈살을 찌푸리고 다시 현준호를 관찰하며 생각에 잠기자, 금성은 피식 웃으며 말했다.

"저 형, 그래도 눈은 아주 훌륭해. 보물이라고 해도 좋을 거야. 그에 비해 작업이 썩 좋지 않은 건 사실이지만, 그래도 가끔은 아주 괜찮아. 그리고 준호 형, 현목성 아들이야."

이번엔 은하의 눈이 커질 차례였다.

"뭐? 현목성 아들?"

은하의 얼굴이 반짝 하고 빛나면서, 속사포처럼 말했다.

"현목성 작가 이번 특별전 봤어? 확실히 나이가 들었는지, 전성기 때 센스는 아닌 거 같아. 그래도 뭐, 의미는 좋은 거 같기도 해."

은하의 말에 금성은 같은 종류의 흥미를 가지고 말했다.

"그래. 개념미술을 버리고 순수 페인팅 작업으로 돌아간다는 영리한 선택이었지."

"아, 회고전 한 번 했으면 좋겠다. 개념미술에 치중했던 시절에 아이디어는 진짜 예술이었는데. 가끔은 백남준보다 더 사람 놀래켰었어."

"백남순에 비교하기엔, 현목성 작가는 오브제를 잘 다루는 작가는 아니야. 퍼포먼스 감각도 제로고. 설치예술가라기보단 차라리 조각가라고 하는 게 좋을 정도로, 자기 손으로 형태를 만들 수 있는 재료로 주로 작업했으니까."

"그러게, 오로지 손으로만 높은 퀄리티를 뽑아내야만 하는 시대는 지났는데, 그는 계속 그걸 동경했지. 손이 타고난 작가도 아니었는데도 말야. 미켈란젤로를 숭배하면서도 추상 작업에 치중할 수밖에 없는 게, 그 작가의 영원한 딜레마일 거야. 그래도 인상적인 형태를 찾아내는 그 눈만큼은 그 누구보다도 뛰어난 작가지."

은하가 흥분해서 떠들어대고 그녀에게 말려서 같이 떠들던 금성은, 문득 정신 차린 듯 어이없어하며 물었다.

"그 작가 아들이 저 사람이라고. 관심 안 가?"

"아, 맞다."

그제야 은하는 흥분을 가라앉히고 다시 찬찬히 현목성의 아들을 보았다.

다시 보니, 확실히 현목성의 아들처럼 보였다. 어머니가 미인인지 외모는 현목성의 젊은 시절보다 훨씬 아름다웠지만, 대체로 현목성을 닮아 있긴 했다. 하지만 현목성에 비해 느끼하고 어두운 눈빛이어서, 그만큼 대단한 인물은 아닐 것 같다는 예감이 들었다. 다만 그 눈빛 위로 제3세계를 꿰뚫어 보듯 날이 서려 있는 것은 꼭 닮아 있었다.

마침 현목성의 아들은 습관처럼 고개를 꺾어 머리를 넘겼다. 은하는 눈살을 찌푸렸다.

"아 씨, 기름 발랐나. 왜 저렇게 느끼해? 말투도 느끼하던데."

은하의 말에 금성은 웃으며 말했다.

"너 정말 솔직하구나."

그 때 은하에게 문자가 왔다. 애니였다.

― 돌려서 집안 자랑 하는 거 열라 티난다 짱나짱나 얼굴 좀 생겨서 봐줬음 근데 진짜임?

은하는 피식 웃으며 답장했다.

― ㅇㅇ집 좀 사는 건 맞는 듯 아버지가 유명함

애니는 문자를 보며 '그 정도면……쩝.'하는 얼굴로 고개를 끄덕이고, 곧 애교와 호감 모드로 낯빛을 싹 바꿔서 현준호에게 엉겼다. 그렇게 현준호를 안전하게 차단한 은하는, 금성과 클럽에서 하는 이야기로는 전혀 어울리지 않는 대화를 계속 나눴다.

"서양화라……순수 화가로 갈 생각?"

"그게 내 꿈이지 뭐."

"먹고 살기 힘들지 않겠어? 집 잘 사는 것처럼 보이지는 않는데?"

"맞아, 내가 쓰는 재료들도 대부분 저 형이 주고 있어. 캔버스부터 유화물감까지 싹 다. 형 집엔 도구나 재료가 넘쳐나거든."

금성은 그렇게 말하며 현준호를 턱으로 가리켰다.

"그렇지 않았으면 난 아르바이트 하느라 작업할 시간도 없었을지도 몰라. 마음에 드는 재료로 작업하지도 못했을 거고. 내가 좋아하는 재료들이 좀 비싸서……돈 걱정 없이 마음껏 작업할 수 있다면 난 너무 행복할 것 같아."

"아하, 말하자면 물주구나?"

2. 잘못된 만남

은하의 말에 금성은 불쾌한 얼굴로 눈살을 찌푸리며 고개를 저었다. 그 표정엔, 현준호에 대한 진심 어린 애정이 담겨 있었다.

"그렇게 말하지 마, 우린 친구야. 겉보기엔 좀 그래 보여도, 좋은 형이야. 좀 삐딱한 면이 있긴 해도 진지하게 미술을 하고 있어."

"그래도 니가 저 사람 옆에 있는 이유는 받는 게 있기 때문 아니니?"

"부정은 안 할게. 난 그림만 자유롭게 그릴 수 있다면 상관없어. 하지만 난 정말 준호 형을 좋아해."

"어떤 작업을 주로 해? 난 작품은 미술을 전혀 모르는 사람이 보아도 매력적이어야 한다고 생각하거든. 개념미술을 끌어 쓴다 해도, 기본적으론 페이팅이랑 실용적인 설치 작업을 하고 싶어."

"난 그냥 자유롭게 형태를 만드는 게 좋을 뿐이야……그게 즐거워. 무엇이 예뻐 보이고 안 예뻐 보이는지, 뭐가 개념인지 어떤 장르인지, 그런 걸 신경쓰며 하고 싶지 않아. 내 속에 있는 걸 끌어내서 완성할 뿐이야."

은하는 금성과 이야기하는 게 몹시 즐거웠다. 그녀는 미술에 대해 조금이라도 알고 있는 사람이라면 누구라도 이런 대화를 할 수 있었지만, 유독 금성과 대화하는 것이 매우 재밌었다. 마치 영혼이 트이는 느낌이었다.

"네가 작업한 걸 보고 싶어."

은하가 진심을 담아 솔직하게 말하자, 금성은 기쁜 듯 온화하게 웃었다.

"그래, 작업실 한 번 놀러와. 작업실이라 말하기 민망할 정도로 허름한 창고지만."

"작업만 괜찮다면 나에게 최고의 장소야. 반대로 작업이 쓰레기면 그곳은 나에게 시궁창이겠지. 어때, 두려워?"

금성은 은하의 말에 묘한 표정을 지었다. 어른과 어깨를 견주려는 어린아이를 귀엽다는 듯이 바라보는 미소였다.

그의 미소에 은하는 약간 굴욕감을 느꼈다. 은하의 말에는 스스로 그토록

푸른 화가의 진실

경멸하는 '겉멋'이 조금 녹아 있었다. 은하에겐 최고의 장소인지 시궁창인지 구분할 수 있는 '눈'이 없었으니까. 금성의 그 초월한 듯한 미소는 그런 은하를 꿰뚫는 듯했고, 은하는 그런 그의 투명한 눈빛 앞에서 왠지 부끄러워졌다. 하지만 그 속에 은하에 대한 무시는 없었고, 금성은 다만 솔직한 태도로 말했다.

"상관없어. 어차피 나에겐 최고의 장소야. 내가 그리고 싶은 걸 그리는 곳이니까."

은하는 금성의 그런 태도가 몹시 마음에 들었다. 당장 내일이라도 그의 작업실로 가고 싶은 욕구가 솟아올랐다. 하지만 은하가 금성의 작업실을 방문한 것은, 그보다 훗날의 일이었다.

그 때 한창 유행하는 음악이 나오고, 금성과 은하는 들뜬 얼굴로 서로 눈이 마주쳤다. 금성과 은하는 서로의 생각이 일치했다. 금성은 곧바로 일어나서 흥에 겨워 춤을 췄다.

무척 단정해 보였던 금성이었으나, 춤을 추기 시작하자 아주 달라졌다. 가식이나 겉멋 없이 음악 속에 흡수된 금성은, 굉장히 세련되고 쾌청한 끼가 있었다. 후덥지근하게 담배연기 가득한 이 공기 속에서, 금성의 주변에서만 맑고 투명한 공기가 흐르는 것 같았다.

주변에 있던 사람들이 모두 금성을 쳐다보았다. 조금 전까지만 해도 평범한 대학생 같던 그는 갑자기 BTS 멤버라도 되는 양, 세계적인 케이팝 아이돌처럼 보였다. 은하는 한동안 감탄한 얼굴로 금성을 보다가, 들떠서 함께 춤추기 시작했다.

두 사람이 춤을 추자 주변 공기가 갑자기 바뀌었다. 공기가 상쾌하게 달아올라, 환호성과 함께 그들 주변으로 춤추는 사람들이 늘어갔다.

애니도 현준호를 일으켜 춤을 추었다. 현준호는 음악에 맞춰 한껏 폼을 잡으며 고개를 까딱거리고 몸을 흔들었는데, 옷차림은 클럽을 휘어잡을 듯

2. 잘못된 만남

한 분위기인데도 춤은 폼이 영 안 나서 멋이 없었다. 그는 음악이나 춤보다는 애니의 허리를 만지는 데 더 관심이 집중되어 있었다.

한동안 정신없이 춤만 추던 은하와 금성은 약간 느린 음악이 나와 잠시 쉬는 틈을 타서 번호를 주고받았다. 건너편에서 애니의 허리를 더듬고 있던 현준호는 그 와중에도 둘이 번호를 교환하는 것은 놓치지 않았다.

다음 날 은하는 금성에게서 문자를 받았다. 현준호가 고급 레스토랑에서 밥을 산다는 내용이었다. 현준호는 애니와 함께 나올 테니, 자기는 은하와 함께 나오라고 했다는 것이다. 첫 데이트 신청이 단둘이 아니란 데서 고개를 갸웃하긴 했지만, 그래도 더블데이트이니 밥만 먹고 금성의 작업실로 가면 된다고, 은하는 속편하게 생각했다.

은하는 무엇을 입고 나갈까 잠시 고민하다, 하얀색의 소박한 원피스에 아주 기본 형태의 크림색 구두를 신었다. 클럽에서 본 사람을 사적인 자리에서 보는 경우는 거의 없었지만, 어쩌다 보는 일이 있을 땐 '반전 패션'이 그녀의 콘셉트였다.

은하는 단정한 이목구비라, 화장과 패션에 따라 분위기가 완전히 달라졌다. 게다가 은하는 금성이 몹시 마음에 들어서, 어떻게든 '진지하게 만날 수 있는 여자'라는 인상을 주고 싶었다. 은하는 스무 살 때 그녀를 쫓아다니며 변호사 소개해준다고 했던 남자를 잠시 만난 것 외엔, 의외로 이성 교제의 경험이 없었다. 그나마 그 남자와도 잠자리까진 하지 않았다. 정말 좋아서 만난 남자는 아니기에, 은하로선 상상할 수 없는 일이었다. 변호사를 소개받고 유산 문제를 정리한 후 남자에게도 소개비를 넉넉히 주고 헤어짐으로써, 뒤탈 없이 정리하긴 했다.

마치 원래부터 청순하고 단정한 여자가 늘 입던 원피스만 걸치고 나온 것처럼 연출하고 한 듯 안 한 듯 엷게 한 화장을 최대한 예쁘게 하기까지, 은하는 장장 세 시간에 걸쳐 외모를 다듬었다.

하지만 레스토랑에 도착했을 때, 놀란 것은 은하 쪽이었다.

카운터에 이름을 말하고 테이블로 안내받자, 그곳에 앉아 있는 것은 현준호뿐이었기 때문이다. 애니와 금성이 동시에 늦는다? 더군다나 금성이 현준호보다 늦는다? 현준호가 금성과의 권력관계에서 우위에 있다는 것을 알고 있어서, 이것은 우연이 아닐 것이란 느낌이 강하게 왔다.

은하가 어리둥절한 표정을 짓자, 현준호는 입술 한쪽 끝을 비틀어 웃으며 말했다.

"애니랑 금성 모두 갑자기 일이 생겨 못 온대. 어차피 예약은 되어 있고, 여기 예약이 항상 가득 차 있는 곳인데 취소하긴 아깝잖아. 와 앉아. 여기 꽤 괜찮아. 음식은 먹고 가."

은하는 바로 어떤 상황인지 눈치챘다.

처음부터 준호는 넷이 만나는 게 아니라, 은하와 둘이 만날 계획이었던 것이다. 아마도 애니와 은하가 서로 전혀 친하지 않다는 것을 애니로부터 확인하고 벌인 일인 듯했다. 은하는 속으로 혀를 차면서도, "할 수 없죠, 뭐" 하고 중얼거리며 자리에 앉았다.

그녀는 메뉴판을 보고, 잠자코 스테이크를 시켰다. 금성과는 나중에 연락하고 따로 만나도 되고, 현준호와 밥 한 끼 먹는 거 정도야 상관없다는 생각도 들었다. 하지만 동시에 금성에 대해 화가 나기도 했다. 이런 자리를 만드는 데 금성이 협조해주었단 생각이 그녀의 자존심을 매우 상하게 했다.

"금성 그 녀석, 니가 관심가질 만큼 대단한 애 아니야."

마치 은하의 생각을 읽듯이 준호가 말했다.

"고아원 출신 찌질이야. 그림 그리는 걸 좋아하는 게 귀여워서 내가 재료를 좀 대주고 있지."

"아무려면, 뒤에서 친구 욕하는 것만큼 찌질하겠어요?"

2. 잘못된 만남

식탁에 나이프가 없어서 티스푼으로 빵에 버터를 바르며, 은하는 싱긋 웃고 태연하게 말했다.

준호의 눈빛에 잠시 싸늘한 기운이 스쳤다. 은하는 아무렇지 않은 척하면서도 왠지 소름이 돋았다.

하지만 다음 순간 준호는 가식적인 미소를 만면에 띠우고 말했다.

"말 편하게 해. 보아하니 금성이랑 동갑이면 나랑도 한 살 차이밖에 안 나네."

"……그래. 내 앞에선 어쨌든 다른 사람 험담은 삼가줘."

사실 은하는 '다른 사람 험담'은 상관없었다. 금성의 험담을 듣기 싫은 것이었다. 준호는 낯빛을 찡그리면서도 금성에 대해 이야기하는 것을 그만두었다.

수프와 전채요리를 다 먹어가자, 준호는 웨이터를 불러 고기를 모두 썰어서 포크만 준비해달라고 부탁했다. 그제야 은하는 이 테이블에 처음부터 나이프가 놓여 있지 않았다는 것을 깨달았다.

이 정도 규모의 레스토랑이 원래 이렇게 세팅할 리 없었다. 은하는 눈살을 찌푸렸다.

"왜 그래? 칼질 잘 못해?"

"나 선단공포증 있어서."

은하는 선단공포증이 칼처럼 날카로운 것을 무서워하는 거라는 것쯤은 알고 있었다. 그의 말에서 오랜 콤플렉스 속 두려움을 발견하고, 진심이라는 것도 느낄 수 있었다. 은하는 공포증이라는 것을 갖고 있진 않았으나, 마치 뱀파이어가 햇빛을 거부하듯이 떨쳐버릴 수 없다는 그 증상에 대한 이해심은 있었다.

"……그건 몰랐네. 미안해, 알았어."

은하는 그렇게 말하면서도 약간 어이가 없었다. 깊고 어둡게 가라앉은 준호의 눈빛 위에는, 공간을 잘라내고 그 사이에 있는 제3세계를 보듯 칼날 같은 날카로움이 서려 있었다. 그런데 날카로운 걸 싫어한다니, 웃음이 나올 지경이었다.

하긴, 암호도 한눈에 읽어버릴 것 같은 눈빛을 가진 탐 크루즈는 오히려 난독증이 아니었던가? 어쩌면 극과 극이 통한다는 것은 이런 것일지도 모르겠다.

잘게 잘려진 요리 두 개가 그들 앞에 각각 놓여졌다.

은하는 말재간이 좋은 편이었고, 준호는 말이 별로 없었다. 준호가 아무 말 없이 잠자코 먹기만 하자, 은하는 사회 이슈나 연예계 이야기를 무의미하게 떠들어댔다. 하지만 딴생각에 잠긴 듯 잠자코 은하를 쳐다보는 준호는, 은하의 말에는 관심이 없는 듯했다. 은하는 어두운 동굴 속으로 무의미하게 자갈을 던지고 있는 듯한 허무한 기분이 들었다.

은하는 이야기를 단념하고 아무거나 화젯거리를 찾기 위해 주변을 둘러보다가, 눈에 아주 잘 띄는 곳에 걸어둔 앤디워홀의 그림을 발견했다.

"여기 그래도 센스 있네. 저 앤디워홀 복사본이랑 인테리어도 잘 어울리고."

준호는 그 말에 그림을 보다가, 눈빛에 섬광 같은 빛이 잠깐 스쳤다. 한 2~3초간 노려보듯 그림을 본 준호는, 은하를 비웃듯이 비죽거리며 말했다.

"저거 복사본 아냐. 진품이야."

"……뭐?"

"그것뿐이 아니야. 다 확인은 안 했지만, 대충 보니 여기 그림들 전부 진품인 것 같아."

은하는 약간 쪽팔리다는 생각이 들어, 부정하고픈 마음에 준호의 표정을 살폈다. 하지만 준호의 표정으로 보았을 땐 농담이 아니었다.

"그걸 어떻게 알아? 그것도 이 정도 거리에서? 앤디워홀 그림은 복사본

2. 잘못된 만남

이랑 진품이 구분하기 쉬운 그림은 아닐 것 같은데."

"내 특기야. 진품에는 진품만의 보이지 않는 빛이 있어. 난 그걸 볼 줄 아는 것뿐이야. 우리 아버지가 지닌 특징인데, 내가 좀 더 강하게 갖고 있어."

준호는 태평한 듯 말했지만, 은하는 그 속에 우쭐대는 마음이 숨어 있음을 알 수 있었다. 아마도 그의 가장 큰, 또는 유일한 자랑거리가 아닐까 싶었다.

― 저 친구, 그래도 눈은 아주 훌륭해. 보물이라고 해도 좋을 거야.

문득 금성의 말을 떠올린 은하는 새삼스럽다는 듯이 준호를 쳐다보다가, 웨이터를 불러 레스토랑 사장이나 매니저를 불러달라고 부탁했다. 그림에 대해 물어본다는 것이었다. 준호는 그런 은하가 가소롭다는 듯 말했다.

"오버하지 마, 대체 왜 그래?"

"확인하고 싶어서. 난 당신 같은 눈이 없어서, 멀찍이서 한눈에 진품을 알아보거나 하지 못하거든."

잠시 후 딱 보기에도 부티 나는 분위기가, 여기 사장임에 틀림없어 보이는 중년 남자가 만면에 뿌듯한 미소를 띠고 나타났다. 마치 아들의 칭찬을 듣고 온 사람처럼 보이는 그 표정을 보고, 은하는 묻기도 전에 그 그림이 진품임을 확신했다.

"그림에 대해 물을 게 있다고요, 손님?"

사장은 말하고 싶어 죽겠다는 얼굴로 물었고, 은하는 떨떠름하게 고개를 끄덕였다.

"네……진품으로 보여서요."

은하의 말이 끝나기도 전에 사장의 얼굴에 벅찬 자부심이 확 하고 퍼졌다.

푸른 화가의 진실

"이야, 아름다운 분이 그림 보는 안목까지 훌륭하시군요! 우리 가게 그림은 모두 진품이랍니다. 특히 이 그림은 일주일 전 경매에서 사들여서 오늘 처음 걸어놓았답니다. 레스토랑의 품격을 높이자는 차원에서……."

사장은 한동안 레스토랑 홍보성 이야기를 재잘재잘 늘어놓은 후 식사에 대해 몇 가지 묻고 자리를 떴다. 잠시 후, 사장이 내주는 서비스라며 와인 두 잔이 나왔다. 현준호는 보란 듯이 뽐내는 태도로 와인을 마셨다.

은하는 한동안 머리가 멍해졌다. 방금의 사건으로, 은하는 준호를 보고 나서 나서 처음으로 금성에 대한 생각을 지웠다.

은하는 아이디어가 훌륭하고 감각적인 미술학도였지만, 늘 '눈'이 부족하다는 소리를 들어 왔다. 다른 사람의 그림을 보고 아이디어나 구성 부분에선 꽤 정확한 평가를 내려줄 수는 있어도, 작품 자체의 우수성을 판단하는 눈은 흐렸다. 어지간한 그림은 다 거기서 거기로 보여서, 웬만큼 유명한 전시 아니면 전시회장을 가는 것도 좋아하지 않고 화가 화보집을 보는 것도 좋아하지 않았다. 그것이, 그녀가 순수미술 작업을 더 좋아하면서도 순수미술을 전공하지 않은 이유이기도 했다.

은하는 문득 그를 보고 느꼈던 거부감과 두려움이, 불쾌해서가 아닐 거란 생각이 들었다.

자신에겐 없는 부분을 매우 강하게 갖고 있는 사람에 대한 두려움, 그리고 그런 사람에게 걷잡을 수 없이 빠질 것 같은 두려움일지도 모른다는 생각이, 불현듯 들었다.

그리고 그 생각이 든 순간, 은하는 그가 미치도록 갖고 싶어졌다.

3. 권 기자 이야기 —2

"그러니까, 정말 우연한 만남이었군요."

권 기자는 은성의 이야기에 감탄하며 말했다.

권 기자는 이제껏 은하로부터 금성과 현준호에 대한 이야기를 자세히 들은 적이 한 번도 없었다. 은하는 화술이 뛰어나면서도 입이 무겁고 상대방의 의중을 읽을 줄 알기 때문에, 인터뷰할 때 사생활을 캐기 가장 어려운 류의 사람이었다. 권 기자는 그저 '그냥저냥 동문의 친구의 친구'로 알게 됐다는 식으로, 아주 그럴 법하지만 흥미롭진 않은 평범한 만남으로만 들었다.

대중에게 이제껏 알려진 바로는, 은하와 금성은 운명적으로 만났다고 알려져 있었다. 같은 전시회에서만 우연히 세 번 마주치고 어쩌고저쩌고 남대문시장에서 희귀 재료 구하다가 다시 우연히 만나고 하는 식으로 드라마 같은 만남 스토리도 좀 섞여 있는데, 그 스토리 자체가 은하와 권 기자 둘이 머리를 맞대고 지어낸 것이므로 진짜가 아님을 잘 알고 있었다.

김은성은 슬픈 얼굴로 고개를 끄덕였다.

"그래요, 우연한 만남이었죠, 그것도 현준호가 원해서……참 짓궂어요. 현준호나 형이나, 은하를 만나지 않았다면 그렇게 되지 않았을 텐데."

"반면 은하는 두 사람 다 안 만났다 하더라도 지금과 크게 다르지 않았겠죠."

그 말에 은성은 고개를 저으며 말했다.

"제 이야기를 들으면 생각이 달라지실 거예요. 적어도 현준호와의 만남은 그녀의 현재에 영향을 끼쳤을 테니까."

"네?"

권 기자는 깜작 놀랐다. 금성도 아니고, 뭐, 현준호?

현준호는 예술가로서의 가치가 크지 않은 사람이다. 한때는 현목성 작가가 신진 예술가를 발굴할 때도 옆에 두었다고 하고 현목성의 작업을 종종 도왔다고 하니 미술학도 시절까진 어땠는지 모르겠지만, 어쨌든 작가로서의 데뷔 이후 그의 작업은 형편없었다.

반면 금성은 은하와 함께 전시도 하고 작업도 하면서, 큰 시너지 효과를 낳은 예술가다. 금성이 아닌 현준호가 현재의 은하가 되는 데 영향을 미쳤다니, 권 기자로서는 금시초문이었다.

방금의 에피소드도 권 기자는 당최 이해할 수 없었다. 은하의 초기 유명세는 〈TV쇼 진퉁짝퉁〉이라는 프로그램에 출연하면서 얻었기 때문이다. 온갖 골동품과 절묘한 모조품들을 보며, 단번에 진품을 맞추는 그녀의 적중률은 백발백중에 가까웠다. 골동품 전문가를 무색케 하는 그녀의 신비한 적중률에 사람들은 열광했다. 훈련이나 공부로 얻어진 게 아닌, 설명할 수 없는 제3의 감이 그녀의 눈 속엔 분명 있었다.

"금성이 훨씬 뛰어난 예술가 아닙니까? 그런데 현준호의 영향이 더 크다니요? 방금 이야기도 무언가 이상한 점이 있어요. 현준호가 눈이 뛰어난 작가였다니, 그건 처음 알았는데요? 아니, 그건 그럴 수 있다 쳐도, 은하의 눈은 화가로서 누구보다도 훌륭한데 보는 눈이 없었다고요? 잘못 알고 계신 것 같은데요?"

　은성은 씁쓸한 얼굴로 이야기를 계속했다.

4. 등가교환

　은하는 그 이후, 마음이 완전히 현준호에게 돌아섰다.
　현준호는 어찌 보면 은하가 꿈꾸던 환경과, 은하가 몹시 갖고 싶어 하는 재능을 지니고 있었다. 누군가의 눈치 볼 것 없이, 돈 걱정 없이, 인맥 걱정 없이 마음껏 미술을 할 수 있다. 조금 이상한 작품을 발표해도 좋게 해석해서 평가해줄 사람이 얼마든지 존재한다. 무엇보다도, 태어날 때부터 미술로 둘러싸인 환경에 살아와서, 그 속에서 숨 쉬고 살아가는 게 매우 자연스럽다.
　이러한 것들은 은하로서는 꿈도 꿀 수 없는 환경들이었기 때문에, 그를 지켜보면 지켜볼수록 그를 동경하게 만들었다. 게다가 현준호는 그런 것을 모두 제하고 보더라도, 원래도 인기가 많고 매력적인 인물이었다. 원래도 아름답게 태어난 데다 본인의 아름다움을 나름대로 가꾸는 걸 좋아해서 몸도 탄탄하여 남자다움도 있었고, 무엇보다도 어둡게 가라앉아 제3세계를

4. 등가교환

엿보는 듯한 독특한 매력이 있었다. 처음엔 그다지 관심 없었던 그의 매력에, 한 번 빠져들고 나자 걷잡을 수 없었다.

첫 만남에서 현준호는 은하를 집까지 데려다주면서, 은하 집에서 키스했다.

두 번째 만남에, 은하는 그와 잤다. 현준호의 작업실에서였다. 이미 현목성의 집에도 작업실이 갖춰져 있지만, 그는 현목성의 아들답게 아버지의 돈으로 제법 근사한 개인 작업실을 갖고 있었다. 아직 미술학도면서 그 정도 규모의 개인 작업실을 갖추고 있는 것은 은하의 당시 경제력으론 꿈도 꿀 수 없는 일이었다. 그 작업실 공기 속에서, 그녀는 자연스럽게 그와 섞여 들어갔다.

현준호는 그녀가 첫 경험인 것을 몰랐고, 은하도 그 티를 최대한 내지 않았다. 앞으로도 절대 말할 생각이 없었다. 은하는 자신의 첫 상대가 그라는 것이 왠지 억울했다. 짐작컨대, 현준호가 그녀를 전혀 사랑하지 않았고 앞으로도 사랑할 가능성이 전혀 없다는 것을 그녀 역시 느끼고 있었기 때문일 듯했다.

그리고 그 경험의 느낌은 그녀에게 어딘지 이상했다. 풍문으로 듣던 모든 말들과 달랐다. 불쾌하지도 않고 그렇다고 황홀하지도 않고, 아프지도 않았지만 흥분도 없었다. 혹시라도 처음이라는 것을 눈치챌까봐 그녀는 흥분한 듯 능숙한 듯 연기해야 했다. 부끄러움도, 수줍음도 그다지 없었지만 그게 전혀 없으면 너무 저렴한 여자처럼 보일까 봐 그것도 연기해야 했다. 마치 너무나 가고 싶었던 대학에 가서 그다지 좋아하지 않는 필수 과목을 이수하듯이, 정해져 있던 것을 해치운 듯한 그런 느낌이었다.

하지만 그것은 그 당시의 느낌이었고, 그와의 접촉은 시간이 지날수록 그녀에게 깊은 상처가 되어 번졌다. 은하도 어쩔 수 없는 여자였다. 자신이 원해서 안긴 남자 옆에서, 그 남자의 여자로서 사랑받기를, 마음속에서 간절히 원하게 될 수밖에 없었다.

아마도 현준호는 그날 이후 그녀에 대한 흥미를 잃은 듯했다. 그에게 그건, 미션 달성 정도의 의미밖에 없었다. 하지만 은하는 끈질기게 준호를 쫓아다녔다. 준호가 훗날 은하에 대해 "그저 잠자리 상대였다"라고 한 것은, 적어도 준호에게 있어서는 사실이었다. 은하는 준호의 온갖 모욕을 참고 견디며, 묵묵히 어떻게든 그의 옆을 지켰다.

당시 은하는 열병에 걸린 사람 같았다. 그녀는 그 전까지도 그렇고 지금도, 자신을 함부로 굴리는 사람은 아니었고 자신을 함부로 대하는 사람에게 너그러운 사람도 아니었다. 하지만 현준호와의 만남에서만큼은 전혀 달랐다.

그녀가 딱히 그의 키스나 그와의 잠자리 자체가 좋은 건 아니었다. 그런 건 그저 '그'라는 존재와 접촉하기 위해 그녀가 치러야 하는 비싼 대가와 관문 같은 것이었다. 그리고 그 비싼 대가는, 그녀에게 큰 상처가 되어 깊은 모멸감과 고통을 주었다.

그것이, 서로에게 비싼 대가를 치르는 거래였다는 것을 그들은 훗날에야 알게 되었다. 만약 현준호와 강은하 둘 다 자신이 무엇을 갖고 무엇을 내주었는지 미리 알았더라면, 절대로 그들은 서로에게 관심을 갖지 않았을 것이다.

고통 속에서도 강은하는 그와 만나면서 얻은 단 하나의 기쁨이 있었다. 그것은 바로 세상이 조금씩 달리 보이는 '눈'이었다.

그와 첫 키스를 하고 집으로 돌아와서, 은하는 자신의 방에 걸린 클림트의 포스터와 고흐의 포스터를 보았다. 그녀는 처음으로 클림트의 황금색과 고흐의 노란색이 전혀 다른 느낌이라는 것을 어렴풋이 감지했다. 그 전에는 미처 겪지 못한 느낌이었다. 하지만 그것은 안개 뒤의 느낌처럼 어렴풋했고, 몹시 배고픈 사람이 맛있는 음식을 맛만 본 것처럼 감질났다.

4. 등가교환

준호와 처음 관계한 다음 날, 은하는 눈이 몹시 어지러워서 하루 종일 나른하게 누워 있었다. 그리고 다시 한 번 클림트와 고흐의 그림을 보았다. 안개가 약간 걷힌 듯, 그녀는 고흐의 노란빛에서는 거친 슬픔을, 클림트의 황금색에서는 황홀한 쾌락을 느꼈다. 하지만 그것은 여전히 아주 조금 맛만 본 것처럼 뚜렷하게 와 닿지 않았다. 마치 다른 사람이 빌려준 망원경을 다룰 줄도 모르고 잠깐 엿보고 바로 빼앗긴 느낌이었다.

준호는 누군가와 자고 싶은데 딱히 잘 여자가 없을 때에만 은하에게 연락했다. 은하는 그때마다 지체 없이 달려왔다. 한번은 준호가 유혹했던 다른 여자를 불렀는데 그녀가 오지 않아서 은하를 불렀던 일도 있었다. 은하가 오고 나서야 그 여자가 오자, 준호는 넉살 좋게 셋이서 하자고 느물댔다. 다른 여자가 기분이 상해서 가버리자, 그제야 준호는 은하를 안았다. 은하는 스스로 자학하는 자괴감이 들었다. 하지만 준호가 어떤 모욕을 주던, 은하는 그의 옆에 있기 위해 반발하지 않았다.

그는 은하에게 날아와 심장에 박힌 차가운 돌덩어리 같았다. 그 돌덩어리 때문에 가슴에 구멍이 뚫려 너덜너덜해졌다. 가슴께 전체가 하루 종일 쓰라리게 아팠다. 하지만 마약으로 끔찍하게 몸이 망가져가면서도 끊을 수 없는 중독자처럼, 그녀는 준호 곁에서 떨어질 수가 없었다. 준호는 은하에게 친절하지도 않고 말이 잘 통하지도, 생각이나 사상이 일치하지도 않았지만, 준호에겐 은하를 끄는 자석 같은 무언가가 있었다.

은하는 자기 식대로 그의 곁에 붙어 있을 수 있는 방법을 찾아냈다. 현준호는 칭찬을 좋아했다. 은하는 자신의 말빨을 총동원해서, 작가로서의 그의 재능과 작업을 칭찬했다.

준호가 좋아하는 화가는 에곤 쉴레였다. 준호는 그의 너저분한 사생활조차도 동경한다고 말했다. 바로 그런 쓰레기 같은 사생활을 가졌기 때문에 그런 멋진 예술이 탄생했다는 것이다.

"나도 쓰레기야. 그러니까 나 좋아하지 마."

은하는 듣는 순간 준호의 말이 어이가 없다고 생각했다. 그의 말에는 '작품을 멋지게 하는 예술가이기 때문에 쓰레기다'라는 뉘앙스, 그런 '겉멋'이 들어 있었다. 하지만 은하가 보기엔 그가 하는 작업의 90퍼센트는 거의 가치가 없었다. 그 눈 덕분인지, 10퍼센트 정도는 아주 인상적인 형태를 찾아내곤 했지만 말이다.

에곤 쉴레는 너저분한 사생활이 이어지기 전에 이미 드로잉의 천재였다. 다른 사람에게라면 은하는 "다른 건 몰라도 미술가로서 쓰레기인 건 확실하네"라고 빈정댔을 테지만, 준호에게는 그러는 대신 그를 다정하게 끌어안으며 속삭였다.

"당신은 멋진 예술가니까, 쓰레기여도 돼."

은하는 마음속으로는 자신의 말에 1그램도 동의하지 않았지만, 그보다 현준호를 만족시켜줄 말은 없다는 것을 너무 잘 알고 있었다.

현준호는 어느 날 은하에게, 화가 로세티와 그의 모델이었던 엘리자베스 시달에 관한 이야기를 들려주었다.

엘리자베스 시달은 라파엘전파 화가들 사이에서 가장 유명했던 모델로, 라파엘전파를 대표하는 작품이라 할 수 있는 〈밀레이의 오필리어〉의 모델이었다. '비극적으로 처진 눈꺼풀'을 가진 이 모델은 라파엘전파 화가들 사이에서 인기 만점으로, 시달은 그중 로세티와 사랑에 빠져 그와 결혼했다.

하지만 로세티는 시달을 여신으로서만, 모델로서만 사랑했다. 다른 여자들과의 관계로 성욕을 처리하고, 시달은 여신처럼 아꼈지 여자나 아내로서 아끼지 않았다. 결국 시달은 아편 중독 끝에 죽음을 맞이하고, 그제야 시달에 대한 사랑을 깨달은 로세티는 마지막으로 그녀를 모델로 한 그림을 그렸다.

이 이야기를 하면서 준호는 말했다.

4. 등가교환

"난 로세티가 시달을 여신으로만 생각했기 때문에 그런 작품이 나왔을 거라고 생각해. 성실한 남편이었으면 나오지 못했을 거야. 마지막에 시달에 대한 사랑을 깨달은 후 그린 그림 역시 아름다울 수 있었던 것은, 그땐 이미 시달이 죽은 후라서 끝까지 여신으로 남을 수 있었기 때문이었지."

은하는 준호 품에 살며시 기대면서 물었다.

"그럼 나는 뭐야? 시달은 아닐 테고, 난 어떤 존재야?"

"어쨌든 나의 예술적 영감을 위해 소모된다는 점에선 시달과 다르지 않지. 난 시달이 자신의 불행을 감당하고 받아들여야 한다고 생각해. 아니, 오히려 영광이라고 생각해야 해. 위대한 예술이 탄생하기 위해선 희생이 필요해. 그건 고귀하고, 멋지고, 당당한 거야. 그것 때문에 누가 어떤 상처를 받더라도, 어떤 희생을 당하더라도, 멋진 예술이 탄생할 수 있다면 난 신경 쓰지 않아. 인간으로는 쓰레기일지 몰라도, 예술가로는 그게 멋진 거니까."

그 말에 왠지 '눈'이 번쩍 뜨였다. 은하는 그 말을 들은 직후 한 말에 대해 한동안 기억하지 못했다. 그때 은하는 이렇게 말했다.

"그 말에 책임질 수 있어? 평생 그 말에 완벽하게 수긍하며 살아갈 수 있어?"

당시 준호는 그게 무엇을 의미하는 말인지 알 수 없었다. 그저 씩 웃고 은하를 안으며 말했을 뿐이다.

"당연하지. 너나 이런 나에 대해 수긍하는 게 좋을 거야."

"정말 그 말에 책임질 수 있어? 예술가로서의 자존심을 걸고?"

은하의 말에 현준호는 거들먹거리며 한껏 폼 잡으며 말했다.

"당연한 거 아냐? 자존심? 장난해? 시대에 남을 예술을 위해선 인생도, 심장도, 목숨도 내놓을 수 있어야지. 내 생각은 그래. 근데 너 자꾸 왜 그래?"

그때부터, 은하는 종종 자신이 내뱉은 말을 기억하지 못했다.

그 무렵부터 은하는 준호와 관계하는 도중 종종 "미안해"라는 말을 내뱉었다. 준호는 그 말을 은하가 왜 했는지는 알 수 없었으나 자신에게 있어서 상당히 불길하게 들려오는 말이라고 직감했다. 그래서 그는 관계가 끝나고 나서나 다음 날 즈음 은하에게 왜 그런 말을 했냐고 추궁했다. 은하는 그 말을 기억도 하지 못해서 어리둥절했지만, 준호가 눈이 돌아가서 따지는 게 무섭기도 하고 귀찮기도 해서 그냥 대충 둘러대곤 했다. 준호는 약간 찜찜해하면서도 수긍하고 더 이상 묻지 않았다.

금성은 은하와 준호가 만나면서부터 준호와의 관계를 끊었다.

준호가 금성에게 레스토랑으로 은하를 부른 다음 금성에게 나오지 말고 은하의 연락도 받지 말라고 명령한 건 사실이었다. 하지만 처음에 금성은 준호의 말을 들을 생각이 없었다.

"이제까지 나한테 접근했다가 너한테 넘긴 여자들, 어차피 처음부터 흥미가 없어서 상관없었어. 하지만 이번엔 아니야. 한번 알아볼 만한 가치가 있는 애 같아."

"이번에 우리 아버지가 천연 울트라마린을 몇 킬로 주문해서 그 절반을 나한테 주셨어. 그걸 전부 너한테 줄게."

금성은 눈이 번쩍했다.

천연 울트라마린, 그것은 그에게 꿈의 재료였다.

원래부터 금성은 되도록 천연 재료를 선호했다. 그중에서도 울트라마린은 천연 안료 중에서도 가장 눈 돌아가게 비싼 안료로, 금성으로선 절대 구할 수 없는 재료였다. 어릴 때부터, 그리기 위한 도구를 얻기 위해선 웬만큼 비굴한 짓은 아무렇지 않게 감당하던 금성이었다. 준호는 금성의 이런 속성을 잘 알고 있었다.

금성이 은하에 대해 가진 감정은, 여자로서의 호감 이상의 무언가가 있

4. 등가교환

었다. 좋은 미술 재료를 접할 때의 느낌과 비슷한, 사랑과는 다른 그 어떤 것이 있었다. 금성은 은하 역시 마찬가지일 거라 생각했고, 그래서 오히려 한번쯤 준호와 만난다 해서 준호에게 마음이 돌아서진 않을 거라 믿고 있었다. 준호는 기적 같은 눈을 지녔지만, 예술가로서의 기본적인 창의력이나 지식이 뛰어난 사람은 아니었다. 예술가로선 자신이 훨씬 뛰어나다는 것을 금성도 알고 있었다. 그러니 은하 같은 인물이 자신을 버리고 현준호에게 빠질 리 없다고 생각했다.

하지만 금성이 간과했던 것은, 준호는 '은하가 가지지 못한, 하지만 몹시 갖고 싶어 한' 모든 것을 지니고 있었다는 것이다. 금성이 갖고 있는 창의적인 재능은 은하도 갖고 있었다. 하지만 준호의 눈과, 예술을 하기 위한 완벽한 환경은, 은하가 갖지 못했기 때문에 그녀가 동경할 수밖에 없는 것들이었다.

그것 외에도 현준호는 설명할 수 없는 매력을 가지고 있었다. 단지 재료를 얻기 위함만이 아니라 그를 진심으로 따르면서 기꺼이 그의 아랫사람 역할을 한 것도, 금성은 현준호 옆에 있는 것이 정말 좋았기 때문이었다.

금성에게 울트라마린을 건네며, 현준호는 은하와 잤다면서 그에 관한 이야기를 너저분하게 해댔다. 그 말 한마디 한마디가 금성의 가슴을 찌르며, 그는 은하와 현준호 두 명에게 동시에 살의를 느꼈다.

그 분노는 단순히, 자신이 관심 가진 여자를 빼앗겼다는 분노만이 아니었다. 그 이상의 다른 의미의 분노가 있었다. 설명하긴 힘들지만, 자신은 간신히 구한 천연 울트라마린을 현준호가 길바닥에 뿌려버린다면 비슷한 분노를 느낄 것 같았다. 그것은 여자를 빼앗긴 것보다 큰 실망감과 분노를 가져왔다.

현준호가 가고 나서 금성은 한동안 울트라마린을 멍하니 보았다. 은하와 그를 연결해주고 얻은 것이다. 영혼을 판 대가로 얻은 선물 같았다. 자신에게도, 은하에게도 분노가 일어났다.

  은하는 아마 현준호에게 진심으로 반했을 것이다. 금성 역시 지금 이 상황이 오기 전까지, 그를 몹시 좋아했었다. 현준호 곁에 있기 위해 이렇게 은하를 팔아넘기는 일뿐만 아니라 온갖 비굴한 일들을 참고 견뎌냈었다.

  아직도 금성은 현준호를 미워하기가 힘들었다. 하지만 이 사건으로, 금성은 왠지 자신을 위해선 현준호 곁을 떠나야 한다는 예감이 들었다.

  현준호가 자신보다 재능이 뛰어난 금성이 그의 아래에 있길 원하는 것을 전부터 금성 자신도 알고 있었기 때문에, 언젠가는 현준호 곁을 떠나야 한다고 생각하긴 했었다. 어쩌면 은하는 핑계일 수도 있다. 금성에겐 현준호 곁을 떠나야 한다는 결심이 언젠가는 필요했다. 이 사건으로, 금성은 드디어 현준호 곁을 떠날 결심을 할 수 있었다.

  자신이 은하에게 가진 마음이 진심이어서 그런 것인지, 아니면 은하는 그저 현준호를 떠나기 위한 핑계인 것인지 헷갈렸다. 어쨌든 그 덕분에 금성은 그 직후부터 준호와의 연락을 끊을 수 있었다.

  금성이 마치 헤어진 연인에게 하는 것처럼 준호의 연락을 안 받고 번호를 바꾼 것은, 준호에게 큰 충격이었다. 비록 아랫사람처럼 대하긴 했지만, 금성은 준호 마음속 깊은 곳에선 매우 소중한 사람이었다. 그와 동시에 질투로 인한 미움도 있었다. 그에게 아낌없이 지원을 해주는 동시에 하수인 취급을 한 것은 아마 그런 상반된 두 마음이 준호에게 공존했기 때문이었을 것이다.

  준호는 금성의 그림을 처음 보았을 때 충격을 잊을 수 없었다. 주변 동시대 작가들 중에, 그토록 그림이 명료하고 영롱한 빛을 발하는 것을 우성호 이후로는 본 적이 없었다.

  하지만 우성호의 작업은 그에게 기쁨을 주지 못했다. 우성호는 현준호를 감동시켰지만, 그것은 또 다른 고통이었다. 만약 자신이 정점에 오르지 못

4. 등가교환

한다면, '현목성의 그늘'이란 것이 절대 핑계가 될 수 없게 만드는 존재가 우성호라는 것을 준호는 직감하고 있었다. 이미 그는 어린 시절부터 우성호와 비교당해왔다. 현준호는 단 하나, 우성호도 갖지 못한 그 눈 덕분에 무시 받지 않고 살 수 있었다.

그는 자신의 눈에 엄청난 자부심을 갖고 있었지만, 그 눈이 자신을 괴롭게 하는 것이 한 가지 있었다. 자신의 작품이 그렇게 빛나 보일 때가 별로 없다는 것이었다. 그 눈을 이용해, 형태를 바꾸고 바꾸고 닥치는 대로 이미지를 모으고 하다보면, 아주 미미하게 빛을 내는 작품을 만들어낼 때가 가끔은 있었다. 그는 그것이 우연의 소산이고, 그 우연을 찾아낼 수 있는 눈을 가졌기에 간신히 할 수 있는 작업임을 어렴풋이 알고 있었다.

그런 그였기에, 대부분의 작품에서 광채가 도는 금성의 그림을 봤을 때의 충격을 잊을 수 없었다. 마치 시각적 성욕을 채워주는 것처럼, 금성의 그림에서 느껴지는 광채는 현준호의 눈을 풍요롭고 감미롭게 했다.

더군다나 금성 자체에서도 그런 빛이 미미하게 흘러나왔다. 마치 유리로 만들어 잘 닦아놓은 사람처럼, 진줏빛의 영롱한 광채가 흐르는 듯했다. 금성의 그림을 보고 다시 금성을 보면 그 보일 듯 말 듯한 빛이 좀 더 진하게 느껴지면서 가슴이 두근거렸다. 그 감정은 어딘지 한눈에 반한 첫사랑에게 갖는 감정을 떠올리게 했다.

동시에 좌절감도 주었다. 자신의 그림에서 간신히 하나 발견할까 말까 하는 광채보다 더 멋진 광채가, 그의 작업에선 흔하게 흘러나왔다. 그것은 자신이 몇 날 며칠 시행착오를 겪어 작품을 만들어내는 과정을 비웃는 것만 같았다. 하지만 그가 광채 있는 그림을 하나하나 그릴 때마다, 현준호 자신의 눈은 더없이 충족되었다. 현준호는 금성을 마음 한구석으로는 미워하는 동시에 그를 매우 사랑했다.

그런데 그가 은하에게 관심을 가졌다. 단순한 호감이 아닌, 은하를 보며 정신이 깨어나는 듯한 금성의 모습은 현준호를 매우 불쾌하게 했다. 금성이 그녀에게서, 절대 자신에게선 볼 수 없는 그 어떤 무언가를 보는 듯한 그 모습에, 현준호는 질투를 넘어 묘한 분노가 일었다.

게다가 현준호는 은하를 보자마자 자신이 가져야 하는 여자라는 생각이 들었다. 호감과는 다른, 정해진 미션 같은 느낌. 어딘지 아주 희미하게 두려움 비슷한 게 일기도 했다. 끌리긴 하는데, 관심이 가긴 하는데, 그녀에 대한 끌림이 내 감정 같지 않은 이상한 느낌. 그 느낌을 현준호는 단순하게, 그 여자한테 끌리는 게 아니라 성욕만 느끼는 거라고 결론지었다.

그런데 눈앞에 은하보다 훨씬 예쁘고 섹시한 여자—애니—가 앉아 있는데도 은하에 대한 느낌이 달라지지 않자, 그게 그렇게 단순한 건 아닐지도 모른다는 생각이 들었다. 미션은 미션인데 무언가 정체가 보이지 않는 미지의 미션. 어쩌면 자신이 피해야 하는 미션일지도 몰랐다.

현준호의 고민은 길지 않았다. 금성이 은하에게 관심을 가지는 것을 보고, 현준호는 풀지 말지 잠시 고민했던 그 미션을 해치우기로 결심했다.

현준호는 설마 그것 때문에 금성이 자신을 떠날 줄은 몰랐다. 그럴 의도가 전혀 아니었다. 금성이 관심을 가졌던 여자를 쉽게 따먹을 수 있는 싸구려 여자로 전락시킨 다음 그 여자 맛이 어땠는지 그 앞에서 너저분하게 비웃어주는 그런 상황, 그래서 금성이 그 여자가 전혀 특별하지 않다는 것을 깨닫고 함께 비웃을 수 있는 그런 상황을 만들고 싶었다. 그런데 이까짓 별 볼일 없는 싸구려 여자 때문에 자신을 버렸다는 것이 준호의 자존심을 상하게 하는 동시에, 상처를 주었다. 현준호는 금성이 결코 자신의 곁을 떠날 수 없을 거라 생각했다. 그의 재능을 사랑하는 동시에 쓰라릴 정도로 질투했지만, 어쨌든 자신의 눈에 띄는 곳에 있길 바랐다.

그 전후로 현준호는 은하를 더욱 잔인하게 대했다. 그렇다고 그녀를 완전히 밀어내진 않았다. 금성 대신 얻은 거라니 그냥 버리기도 아까웠고, 보고

4. 등가교환

싶진 않아도 같이 있는 게 딱히 싫지도 않았고, 데리고 자기엔 편리한 상대였다. 금성이 떠난 화풀이를 할 상대로도 매우 적절했다. 그 시기쯤 은하는 잠산 우울증 약을 복용하기도 하면서 기어코 그 옆에 있었다.

그리고 현준호는 은하에게 금성에 대한 욕을 퍼붓기 시작했다. 금성이 은하를 팔아넘기다시피 자신에게 넘긴 이야기며, 그런 여자가 한둘이 아니었단 식까지, 물감 한 개를 위해 자신의 아내도 팔아넘길 녀석이라며, 금성에 대한 욕을 너저분하게 늘어놓았다. 은하는 순간순간 귀를 막고 싶었지만, 그때쯤에 준호 옆에 있기 위해 전전긍긍하는 입장이었으므로 가만히 듣고 있는 것 외엔 방법이 없었다.

현준호 옆에 있는 대략 반 년여의 시간 동안, 은하는 그림을 전혀 그리지 않았다. 그림을 그리려고 할 때마다 눈앞이 어지러워지면서 뭐가 뭔지 분간이 안 되어 그림을 그릴 수 없었다. 은하가 우울증 약을 먹었던 진짜 이유는, 준호가 아니라 그림을 그릴 수 없던 것이 원인이었다.

이상한 점은 은하는 단 한 번도 현준호에게 자신의 그림을 보여준 적이 없다는 것이었다. 심지어 금성이 칭찬했던 벽화도 현준호는 본 기억이 없었다. 은하가 현준호에게 자신의 작품을 안 보여주는 거야, 색감이 좋지 않은 은하로서는 보여주기 부끄러워서 그랬다 치지만, 금성이 기억하는 그림을 현준호는 본적도 없다는 것은 어쩐지 신기했다. 현준호가 평소엔 눈을 안 열어두고 있는데다 클럽 같은 데선 오로지 여자밖에 관심두지 않았기 때문일 가능성이 제일 컸다. 하지만 은하는 훗날, 어쩌면 의식적으로 그의 '눈'이 은하의 작품을 기억하지 못하게 한 것일지도 모르겠단 생각이 들었다.

어느 순간, 은하는 이 관계가 끝날 때가 되었다는 것을 직감했다. 그 예감은 아무 이유 없이 갑자기 찾아왔다. 그저 때가 되었다는 느낌.

준호가 현목성이 외국에 나가 있는 동안 아버지의 작업 마무리를 하러 현목성의 작업실로 가게 되자, 은하가 준호에게 부탁했다.

"당신이 작업하는 모습을 보고 싶어."

전에 없이 진지하게 부탁하는 은하의 눈빛은, 돌아올 수 없는 곳으로 떠나는 사람마냥 비장했다.

"갑자기 왜 그래? 어디 떠나?"

준호가 농담조로 묻자, 은하는 잠시 눈알을 굴리다가 대답했다.

"그냥, 그 모습이 너무 섹시할 거 같아서."

은하는 역시 상대의 기분이나 성격에 맞춰 둘러대는 데 능숙했다. 그 말에 만족한 준호는, 은하를 현목성의 작업실로 데려갔다. 은하는 하루 종일 밥도 제대로 먹지 않고, 진지하게 준호가 작업하는 모습을 지켜봤다. 마치 준호를 눈빛으로 먹어버리기라도 할 듯이 그를 지켜본 은하는, 무언가 자신의 마음속에 변화가 일어나고 있다는 것을 깨달았다.

"이제 여기 정리만 하면 끝나. 먼저 내 작업실 가 있을래?"

물론 그것은 자신의 작업실에서 은하를 갖겠다는 말이었다. 그때 은하의 머릿속에 떠오른 것은, 준호의 작업실 한가득 꽂혀 있는 화보집들이었다. 은하는 그 화보집들을 봐야 한다는 강한 의무감이 떠올라, 벌떡 일어났다.

준호의 작업실로 허겁지겁 달려온 은하는, 화보집을 뽑아 펼쳐보고 순간 눈이 아파 휘청, 하고 쓰러질 뻔했다. 다시 마음을 다잡고 화보집을 펼쳐든 은하는, 차근차근 그림을 감상하기 시작했다.

제일 먼저 뽑아든 화보집은, 준호가 좋아하는 에곤 쉴레였다. 비틀린 시선으로 공간의 틈을 비집고 들어가, 그 속에서 찾아낸 듯한 색감, 그 모든 것이 그녀의 눈에 새롭게 다가왔다. 그것은 지옥인 동시에 천국이었고, 마치 난생처음 일출을 보았을 때처럼 경이로웠다.

그녀는 준호의 작업실에 있는 화보집을 하나한 뽑아 보았다. 눈물을 마구 흘리기도 하고 미친 듯이 웃기도 했다.

4. 등가교환

　여기 있는 화보집들 중 그녀가 처음 보는 화보집은 하나도 없었다. 아니, 사실 준호의 작업실에 올 때마다 여러 번 봐왔던 것들이다. 분명 이제껏 봐왔던 그림들인데, 이제까지와는 전혀 달랐다.
　어느새 작업실로 온 준호가 문을 두드렸다. 하지만 은하에게 그 소리는 어딘가 멀리서 들려오듯, 한 귀를 스치고 한 귀로 지나갔다.
　준호가 계속해서 점점 세게 문을 두드리고, 그것 때문에 화보집 보는 데 방해를 받자 은하는 짜증이 밀려왔다.
　"시끄러! 잠깐 가만히 있어 봐!"
　은하의 날카로운 목소리가 들려오자, 준호는 어이가 없어졌다.
　"뭐야, 너 미쳤어?"
　은하는 다시 화보집에 집중했다. 마침 마지막 한 권이었다.
　준호는 어이가 없어서 한동안 대체 은하가 왜 저러는지에 대해 생각했다. 현준호 작업실에는 값비싼 물건들이 몇 개 있긴 하지만, 은하가 그런 걸 탐낼 위인이 아님은 잘 알고 있었다. 다시 "너 왜 그래?"하고 따지고 싶었지만, 무언가 강한 압박의 공기가 준호를 눌러서 말이 안 나오게 만들었다.
　잠시 후, 은하가 문을 열었다. 준호는 재빨리 작업실로 돌아와 주변을 돌아보자, 화보집들이 죄다 펼쳐져 있었다.
　"뭐야, 이거 본답시고 그러고 있던 거야?"
　준호는 그렇게 말하고 은하를 돌아보는데, 어딘지 은하가 이상하게 느껴졌다. 멍한 눈빛 위로 무언가가 날카롭게 번득번득하는 게, 왠지 낯설지가 않은 기운이 느껴졌기 때문이다. 준호는 머리 아픈 생각은 우선 치워두기로 하고, 작업실 불을 끄고 은하를 끌어안았다.
　그 순간 은하는 왠지 강한 거부감과 역겨움이 밀려왔다. 근친상간이라도 당하는 것 같았다. 그 레스토랑에서 준호에게 끌린 이후 이런 감정을 갖는 건 처음 있는 일이었다.

"갑자기 왜 그래?"

오늘따라 은하가 반항을 하자 준호가 어리둥절하며 물었다.

"아니 그냥, 오늘은 기분이 아니야."

하지만 준호는 그날따라 은하를 안고 싶은 마음이 강하게 들었다. 은하를 힘으로 누르고 옷을 벗기자, 은하는 반항을 그만두었다. 은하는 지금 이 반항심이 어쩌면, 자신이 갖는 반항심이 아닐 수도 있겠단 생각이 들었다.

어쨌든 이번이 마지막이리라. 이유는 모르겠지만, 이것이 마지막이리라.

마지막으로 그가 자신의 몸속에 들어오자, 어쩐지 은하는 눈물이 흘렀다. 지금 느끼는 이 크나큰 상실감은, 은하 자신의 것이 아닌 것 같았다. 누군가가 준호에게 느끼는 이별의 눈물, 이별의 인사. 자신이 아닌 다른 무언가가 준호와 이별하고 있는 듯한 기분. 그것을 자신이 어렴풋이 짐작하며 옆에서 지켜보고 있는 기분. 대체 왜 눈물이 흐르는 건지 알 수가 없었다.

"너 울어?"

은하가 대답하지 않자, 준호가 은하의 눈을 더듬었다. 은하 눈가에서 축축한 기운을 느끼자, 준호는 은하에게서 몸을 뗐다.

잠시 후 준호가 왜 우냐고 묻자, 은하는 생각에 잠겼다.

지금 대답을 잘해야 한다. 이번이 마지막 만남이 되게 깔끔하게 마무리하려면, 대답을 잘해야 한다.

"사랑하는 사람이 생겼어."

준호는 순간 어이가 없었다. 하지만 말하는 은하가 더 어이가 없었다.

"……뭐?"

"그 사람 때문에, 더 이상 당신 못 만나겠어. 미안해."

준호는 은하가 말하는 사람이 금성은 아닐 거란 걸 알고 있었다. 사실 지금 그녀의 말이 사실인지 아닌지조차 헷갈렸다. 은하는 자신이 항상 완벽하게 둘러댔다고 생각했지만, 준호도 바보는 아니었다. 그녀가 하는 말이 별로 진실하지 않다는 것을 준호도 느끼고 있었다. 헌데 지금은 느낌이 이상했다. 진짜 같기도 하고, 거짓 같기도 했다. 그 혼란함은 화만 가중시켰다.

"……알았어. 그럼 여기서 나가. 잘 들어. 내가 널 찬 거야. 아니 새삼스레 널 찰 필요도 없지. 넌 원래 자는 거 외엔 가치가 없었는데, 그 가치조차 없어진 것뿐이야."

은하는 순간 가슴이 찢어지는 듯한 아픔이 느껴졌다. 그것은 그의 말에 자존심이 상해서가 아니라, 이번이 마지막이란 사실 때문이었다. 하지만 그 찢어지는 듯한 아픔이 반쯤은 차단되어 완전히 괴롭지는 않았다. 마치 남의 감정을 대신 느껴주는 기분이었다. 은하는 어떻게든 잠시라도 그의 곁에서, 그의 기운을 느끼고 싶었다. 어디까지나 마지막으로.

"옆에 있게 해줘. 나 이제 다른 사람을 사랑하게 됐지만, 잠시라도 당신 곁에 더 있게 해줘. 사실 당신을 사랑했어. 제발 나에게 생각할 시간을 조금만 줘. 당신을 볼 수 있는 시간을 조금만 줘."

은하는 멍한 상태에서 말을 뱉어놓고 속으로 깜짝 놀랐다.

자신이 뱉어놓고도 어이가 없었다. 분명 자신의 심리 그대로 의식의 흐름에 따라 한 말인데, 자신의 말 같지가 않았다. '마지막'이지만 '함께 있고 싶다'란 의미로 어떻게 이런 말이 나왔을까? 다른 사람을 사랑하게 됐다는 말을 할 때 무언가 진심이 담겼는데, 그게 대체 누구인지 알 수가 없었다.

그런 은하의 말은 은하의 이성이 말해주는 예상대로 준호를 오히려 화나게 했다.

"내가 나갈게. 나갈 때 불이나 꺼."

준호는 바로 나갔다. 준호가 나가고 나자, 갑자기 방 안 공기가 확 상쾌해지면서 오랫동안 앓고 있던 가슴답답증이 가라앉은 느낌이 들었다. 그가 있을 때는 일분일초라도 그가 조금만 더 곁에 있었으면 좋겠고 보고 있어도 그리웠지만, 그가 나간 순간부터는 무언가 후련해졌다. 마치 자신이 결정내리기 힘들어하는 것을 현준호가 대신 결정지어준 것처럼, 무언가 정리된 기분이 들었다. 자신의 말에 현준호가 같이 있어주지 않고 나가준 것이 감사할 정도로. 은하는 그 순간부터 준호를 만나기 전으로 돌아온 듯, 일상의 은하로 돌아온 기분이 들었다.

은하는 그제야, '마지막'이라는 느낌을 실감했다.

그냥 일상적인, 무색투명한 일상의 느낌.

더 이상의 떨림도, 두근거림도 없다. 그동안 그에게 받은 마음의 상처는 남아 있겠지만, 아마 그립지도 않을 것이다.

그에게 가진 마음도, 그를 보고 싶은 마음도, 그를 만날 필요성도, 이젠 모두 끝이라는 것을, 그녀는 절실히 실감했다.

다시 은하가 그림을 그리는 데까진 시간이 걸렸다. 마치 세상을 처음 보는 것처럼, 은하 눈에 비춰진 세상은 그녀를 어지럽게 했다.

은하는 미술 재료상 근처에 예술가들이 많이 모이는 바에 혼자 가서 자주 칵테일이나 위스키를 한두 잔씩 하고 오곤 했다. 거기서 그녀는 친절한 바텐더 한 명과 매우 친해졌다. 썩 괜찮은 외모에 친절하고 센스 있는 말솜씨를 가진, 가람이라는 이름의 그 바텐더와 이삼일에 한번 꼴로 몇 시간씩 수다 떠는 것이, 그녀의 유일한 낙이었다.

이성? 남자? 그녀에게 당분간 그런 것은 전혀 필요 없었다. 그녀는 '남자'에게서 너무나 많은 상처를 받았고, 너무 많은 영향을 받았다. 남자도, 친구도 아닌 그는 전혀 부담 없이 수다를 떨 수 있는, 강가의 바람 같은 사람이었다. 그림을 그리지 않는 몇 달 동안 가람과 개인적인 사이로 흐르는 것을 은하는 교묘하게 사전 차단하면서, 유일하게 그녀가 마음 풀고 즐겁게 웃을 수 있는 시간이었다.

그러던 어느 날, 은하는 자신에게 일어난 불편하고 신기한 변화를 알게

4. 등가교환

되었다.

어느 날 가람이 안주로 만든 것이 남았다며—은하에게 주기 위해 일부러 넉넉하게 만든 것이라 생각되었지만—은하에게 스테이크를 약간 나눠주었다. 은하는 물론 감사하며 받았다. 하지만 스테이크를 자르기 위해 나이프를 든 순간, 눈이 따끔거렸다. 동시에 그 나이프의 날이 자신의 살점을 스산하게 저미는 섬뜩한 기분이 들었다.

은하는 공포에 질린 얼굴로 나이프를 던졌다. 하얗게 질린 그녀를 보고, 그가 걱정스럽게 무슨 일이냐며 물어보았다.

"제가……선단공포증이 있어서요."

은하는 스스로 말을 내뱉어놓고도 경악했다. 선단공포증이라니?

"미리 말씀 하시지 그랬어요. 잘라서 드렸을 텐데."

"최근 나이프 쓸 일이 없어서 깜박했어요. 죄송해요."

가람은 스테이크를 잘게 잘라 내놓았고, 은하는 그것을 먹으면서도 당혹스러움이 가시지가 않았다.

대체 무슨 일이 벌어진 것인가?

은하는 혼란한 눈을 잠재우기 위해 다음 날 도깨비시장을 찾았다. 무언가 정신없이 보고 싶어서 한 선택이었다. 예전부터도 이곳의 골동품 보는 것을 좋아했다. 비록 어느 게 '물건'인지는 전혀 판별할 수 없었지만 말이다. 은하는 길거리에 잡다한 골동품을 내놓고 파는 곳에서, 어디선가 희미한 빛을 본 거 같다고 생각해 재빨리 주의를 집중했다.

갑자기 주변이 흐릿해지면서, 그 물건이 뚜렷하게 눈에 들어왔다. 아주 잠깐 일어난 현상이었고 곧 모든 것이 정상으로 보였지만, 그 물건이 유달리 뚜렷해 보이는 것은 변함이 없었다.

그건 먼지가 가득 쌓인 낡은 부처 조각상이었는데, 언뜻 아주 평범하고 단순해 보여서 보통의 나무조각보다도 눈에 띄지 않았다. 하지만 은하는 조심스럽게 깎은 선 하나하나에서 경건함과 성스러움을 느낄 수가 있었다. 은하는 그것의 가격을 물어보고, 한 푼도 깎지 않고 바로 질렀다.

　얼마 뒤, 은하는 감정소를 통해서 그것이 고려시대 말기의 조각상이라는 것을 알게 되었고, 꽤 비싼 가격으로 옥션에서 판매할 수 있었다.

　전에 없던 능력. 전에 없던 증상. 하지만 은하는 그 변화의 이유에 대해 생각하고 싶지 않았다. 그저 모아둔 돈이 거의 바닥난 시점에서, 돈 벌 수단이 생긴 것만을 기뻐했다. 그 이후 은하는 가끔씩 골동품이나 고물상을 뒤지고 뒤져서 자신에게 필요한 만큼만 돈을 벌었다.

　가람과 친해지고 몇 달쯤 지난 어느 날, 은하는 여느 때처럼 바에 앉아 그를 기다렸지만 그는 오지 않았다. 대신 낯선 얼굴의 바텐더가 어리벙벙하게 일을 하고 있었다. 낯선 바텐더에게 가람에 대해 물어보니, 예상했던 대로 그만두었다는 대답이 들려왔다. 곧 이민인가 유학인가를 간다는 말을 어렴풋이 듣기는 했지만, 바에 묻기는 왠지 꺼려지는 그런 것이 있었다. 바에 가람의 연락처를 물어 연락한다는 것은 개인적으로 그와 만난다는 것이고 그러면 서로에게 인간적인 책임이 생길 수도 있다는 것인데, 그녀는 그런 것을 원하지 않았다. 결국 그에 대해 묻지 않고, 말없이 그곳에 발길을 끊었다. 잠시 머물다 간 바람처럼 스쳐 지나갔지만 아련한 상실감이 드는 것이, 그 감정을 무언가로 풀고 싶었다.

　드디어 은하는 1년 만에 캔버스 앞에 섰다. 자신의 상실감을 채우기 위해, 바람같이 캔버스를 채워나갔다. 완성된 그림을 본 그녀는 잠시 넋이 나간 듯 캔버스를 채워나갔다. 완성된 그림을 본 그녀는 잠시 넋이 나간 듯 캔버스를 보았다. 이미 가람과의 기억은 그녀에게 중요한 것이 아니었다. 지금 이 그림보다 은하에게 중요한 것은 없었다.

　이것은 온전하게 자신의 그림이지만, 달라졌다.

　비우느니 채우는 세련된 산만함이나 변형 형태 등은 분명 자신의 스타일

4. 등가교환

을 따르고 있다.

하지만 세련되고 신비롭게 빛나는 색감은, 그녀다우면서도 이전의 그녀보다 훨씬 뛰어난 수준을 보여주고 있었다. 이전의 그녀는 그런 것을 판별하는 눈조차 없었는데 말이다.

놀란 은하는 다른 캔버스를 앞에 놓고, 새로운 그림을 그리려했다. 그리고 방금 그린 그림을 어떻게 그렸는지 떠올리려 했다. 그리고 경악했다.

기억이 나지 않는다. 어떻게, 어떤 과정으로 그렸는지, 중간중간 기억나지 않았다. 아예 기억나지 않는 건 아니었으나, 꿈속에서 그린 그림처럼 느낌이 선명치가 않았다. 마치 전생의 기억처럼, 내 기억인데 내 기억이 아닌 듯한 느낌. 하지만 알 수 있었다. 자신은 앞으로 이런 그림을, 어쩌면 이것보다 훨씬 뛰어난 그림을, 자신의 능력으로 그릴 수 있다는 것을.

어찌하여 전과는 다른, 조금 더 발전된 형태의 감각을 갖게 되었는지, 그것이 어디로부터 왔는지는 궁금하지 않았다. 그것은 전혀 중요하지 않았다.

앞으로 중요한 것은, 이 감각을 자신의 스타일로 발전시켜 더 멋진 작업을 하는 일이다. 그렇게 되기까지 꽤나 오랜 시간이 걸리리라. 다른 감각을 가지고 그림을 그리는 데까지 거의 1년이 걸렸으니, 그 감각을 자신의 감각으로 완전히 흡수시키는 데는 더 많은 시간이 걸릴지도 모른다. 하지만 상관없었다. 그녀에게 그것은 결국 당연하다는 듯이 해낼 수 있는 일이니까.

5. 우성호

스물여섯 살 봄. 강은하는 2년여 만에 대학에 복학했다.

그 무렵 그녀와 사이가 끔찍하게 안 좋았던 교수는 결국 부당 점수와 대리 시험이 문제가 되어 구속되었다. 항간에는 여학생을 추행했다는 소문도 들려왔다. 그것이 진짜인지 헛소문인지는 몰라도, 여학생들 앞에서 자기가 젊었을 때 오입쟁이였다고 수십 번씩 이야기하며 자랑하는 교수라면 추행 정도는 너끈히 저지를 만도 할 것 같았다.

그녀는 그 후 옛날과는 달리 매우 얌전하게 학교를 재학했다. 그 전의 반항적인 태도는 사라져 있었고, 그녀는 오로지 졸업을 위해 학교를 다녔다.

복학하고 전과하는 과정에서, 그녀는 미디어아트에 대한 강의를 오는 매우 뛰어난 예술가 한 명을 알게 되었다. 그가 바로 우보배의 아들, 우성호였다. 우성호의 첫 인상은 멋쟁이, 그 말 밖에는 표현할 길이 없었다. 현준호처럼 요란하지도, 금성처럼 단정하지도 않지만, 현준호의 자유분방함과 금성

5. 우성호

의 깔끔한 멋스러움을 함께 갖춘 것 같았다.

물론 강은하에게 너무나 인상이 깊었던 두 남자이기에 현준호와 금성과 자연스레 비교할 수밖에 없었지만, 우성호는 현준호와도, 금성과도 달랐다. 이 사람은 그저 멋쟁이였다. 사십 중반에 들어선 나이에도 가죽 재킷과 비싼 오토바이가 너무나 잘 어울리는, 그러면서도 가볍지 않고 품위가 있는 그 멋쟁이는, 학생들 사이에서도 인기가 최고였다. 언뜻 세련된 게이처럼 보였지만 그는 소꿉친구와 결혼하여 가정도 있었다. 결혼은 일찍 했지만, 헤어 스타일리스트인 그의 부인도 그도 아이를 원치 않아 아이는 없었다. 이 멋쟁이 부부는 지금도 여전히 친구처럼 잘 지내면서 자유분방했다.

강은하가 전과 신청을 하러 갔을 때, 마침 조교실에 있던 우성호와 처음으로 만나게 되었다. 우성호는 강은하를 묘한 눈빛으로 쳐다보았다. 그것은 죽었다 깨어나도 이성을 바라보는 눈빛은 아니었으나 학생을 보는 눈빛도 아니었다. 굳이 말하자면 묘한 호기심이랄 만한 눈빛이었다. 우성호는 자신이 누구인지 밝히면서, 그녀에게 자판기 음료수를 권했다. 강은하는 감사하다며 따라갔지만 속으로 바짝 긴장했다. 그녀는 물론 미디어아트 천재 우성호를 알고 있었고, 우성호는 아마 현목성 작가도 알 것이고 현준호도 알 것이기 때문이었다.

"너구나. 그 유명한 반항아 문제아가. 애들도 수군대던데."

"수군대요?"

"그쪽 교수님이 니 욕을 좀 했어야 말이지. 널 본적도 없는 애들이 너 온다니까 전염병 환자가 오는 것처럼 투덜대다가 전과한다니까 다행이라 생각하더라."

"희한하네요. 대통령 조카 대리시험 쳐주고 자기들은 윽박지르다 구속되고 짤린 교수가 욕하는 사람이 진짜로 나쁜 사람일 거라 곧이곧대로 믿고 신봉한다니."

"그러니까. 그래도 스승이었던 사람이 제자를 욕하고 다니는 것도 웃기고, 자신이 본적도 없는 사람에 대해 문제 많은 사람이 욕한 건데 그 말만 듣고 전염병 환자 취급을 하는 멍청한 애들도 웃기고. 다들 어리석어."

마치 강은하를 감싸주는 듯한 내용이었지만 우성호는 감정적으로는 강은하를 전혀 감싸고 있지 않았다. 그냥 팩트에 대한 의견 전달일 뿐인 느낌이었다. 은하는 긴장감을 감추고 웃으면서 익살스럽게 물었다.

"소문의 주인공을 만나보니 어떠세요? 나쁜 놈이 나쁘다고 떠드는 사람이라고 해서 좋은 사람일 거란 보장도, 그렇다고 나쁜 사람일 거라는 보장도 없잖아요."

"그건 그래. 소문의 근원지가 문제 많다는 게 드러나면서 소문 자체가 신빙성이 없어졌을 뿐이지, 그건 내가 판단하는 거지. 네가 얼마나 문제아였는지는 솔직히 관심 없어. 그냥, 어딘지 내가 아는 사람을 떠올리게 하는 인상이 있었어. 그래서 이야기를 나눠보고 싶었던 거고."

우성호의 말에 강은하는 전류를 맞은 듯 온몸에 오싹한 기운이 스쳐갔다. 우성호의 아버지 우보배와 현준호의 아버지 현목성은 매우 잘 아는 사이란 것을 알고 있기 때문이다. 하지만 전혀 내색하지 않고 궁금해하며 우성호를 보았다.

"너무 대단하신 분이라 너한테서 그분을 떠올렸다는 게 그분께 죄송하긴 하지만……현목성 작가 말이야."

강은하는 움찔하면서도 한편으로는 안도의 한숨을 내쉬었다. 현준호의 이름은 나오지 않은 것이 다행스럽게 생각되면서, 현준호가 아닌 천재 화가 현목성의 이름이 거론된 것이 기뻤다.

"엄청난 영광이네요! 그런데 왜요?"

"그냥, 네 눈에서 나오는 느낌이 약간 그래. 뭔가 날카롭고 예리한 느낌."

다시 강은하의 심장이 쾅, 하고 내려앉았다. 하지만 아직도 현준호의 이

5. 우성호

름이 나오지 않았다는 것은 안심이 되었다.

"최근에……우 교수님의 전시를 본 적이 있어요."

강은하는 그것이 1년 이내라는 것—즉, 그녀가 '눈'을 가진 이후라는 것—을 크게 다행으로 생각하며 말했다.

"이번 전시 속에서……죽음을 보았어요. 좋아하는 분을 잃은 슬픔 같은 거. 그게 어둡지 않고 밝게 표현돼서, 죽음 다음의 세상에서도 행복하시라는 메시지 같아서 너무 좋았어요."

은하는 우성호의 전시를 보고 대단히 깊은 인상을 받았는데, 그것은 결코 그 메시지 때문이 아니었다. 그의 전시는 보통 사람들의 눈엔 그저 화려하고 기발하고 세련되게 느껴지겠지만, 은하의 눈에 그의 전시는 충격적일 만큼 군더더기가 일절 없었다. 그 화려한 빛깔들이 일정한 조화를 이루며, 터럭 하나만큼의 군더더기도 허용하지 않음으로써 그것은 인간 세계에서 찾을 수 없는 비현실적인 아름다움을 선사했다.

작업에 그만큼 군더더기가 없다는 것은, 그 작업을 하는 사람이 일말의 군더더기도 다 찾아낼 만큼 예민하다는 것과, 어떤 군더더기든간에 가차 없이 쳐낼 만큼 냉정하다는 것을 뜻할 것이다. 우성호에게 도움될 만한—정확히는 우성호의 작업에 도움될 만한—사람이 아니면, 자신은 순식간에 '군더더기'가 되어 우성호의 뇌리에서 가차 없이 내쳐질 것이다. 은하는 그런 멋진 작업을 하는 사람에게 '군더더기'가 되고 싶지 않아서, 일부러 자신이 아니면 알아내기 힘든 것을 말한 것이다.

예상했던 대로, 강은하의 말에 우성호는 크게 놀랐다.

"맞아, 이번 전시 준비하면서 내가 엄청 좋아하는 외할머니가 돌아가셨어. 이야, 확실히 현목성 작가가 느껴질 만하네! 현목성 작가님도 그런 거 귀신같이 잘 맞추셨는데! 그분이랑 같은 종류의 눈을 가지고 있구나!"

우성호의 마지막 말에, 강은하는 다시 심장이 쿵 하고 내려앉았다. 이제

푸른 화가의 진실

까지 심증만 하고 있던 것을 다른 사람이 확인시켜주는 것은 생각보다 큰 충격이었다. 동시에, 강은하는 우성호가 몹시 좋아졌다. 스승으로서의 존경. 그것은 강은하가 최초로 느껴보는 감정이었다.

우성호도 강은하에게 흥미를 가졌다. 우성호답게, 그것은 여자나 사람으로서가 아니라 새로운 버전의 영상 프로그램을 바라보는 감정 비슷한 것이었다. 어쨌든 그 둘은 친구 비슷한 스승과 제자 사이이자, 지인 사이가 되었다.

우성호와 친해진 것은 강은하에게 큰 행운이었다.

우선 당장의 전과 신청이 수월해졌다. 아무리 현재는 TV에서 포승줄 묶여 죄수복 입은 모습만 주로 나오며 검찰조사를 받고 감옥에서 콩밥을 먹고 있는 교수라 한들, 담당 교수와 사이가 극도로 나빴던 것은 결코 그녀에게 유리한 일은 아니었다. 때문에 어쩌면 다른 과에서도 받아들여야 하나 고민되는 뜨거운 감자일 수도 있었던 강은하는, 우성호의 말 한마디에 수월하게 전과할 수 있었다. 그것은 앞으로 학교생활에 큰 무리가 없다는 것을 반쯤 보장받은 것이나 다름없었다. 우성호는 자신의 입지와 아버지의 입지로 꽤나 큰 영향력을 가지고 있었다.

우성호는 자신의 작업에 대한 솔직한 시선을 듣기 위해 강은하를 불렀고, 그녀에게 미술계와 미디어아트에 대한 이야기를 들려주었다. 그들은 어느 쪽도 불만족스럽지 않은, 너무나 공평한 거래를 하기 위한 사이 같았다. 우성호는 사람에게 흥미는 가져도 애정을 잘 갖지 않는 사람이고, 그의 애정은 몽땅 자신의 작업에만 쏠려 있었다. 만약 강은하가 자신의 작업에 약간이나마 참고될 만한 도움을 주는 '눈'을 가진 사람이 아니었다면, 우성호는 강은하를 그저 '생명체' 정도로만 인식했을 것이다.

하지만 그에겐 그 어떤 고의나 악의도 없었다. 어떻게 보면 순수했다. 미

5. 우성호

술계를 바라보는 놀라운 통찰력과 열린 생각은, 그가 젊은 나이부터 유명한 작가가 된 것이 아버지 덕분이 아니라는 것을 여실히 말해주고 있었다.

강은하로서는 다행히도, 우성호는 강은하가 졸업할 때까지도 현준호의 이야기를 꺼낸 적이 없었다. 현준호를 모를 리야 없겠지만, 아마도 친하지는 않은 모양이었다. 작업에서도 패션에서도 군더더기 없는 멋쟁이인 우성호를 보며, 강은하는 현준호가 했던 온갖 뜬구름 잡는 겉멋 들린 이야기들을 떠올렸다. 우성호에 비하면 현준호는 군더더기로만 이루어진 사람 같았다. 우성호는 현준호와 사이가 나쁜 게 아니라, 그냥 관심이 없을 것이다.

오로지 졸업을 위해 학교를 다니면서, 은하의 그림을 발전시켜줄 수 있는 유일한 스승이 우성호였다. 졸업식을 며칠 앞두고, 강은하는 우성호에게 비싼 한정식집에서 식사 대접을 했다. 그날, 우성호는 약간의 흥미를 띤 얼굴로 강은하에게 물었다.

"너 현준호랑 아는 사이야?"

강은하는 심장이 쿵 하고 내려앉았지만, 언젠가는 그의 입에서 나올 수 있는 이름이라고 항상 생각하고 있었기 때문에 크게 놀라진 않았다.

"지금 연락하거나 교류하는 사이는 아니에요. 왜요?"

"알긴 안단 말이지?"

"네. 그런데 왜요?"

"현목성 작가님이 우리 집에 놀러오셨는데, 현준호도 같이 왔거든. 내가 강의 나가는 대학 이름을 듣더니, 현준호가 거기 강은하라는 여자 다니냐고 묻더라고. 친하다고 하니까 놀라면서 네 연락처를 묻더라."

"왜요?"

"나도 그게 궁금해서 물었더니, 그냥 전에 흥미를 가졌던 여자애라고 하더라고. 너한테 말하고 연락처 가르쳐주든가 말든가 해야 할 것 같아서 아직 안 가르쳐줬어. 어떻게 할까?"

은하는 눈살을 찌푸렸다.

"가르쳐주지 마요."

우성호는 예리한 눈으로 잠시 강은하를 쳐다보더니 물었다.

"뭔가 있지?"

"……."

"현준호 반응이 뭔가 이상했어. 무슨 사이야? 아니, 지금 네 번호를 모른다는 것은 무슨 사이였어, 라고 묻는 게 맞겠지?"

강은하는 잠시 고민하다, 솔직하게 말하기로 결심했다. 정확하게는 '말하는 부분은 솔직하게'이긴 하겠지만.

"제가 짝사랑해서 쫓아다녔는데 차였어요."

이 말엔 분명 거짓이 없었다. 그리고 강은하는 열심히 그때를 떠올리며 상처받고 자괴감 드는 표정을 지었다. 우성호는 그녀의 표정에서, 그녀가 현준호의 노리개 노릇만 하다 차였을 것임을 충분히 짐작할 수 있었다.

"너 똑부러진 줄 알았는데 생각보다 바보구나! 걔가 사생활 안 좋기로 전부터 유명했는데."

"그런 게 이성으로 되는 일이 아니잖아요. 지난 일이죠, 뭐."

우성호는 일단 호기심이 풀리고 나자, 곧바로 관심 대상에서 현준호가 제외되었다. 마치 그런 이야기를 애초 꺼낸 적 없는 것처럼, 화제는 순식간에 자신의 작업과 미술계에 대한 이야기로 바뀌었다.

우성호는 왜 진작 현준호를 알고 있었다는 이야기를 하지 않았냐는 말 따윈 물론 하지 않았다. 그는 그냥 자신이 그 전까지 현준호 이야기를 말한 적 없는 것과 같은 맥락으로 생각하거나, 아니면 아예 그조차 관심이 없을 것이다. 우성호는 어떤 면에서는 은하와 비슷하면서도 참 편한 사람이었다.

며칠 후, 우성호는 은하와 식사를 하며 무심하게 말했다.

5. 우성호

"현준호가 다른 쪽으로 네 연락처 알았나 보더라. 어쨌든 내가 가르쳐준 거 아니니까 알아두라고."

그 말엔, 왜 현준호가 자신한테 그런 이야길 하고 자기는 왜 이런 해명을 해야 하냐는 식의 짜증이 약간 담겨 있었다. 은하는 자신을 향한 짜증은 아닌 것 같아서 안심했다.

은하는 고기를 썰기 위해 나이프를 쥐고, 잠시 심호흡을 했다.

선단공포증. 한동안 그것 때문에 은하는 칼을 쥐고 하는 식사를 하지 못했다. 하지만 공포증을 이겨내려는 은하의 의지가 공포증보다 강했고, 은하는 조금씩 조금씩 칼날에 대한 공포를 이겨냈다. 하지만 아직도, 칼을 보면 저 날카로운 선이 지금 당장 자신의 살점을 스산하게 잘라내는 듯이 섬뜩한 기분과, 눈이 약간 따끔거리는 듯한 느낌을 잠깐 동안 느끼곤 했다.

은하가 징그러운 벌레 보듯이 나이프를 잠시 바라본 것을, 우성호가 묘한 눈빛으로 보았다. 은하는 자신에게 선단공포증이 미미하게 남아있는 것을 들키지 않기 위해 재빨리 능숙하게 고기를 썰었다. 우성호는 흥미로운 얼굴로 말했다.

"현준호한테 선단공포증 있던 거, 알고 있어?"

"……네?"

"준호한테 선단공포증이 있었거든. 스테이크도 다 잘라져서 나와야 먹을 수 있었고, 칼 가까이에 가지도 못했어. 그런데 저번에 놀러왔을 때, 그게 없어져 있더라고. 우리 집 거실에 골동품 칼이 진열되어 있는데, 현준호랑 현목성 작가님이 갑자기 오셔서 미처 못 치웠거든. 현준호가 신기해하면서 칼날을 만져보기에 깜짝 놀랐어."

은하는 표정만큼은 태연하게 유지했지만, 심장은 급격하게 얼어붙었다.

이건 짐작도 못했다.

전염병처럼 옮는 게 아니라, 아예 '옮겨가는' 거란 말인가?

"아, 참. 번호 알고 나니까 현준호 말이 달라지더라. 사실 예전에 잠깐 데리고 잤던 싸구려 여자라고. 아, 난 걸러서 말한 거고 실제론 더 심하게 말했어."

"……전 진심으로 좋아했어요. 그렇게 취급 받는 건, 제가 그 사람을 너무 좋아해서 자초한 일이니 할 수 없지만."

이 말에도 분명 거짓은 없었다.

"그래서 저에 대해 불쾌하셨어요?"

은하의 말에 우성호는 피식 웃었다.

"내가? 왜? 솔직히 말해서 난 네가 개랑 뭘 했든 사귀었든 개랑 결혼했다 이혼했든 관심 없어. 아니, 마지막 건 좀 관심이 있어야겠구나. 어쨌든 집안끼리 아는 사이고, 부조도 많이 해야 할 테니깐. 내가 널 여자로 봤다면 당연히 불쾌했겠지. 그게 10년 전 일이든 어제 일이든, 나한테 애인이 있든 아내가 있든, 니가 날 좋아하든 말든간에 전혀 상관없이, 뼈저리게 불쾌했겠지. 근데 아니란 거 잘 알잖아."

물론 그렇다는 건 은하도 알고 있었다. 그녀는 우성호에게 성능 좋은 망원경 같은 존재였다. 하지만 우성호의 말은, 다른 쪽으로 은하의 심장을 깎아내리며 마음을 아프게 했다.

금성. 그도 그랬겠지. 비록 금성이 먼저 현준호와 단둘이 만날 수 있게 자신을 팔아먹었다 해도, 그것과 상관없이 뼈저리게 불쾌했겠지.

그것을 깨닫고 나자, 은하는 금성에게 참을 수 없이 미안해졌다. 대체 왜 지금 와서야 이런 생각을 하는지 억울하고 의아할 정도로, 금성에게 뼈아프게 미안해졌다. 그렇게 해서 금성의 마음이 풀릴 수 있다면, 당장 달려가서 그 앞에 무릎 꿇고 빌고 싶을 정도로.

"그런데 저번부터, 신기한 생각이 들어."

우성호가 혼잣말하듯 말하자, 은하는 그 속에 어딘지 중요한 뉘앙스가

5. 우성호

숨어 있는 것 같다는 느낌이 와서 긴장했다.

"난 현준호와 그리 친하진 않지만, 내 작업은 종종 봐주곤 했어. 지금의 너처럼 말이야."

은하는 태연하게 들었지만, 손끝이 얼어붙을 것만 같았다.

"그런데 이상해. 걔가 갑자기 보는 눈이 구려졌거든. 그것만큼은 뛰어나서 다른 사람 그림 평가해야 한다거나 신진 작가 발굴하거나 할 때는 현목성 작가님도 그 앨 옆에 두곤 했어. 언제더라……내가 널 만나기 반년 전쯤이던가. 현준호가 별로라고 해서 현목성 작가님도 그저 그렇다고 평가한 그림이 대박친 적이 있었어. 현준호가 얼마나 정확한 눈을 가졌는데, 그건 정말 천지가 개벽할 일이었지. 그 충격인지도 모르겠지만, 그 이후로 현준호의 눈은 전처럼 날카롭지 않아."

"눈을……완전히 잃은 건가요?"

은하는 떨지 않도록 주의하면서 조심스레 물었다. 우성호는 고개를 끄덕였다.

"그런 것 같아. 물론 시력 자체가 변한 건 아닐 테지. 그런데 옛날의 그 눈은 아니야. 그게 어디론가 가버렸어. 그 이후론 내가 현준호를 일부러 만날 일은 없었어. 그게 사라진 이상 만날 이유가 없었거든. 거기다 무슨 이유에선지 현준호는 그 몇 년 전부터 날 피했었어. 처음에 내가 너랑 친하다고 하니까, 준호가 능글맞게 웃으면서 어떤 애냐고 묻더라. 그래서 보는 눈이 아주 탁월해서 옛날에 네가 해주던 역할을 해주고 있다고 하니까, 거기서 표정이 완전히 변했어.

준호 걔, 무슨 공포영화라도 보는 표정이더라. 그러더니 그때부터 흥미를 가지고 전부터 알던 애니 뭐니 하면서 네 연락처를 물어봤어. 그것까지도 이해가 가긴 해. 자기 능력을 잃고 나서 비슷한 능력을 가진 애를 만나보고 싶어 하는 심리일 테니까. 그런데 뭔가 있는 거 같아. 보이지 않는 뭔가가."

우성호의 말을 들으며, 은하는 침착하려고 애썼다.

신비한 눈을 가진 사람을 만났다. 그를 진심으로 사랑했다. 그것이 어떤 종류의 진심인지는 몰라도, 어쨌든 그 어떤 계산 없이 진심으로 사랑했다. 그 감정이 누가 일부러 뺏어간 듯 사라진 후, 자신에게 같은 종류의 눈이 생겼다. 그러면 그는?

은하는 그동안 그것이 아예 궁금하지 않았던 것은 아니었다. 하지만 그렇다고 해서 딱히 알고 싶지도 않았다. 아니, '내가 궁금해야 할 영역이 아닌 것 같다'는 느낌이 들었다는 것이 더 정확한 표현일 것이다. 그래서 은하는 준호와 헤어진 후 그에 대해 아무것도 알아내려 하지 않았다. 일부러 소식을 알지 않으려 애썼다.

우성호는 잠시 생각에 잠기다가 고개를 흔들었다.

"됐다, 그만 생각하자. 뭔가 내가 알지 말아야 할 일 같아."

우성호의 말에 은하는 놀랐지만 아무 말도 하지 않았다. 우성호는 자신의 작업에 필요한 호기심에선 매우 집요했지만, 작업 외적인 일에서는 무심한 편이었고 특히 지금처럼 안 궁금해하기로 결정을 내리면 놀라울 정도로 그것에 대해 무심해졌다. 우성호의 이야기 속에서 현준호가 완전히 지워지고, 미술과 작품에 대한 이야기로 돌아갔다.

역시 우성호는 스타 예술가다웠다. 그에겐 설명할 수 없는 제3의 감이 있었다. 은하는 그가 더욱 좋아졌고, 존경심이 더욱 높아졌다.

6. 수호신

그날 밤, 은하에게 전화가 왔다. 저장되지 않은 번호였지만, 은하는 익숙한 뒷번호를 보고 그게 현준호라는 것을 알 수 있었다. 은하는 전화를 받지 않았다. 아마 한 번 안 받으면, 가오 떨어지는 짓은 절대 안 하려고 노력하는 현준호답게 더 이상 전화하지 않을 것이다. 문득 자신이 현준호의 연락을 씹은 것이 처음이라는 생각이 들었다. 현준호는 은하의 연락을 받는 일보다 씹는 일이 더 많았고, 은하에게 연락을 먼저 하는 일은 드물었다.

아마도 현준호는 불쾌했겠지. 자신이 좋아하지 않았던 여자라도, 자신이 경멸하고 상처 줬던 여자라도, 자신을 좋아하고 자신이 우선순위였던 여자가 더 이상 그러지 않는다는 것은 그에게 있어 불쾌한 일인 동시에 믿을 수 없을 만큼 불합리한 일일 테니까. 사람은 그렇게 등신 같은 심리가 있는, 불합리한 동물이니까. 게다가 현준호는 보통보다도 특별히 더 불합리한 사람이었다.

그리고 예상했던 대로, 현준호는 불쾌했던 모양이다. 그는 자신의 방식으로 불쾌함을 표시했다.

며칠 후, 은하에게 또 모르는 번호로 전화가 왔다. 은하는 현준호의 전화는 아닐 거라 생각했지만, 어딘지 유쾌하지 않은 기분으로 전화를 받았다.
"너 현준호랑 그 친구한테 번갈아 아랫도리 돌리고 다녔다며?"
순간 은하는 전화를 떨어뜨릴 뻔했다.
깊은 모멸감이 몸 안쪽에서부터 온몸에 구석구석 퍼져 나갔다.
이 새되고 천박한 목소리의 주인공을, 은하는 간신히 떠올렸다.
"애니?"
"준호 오빠한테 다 들었어. 너 뭐야, 내 허락도 없이 내가 찜해놓았던 걸 가로채? 이 바닥에도 상도가 있어, 어딜 내 영역에서 아랫도리 돌리고 다녀, 이 더러운 년아."
은하는 애니의 수준이 어떤지 잘 알고 있었다. 은하는 애니의 직업에 대한 선입견은 없었다. 아마 그녀의 직업 때문에 그녀가 이런 것이 아니라, 원래부터 타고난 그녀의 인간성이 바닥이기 때문일 것이다. 작고 귀엽고 요정 같지만, 속은 속물근성 가득한 똥과 쓰레기 냄새가 났다. 그런 사람에게 모욕적인 언어 폭탄을 맞으니, 징그러운 송충이를 정면으로 얼굴에 맞은 것 같은 모멸감과 불쾌감을 느꼈다.
은하는 바로 전화를 끊었다.
아마 애니는 닥치는 대로 이 이야기를 두 배 세 배로 부풀려서 마주치는 모든 사람에게 퍼뜨리고 다닐 것이다. 그녀의 이야기 속에서 어쩌면 자신은 걸레 중의 대걸레, 창녀 중의 창녀로 아주 신화 속 인물로 발전할 것이다. 애니는 아주 더러운 말투로, 뭇여자들에 대해 그렇게 떠들어대는 것을 좋아했다. 어쩌면 본인이 창녀이기 때문에 다른 여자들을 모두 걸레로 일반화시

6. 수호신

킴으로써 자신이 승격될 수 있다고 믿는 것일지도 모른다.

하지만 은하는 전에 생각했던 대로, 그녀의 더러운 이야기에 귀를 기울이고 믿을 만큼 바보 천치인 사람들에게 자기 이미지가 좋게 비춰질 필요는 없다고 결론 내렸다. 이 모든 사태를 만든 것이 현준호라고 생각하자 어이가 없었다. 그토록 멋진 예술가 흉내를 내고 싶어 안달하는 인간이, 이렇게 추악한 뒷담화 사건을 벌이다니, 우습지도 않았다. 가짜 예술가답다는 생각이 들었다. 진짜 예술가라면 아무리 쓰레기여도 자신의 입으로 상대에게 직접 욕을 했을 것이다. 예를 들면 쓰레기 같은 사생활의 천재 시인으로 유명한 보들레르도, 조르주 상드에게 문란하다고 자신의 입으로 직접 욕한 것과 같이 말이다. 문란하기로 소문난 보들레르가 직접 그런 말을 해봤자 신빙성이 떨어질 것임에도, 보들레르는 적어도 자기 입으로 직접 이야기했다.

"그러니까 애초 그런 눈을 가질 자격이 없는 인간이었네."

은하는 자기도 모르게 중얼거리고, 깜짝 놀랐다.

그녀는 혼자 있을 때조차도, 심증뿐인 이 이야기를 결코 꺼내지 않았다. 입 밖에 내어놓은 것은 이날이 처음이었다. 아마도 그 사건이 일종의 전환점이었던 것 같다고 은하는 생각했다.

그 전까지 은하는 현준호에 대한 미련 비슷한 감정을 떨쳐내기 힘들었다. 현준호에게 사랑이 남아 있다기보단, 무언가 다른 의미의 미련이 은하에게 있었다. 남편이 온갖 나쁜 짓을 했다 해도, 이미 사랑하는 마음은 없어졌다 해도, 사랑하는 아이의 아빠이기 때문에 완전히 끊어내기 힘든 그런 종류의 마음.

은하는 자신의 눈을 몹시 사랑했다. 몹시 몹시 사랑했다. 아마도 그 눈의 원래 주인이었을지도 모를 사람으로서, 현준호에 대한 애잔한 마음이 약간은 남아 있었을 것이다. 그래서인지, 다신 보고 싶지 않을 거라 생각했던 그의 얼굴이 견딜 수 없이 보고 싶을 때가 가끔 있었다. 마치 은하가 두 사람인 것처럼 절대 보고 싶지 않다는 진심 어린 거부감도 함께 들긴 했지만, 어쨌든 가끔은 몹시 보고 싶었다.

하지만 그 전화를 기점으로 모든 것이 정리되었다. 현준호에게 마지막까지 남아 있었던 일말의 호감이 모두 죽어버렸다. 그렇다고 해서 결코 현준호를 미워할 순 없었다. 보이지 않는 무언가가 그녀의 감정이 미움까지 가는 것을 막고 있었다. 하지만 애잔함은 모두 사라졌다.

거기다 갑자기, 그녀의 '선단공포증'이 심하게 되살아났다. 우성호와 스테이크를 먹으러 갔다가 은하가 자기도 모르게 공포에 질려 나이프를 탁자에서 떨어뜨린 후, 우성호는 아주 묘한 얼굴로 은하를 보았다. 은하는 도저히 나이프를 잡을 자신이 없어서 속이 뒤집어졌다고 변명하고 복통을 앓는 것을 연기하면서 집에 가야 했다.

우성호는 아무것도 묻지 않았지만, 그 후로 왠지 밥을 자주 사주면서 반드시 나이프를 써야만 먹을 수 있는 종류의 음식을 파는 곳으로 은하를 데려갔다. 그리고 호기심 어린 눈빛으로 은하가 식사하는 모습을 주의 깊게 지켜보았다.

그래도 은하는 자신에게 있어서 그 증상을 견뎌내는 것이 가능하다는 것을 알고 있었다. 나이프를 떨어뜨린 바로 그날부터 그녀는 집에 돌아오면 증상을 견디는 훈련을 했다. 그 결과 은하는 우성호 앞에서 아무렇지 않게 나이프를 써서 맛있게 식사를 할 수 있었다. 다만 상처 후 은은하게 남은 흉터처럼, 칼을 보면 눈이 묘하게 따끔거리며 섬뜩한 불쾌함이 올라오는 것은 여전히 남았다.

그리고 그녀는 드디어 작업에서 자신의 스타일을 어느 정도 완성했다. 그림 그리는 과정이 부분부분 생각나지 않는 일도 줄어들었다. 아마도 은하는 그 사건이, '현준호가 자신을 떠난 눈에게 완전히 버림받게 된 사건'이라고 짐작했다. 어머니를 때리는 아버지를 보고, 아버지를 영원히 버리는 자식이

6. 수호신

있는 것처럼 말이다.

애니의 전화는 은하에게 끔찍하게 안 좋은 일이었지만, 그 외에 그녀에게 나쁜 일은 없었다. 아니, 오히려 그때부터 시작이었다고 해야 할 것이다.

갓 졸업한 은하에게, 우성호가 방송 출연 제의를 해왔다.

"방송이요?"

"그래, 〈TV쇼 진퉁짝퉁〉이라고, 뭐 골동품 나오면 진품 맞추고 그러는 거야. 미술인도 한 명 껴 있으면 재밌을 거라 생각하나 봐. 나한테 제의가 왔어. 난 나가기 싫어. 미술 전문 프로그램도 아니고, 그냥 쇼에서 광대 노릇 하라는 거잖아. 거기다 내 적중률이 백 퍼센트도 아닐 텐데 괜히 쪽당하기도 싫고. 근데 거절하긴 좀 껄끄러운 쪽에서 한 부탁이라 꿩 대신 닭으로 적당한 사람이라도 소개시켜줘야 하거든. 그런 프로그램에 내 제자라고 소개돼서 내 얼굴에 먹칠 안 할 사람이 너 말고 더 있겠냐."

어떻게 보면 굉장히 위험한 프로그램이지만, 은하에게는 제격이었다. 어쩌면 흔치 않은 기회일지도 모른다. 은하는 기쁜 마음을 감추고, 자신만이 잘할 수 있는 프로그램이라는 것을 알고 있고, 우성호 교수님을 대단히 존경하고 좋아하기 때문에 교수님의 말을 따르겠다고 대답했다. 우성호는 무척 기뻐했다.

"그래, 어디서 근사한 밥이라도 사줄까? 아 맞다!"

우성호는 무릎을 탁 쳤다.

"얼마 전에 뭔가 엄청난 신내림을 받았다는 되게 용하다는 무당이 있거든. 윗선에서만 소문이 퍼져 있는 무당이라 보통 사람은 잘 만나지도 못하고, 예약 꽉꽉 차 있는데 오늘 저녁에 내가 예약되어 있어. 너도 같이 가자."

"사모님은……?"

"물론 같이 가지."

은하는 우성호의 아내도 좋아했다. 그녀는 우성호와 동갑이지만 여전히 삼십 초반같이 보이는 동안에, 헤어 디자이너답게 머리 색깔이 자주 바뀌었다. 그녀는 우성호보다 철이 없었으나 우성호만큼 냉정하진 않았다. 그녀는 동행하기 껄끄러운 존재가 아니었다.

하지만 이번 일은 무언가 본능적인 불안함이 느껴졌다. 묘한 불안함. 하지만 호기심이 불안함을 이겼다. 인간이란 동물은 불안함보단 호기심이 더 강한 동물이니까.

은하는 결국 무당을 같이 만나보기로 했다.

"어머 은하야 오랜만이다! 자기야 자기야 완전 기대돼, 완전 기대돼! 완전 재밌겠다!"

물결치는 보라색의 머리를 하고 온 우성호의 아내는, 운전하는 우성호 옆자리에 앉아 수다스럽게 법석을 떨었다.

무당은 여자였는데, 점잖은 양반처럼 도포에 갓 차림이었다. 어찌 보면 웃음이 나올 만한 광경이지만, 정말 영의정이라도 되는 듯이 사뭇 위엄이 있어서 웃음은 나오지 않았다.

무당은 우성호부터 시작해서 직업이며 성격이며 백발백중으로 척척 맞췄고, 덕분에 우성호 아내의 호들갑도 극에 달했다. 은하는 무당이란 사람들은 아무리 용하다 한들 과거는 잘 맞춰도 미래를 맞추는 사람은 아니라고 들은 바가 있어서, 그게 신기하면서도 별 기대는 하지 않았다. 그녀가 지금 최대로 궁금한 건 〈TV쇼 진퉁짝퉁〉 출연이 성공적이냐 아니냐인데, 아마도 그것은 이 무당이 아무리 용하다 할지라도 알 수 있는 영역은 아닐 테니까.

은하 차례가 오자, 무당은 짐짓 은하를 잠시 노려보더니 말했다.

"다른 사람의 수호신을 가졌구나!"

은하는 순간 온몸이 얼어붙었다.

우성호는 〈식스센스〉의 반전 장면을 본 것 같은 표정으로 은하를 쳐다보

6. 수호신

았다.

우성호의 아내는 영문을 모르고 무당과 은하 얼굴을 번갈아 두리번거렸다.

"아 놀랄 것 없어! 수호신은 누구나 다 있으니까. 그중 수호신과 몸이 통하는 사람이 나처럼 무당이 되는 거지. 수호신이 옮겨가는 거, 흔치 않은 일이긴 한데 가끔은 있어. 자네가 가진 수호신은……꽤 대단하군. 불가사의해. 근데 수호신이 아무리 괜찮아도 그릇이 별로면 영 능력 발휘를 못하거든. 이전 사람 그릇이 별로라서 자네한테로 옮겨왔어."

"왜 제가……갖게 된 거죠? 그릇이 제가 나아서요?"

은하는 지금 혼자 있는 것이 아니란 게 너무나 안타까웠지만, 그래도 물어보지 않을 수가 없었다.

"그것도 그렇고, 그 수호신 주인이 자기가 원해서 준거야. 자네도 대가를 치르고 받은 거고. 공평하지. 원래 이쪽 세계의 거래는 현실보다 더 칼 같아. 얄짤없어. 아마 서로가 다 억울해야 할 정도일걸? 원래 인간은 자신에게 좀 더 유리해야 공평한 거래라고 믿는 족속이거든."

대가? 그 대가는 너무 컸다. 은하는 자신이 받은 여자로서의 모멸감이, 한때는 순수했던 자신의 감정이 더없이 아까웠다. 그 시간들을 돌릴 수 있다면 그녀는 기꺼이 예전의 눈으로 돌아갈 것이다. 그녀는 현재 자신의 눈을 사랑하지만, 예전의 자신이라 해도 충분히 멋진 작품을 하고 성공할 자신이 있었다.

하지만, 자신이 원해서 준 거라니? 미술가로서의 장점이 눈밖에 없는 사람이 눈을 줬다고? 그는 거세를 당하는 것과 자신의 안목을 내주는 것 중 하나를 선택하라면 아마 가차 없이 거세를 선택했을 것이다.

"원해서 줬을 리가 없어요."

"원해서 준 거야! 자기가 스스로 준 거라고!"

푸른 화가의 진실

은하의 말에 무당은 꽥 소리쳤다.

"도박으로 전재산을 잃은 사람 중에, 도박하는 걸 원치 않는데 재산을 잃은 사람은 없어. 도박을 원치 않지만 어쩌다 따라 들어와 우연히 돈을 따는 사람은 있어도. 물론 남이 돈 딸 거라고 생각하고 도박을 하는 사람은 없지. 그래도 어쨌든 자신의 의지로 재산을 잃은 거야. 타짜도 아닌 주제에 도박을 좋아하면 어떻게 되겠어? 할 수 없지, 능력이 거기까지인걸. 이런 일이 도리에 맞는 일이라고 생각하는 사람이 아니라면, 그런 일은 일어나지 않아."

은하는 이 말도 안 되는 말들 속에서 어렴풋이 논리를 찾아내고, 이해했다.

현준호는 로세티의 그림을 위해서는 엘리자베스 시달의 영혼이 짓밟히는 것따윈 시달이 당연히 수긍해야 한다고 생각했던 사람이다. 진정한 예술을 위해 다른 사람의 영혼을 짓밟고 갈취하는 것이 멋진 일이라고 생각했던 사람이다. 그 희생자조차도 그것을 겸허히 받아들여야 한다고 생각했던 사람이다.

그의 논리대로라면, 그는 이 모든 말도 안 되는 일들이 사실이라 해도 멋진 일이라 생각하며 겸허히 받아들이고, 은하가 진정한 예술품을 탄생시키길 진심으로 바라면서 귀찮게 하지 않아야 맞다.

"어차피 자넨 값을 치렀어. 물리지도 못할 대가를 받았으니 수호신 주인은 돌려달라고 하지도 못해. 물리지 못한다는 점에선 가장 무시무시한 대가지. 자신이 원해서 그 대가를 가진 거고 원해서 이런 결과를 얻은 거니 억울하다고 하지도 못해. 그 거래는 완전히 끝났어."

은하는 그 대가가 무엇인지 물어보지 않았다. 단순히 '몸'을 이야기하는 것이 아닐 것이다. 자신의 찢어지는 심장, 감정, 모멸감, 고통, 그 모든 것을 포함한 어떤 것. 그전으로 가장 되돌아갈 수 없는 종류의 일.

6. 수호신

"제가 빼앗길 수도 있던 건가요?"

"도박을 좋아하지 않는 사람이 전재산을 잃진 않겠지. 누군가의 전재산을 우연히 따는 일은 있을 수도 있겠지만. 게다가, 수호신은 더 진한 쪽으로 흡수된 거야. 거기다 양쪽 사람 모두 원하는 일이었지. 옮겨갈 수 있는 그릇이 맘에 들어서 옮긴 거지. 기(氣)라는 건 삼투압 작용이 있어. 더 진한 쪽으로 흡수가 되지, 더 옅은 쪽으로 흡수되는 일은 잘 없어. 아마도 수호신이 가장 원하는 것을 자네가 이뤄줄 가능성이 더 크다는 이유도 있을 거야. 수호신을 넘긴 사람은 자네의 무언가를 원하면서도 한 순간도 진심이 아니었어. 자네는 진심이었겠지. 그러니까 이런 일이 일어날 수 있는 거야."

이미 알고 있는 사실이지만, 직접 들으니 은하의 마음이 뼈저리게 쓰려왔다.

그녀가 제일 바란 것은 결국 사랑이었다. 눈 같은 게 아니었다. 지금은 그런 인간 따위는 트럭으로 갖다 줘도 싫지만, 당시 그녀는 오로지 그의 사랑을 바랐다.

"어쨌든 수호신 주인은 지금 다른 것도 주고 있군."

이제 우성호와 그의 아내는 이보다 더 재밌을 수 없다는 표정으로 완전히 그들의 이야기에 집중하고 있었다. 은하도 이 순간 우성호와 그의 아내가 있다는 사실조차 잊을 만큼 무당의 다음 말이 궁금했다.

"수호신 전 주인으로서, 수호신이 원하는 것을 이룰 수 있는 사람에게 본인이 원해서 넘겨줬는데, 지금 수호신 그릇을 건드리면 안 돼. 그건 이 세계에서 위법이야. 건드리게 되면 수호신에게 대가를 치러야겠지. 강제 위자료야."

"그게……뭔데요?"

"자네 수호신이 무얼 원하는지에 따라 다르지. 자네 수호신은……관(官)? 뭐라고 해석해야 하나? 명예라고 치자. 그게 가장 강하군. 그 수호신이 가장 싫어하는 걸 건드렸으니, 그는 이제부터 수호신에게 갚아야만 해."

"싫어하는 거……?"

"명예를 깎는 거겠지. 구설일라나?"

구설……문득 애니를 생각하며, 은하는 할 말을 잃었다.

"명예랑 구설은 참 성질이 비슷해. 명예는 백만 명이 떠들어줘도 득 보는 게 한 명이고, 구설 역시 백만 명이 떠들어대도 피해자는 한 명이니까. 한번 불붙으면 걷잡을 수 없지. 어쨌든 그 값을 치르는 건 수호신 주인 한 명이야."

그니까 값을 치르는 건 애니가 아니라 현준호일 거란 이야기인가? 하필 애니라니, 현준호는 참 상대를 잘못 골랐다. 남 험담하는 것이 인생의 가장 큰 즐거움인 애니인데, 그걸 갚는 건 현준호여야 한다니. 하지만 그게 공평할 것이다. 애초 의도한 것이 현준호니까.

은하는 억울했다. 이따위 골치 아픈 일 겪지 않아도 그녀는 자신의 힘으로 명예를 얻을 자신 있었기 때문이다. 그의 어떤 것도 별로 받고 싶지 않았다. 로세티 일화에서 보인 그의 논리대로라면 스스로가 진짜 예술가의 재료가 되어준 것에 대해 영광이라 생각하면서 그 진짜 예술가가 그걸 이용해 성공적으로 작품 활동을 하며 명예를 얻길 진심으로 빌며 조용히 있어야 하는 건데, 오히려 해치려 들다니, 이율배반이 맞다. 이걸 당해야 하는 것이 억울했다.

"원래 지나치게 공정한 거래는 양쪽 모두가 억울해하는 법이지."

무당은 마치 은하의 마음을 읽은 것처럼 말했다.

돌아오는 길에, 우성호의 아내는 그 수호신의 주인이 누구냐 대가는 뭐였냐고 호들갑스럽게 캐물었다. 은하는 현준호와는 아예 거리가 먼 가상의 인물을 아주 디테일하게 만들어내어 이야기해주었다.

우성호는 그 이야기에 적당히 맞장구만 쳐줄 뿐, 현준호의 현 자도 꺼내

6. 수호신

지 않았다. 집안끼리 아는 사이인데 우성호의 아내가 있어서 그랬을 수도 있지만, 아마 앞으로도 우성호가 그 수호신 주인과 현준호를 연결시켜서 이야기를 하진 않을 거라는 생각이 들었다. 우성호는 자신이 건드리면 귀찮을 것 같은 영역은 건드리지도 궁금해하지도 않는 사람이었다.

은하는 돌아가면서, 무당의 말을 어디까지 믿을 것인가를 생각했다. 무당은 수호신이라 표현했지만 그것은 그저 무당의 언어일 것이다. 어쨌든, 현준호의 무언가가 은하에게 넘어왔다.

'그가 원해서.'

그것은 절대 되돌릴 수 없다.

자신의 일부를 '스스로 원해서' 남에게 넘겨준 사람으로서, 책임도 생긴다.

'그 사람의 영역을 건드리지 않는다'는 아주 쉽고 단순한 책임이지만 그는 그걸 어겼다.

대략 여기까지의 논리만 믿으면 된다고, 은하는 생각했다.

무당의 말이 모두 진실에 가깝진 않을 것이다. 보이지 않기 때문에 무어라 정의할 수 없는 무언가에 대해, 자신만의 언어로 표현한 그런 것일 것이다.

문득 은하는, 이따금 아직 전성기 나이에 부상이 온 것도 아닌데 재능이 없어져버린 것처럼 폼이 구려지는 운동선수, 몹시 반짝반짝 매력적이었는데 그 매력을 누가 거둬간 듯 갑자기 빛을 잃는 연예인 등이, 이런 일을 겪은 게 아닐까 하는 생각이 들었다. 반대의 경우도 있다. 매력이나 재능이 부족한 것 같았다가 그런 게 갑자기 생겨 뜨는 예술가나 연예인도 가끔은 있던 거 같다. 아마도 그들의 반짝임은, 그들보다 더 농도가 짙은 다른 이들에게 '자신이 원해서' 넘겨주어 잘 사용되고 있고, 잘 받아 사용되어지고 있던 것이 아니었을까. 그들은 자신에게 왜 재능이 없어졌는지, 그걸 자신이 누구에게 주었는지도 모른 채 그냥 살아갈 것이다. 어차피 그런 것들은 더 이상 중요한 게 아니다. 자신이 앞으로 열심히 작품을 만들어내는 것보다 중요한 일은 아닌 것이다.

현준호와 이야기하는 것은 무가치한 일이라고 은하는 생각했으나, 한마디는 해야겠다고 결심했다. 은하는 무당의 말을 다 믿진 않았지만 혹시라도 맞다면 결코, 현준호의 그 어떤 것도 더 이상 받고 싶지 않고, 그에게 그 어떤 것도 침범당하고 싶지 않았다. 그건 양쪽 모두에게 너무나 비생산적이다. 그녀는 그에게 간단히 문자로 하고 싶은 말을 보냈다.

'내 얘기 너무 하고 다니지 마. 나 건드리지 마.
어디까지나 서.로.를.위.해.서. 당신이 행복하게 잘 살길 빌어줄게.'

마지막 말은 진심이었다. 즉, 다시 말해, '어딘가에서 알아서 행복하게 잘 살아서 날 귀찮게 하는 일이나 내가 신경쓰이는 일 따윈 일어나질 않길 바란다'가 더 정확한 말이고, 그 말 뒤엔 '당신이 행복하고 잘 살길 빌어주긴 하겠지만 당신의 행복을 위해 내가 해줄 수 있는 일은 아무것도 없을 것이다'가 생략되어 있는 말이다.

그가 문자를 신경써서 앞으로 자신을 건드리지 않을지는 모르겠으나, 그런 것과 상관없이 어쨌든 제발 신경쓰이는 일이 없길 바랐다. 그런 비생산적인 일에 정신을 쏟고 싶지 않았다. 그런 것을 신경쓰기엔 시간과 에너지가 너무 아까웠다. 그 시간에 작품 활동을 하는 것이 서로에게 좋지 않은가? 현준호의 논리에 의거해서도 그게 가장 그가 바라야 하는 것이 아닌가? 그런데 하필 떠벌린 상대가 애니라니. 가장 귀찮은 상대인데. 이율배반이다. 그녀는 은하를 깎아내리는 일을 절대로 포기하지 않을 것이다. 그리고 그러한 이율배반에 대한 대가는 그걸 저지른 게 현준호이니 현준호가 치

6. 수호신

르는 게 맞다는 생각도 들었다.

강은하의 TV쇼 데뷔는 매우 성공적이었다.

은하는 원래부터 센스가 있고 말재간이 있는데다가, 뛰어난 미인까진 아니어도 준수한 외모였다. 특히 사람들은 단정하고 반듯한 인상 속에, 모든 것을 꿰뚫어볼 듯이 칼날처럼 예리한 빛을 발하는 그녀의 눈빛이 매력적이라 생각했다. 일부에선 은하가 왕년에 걸레였다느니 뭐라느니 하는 악플과 소문이 들끓었고, 은하는 그 악플의 출처가 누군지는 그다지 궁금하지 않았다. 은하의 유명세가 높아질수록 질투라도 하듯 누군가가 끊임없이 악플과 소문을 선동했지만, 다행히 그것은 대세를 흔들 정도의 효력을 갖진 못했다. 어차피 은하는 청순가련하고 깨끗한 이미지로 승부하는 CF스타도 아니었다. 재능 넘치는 예술가의 사생활이 수녀나 승려같진 않았을 수도 있다, 라는 것이 대세를 돌릴 정도의 효력은 갖지 못했다.

은하는 어느 날, 미술 잡지를 보다가 현준호가 꽤 권위 있는 대회에서 입선도 못하고 떨어졌다는 기사를 읽었다. 어지간하면 입선은 할 정도로 입선자가 많은 대회였기 때문에 그것은 상당히 쪽팔린 일이지만 그냥 그것이라면 기사까진 나지 않았을 것이다. 그것이 기사로 난 이유는, 바로 직전의 다른 대회에서 현준호가 대상을 차지했었고, 그 대회 심사위원은 그의 아버지 현목성이었기 때문이었다.

현목성이 심사하는 대회에선 대상을 탔던 그의 아들이, 현목성이 작업 때문에 해외에 나가 있어서 아들에게 신경을 쓸 수 없게 되자마자 입선도 못하고 떨어진 것에 대해, 미술 잡지는 별다른 말은 하지 않고 그저 그 사실들만 나열하고 있었다. 하지만 그 기사를 쓴 사람은 틀림없이, 미술계의 인맥 효과에 대한 비틀린 시선으로 썼을 것이다.

그로부터 얼마 뒤, 연예부 기자 한 명이 그 기사를 인용했다. 유명 매니지먼트 사장을 아버지로 둔 남자 배우 한 명이 아버지 타계 후, 주연 물망에

올랐던 영화에서 바로 미끄러지는 사건이 있었다. 그 사건에 대해 그 기자는 '마치 유명 작가 아들이 아버지가 심사 보는 대회에선 대상을 탈 수 있어도 아버지가 없는 대회에선 입선도 못하는 것처럼'이라는 식으로 비유했다. 기자는 누군지는 쓰지 않았지만, 누굴 가리키는 것인지 알 만한 사람들은 알 수 있는 비유였다.

별 내용은 아니었지만 강은하는 그 기사가 흥미로웠다. 현준호 때문이 아니라, 아주 재미있게 글을 쓰는, 재능 있는 기자라고 느꼈기 때문이다. 은하는 그 기사를 오려 에곤 쉴레의 화보집 사이에 끼워놓았다.

7. 권 기자 이야기 —3

"그게……."

"맞아요, 당신이었죠."

권 기자는 신기하면서도 어리둥절했다.

물론 권 기자로선 기억이 안 날 수가 없었다. 그 별것 아닌 기사 때문에, 권 기자는 처음으로 자신의 기사로 유명세를 치렀기 때문이다.

당시 어느 파워블로거가, 권 기자의 기사와 미술 잡지의 기사를 비교해 놓으며 그게 현목성의 아들일 거라고, 자신의 블로그에 아주 재미있는 필담으로 신랄하게 올려놓았었다. 그 포스팅의 화제는 현목성의 아들에서 연예기획자를 아버지로 둔 남자 배우에게로 바로 옮겨갔다. 원래부터 연기도 못하고 어린 여자를 밝힌다는 소문이 있는 배우였다며, 연예기획자인 아버지가 죽은 지금 아버지 기획사 소속의 여자들과 사고치지만 않았으면 한다는 착한 바람까지 담겨 있었다.

그 직후 그 남자 배우는 아버지 기획사에 소속된, 무려 미성년자 성폭행 사건에 연루되어 나라가 떠들썩할 정도로 화제를 일으켰다. 조만간 여자 문제를 예언한 블로그 포스팅의 '성지순례'댓글은 기록적일 만큼 엄청나게 달렸고, 한동안 그 포스팅은 가장 유명한 블로그 포스팅이었다. 당연히 별것 아니었던 권 기자의 기사 역시 어마어마한 조회수를 기록했다.

"현준호가 운이 나빴죠."

은성의 말에, 권 기자는 같은 사건이 다른 사람 입장에선 다르게 받아들여질 수 있다는 것을 새삼스럽게 깨달았다. 권 기자에겐 행운의 사건으로만 기억되는 일이었기 때문이다.

"그 사건으로 현준호에게 일어난 영향에 대해선 아세요?"

권 기자는 관심이 없었으니 알 리가 없었다.

"모르죠. 어차피 기사의 초점은 현준호가 아니라 배우였으니까요."

"현준호는 그 후로, 현목성이 심사하는 대회든 아니든간에 입상할 수 없었어요. 그 기사가 지나치게 유명해진 덕분에 현준호가 블랙리스트가 된 거죠."

"어차피 블랙리스트에 올랐어도 잠깐이었겠죠. 사람들이 기억하는 건 현준호가 아니라 문제를 일으킨 배우였으니까. 현준호가 계속 작가로 활동했다면 블랙리스트는 곧 풀렸을 거예요, 어차피 빽도 빵빵한 사람인데. 무엇보다도, 현준호가 애초에 상을 줘도 모든 사람들이 인정할 만한 작품을 내놓는 작가였다면 어땠을까요? 음, 예를 들면 우성호처럼."

우성호는 우보배가 심사하는 대회에서 상을 여러 번 탔지만 그 누구도 토를 단 적이 없다. 우보배가 아닌 사람이 심사를 했어도 상을 탈 만한 작가였기 때문이다.

은성은 표정이 어두워지더니 말을 잃었다. 잠시 후에야 그는 탁한 목소리로 말했다.

7. 권 기자 이야기 —3

"그럼 애초부터 아무 일도 없었겠죠."

바로 이러한 이유 때문에, 권 기자는 현준호에게 미안해하지 않았다.

"어쨌든 저는 무죄예요. 그것에 대해 현준호 자신조차도 제게 따질 수 없을 거예요. 어찌 보면 저보다는, 현준호가 아버지가 심사하는 대회에선 상을 타고 다른 대회에선 입선도 못했다는 것을 굳이 알려준 기자나, 내 기사에서 응용한 게 현준호라는 걸 굳이 알려준 블로거를 훨씬 더 원망해야 할걸요? 아니, 굳이 여자 문제를 일으켜서 그 기사를 유명하게 만든 그 배우를 더 원망해야 하지 않을까요? 이 상태로 가다보면 가장 큰 문제는 현준호가 이 세상에 태어난 거라는 데까지 올라가겠죠."

권 기자의 마지막 말에 은성은 순간 눈빛에 번쩍 분노가 일면서, 눈살을 찌푸렸다. 하지만 곧 표정을 푼 은성은 한숨을 내쉬었다.

"제가 사랑한 사람은 현준호지만, 그 일로 당신을 원망하려고 온 건 아닙니다. 그랬다면 굳이 당신을 찾지 않았겠죠."

은성은 이야기를 계속했다.

8. 재회

　사람들은 〈TV쇼 진퉁짝퉁〉에서 진품을 알아내는 적중률이 백 퍼센트에 달하는 은하의 능력에 크게 감탄했다.
　항간에는 짜고 하는 것이란 소문이 돌았다. 인간이라면 전문가도 아닌데 저 정도로 정확할 수는 없다는 것이다.
　하지만 은하는 그 눈을 이용해 도깨비시장 같은데서 고물 중에 골동품을 찾아내서 인사동에 골동품을 파는 일을 이미 아르바이트로 하고 있었다. 골동품 가게들에선 이미 유명했고, 골동품 가게 주인들의 인터뷰도 있었다.
　거기다 은하가 모든 진품을 다 골라내는 것은 아니었다. 다만 그녀가 골라낸 것은 반드시 진품이었고, 그녀가 판단하지 못하는 진품도 있었다.
　거기엔 일정한 패턴이 있었다. 그것은 우표나 동전, 특정 시대의 생산품 등, 만듦새나 만든이가 뛰어나다기보단 시대적 가치 때문에 비싼 값이 매겨지는 종류의 골동품들이었는데, 그녀는 그런 것들은 골라내지 못했다. 결국

8. 재회

은하가 진짜로 자신의 능력으로 진품을 가려내는 것이라는 쪽으로 이야기가 굳혀져갔다.

은하로서는 쉬운 일이었다. 물건들을 보면 가끔, 잠깐 동안 주변이 흐릿하며 그 물건만 뚜렷하게 보이는 경우가 있었다. 뚜렷한 정도는 다 달랐고, 그런 일이 아예 안 일어나는 경우도 있었다. 그런 일이 일어나면 진품이고, 안 일어나면 진품이 없거나, 물건 자체가 아닌 시대적 가치로 골동품이 된 유물만 있는 것이다.

은하로서는 그 프로그램을 하는 것이 좋지만은 않았다. 돈을 벌기 위해 고물시장을 뒤질 때보단 낫긴 했다. 그때는 뒤지고 뒤져도 그런 현상을 한 번 겪을까 말까였는데, 어쨌든 거의 매주 그런 현상을 겪을 수 있으니까. 무엇보다도, 유명세 덕분에 SNS에 자신의 그림들을 올리면 댓글과 좋아요가 폭주하는 것은 너무나 좋았다.

하지만 은하의 눈은, 어딘지 돈을 벌기 위해 남이 만들어낸 것을 가려내는 것을 좋아하는 눈은 아닌 것 같았다. 은하는 자신의 작품을 할 때는 삼일 밤을 새도 피곤한 줄을 몰랐지만, 골동품을 찾기 위해 고물상을 뒤지거나 〈TV쇼 진퉁짝퉁〉 프로그램에서 진품을 가려내고 나면 몹시 피곤하고 기분이 불쾌했다. 하지만 선단공포증도 견뎌냈듯이, 은하는 또 견뎌냈다.

은하가 고물상에서 골동품 수집을 한 것도, 돈을 벌기 가장 좋은 방법이었기 때문이다. 은하는 돈이 필요한 만큼만 그 일을 하고 그 이상은 하지 않았다. 현준호처럼 돈 걱정을 하지 않아도 되는 환경이었다면, 은하는 그 눈으로 돈을 벌 수 있다는 걸 알고 있어도 절대로 고물상을 뒤지지 않았을 것이다. 아마 현준호는 돈이 없었어도 이런 일은 하지 않았겠고 텔레비전 쇼에 출연하는 건 상상도 할 수 없었겠지. 그가 은하보다 선단공포증이 더 심했듯이, 이런 불쾌감도 아마 은하보다 더 심했을 테니까.

사람들은 그런 눈을 가졌으니 당연히 화가로서도 천재일 거라는, 은하로

푸른 화가의 진실

서는 상당히 유리한 선입견을 가졌다. 이 눈을 현준호가 갖고 있을 때 그가 천재라고 하긴 힘들었듯 눈이 뛰어나다고 해서 천재인 것은 아닌데, 사람들은 그렇게 생각하길 좋아했다. 절대음감을 가지고 있다고 반드시 음악 천재는 아닌데 드라마에선 으레 절대음감이면 음악 천재로 나오는 것과 같이 말이다. 그러면서 그녀는 알게 모르게 첫 전시 준비를 완전히 끝마쳤다. 이제 대관만 하고 그림만 걸면 될 수 있을 정도로 마무리한 후, 기다렸다. 그녀가 기다린 것은 가장 화제가 될 진품이 나오는 것이었다.

어느 날, 엄청나게 오래된 낡은 꽃병이 하나 나왔다. 한 농부가 밭을 갈다 발견한 것으로, 닦고 보니 제법 예뻐서 꽃병으로 쓰고 있었다는 것이다.

'제법 예쁘다?' 말도 안 된다. 그런 말로 표현할 수 없을 만큼, 은하의 눈에 꽃병은 충격적일 정도로 아름다웠다. 언뜻 단순한 외관에 네모 세모 빗살무늬로 장식된 꽃병이지만, 그 무늬는 우주의 삼라만상을 표현하는 것처럼 기하학적 조화를 이루며 빛났다. 이런 물건은 본 적이 없었다.

물론 전문가가 아닌 은하로서는, 그것이 어느 시대 어떤 유물인지는 알지 못했다. 하지만 가치가 있는 물건인 것만큼은 확실했다. 은하는 자신의 모든 말재간을 동원해서 보는 사람이 부담스러울 정도로 그 꽃병을 극찬했다.

얼마 뒤 그것이 신라 유물 중에서도 걸작에 들어간다는 것이 밝혀지고, 경매시장에서 엄청난 대박을 쳤다. 한동안 신라 꽃병으로 떠들썩했고, 은하는 전례 없이 유명해진 이때에 재빨리 자신의 첫 전시회를 열었다.

수많은 사람들이, 안목이 뛰어나면 당연히 그림도 뛰어날 거라는 일반화의 오류로 기대감을 안고 은하의 전시를 찾았다. 다행히 은하는 그 사람들을 실망시키지 않고도 남을 만한 그림을 충분히 그렸다. 더군다나 사람들은 은하가 천재일 거라는 선입견을 가지고 그림을 보기 때문에, 이미 그녀의 그림이 멋지다는 최면에 걸려 있었다. 그녀는 첫 전시에서 그림을 모두 팔

8. 재회

았고, 가격도 신진 작가의 데뷔 전시 그림으로는 기록적일 만한 돈을 받았다.

은하는 이 모든 공을 우성호에게 돌리고, 인터뷰마다 자신이 가장 좋아하는 작가이며 처음으로 순수미술에 눈뜨게 해준 위대한 작가로 우성호를 추켜세웠다. 은하가 우성호를 신으로 모시는 종교라도 만드는 것처럼 보일 지경이었다. 우성호는 그것에 대해 기특하게 생각하고 기분이 좋긴 했지만, 덕분에 자신의 명예를 위해서 은하가 미술계에서도 좋은 평가를 받도록 힘을 써야 했다.

원래부터 은하가 가지고 있던 그녀만의 특별한 재능이 처음으로 극대화되어 터진 것이다. 그것은 바로 '흐름'을 읽는 능력이었다. 대세가 어떤 방향으로 흐르는지, 그 흐름을 타려면 어떤 배를 고르고 어떤 노를 저어서 어떻게 운용해가야 하는지, 태풍이나 암초를 피하려면 어떻게 해야 하는지, 은하는 단순히 직감으로 느낄 수 있었다. 옛날에 친척으로부터 재산을 빼앗기지 않을 수 있었던 것도, 자신을 끌어내리려는 흐름을 느끼고 거기에 휩쓸려가지 않고 궤도를 비껴가도록 재빨리 대비를 한 덕이었다.

거역하지 않으면서 흐름을 타는 법에 있어서, 그녀는 마치 뛰어난 선원과도 같았다. 다만 항해술에 대한 천부적인 감만 있고 뗏목 한 척 없는 선원이었기에, 그 흐름으로 들어가기 위해 우성호라는 배를 타기까지 시간이 걸린 것이다.

'아, 그 전에 현준호라는 배에서 최고급 망원경 하나를 주웠지.'

'아니야, 주운 게 아니라 망원경이 스스로 나에게 온 거야. 난 망원경이 아닌 그의 마음을 얻고 싶었어. 이렇게 가슴이 너덜너덜해지고 싶진 않았어. 억울해.'

'현준호도 자기 망원경이 너에게 갈 줄은 몰랐겠지. 멋진 항해를 위해서

푸른 화가의 진실

사람들이 희생되는 게 옳고 그게 멋지다고 생각하는 사람이, 자신이 희생자가 될 줄은 몰랐겠지.'

'자신이 잃을 거라고 생각하고 도박에 빠지는 사람은 없어. 타짜인 줄 알았는데 아니어서 재산 잃었다고 징징대봤자 동정은 받지 못해.'

'너무 공평한 거래라 역시 둘 다 억울한 거야.'

'둘 다 큰 상처만 남게 되는 이런 거래, 대체 왜 하게 된 거야.'

'그것도 어쩌면 그렇게 될 수밖에 없는 흐름의 일부였을지도 몰라. 어차피 되돌리진 못해. 어쩔 수 없이 휩쓸린 지나간 흐름을 억울해하기보단, 앞으로의 항해를 위해 더더욱 망원경을 요긴하게 잘 쓸 궁리를 하는 게 어때?'

그녀는 생각을 정리했다. 이제는 앞만 보고 가야 할 때다. 여기까지 오는데 시간이 걸렸다고 해봤자 이제 겨우 스물여덟 살, 화가로서는 너무나 젊고 창창한 나이에, 그녀는 우성호라는 위대한 배를 타고 드디어 대세라는 흐름 속에 있었다.

처음으로 얻게 된 화려한 명성으로, 은하는 예전에 현준호를 보며 동경했던 것을 모조리 갖췄다. 에이전시에서 준비해준 멋진 작업실에서 재료 걱정 전혀 없이 작업할 수 있었다. 그녀가 작품을 내놓으면 관심을 받을 수밖에 없고, 일반 대중은 천재라는 선입견 때문에 앞다투어 칭찬했다. 미술계에서도 우성호를 의식하여 혹평은 삼갔다.

정신없이 바쁜 시간 속에, 다시 2년여의 시간이 흘렀다. 사람은 적응의 동물이라, 그쯤 되자 이젠 꿈을 이루었다는 것이 행복의 요소가 되지 못했다. 성공의 감격이 행복의 원천이 되는 타이밍이 지나고 나자, 은하는 마음 속 어딘가가 허전하고 쓸쓸했다. 환경은 풍요로운데 마음은 그렇지가 않았다. 가슴속 한구석이 늘 뻥 뚫린 것 같았다.

8. 재회

그 마음 일부엔 아직 현준호 탓에 너덜너덜해진 부분도 있었다. 그의 무언가를 갖게 된 여파인지, 그것은 자해 흔적처럼 크고 처절한 상처였다. 그 너덜너덜한 마음속에 더 이상 현준호는 들어 있지 않았지만, 현준호가 박혀서 날카로운 돌처럼 마구잡이로 상처를 냈던 시절의 흔적으로 흉터는 남아 있었다. 아직도 은하는 눈을 감으면 마음속에 남은 상처 자국을 더듬을 수 있었다. 비록 아무런 통증도 느낄 수 없을 만큼 아물었다 해도, 그 흉터는 그때의 기억을 끊임없이 떠올리게 했다. 아마도 흉터는 영원히 없어지진 않을 것이다. 그녀가 선단공포증을 이겨냈음에도 여전히 칼날을 보면 밀려오는 불쾌감이 없어지지 않는 것처럼.

그리고 금성.

그는 대체 무엇이었을까?

그녀가 금성과 함께 이야기한 시간은 채 한 시간도 되지 않았다. 하지만 묘하게 잊히지가 않았다. 그 시간은 때때로 지난 5년여 간의 어떤 날보다도 선명하게 와 닿았다. 그 순간 어떤 빛이 번쩍 하고 지나간 무언가가 있었다. 그런데 눈에 보이지 않는 빛이라 그때는 몰랐다. 이런 것들을, 은하는 시간이 흐르는데도 그가 잊히지 않고 기억에 깊이 새겨진 것을 느낌으로써 몇 년에 걸쳐 서서히 깨달을 수 있었다.

한 시간도 채 안 되게, 잠깐 본 사람. 하지만 그때의 기억이 구석구석 뚜렷이 남아 있는 건, 그래서 마치 그날만 영원히 어제 일 같은 건, 그가 여전히 보고 싶은 건 무엇 때문일까? 이런 생각이 들 때면 그녀는 아무 이유 없이 홍대 거리를 미친 듯이 쏘다니곤 했다. 거리 곳곳에 보이는 열정 가득한 미술학도들의 공기가, 어딘가 금성을 떠올리게 했기 때문이었다.

은하가 서른 살이 되던 해 11월의 첫째 날. 그날도 은하는 그렇게 홍대 거리를 하염없이 무의미하게 걸었다. 그해 가을엔 유달리 태양빛이 강하고 일교차가 심해서, 거리의 은행나무들은 태양처럼 샛노랗게 물들어 나부끼고 있었다.

　은하는 문득, 이 은행나무들의 노란빛이 어느 명산에도 견줄 수 있을 만큼 아름답다고 생각했다. 확실히 이번 가을 태양빛이 강하긴 했나 보다. 단풍 끝물이라, 몹시도 아름답게 빛나는 노란 은행잎들은 태양을 머금은 꽃가루처럼 거리에 흩날렸다.

　그리고 거기에 그가 있었다.

　'응? 뭐라고?'

　은하는 믿기지 않아 두 눈을 비볐다.

　사람들 때문에 시야가 가려진 곳에, 흩날리는 은행잎들 저 뒤편에, '그'가 있었다. 아직 시야에 잡히지 않음에도, 그녀는 어딘지 익숙한, 하지만 당시의 그녀는 볼 수 없었던 진줏빛의 영롱한 빛을 볼 수 있었다. 느낄 수 있었다.

　강한 바람 한 줄기가 쏴아 하고 불었다. 그 바람에 은행나무들이 흔들리면서, 일제히 폭포수처럼 휘날렸다. 그 장관에 몇몇 사람들은 감탄사까지 뱉었다.

　사람들 사이로 시야가 열리면서, 드디어 그가 보였다.

　그 흩날리는 은행잎들 속에, 금성, 그가 있었다.

　은하는 마치 난생처음 보는 것처럼 금성을 보았다. 그의 모습은 매우 많이 본 것 같기도 하고, 동시에 몹시 낯설기도 했다. 금성은 여전히 아주 산뜻해 보였지만, 5년 전 그 앳되고 풋풋한 스물다섯 살 청년이 아니었다. 그의 야윈 몸과 낡은 옷을 보고, 은하는 그가 경제적 어려움 속에서 힘들게 살았음을 알 수 있었다. 그에겐 이제 풋풋한 느낌은 없었다.

　하지만 그런 것은 전혀 중요하지 않았다. 그런 것과 상관없이 그는 무지개처럼 눈부셨다. 마치 크리스털로 만든 것처럼, 그에게선 투명한 빛이 은은하게 흐르고 있었다. 그것이 너무 아름답고 아름다워서, 은하는 가슴이

8. 재회

벅차오르며 눈물이 났다.

금성은 시선을 느끼고 고개를 돌렸다.

금성의 눈빛과 은하의 눈빛이 마주쳤다.

그들은 한동안 흩날리는 은행잎 속에서 말없이 서로를 바라보았다.

짧은 첫 만남 이후, 5년 만의 재회. 그저 평범하게 길 가다 우연히 마주쳤을 뿐이지만, 그것은 마치 기적처럼 느껴졌다. 이 순간, 은하는 그것이 혼자만의 느낌이 아님을 알 수 있었다.

금성은 엷게 웃었다. 지리산 공기처럼 맑고 투명한 미소.

그 미소엔 분명, 반가움이 담겨 있었다.

은하는 벅차오르는 가슴을 안고 금성에게로 달려갔다.

9. 얼음처럼 차가운 울트라마린 블루

　금성 앞에 선 은하는, 눈물을 글썽거리며 한동안 그의 눈을 바라보았다. 금성의 눈 속에는 설명할 수 없는 자책감 비슷한 표정이 어리면서도, 반가움을 담아 투명하게 미소 지으며 은하를 보고 있었다.
　은하는 금성에게 먼저 끌렸음에도 현준호에게 홀랑 넘어가 몸과 마음을 몽땅 다 바쳐서 금성에게 큰 상처를 주고 현준호라는 넉넉한 후원자를 끊어내게 만든 일이 견딜 수 없이 미안하고 부끄러웠다. 금성은 울트라마린 물감에 은하를 현준호에게 넘겨서 은하가 현준호에게 넘어가게 만든 일이 견딜 수 없이 미안하고 부끄러웠다.
　그들은 이전에 연인은커녕 친구조차 아니었고 그동안 서로 뇌리에서만 생각했을 뿐, 마주쳐 이야기한 시간은 매우 짧았다. 그래서 그들은 그저 어색하게 잠시 서로를 바라보았다. 영원 같다 느낀 그 시간은 실제 몇 초에 불과했을 것이다.

9. 얼음처럼 차가운 울트라마린 블루

"……금성."

너무 오랫동안 속으로 되뇌었던 이름이기 때문일까. 은하는 이름을 입에 담는 것만으로도 가슴이 쿵 내려앉았다.

"……밥 먹자."

은하는 그렇게 말하고는, 속으로 쿡 하고 웃음이 나오면서 약간 허탈했다. 5년 만에 재회하고 처음으로 한다는 말이 "밥 먹자"라니. 하지만 밥부터 먹는 것이 순서일 것이다. 그들 사이엔 무언가 통하고 있다는 느낌만 있을 뿐, 인간적으로 쌓인 관계가 하나도 없었다. 밥 한 번 먹은 적이 없었다. 아마 금성이 투명하게 웃기만 할 뿐 말을 못하고 있는 이유도 그것일 것이다.

……아니면 말로 표현하기 힘든 할 말들이 너무 많거나.

여전히 그의 옷맵시는 옷에 대해 잘 아는 사람이 자세히 보아야만 그가 입은 옷이 브랜드가 아니라 싸구려임을 알 정도로 멋스럽고 산뜻했다. 하지만 그 옷 밑으로, 금성이 이렇게 마르고 꺼칠한 모습으로 있는 것이 은하는 너무나 싫었다. 우선 맛있고 영양가 있는 음식을 먹이고 싶었다. 그러면서도, 첫 데이트 장소답게 분위기가 있는 고급스런 곳, 거기다 오랜만에 만났으니 아는 이야기를 많이 나눌 수 있는 그런 곳……은하는 번쩍 하고 장소 하나를 생각해냈다. 금성이 어찌 받아들일지, 모욕스럽다고 생각할지도 모르겠지만, 아마도 금성은 이해할 거라고 생각했다. 왠지 그와 거기서부터 다시 시작하고 싶었다. 그의 죄책감과 은하의 죄책감이 모두 서려 있는 장소.

그곳은 은하가 현준호와 첫 데이트를 했던 레스토랑이었다.

"내가 살게. 에이전시에서 받은 카드로 계산할거야. 내 돈 아니고 경비니까 부담 갖지 마."

은하는 의자에 앉자마자, 금성의 부담을 덜어주기 위해 말했다. 금성은 피식 웃었다.

"농담하지 마. 적어도 여기만큼은 내가 사게 해줘. 나도 그게 마음이 편해."

은하는 금성의 말과 그 심리를 이해했다. 하지만 이곳은 쓸데없이 비싼 곳이었기 때문에, 은하는 왠지 금성에게 미안했다. 금성은 마치 그녀의 생각을 읽은 듯이 말했다.

"미술 과외를 하고 있어. 학원도 나가고. 그 정도 돈은 있어."

"여기 온 게……혹시 불쾌하고 불편하니? 악의는 없어, 정말로. 그러니까……."

"설명 안 해도 돼. 네가 무슨 마음인지 알 것 같아."

금성의 얼굴에 자조 섞인 표정이 살짝 지나갔다.

"네가 나와의 첫 데이트 장소가 될 거라고 생각하고 왔던 곳이잖아. 내가 바람맞혔고."

그러면서 금성은 주변을 돌아보았다. 은하도 고개를 돌려 새삼스레 레스토랑 홀 쪽을 보았다. 평일 낮에 사람들이 많을 시간이 아닌데도 테이블은 거의 차 있었다. 조명이 어둡고 테이블마다 아늑하게 자리가 꾸며져서 포근한 카페처럼 이야기하며 식사하기 좋은 곳이었다.

더군다나 인테리어. 레스토랑은 비할 데 없이 아름다웠다. 인테리어 업자들이 우르르 와서 공장에서 찍어내듯 꾸민 정형화된 인테리어가 아니었다. 아마도 천부적인 미적 감각을 지닌 사람이 장식품 하나하나 공들여서 꾸민 것이 틀림없었다. 과연 '그 눈을 갖고 있던 시절의 현준호'가 고른 장소다웠다.

문득 그때 봤던 앤디워홀의 그림을 찾고 싶었다. 은하가 고개를 두리번거리며 그림을 찾으려 할 때, 금성이 물었다.

"저 앤디워홀 그림 진짜야?"

은하는 금성이 가리킨 곳을 따라 시선을 돌려 그림을 보았다.

9. 얼음처럼 차가운 울트라마린 블루

아, 물론 진짜였다. 은하는 현준호와의 사건을 떠올리기도 전에 그것이 진품인지를 자신의 눈으로 알 수 있었다. 그녀는 고개를 끄덕였다.

"맞아, 진품이야."

금성은 묘한 눈빛으로 은하를 쳐다보았다. 저 비슷한 눈빛을 우성호로부터 받아본 적이 있기에, 은하는 그게 무엇을 뜻하는지 알고 있었.

은하는 사람들이 그녀에게 여기저기 손가락질을 해대며 뭐가 진품이냐고 묻는 것에 너무 익숙해져 있었다. 그녀는 현준호 이야기가 나오지 않길 바랐고, 금성은 다행히 당장 그 이야기를 하진 않았다. 둘 사이엔 잠시 어색한 공기가 흘렀다.

둘 사이의 그 어색한 공기는 필연적인 것이었다. 그들의 '첫 데이트'였으니까. '현실 세계'에서 제대로 보는 것은 처음이니까. 그것도 이유 없이 오랫동안 서로를 의식만 해오던 상대와. 그들은 서로가, 그러지 않은 척하면서 유심히 상대를 관찰했다.

둘은 똑같이 스테이크를 주문했다. 금성은 샐러드 메뉴 쪽을 유심히 보더니, 망고가 들어간 샐러드도 주문했다. 요리가 나오자, 금성은 깔끔하게 세팅되어 맛난 고기 냄새를 풍기는 자신의 접시를 향해 미세하게 미간을 찌푸렸다.

'찌푸렸다?'라고 말하기도 애매할 정도로, 거의 알아차리기 힘들 정도의 표정이었다. 그의 얼굴엔 아주 희미한 비호감의 표정이 살짝 스쳐갔고, 그것은 어딘지 습관적인 냄새가 났다. 은하가 그런 것들을 자세히 느낀 까닭은 지금 딱히 '눈'을 가졌기 때문이 아니라 그 표정이 익숙했기 때문이었다.

은하는 고기를 썰기 위해 나이프를 집었다. 고기를 썰 때쯤에야, 은하는 방금 금성의 표정이 나이프를 보는 자신의 얼굴 위를 스쳐갔을 거라는 생각이 들었다.

뭔가 있다. 그에게도.

그것은 그저 느낌이었다. 은하는 뒤늦게야 놀라서 금성을 쳐다보았다. 불확실한 심증뿐이지만, '뭔가 있다'라는 느낌만큼은 지우기 힘들었다.

아마도 지금 금성의 표정은, 은하의 표정과 똑같을 것이다. 잠시 그들 사이에 정적이 흐르다가, 금성이 천천히 말을 꺼냈다.

"난 그림을 잘 그려."

"미대 들어온 이후로 그런 말 자기 입으로 직접 하는 미술인은 처음 보는데?"

하지만 금성의 표정은 진지했고, 생각이 저 멀리까지 가 있는 것 같았다.

"그럼 미술학도로서 해석해봐. 난 '손'이 아주 좋은 사람이야. 한마디로 아주 잘 그리는 데 타고났어. 난 사물을 보고 정확한 구도와 형태를 옮겨놓는 게 왜 많은 노력과 훈련이 필요한지 잘 이해를 못해."

"아아……."

은하는 금성의 말을 어렴풋이, 일부만 이해했다.

금성은 테크니션으로서의 재능이 뛰어나다는 것이다.

가끔 그런 애들이 있다. 기술에 타고난 자. 정확한 형태를 아주 잘 그리는 것이 어렵지 않고, 스킬이 느는 속도가 천부적으로 빠른, 학창시절 실기에서 상위권을 차지하는 애들을 보면 가끔 볼 수 있는.

보통 입시생, 혹은 미대생까진 꽤 유리한 재능이다. 또는 미술을 이용해 소모적으로 돈을 버는 일에도 엄청 유리한 재능이고. 하지만 은하는 그 재능이 부럽진 않았다. 사진이 발명되기 이전의 화가에겐 엄청나게 유리하다 못해서 필수적인 재능이었겠지만, 현재 시대에선 화가로서는 갖고 있으면 편하긴 하겠지만 반드시 필요한 재능은 아니었기 때문이다.

보통 그런 애들은 테크닉에 갇혀서 표현이 자유롭지 못한 경우가 많았다. 그런 이들은 순수미술을 하는 것보단 미술 전공 기술직이 되는 게 나을 때도 있었다. 또는 애들을 얼마나 잘 다루고 가르칠 수 있냐는 능력과 상관

9. 얼음처럼 차가운 울트라마린 블루

없이 어디든 미술 선생으로서 취직하고 일하는 데 매우 유리할 것이다.

은하는 의외라고 생각했다.

금성은 단정한 외모지만, 아주 자유로운 공기가 흐른다. 그림으로 치면 샤갈 같은, 순수하고 투명하고 자유로운 공기. 그런데 테크니션이었다니.

"아, 근데 그게 내 첫 번째 장기는 아니야. 부수적인 것일 뿐이지."

음, 그러면 기술과 창의력 모두 뛰어난 케이스라는 거군, 이라고 은하는 생각했다. 문득 현준호가 좋아하던 에곤 쉴레가 생각나기도 했다.

하지만, 왜 갑자기 이런 이야기를? 금성은 여자에게 잘 보이기 위해 자기 자랑을 하는 태도는 결코 아니었다.

금성은 고기를 썰어 입 안에 넣고 우물우물하다 삼킨 후, 조용히 말했다.

"원래부터 그랬던 건 아니었어."

은하는 그 말이 무슨 뜻인지 금방 이해가 가지 않으면서도, 이상한 기시감과 함께 등줄기에 소름이 살짝 돋았다.

"무슨 뜻이야?"

"원래부터 천부적으로 잘 그리는 건 아니었단 뜻이야. 아, 물론 잘 그리긴 했지. 하지만 지금처럼 손이 타고나진 않았어. 스킬에 대한 감. 그건 그냥, 어느 날 불쑥 생겨나고 그 이후로 폭발적으로 늘었어."

금성은 뜸을 들인 후 덧붙였다.

"그리고 누군가는, 그 감이 현저하게 떨어졌지."

쨍그랑!

은하는 고기를 썰기 위해 들고 있던 나이프를 그대로 떨어뜨렸다.

금성은 투명하게 웃으며 말했다.

"오래전 일이야. 중학교 때였나. 그 여자앤 정말 아주 잘 그렸지. 모두가 떠받들 듯 칭찬했어, 천재라고. 어릴 땐 원래 그런 애가 천재스럽게 보이잖아. 그것 때문에는 아니라고 생각하지만, 난 그 애를 진심으로 사랑했어."

금성은 자신의 접시에 놓인 스테이크를 보았다.

"난 어릴 때 고기에 환장했어. 그럴 수밖에 없었어. 난 맛있는 걸 많이 먹을 수 있는 환경은 아니었거든.

그 여자아인 엄청 부잣집 애였어. 어릴 때부터 온갖 미술 과외를 받았어. 그런데 그 앤 채식주의자였어. 고기 냄새를 맡으면 역해서 입맛이 돌지 않는대. 그리고 그림 그릴 때면 몇 시간에 한 번씩 체조를 하거나 했어. 그림에 집중하다 보면 흥분기가 온대나 뭐래나."

거기까지 말하고 금성은 잠시 침묵했다. 그 다음 이야기들이 더 결정적일 테지만, 금성은 더 이상 말하지 못했다. 어마어마한 마음속 상처가 그의 얼굴을 스쳐갔고, 눈에 눈물이 맺혔다. 말하지 않은, 말할 수 없는 그 여자의 기억을 떠올리고 있을 것이다. 그 여자애로부터 엄청난 상처를 받았던 모양이다. 아마 어떤 식으로든 그 여자애로부터 이용당하고 버려진 것이리라. 어쩌면 괴롭힘까지 받았을지도 모른다.

그는 한참 후에야, 침묵을 멈추고 가까스로 웃으며 이야기를 시작했다. 그 여자애와 무슨 일이 있었는지 그 과정은 과감히 생략했지만, 은하는 어떤 느낌인지 알 수 있었다.

"나도 한동안 고기를 먹을 수 없었어. 하지만 시간이 지나니까 먹을 수 있게 됐어. 고기 냄새를 맡으면 잠깐 역한 기분이 드는 건 변하지 않았지만, 곧 예전처럼 맛있게 먹을 수 있었어. 그러면서 잘 먹지 않던 채소를 좋아하게 됐고."

금성은 말하고 나서 샐러드를 아주 맛있다는 듯이 음미하며 먹었다. 은하는 채소를 이토록 맛있어하며 먹는 남자는 처음 보았다.

웨이터가 은하에게 나이프를 다시 갖다주었다. 은하는 나이프를 잠시 쳐다보더니 그 나이프로 고기를 세심하게 썰면서 말했다.

"……이유가 뭘까? 왜 그 여자앤 고기를 먹을 수 없었는데 넌 고기를 먹

9. 얼음처럼 차가운 울트라마린 블루

을 수 있는 걸까?"

물론 이 궁금증은 은하를 위한 것이기도 했다. 자신에게 옴으로써 그 재능의 농도가 옅어진 건 아닌데, 왜 선단공포증은 옅어졌을까? 재능은 온전히 받았는데 왜 현준호는 극복할 수 없었던 그 증상을, 나는 극복해낼 수 있었을까?

"음, 그건, 재능에 휘둘리느냐 재능을 휘두르느냐 차이가 아닐까?"

'아' 하는 생각이 들었다. 은하는 금성의 말에 뼛속 깊이 감탄했다. 아마도 바로 그 차이 때문에 자신에게 흡수된 거겠지. 휘둘리는 사람이 아니라 휘둘러줄 사람에게 가기 위해.

금성이 말없이 은하에게 손목을 보여주었다. 은하는 그의 손목에 있는 평범한 손목 주름 하나가, 주름 같은 살아있는 느낌이 아니라 비극과 통증, 죽음의 느낌이 아주 희미하게 감돈다는 것을 알아냈다. 다른 사람의 눈에는 주름으로 보이겠지만 아마 이것은 주름이 아니라…….

"준호 형은 이걸 보고 바로 묻더라. 죽고 싶어서 손목을 그은 적이 있냐고."

드디어, 처음으로 금성의 입에서 현준호의 이름이 나왔다. 하지만 은하는 생각만큼 깜짝 놀라거나 고통스럽지 않았다. 그 고통은 소멸되고 있었다. 마치 빛이 어둠을 쫓아내듯, 금성이라는 눈부신 빛으로 인하여.

"준호 형이 알았다면, 너도 보면 바로 알 것 같더라고."

"난 죽고 싶었던 적이 살아오면서 한 번도 없었는데."

'현준호 때문에 죽고 싶었던 적은 없었는데'라는 말을 은하는 그렇게 돌려서 했다. 은하는 비록 현준호 때문에 힘들긴 했어도, 죽고 싶다는 생각은 단 0.1초도 한 적이 없었다. 금성은 씁쓸하게 웃으며 말했다.

"넌 나보다 강하잖아."

"너도 진심이었지? 그 여자애한테. 그런데 그 아인 한 번도 진심인 적 없었고."

"그래, 맞아. 아니, 그 아인 진심인 적 없는 정도가 아니었어. 난 이용만 당하고 버려졌어. 그리고 자신의 잘못을 감추기 위해 날 짓밟았어. 나의 현실은 더 끔찍해졌어. 중학교 시절, 정말 끔찍한 첫사랑의 기억이었지. 아니, 굳이 따지자면 아홉 살 때가 첫사랑이었지만, 그건 딱히 상처로 남지 않아 첫사랑같지가 않네. 2차 성징 이후가 사랑다운 사랑이라 치면, 그 애라 할 수 있지.

몇 달을 폐인처럼 지내고, 그림도 더 이상 그리지 않다가 고등학생이 됐어. 다신 그림을 그리지 않겠다고까지 생각했어.

하지만 고등학교 2학년이 되어서 무슨 축제 준비 때문에 부탁받아 그림을 그렸을 때……그동안 전혀 그리지 않았는데 이유 없이 그림 실력이 폭발적으로 늘어 있는 걸 확인했지. 그때부터 다시 그림을 그렸고 어느 미대라도 충분히 상위권으로 갈 수 있게 되기까지 얼마 걸리지도 않았어."

"그 여자아이는 그게 사라졌단 건 어떻게 알았어?"

"음……미대 입시 준비할 때 학원에서 우연히 보게 됐어. 그 앤 그동안 전혀 늘지 않고, 오히려 약간 떨어져 있었지. 보통 스킬이란 건 줄어들지 않는데 말야.

그 아인 내가 엄청 늘어 있는 걸 보고 깜짝 놀랐지만, 뭔가 이상한 현상이 일어났을 거라는 생각은 못 한 것 같더라. 내 그림에서 그 애가 느껴지는 건 아니었거든. 난 내가 갑자기 고기를 먹기 힘들게 됐을 때부터 이상하다는 생각을 했는데, 그 애가 고기를 먹을 줄 알게 된 걸 보고 확신이 들었어.

걔는 어느 순간부터 그림 실력이 늘지 않는다는 것 때문에 성격은 더 끔찍하게 비뚤어져 있었어. 다시 뒤에서 내 욕을 치열하게 하면서 애들이 날 따돌리게 하려던 것 같았지만 이미 머리가 큰 애들 상대로 쉽진 않았지. 이미 걘 평판도 안 좋았고, 나도 그때보단 똑똑해졌고 말야. 내가 수시에 붙어

9. 얼음처럼 차가운 울트라마린 블루

서 일찍 학원을 떠나게 되어서 그마저도 끊겼고, 그 애는 대학에 모조리 떨어졌어."

"강제 위자료……여기서도 통하는 법칙일지도 모르겠군. 원해서 넘겨준 거면 건드리지는 말아야 하는 건데."

"뭐? 그게 무슨 말이야?"

은하는 우성호와 함께 본 무당이 했던 이야기를 자세히 들려주었다. 금성은 신기해하며 말했다.

"네가 뜬 시기랑 현준호가 몰락한 시기가 좀 비슷해서 이상한 생각은 들긴 했어. 참, 나 네 첫 전시 봤었어."

그것은 이제까지 금성이 했던 그 어떤 이야기보다도 은하를 들뜨게 했다. 은하의 눈이 반짝 빛났다.

"그래? 어땠어?"

왜 나 있을 때 오지 않았냐, 그런 게 궁금한 게 아니었다. '그 전시가 어땠는지'보다 더 궁금한 건 없었다.

"아주 멋졌어."

금성이 경이롭다는 얼굴로 말했다.

"사실 난 너한테 계속 화가 나 있었어. 그래도 전시는 보고 싶더라. 그래서 일부러 네가 없을 때 전시장에 갔었어. 완전히 풀린 게, 네 첫 전시를 보고 나서였을 거야. 난 네 그림이 좋아. 그래서 네가 다시 좋아졌어."

은하는 눈물까지 글썽거렸다.

"정말? 내 그림이? 내가 너무 예뻐서 다시 좋아졌다 해도 그것보다 더 좋진 않을 거야."

그 말에 금성은 웃음을 터뜨렸다.

"하하, 보통은 안 그러지 않아? 그런데 마음은 이해가 가. 참, 그림들은 좋긴 한데, 언론에서 떠드는 것처럼 역대급 천재라고 하기엔 부족하다고 생각해. 넌 너무 보는 사람을 의식하는 거 같더라."

"그게 내 스타일이야. 난 나에게만 집중해서 작품을 하진 않아."

"그래도 너무 어떻게 보일까만 의식하는 건 좋지 않다고 생각해. 그림들이 뽐내는 것 같아. 그래도 그런 눈을 가진 사람으로서는 작업하기 가장 좋은 스타일이겠지. 사람들이 어떤 것을 좋아할까 찾아내서 정확히 그 구미에 맞게 그리는 것. 절반은 미술평론가들이 좋아할 만한 그림, 절반은 일반 대중들이 좋아할 만한 그림으로 나눠서 말이야. 넌 너무 머리로 그림을 그려. 그런 건 한계가 있어. 그런 식으로만 하다간, 진정한 예술가가 되긴 힘들어. 충분히 그럴 만한 재능인데."

"눈 때문에 그런 그림을 그리는 건 아니야."

"나도 알아. 예전에 처음 본 그 벽화에서도, 넌 철저하게 보는 사람을 의식하는 그림을 그렸던 것 같아. 스타일은 그때와 크게 변하진 않은 것 같아. 색감이 놀라울 정도로 아름다워졌지만."

금성은 잠시 뜸을 들이다가 말했다.

"네 그림에서 현준호의 흔적은 전혀 찾을 수가 없었어. 네 눈은 철저히 네 거야. 내 손이 그랬듯이."

"넌 손을, 난 눈을, 그리고 우리 둘 다 너덜너덜해진 가슴을 얻었네."

한동안 씁쓸한 표정이 두 사람 사이를 감돌았다. 금성이 말했다.

"그건 지나친 대가였어. 평생의 상처야. 그 아일 만났던 시간을 완전히 내 인생에서 잘라낼 수 있다면, 난 그걸 내놓을 수 있을 것 같아."

"나도 그래. 시간을 되돌려서 너한테 상처주지 않고 나도 상처받지 않고 처음부터 널 선택할 수 있다면 나도 내놓을 수 있어. 물론 그렇게 되면 우성호 교수님의 눈에 띌 수도 없었겠고 〈TV쇼 진퉁짝퉁〉으로 뜰 수도 없었을 테니 지금처럼 되기까지 더 오래 걸렸겠지. 하지만 아무래도 좋아. 그래도 난 언젠가 성공할 자신 있었으니까."

9. 얼음처럼 차가운 울트라마린 블루

"어차피 시간을 되돌릴 순 없지."

"그래, 맞아. 되돌릴 수 없어."

둘 사이에 침묵이 이어졌다. 다음 순간, 은하는 가장 중요한 질문이 생각났다.

"네 그림은 어떤데?"

은하의 말에 금성의 눈에서 광채가 뿜어져 나왔다. 그림에 대해 관심을 가져준 것만으로도 흥분한 모양이었다.

"네가 직접 보는 게 젤 낫겠지. 난 너처럼 이론과 설명으로 무장된 스타일은 아니거든. 요즘 첫 개인전 준비하느라 그림 많아. 아, 고기 못 먹는 습성이 가끔 나오긴 해. 경우에 따라선, 음, 스케치일 때도 있고 마무리일 때도 있고 다르긴 한데, 그 작업에서 가장 중요하다 생각하는 부분을 그릴 땐 또 고기가 안 먹히거든. 요즘 전시 준비로 고기를 못 먹을 때가 많았어. 그리고 작업에 집중할 땐 흥분이 좀 와서 중간중간 운동이라도 좀 해주면서 해야 해. 이 특징도 좀 남아 있더라. 걔처럼 심하진 않지만. 종종 고기를 못 먹을 때가 있고, 작업하다가 심박수 올라가면 체조를 하거나 동네라도 한 바퀴 뛰어야 하고……그래서 살이 좀 빠졌어. 아까 얘기 듣고 보니, 첫 전시도 결국 네 덕분에 하는군."

은하는 의아해하며 물었다.

"나 덕분에?"

"그래, 사실 내가 미술계에 발 못 붙이도록 준호 형이 좀 방해하는 게 있었거든."

"뭐? 개자식! 비열해!"

은하가 분노로 소리쳤다.

"어떻게 그럴 수 있어? 이 세상은 위대한 예술가를 중심으로 돌아가야 한다고 생각했던 사람이야! 그걸 위해서 남한테서 영감을 뽑아 먹고 짓밟아

푸른 화가의 진실

버려도 멋진 짓이고, 그걸 위해서 주변에서 희생해줘야 한다고 생각했던 사람이 뭐, 널 방해해? 그것도 그런 잘 사는 사람이 너같이 가난한 미술학도를?"

"진정해, 강은하."

금성이 강아지 같은 눈을 동그랗게 뜨고 놀라서 은하를 말렸다. 금성이 싱글싱글 웃자, 은하가 불만스럽게 물었다.

"왜 웃어?"

"아니, 네가 날 위해 화내는 게 기분 좋아서. 너무 흥분하지 마. 준호 형 생각이 언제 말이 된 적 있었니? 원래 논리가 엉망인 사람이잖아. 그 말엔 아마 '그 위대한 예술가가 자기일 경우에'라는 전제가 마음 속 깊은 곳에서 도사리고 있었을 거야."

"그러니까 내가 해야 로맨스고 남이 하면 불륜이라 이거지? 정말 엿같은 생각이야."

"준호 형은 날 싫어하지 않아. 아니, 그 반대일 거야. 형은 내가 자기 밑에서 크길 바라는 것 같아. 다시 나와 친하게 지내고 싶은 게 본심일 거야. 그러기 위해서 그러는 거고. 자기 첫 전시할 때 초대장도 보내왔었어."

"가봤어?"

"응, 사실 작품은 궁금했어. 모든 작품이 다 괜찮지는 않지만, 열 몇 개 중 하나 정도는 그만이 찾아낼 수 있는 독특한 무언가를 만들어냈거든. 준호 형이 전시장에 없을 시간을 골라 갔는데 내가 전시장 들어오니까 전시장 사람에게 부탁해놨는지 금방 나타나더라. 전처럼 지원해줄 테니 자기 작업실로 들어오지 않겠냐고 했어. 자기 밑에 있으면 최고로 만들어 주겠다고."

"그래서?"

"거절했지. 그러니까 미술계에 발도 못 붙이게 하겠다고 화내더라. 설마 진짜로 그럴 줄은 몰랐어. 하지만 알다시피 준호 형은 몰락했지. 너 때문

9. 얼음처럼 차가운 울트라마린 블루

에."

은하는 어깨를 움츠렸다.

"난 아무 짓도 하지 않았어. 현준호도 그냥 가만히 있었으면 별일 없었을 거야."

"나도 알아. 어쨌든 몰락한 이후, 준호 형은 더 이상 미술계에 입김 한 톨 불어넣지 못했어. 현목성 작가님께 부탁하면 가능은 했겠지만, 현목성 작가님은 진짜 예술가야. 다른 예술가를 개인감정 때문에 짓밟는 짓은 안 해. 준호 형은 아마 그런 부탁조차 못할걸. 준호 형은 현목성 작가님을 사랑해. 현목성 작가님이 경멸한 만한 부탁 따윈 하지 않을 거야."

"참, 그 사람 작품은 어땠어?"

금성은 어깨를 움츠리고 눈살을 찌푸렸다.

"끔찍했어. 제발 키치미술은 안했으면 좋겠어. 빈티나게 입고 빈티지라고 우기는 패션 테러리스트를 보는 듯한 전시였어."

은하는 쿡, 하고 웃었다.

원래의 그는 팝아트나 콜라주, 설치 쪽은 가끔 괜찮은 편이었다. 어떤 형태가 전시실이라는 공간과 합쳐질 때 빛을 발하는지 찾아낼 수 있는 눈이 있었기 때문이다. 하지만 그 눈이 없다면?

"그래도 평생 미술을 하는 환경에서 살아와서 그런지, 스킬도 그럭저럭 괜찮고 그럴싸하게 포장은 했는데, 뭐랄까, 하여간 보고 있기가 힘든 전시였어. 거기다 그 설명!"

은하는 또 쿡, 하고 웃었다. 어땠을지 뻔했기 때문이다.

현준호의 단점 중 하나였는데, 현준호는 자신의 작품에 대해 설명 붙이는 센스가 별로였다. 특별히 글을 못 쓰거나 말을 못하는 건 아닌데, 그게 희한한 방향으로 작품의 매력을 죽였다. 그의 겉멋이 가장 쓸데없이 튀어나올 때가 이 순간이었다. 설명은 장황하고 진지한데, 그것이 오히려 작품을 더 유치하게 보이게 하거나 비호감으로 보이게 할 때가 있었다. 미키마우스를 활용한 팝아트 느낌의 작품에, 쥐떼로 인한 페스트 창궐로 죽은 영혼들을 위로하는 그림이라고 설명하는 식이었다.

물론 그의 옆에 있던 시절의 은하는 그가 작품 설명을 할 때마다 '듣는 내 얼굴이 다 화끈거리니까 제발 닥쳐'라는 진심을 감추고 입을 멍하니 벌리고 감탄해주었지만, 지금 생각해보면 차라리 닥치고 작품만 전시하라고 말해주고 싶었다. 이제는 선 하나 그어놓고 몇 시간을 멋들어지게 떠들어댈 자신 있는 은하로서는 더더욱, 지금 생각해보면 그런 현준호가 참으로 한심했다.

"……왜 현준호에게 가지 않았니?"

은하의 물음에, 금성은 맑은 눈으로 은하를 잠시 쳐다보다 말했다.

"사실 가고 싶었어. 난 준호 형을 결코 싫어하지 않거든. 아니, 좋아한다고 말하는 게 더 맞을 거야. 하지만 그러면 안 될 거란 예감이 들었어. 그러지 않아서 다행이지 않아? 그랬다면 우리가 다시 만나서 밥조차 먹을 수 있었을까?"

은하는 금성이 그러지 않았던 이유 중에 자신이 포함되어 있다는 것 같아서 기뻤다. 그리고 솔직하게 털어놓았다.

"항상, 항상 네 생각했어. 이상하게 잊은 적이 없었어."

"나도……."

금성의 그 말은 '사랑'같은 감정이 느껴지진 않았다. 마치 인상적인 전시를 보고 잊은 적이 없다는 듯한 말투였다. 하지만 아무래도 좋았다. 그가 자신을 잊지 않았다는 것이 중요했다. 은하는 기쁨으로 차올라서 말했다.

"이상해, 그냥 스치듯 만났을 뿐인데 뇌리에 남는다는 게."

"정말……뭔가 있어."

"맞아. 그게 뭔진 모르겠지만. 현준호의 심정 이해 가. 아마도 빛을 내는

9. 얼음처럼 차가운 울트라마린 블루

그림을 그리는 화가를 본 게, 금성 네가 마지막이었을 거야. 그 마지막 조각을 잃고 싶지 않고, 자신의 손아귀에 넣고 싶었을 거야. 하지만, 그래도 그는 그러지 말았어야 했어. 그런 완벽한 환경을 가진 예술가가, 환경이 뒷받침되지 않는 재능 넘치는 예술가의 앞길을 막고 괴롭힌다? 그건 동정할 요소가 아무것도 없어. 변명의 여지조차 없어. 반드시 대가를 치러야 하는 죄악이야."

금성을 보며 은하는—정확히는 은하의 '눈'은—타오르는 듯한 시각적 갈망을 느꼈다.

"너의 그림이 보고 싶어. 작업실을 보여줘."

"내 작업실……초라해."

"작업만 괜찮다면 나에겐 최소의 장소야. 반대로 작업이 쓰레기면 그곳은 나에게 시궁창이겠지. 어때, 두려워?"

5년 전에 금성의 작업실로 초대받았을 때 했던 말과 똑같았지만, 은하의 목소린 그때보다도 훨씬 자신감에 차 있었다. 어디가 최고의 장소이고 어디가 시궁창인지 제대로 분간할 수 없었던 그때와는 달리, 지금은 그 분간을 잘 해낼 수 있기 때문이다. 은하의 말에 금성은 기대된다는 듯이 미소 지으며, 그때와 똑같이 말했다.

"상관없어. 어차피 나에겐 최고의 장소야. 내가 그리고 싶은 걸 그리는 곳이니까."

금성의 작업실은 그의 말대로 초라했다. 거의 달동네처럼 보일 정도의 허름한 동네에서도 유독 낡은 건물의 옥탑방이었다. 은하는 올여름의 살인적인 무더위를 기억해내고 놀라서 물었다.

"올해 여름 엄청 덥던데, 괜찮았어?"

금성은 거의 공포에 가까운 얼굴로 대답했다.

푸른 화가의 진실

"무엇을 상상하든 그 이상으로 더워. 무엇보다도 재료가 녹아내리는 게 제일 싫더라고."

자신이 더운 것보다 재료가 녹아내리는 게 더 걱정이라니, 은하는 그가 이해되면서도 웃음이 나왔다.

"추운 게 나은 것 같아. 적어도 재료가 상하진 않잖아."

금성은 그렇게 말하며 문을 열었다. 옥탑방이라기보단 창고에 가까울 정도로, 작업실은 너무나 허름했다. 그래도 집이 옥탑방치고는 꽤 컸는데, 아마 금성이 이곳을 고른 이유인 것 같았다. 꽤나 큰 작업도 할 수 있는, 크기로는 그럭저럭 만족스러울 만한 작업실이었다.

은하는 금성의 작업실에 발을 들여놓는 순간, 온몸에 전율이 흘렀다.

한동안 아무 말도 할 수 없었다. 마치 이상한 나라에 온 앨리스가 된 것 같았다. 온 세상이 진줏빛으로 빛나는 이 기적을 체험하는 것은, 그 어떤 비유로도 적절히 표현할 수 없었다.

거대한 우주에 짓눌리는 무시무시하고 경이로운 경험을 하는 것 같았다. 또는 개미의 눈으로도 보기 힘든 아주 미세한 세계를 마주하는 것 같았다. 거대한 분노가 공간을 가로지르기도 하고, 이 작은 우주가 격렬한 환희로 폭발하기도 했다. 하지만 이 모든 감정들은 진줏빛으로 빛나는 투명한 세계 속에 내재되어, 괴롭지 않게 갈무리되어 표출되었다. 고통도 프리다 칼로의 그림처럼 직접적으로 충격을 주지 않고, 환희도 클림트의 그림처럼 직접적으로 전하지 않았다. 그의 그림은 매우 원색적이었으나, 그 세계는 아주 투명한 크리스털 조각품을 통해 보는 것처럼 다른 차원에서 걸러서 전달되는 것 같았다.

그의 그림은 대단히 배짱 있고 충동적인 추상적 형태와, 소름끼칠 정도로 엄청난 테크닉을 보여주는 형태가 적절히 결합되어 있었다. 이토록 자유자재로 평면 속 형태를 다루는 이를 일찍이 본 적이 없었다. 은하는 지금 느

9. 얼음처럼 차가운 울트라마린 블루

낀 충격을, 감히 미켈란젤로의 〈천지창조〉를 감상했을 때의 느낌과 비교하고 싶었다. 그 천재성에 압도되는 느낌의 충격.

그의 작품들이 은하보다 뛰어난 것은 확실하지만, 은하는 질투를 느낄 수 없었다. 뛰어난 작품으로 눈을 충족시키는 행위는 은하에게 있어 질투가 아닌 무한한 환희였다. 물론 은하 역시 값어치 있는 작품을 주로 만들기에 그런 생각을 할 수 있는 것일지도 몰랐다. 은하는 한때 똑같은 눈을 갖고 있었지만 질투도 함께 느꼈던 현준호와는 달랐다. 거의 한 시간 가까이, 은하는 아무 말도 하지 않고 정신없이 자신의 눈으로 이 작고 큰 세계의 시각 정보를 수집하고 있었다. 기다리다 못해서 금성이 조심스레 은하를 불렀다.

"저……강은하……?"

"시끄러. 감상 중이잖아."

은하는 자신이 무어라고 하는지도 의식하지 못하고 금성의 말을 가로막았다. 금성은 오히려 기분이 좋았다. 은하의 '눈'이 그녀의 것이 아니었을 때부터 알고 있기에, 그것을 그토록 홀려놓는다는 것이 어떤 의미인지 누구보다도 잘 알고 있기 때문이다.

은하는 문득, 어딘지 익숙한 느낌을 캔버스 저 뒤쪽에서 본 것 같았다. 그녀는 달려가서, 찬찬히 캔버스들을 치웠다.

금성은 낯빛이 확 변해서 은하에게 다가왔다. 하지만 이미 은하가 무언가를 느낀 이상 그녀를 막을 수 없다는 것을 알고 있기에, 그저 초조하게 근처에서 서성이기만 했다.

그녀는 드디어 그림 하나를 찾아내고, 순간 얼음같이 차가운 호수에 온몸이 통째로 빠지는 듯한, 시릴 정도의 차가움을 감지하고 순간적으로 고개를 돌렸다. 마음을 진정시키고, 다시 그림을 차근차근 보았다.

그 그림은 시릴 정도의 새파란 색으로 가득 채워져 있었다. 전반적으로 깊은 호수를 표현한 듯이 느껴졌지만 구석구석 언뜻 무의미하게 보이는 여러 가지 형태들이 그려져 있었다. 어느 곳은 화려한 도시 같기도, 어느 곳은 한적한 숲 같기도, 어느 곳은 번쩍번쩍한 조명 같기도……마치 세상에 있는 형태들을 그러모아 만든 우주 같았다.

모든 형태들은 전체적으로 잔인할 정도로 차갑고 선명한 울트라마린 블루로 표현되어 반짝였고, 그 중심엔 맑고 차가운 느낌의 정점을 이루는 여인의 형태가 어렴풋하고 은근하게 있었다. 그리고 모든 것을 관조하는 것은, 아마도 여인의 눈을 확대했을 거라는 생각이 드는 차갑고 맑은 눈동자다. 그저 평온한 눈빛의 눈동자일 뿐인데, 어찌하여 이렇게 면도날처럼 날카로운 느낌을 줄 수 있는 것일까?

은하의 마음속에서, 고통에 가까운 충격과 쾌락에 가까운 기쁨이 동시에 느껴졌다. 이 그림은, 은하. 모르는 사람이 보면 이 그림이 은하를 표현한 것인지 확신할 수 없겠지만, 은하는 알 수 있었다. 이것은, 나다.

은하는 눈물을 흘리며 다리가 풀려 털썩 무릎을 꿇었다.

강렬한 푸른 빛. 맑지만 그 속을 가늠할 수 없는 아주 깊디깊은 호수처럼, 내부를 들여다볼 수 없는 맑음. 보기만 해도 시원하지만 그 속에 빠졌다간 온몸이 뼛속까지 얼어붙을 것만 같은 차가움. 하지만 호수 바깥세상은 싱그러운 공기로 감싸주는, 악의 없는 차가움.

은하는 금성이 자신에 대해 어떻게 느끼는지, 그림을 보고 정확히 판단할 수 있었다. 그리고 전반적으로 다이아몬드보다도 더 눈부시게 빛나는 이 푸른빛의 비범함이 단지 그림 실력 때문만은 아니라는 것을 어렴풋이 느꼈다.

"천연 울트라마린 블루……영광이네. 이런 비싼 재료로……."

"널 현준호에게 넘긴 대가로 받은 거야."

금성이 쓸쓸하게 말했다.

"누굴 표현한 것인지 네가 모를 리는 없지. 내가 느낀 너야. 약소하지

9. 얼음처럼 차가운 울트라마린 블루

만……이걸로 예전에 내가 너에게 한 실수에 대한 사과가 될까?"

은하는 눈물을 글썽이며 금성을 바라보다가, 대답 대신 금성에게로 달려가 와락 안겨서 강렬하게 키스했다. 금성은 순간 깜짝 놀랐지만, 곧 부드럽게 은하의 얼굴을 감싸쥐고 함께 서로의 입속에 섞여 들어갔다. 금성은 결코 거칠지 않았으나 매우 강렬하면서도 섬세하게 키스했다. 그녀가 알던 그 어떤 키스와도 달랐다. 이토록 섬세하고 강렬한 키스가 말할 수 없이 투명하고 상쾌하게 느껴질 수 있다니, 기적 같았다. 그들은 물감 자국과 지우개 가루, 흑연 가루 등이 범벅된 차가운 바닥에 뒹굴었다. 그것은 어떤 낙원보다도 아름다운 그들만의 천국이었다.

은하가 눈을 떴을 때, 금성은 은하가 잠든 얼굴을 부러진 콘테로 스케치하고 있었다.

사각사각, 사각사각.

그 소리는 은하에게 풍경소리보다도 아름답게 들렸다. 세상 그 어떤 음악보다도 이 소리가 아름답다고 생각했다. 아니, 아름다운 게 과연 이 소리뿐이겠는가? 공간에 희미하게 떠도는 먼지마저 너무나 아름다운데. 이토록 행복한 감정을 느낀 적이 없었다. 벅차오르는 행복 속에서, 은하는 이대로 시간이 멈추기를 간절히 빌었다. 온 세상의 보물을 몽땅 다 갖다준다 해도 이 순간과 맞바꾸고 싶지 않았다. 금성의 몸 군데군데 묻은 흑연 얼룩까지도 너무나 아름다웠다.

그녀가 아는 섹스라는 것은 사랑하는 사람을 붙잡아두기 위한 대가, 허무함과 비참함을 낳는 관문이었다. 섹스라는 것이 이렇게 큰 행복감을 준다는 것을 은하는 난생처음으로 느꼈다. 그것은 금성의 성적 능력이나 기술 여부와는 상관이 없었다.

'나는 존중받고 있다. 내 존재 전체가 존중받고 있다.'

은하는 바로 그 느낌이, 이 행복의 원천이라는 것을 깨달았다. 여자는 사랑받아야만 행복할 수 있는 것이다.

"다 됐다."

금성은 스케치북을 은하 앞에 내려놓고 주방 쪽으로 갔다. 스케치북에는 은하가 얼마나 큰 행복감 속에서 잠들어 있었는지 사진보다도 더 명확하게 느껴지도록 그려져 있었다.

잠시 후, 놀랄 만큼 고소하고 향기로운 커피 향이 작업실 전체를 감싸 안았다. 금성은 직접 커피를 갈고, 핸드드립으로 꼼꼼하게 커피를 내렸다. 한 모금 마시자, 이 행복감을 증진시켜주는 향긋함이 입속을 감돌았고, 커피에선 금성만큼이나 산뜻하고 그의 그림만큼이나 조화로운 맛이 났다.

"행복해."

은하가 솔직하게 말하자, 금성이 싱긋 웃으며 말했다.

"알아, 네 얼굴에 다 써 있더라고. 내 눈이 너 같진 않겠지만, 나름 예리하거든."

금성은 그렇게 말하며 눈썹을 찡긋했다. 은하는 그보다 더 섹시한 표정은 이 세상에 없다고 생각했다. 금성의 가슴에 머리를 기대자, 전부터 느꼈던 그의 독특한 체취가 유달리 진하게 느껴졌다. 몹시 상큼하고, 자연적이면서도 자연에선 맡을 수 없을 듯한. 아마도 유화 작업으로 인한 송진 냄새가 그 베이스겠지만, 솔향기 이상의 그 무언가가 있었다. 지구에선 맡을 수 없는 향기 같았다.

"너한테서 은하수 향기가 나."

은하의 말에 금성은 쿡 웃었다.

"그걸 어떻게 알아? 그런 냄새 맡아본 사람은 지구상에 없을 것 같은데."

9. 얼음처럼 차가운 울트라마린 블루

"나도 지금 처음 말았어. 나 당분간 여기 와서 살아도 될까?"

"뭐? 너한텐 으리으리한 작업실이 있을 텐데?"

"세상 그 어디라 해도, 이곳보다 근사하진 않을 거야."

은하의 찬사에 이제 금성은 부담스러운 표정을 지었다. 하지만 그 표정엔 행복도 섞여 있었다.

"오버하지 마. 어차피 너와 내가 있는 곳은 어디든 똑같을 거야. 불편하지 않겠어?"

"나 공주님 같은 사람 아니야. 나도 예전엔 넉넉한 환경이 아니었어. 계속 여기 있을 순 없겠지. 어쨌든 당분간은 이곳에 있고 싶어."

은하가 간절하게 금성을 보자, 금성은 투명하게 웃으며 못이기겠다는 태도로 고개를 끄덕였다.

10. 화련

은하는 바로 그 다음 날 머리를 블루블랙으로 염색했다. 그리고 푸른색 옷과 액세서리 등을 한가득 질렀다. 금성의 그림은 은하에게 매우 강렬한 충격을 주었다. 인생을 살아오면서 그 그림을 본 것 이상의 충격을 느낀 적이 없었다. 은하는 그 직후 이 색깔을 자신의 트레이드마크로 삼기로 결심했다. 원래 은하가 가장 좋아하는 색은 빨강이었고 평소에는 여러 색깔의 옷을 즐겨 입었지만, 금성의 존재와 그가 자신을 바라보는 눈이야말로 은하가 가장 좋아하는 것이었기 때문이었다.

한동안 은하와 금성이 사귄다는 것을 아는 사람은 아무도 없었다. 은하는 사생활에선 비밀을 좋아하는 성격이었고, 그것을 밝힐 생각이 없었다.

그런데 계기가 생겼다. 금성의 첫 전시 날짜가 잡힌 후, 은하에게 문자가 왔다. 현준호의 문자였다. 마치 단체 문자를 날리다가 실수로 은하에게도 온 것처럼 보이는 그 문자는 현준호의 전시를 알리는 문자였다. 오프닝 날

10. 화련

짜는 금성의 데뷔 날짜와 똑같았다. 은하는 정말 그게 단체 문자를 보내다 실수로 자신에게 온 것인지 아니면 그렇게 보이려고 일부러 노력한 것인지는 전혀 관심도 없고 궁금하지도 않았다. 다만 금성의 데뷔 날짜와 똑같은 날에 오프닝을 한다는 것이 어이없었다.

더군다나 은하는 지금 이런 눈을 가진 자신에게 보나마나 무가치한 작품을 보러 오라니 모욕스럽기까지 했다. 그는 만날 때에도 충분히 잔인했는데 이젠 이 예민한 눈에 쓰레기 같은 작품으로 시각 폭력까지 주려 하다니, 치가 떨렸다. 지금의 그녀에게 있어선 마지막 부분이 가장 잔인하게 느껴졌다. 거기다 감히 주제도 모르고 금성의 오프닝 날짜와 같다니. 은하는 그에게 뇌가 있는 것인지 궁금해졌다.

미련이 있어서일 리는 없다. 현준호가 은하에게 미련이 남았을 가능성보단 〈로미오와 줄리엣〉에서 로미오가 로잘리에게 미련이 남았을 가능성이 훨씬 클 것이다. 로미오는 최소한 로잘리를 사랑한 적이 잠깐이나마 있긴 하니까.

그가 금성과의 관계를 눈치챈 걸까?

어쩌면 현준호가 바란 것은, 은하가 아직 자신에게 미련이 남아 있어서 금성을 외면하고 자신에게로 오고, 그래서 금성이 홀로 남는 것일지도 모른다. 그가 원하는 것은 은하가 아닌 금성이기 때문에. 만약 현준호가 은하에게 자신에 대한 미련이 남아 있길 바란다면 그건 오로지 금성을 의식해서 그럴 것이다.

그 직후 은하는 언론의 관심이 금성의 작품에 집중되도록 최선을 다해 노력했다. 은하는 스캔들을 주의하는 편이었지만, 금성과의 관계를 밝히는 데는 망설임이 없었다.

은하는 금성을 택한 이유가 오로지 금성의 천재성 때문이라고 강조했다. 그게 사실이든 아니든, 그 말은 금성의 작품에 관심이 쏟아지게 하는 말이

푸른 화가의 진실

었고 바로 그것이 은하의 목적이었다. 다른 건 몰라도, 은하는 안티든 팬이든간에 적어도 안목만큼은 확실하게 보장되는 화가였기에 성공적으로 목적달성을 할 수 있었다. 덕분에 집중하는 사람이 별로 없을 뻔했던 금성의 전시는 대단한 스포트라이트를 받게 되었고, 현준호의 전시에 관심 갖는 사람은 거의 없었다.

현준호는 전시 이후의 인터뷰에서, 처음으로 은하에 대해 언급했다. 현준호 인터뷰 중에 그의 인생을 통틀어 가장 유명한 인터뷰였다. 처음부터 끝까지 악의적이었고, 그의 목적은 오로지 은하가 자신의 잠자리 상대였고 얼마나 싸구려 여자였는지에 집중되어 있었다. 은하는 여론이 가장 시끄러울 때를 골라 맞대응 인터뷰를 했다.

"저는 한때 그를 사랑했어요. 그땐 저를 거부했던 그가 왜 이제 와서 그러는지 모르겠어요. 당시 저는 너무나 초라했고, 지금은 아니라서 그런 건가 봐요."

언제나 그렇듯이, 예전에 외면했던 인물이 유명해진 후에야 그 인물을 깎아내리려 용쓰는 모양새는 못나고 추악하기 그지없는 일이었다. 현준호가 당시 은하를 거부한 이유가 은하의 환경 탓이 아니고, 이제 와서 현준호가 은하를 악의적으로 깎아내리는 이유가 은하의 환경이 바뀐 탓이 아니라 해도, 대중의 눈엔 당연히 그렇게 보였다. 어쨌든 현준호는 부잣집의 재능 없는 도련님이고, 은하는 재능과 노력으로 자수성가한 개천용이다. 더군다나 현준호는 '집안 빽'으로 '부당한 이득'을 누린 이미지로 유명해진 전과마저도 있었다. 현준호가 욕먹을 요소는 잔뜩 있었지만, 동정 받을 요소는 아무것도 없었다.

실제 그것이 아니라 해도, '전엔 개코로 알던 여자가 유명해지고 거기다 다른 남자를 사랑한다니까 뒤늦게 배알이 뒤틀렸다'라고 밖에는 보이지 않는 사건이었다. 그리고 사실이 어떻든 무척 추하고 찌질해 보이는 사건이었

10. 화련

다. 거기다 은하는 교묘하게 그것으로 인해 자신이 더욱 불쌍해 보이고 현준호가 더욱 추악해 보이도록 조종할 줄 알았다.

흐름을 읽는 재능. 그것을 가지고, 이미 대세를 타고 있는 은하를 건드리는 것은 어리석은 일이란 것을 아마도 그때까지의 현준호는 몰랐던 듯하다. 아니, 아예 거기까지 사고가 닿지도 않았을 것이다. 금성을 빼앗긴 것에 대한 분노와, 어떻게든 되찾고 싶은 욕망밖에 없었을 테니까. 어쨌든 그는 이전에 자신의 아버지가 심사하는 대회에선 대상을 타고 자신의 아버지가 해외로 가자마자 입선도 못했던 사건이 완전히 잊히기 전에, 더더욱 추락했다.

더군다나 그때의 은하는 청바지 브랜드의 모델로 갓 계약한 직후였다. 지금까지도 그녀의 트레이드마크인 바로 그 브랜드다. 청바지 회사에선 최선을 다해 은하를 감싸고 현준호를 밟았다. 현준호를 밟는 것이 은하를 띄우는 더욱 편리한 길임을 안 이후는 더더욱 최선을 다해 현준호를 밟았다. 문화 권력보다 상업 권력이 강한 세상 속에서, 승리자는 이미 정해져 있는 싸움이었다. 아니, 애초 싸움조차 되지 않았다.

대중에 알려진 것은 여기까지였고, 현준호는 대중에게 알려지지 않은, 자신이 할 수 있는 복수를 다시 시도했다. 우성호. 바로 그 존재를 은하에게서 없애는 것이었다. 그때쯤 은하에게 있어서 우성호는 스승을 넘어선 그 이상의 존재였다. 은하는 우성호를 잃고 나서야 그것을 깨달았다.

현준호 인터뷰 사건 이후, 우성호는 은하를 고급 레스토랑에 초청해 식사를 대접했다. 죽만 먹어도 체할 것 같은 무거운 분위기 속에서 말없이 식사를 하던 우성호는, 별안간 입을 열었다.

"우리, 이전처럼 지내는 건 힘들 것 같아."

"……네?"

"현준호네 집안이랑 우리 집안은 꽤 가까운 편이야. 너랑 계속 가깝게 지내는 건 나로선 피곤한 일이 될 것 같아."

우성호는 약간 짜증이 감도는 얼굴로 말했다. 은하는 우성호의 입장은 이해할 수 있었다.

그는 무엇보다 자신의 작업에 방해되는 일이나, 쓸데없이 골치 아픈 일을 싫어하는 사람이었다. 그의 가장 큰 의리는, '자신의 작품 활동에 어떤 것이 도움이 되는가' 하는 것이었다.

현준호도 아마 그것만큼은 잘 알고 있었을 것이다. 그는 자신의 집안과 우성호의 집안 사이의 친분을 이용해, 자신과 우성호가 가까이 지내는 것이 우성호에게 피곤한 일이 되도록 최선을 다해 노력했겠지. 그것을 위해 얼마나 길길이 날뛰며 노력했을지 생각만 해도 우스웠다. 따지고 보면, 은하로서는 크게 상관이 없었다. 이미 은하에게 우성호란 존재는 현실적으로 반드시 필요한 존재는 아니었다.

하지만 은하는 극심한 슬픔과 상실감을 느꼈다. 우성호는 강은하에게 있어, 실질적인 필요성 이상의 존재였다. 은하는 우성호를 잃는 순간에 와서야, 그가 자신에게 어떤 존재였는지를 뒤늦게 깨달았다. 그녀 인생 최초의 스승. 그녀가 최초로 존경한 윗사람. 그는 그런 존재였다.

'스승의 은혜는 하늘 같아서, 스승의 은혜는 어버이시라.'

은하는 유치하게만 생각했던 그 노랫말의 뜻을 이제야 이해했다.

롤모델. 존경할 수 있는 사람. 부모가 없는 은하에게 우성호는 부모처럼 사랑하고 존경할 수 있는 유일한 존재였다. 은하의 눈에 눈물이 차올랐다.

"교수님은 제 최초의 스승님이세요."

진정한 의미의 첫 스승. 그녀에게 우성호는 그런 의미였다. 우성호도 그 진지함과 진심을 깨달은 듯, 무거운 침묵이 둘의 주변을 감쌌다.

10. 화련

"스승님을 이해해요. 그리고……스승님을 너무나 사랑하고 존경해요. 이제까지도 그렇고, 앞으로도. 진심이에요."

한동안 두 사람은 모두 말이 없었다. 은하는, 아주 잠깐이었지만, 우성호의 눈에서 인간적인 흔들림을 발견했다.

'우성호 같은 분의 눈에서 인간적인 흔들림을 잠깐이나마 발견하다니, 나 때문에.'

은하는 그것으로 충분히 만족했다. 자신이 우성호라는 인물에게 인간적인 흔들림을 줄 수 있는 존재라니, 그것으로 충분했다.

"제가 작품 활동에 방해가 되는 건 원치 않아요. 스승님의 작업에 도움이 되는 사람이고 싶어요. 제가 있는 것이 방해가 되면 안 되죠. 하지만……진심으로 존경합니다. 제 최초의 스승님."

은하는 자리에서 일어섰다.

"건강하세요……."

마지막으로 그녀는 목이 메는 걸 간신히 억누르고, 그렇게 말했다.

지금 그 앞에서 폭포수처럼 우는 것이, 언젠가 우성호를 되찾는 데는 훨씬 도움이 될 것이다. 이미 우성호로서는 아주 드물게 인간적인 흔들림을 느끼게 했으니 큰 효과를 불러올 것이다. 그녀의 본능은 그렇게 생각했지만, 은하는 그러고 싶지 않았다. 그것이 우성호를 더 괴롭게 할 것임을 알고 있기 때문이었다.

은하는 그제야, 우성호에 대한 자신의 진심을 깨달았다. 은하가 앞으로 좀 더 빨리 유리해지는 것보다도, 지금 우성호의 기분이 조금이라도 덜 불편하길 원할 정도로, 은하는 그를 스승으로서 좋아하고, 존경했다.

그 사건으로 은하는 처음으로 현준호에게 증오를 느꼈다.

현준호의 어머니 이야기는 들은 적이 없어서 모르겠으나, 적어도 그는

푸른 화가의 진실

아버지에게 매우 사랑받는 사람이다. 현목성은 자신의 자녀들 중에서 특히 현준호를 몹시 아꼈다. 그토록 위대한 인물로부터 그렇게 사랑받는 사람이, 자신에게서 우성호 같은 인물을 빼앗는 심리가 당최 이해되지 않았다. 은하가 분개하여 금성 앞에서 현준호 욕을 폭포수처럼 쏟아내자 금성이 눈살을 찌푸리며 말했다.

"내 앞에선 그런 얘기 하지 말아줘. 듣기 싫어."

"지금 이 상황에서 그런 얘기가 나와?"

"그럼 듣기 싫은 걸 어쩌겠어."

은하는 어이가 없었다. 하지만 그 후로 은하는 금성 앞에선 현준호 이야기를 되도록 꺼내지 않았다. 금성은 절대로 현준호를 언급하지 않았고, 그저 은하를 더 다정하게 안아주기만 했다. 그래도 금성 역시 이번 일은 어이가 없는 모양이었다. 금성은 우성호의 작품을 진지하게 본 적은 없었으나, 은하로부터 우성호에 대한 이야기를 듣고 그를 몹시 만나고 싶어 했었다. 은하도 조만간 금성을 우성호에게 소개할 생각이었다. 금성은 이 사태 속에서 우성호를 소개받지 못하게 되었다는 것을 가장 아쉬워했다.

금성이 현준호를 결코 싫어하지 않는다는 것을, 은하도 느낄 수 있었다. 현준호가 금성을 좋아하는 것은 진심이었던 것 같고, 금성도 그것을 알기 때문일까?

아니, 사실 은하는 인정하기 싫었지만, 금성은 아직 현준호에 대한 애정이 남아 있는 것 같았다. 금성이 현준호를 버린 궁극적인 이유는 그가 싫어서가 아니라, 자신의 예술가로서의 인생에 현준호가 마이너스가 된다고 생각해서였다.

은하는 금성에게 현준호를 증오하라고 강요하진 않기로 했다. 어차피 금성은 다른 사람의 강요로 마음이 움직이는 사람이 아니었다.

어쨌든 금성이 현준호의 인터뷰로 은하에 대한 감정이 흔들리지 않았다

10. 화련

는 것이 은하에게는 충분히 위로가 되었다. 그녀가 느끼기로 현준호의 인터뷰 목적은 오로지 금성을 흔드는 데 있는 것 같았다.

'그 여자 형편없는 싸구려야! 그러니까 금성 넌 내 섹스 파트너에 불과했던 그 싸구려 곁을 떠나 내게 돌아와!'

현준호의 인터뷰 속에서, 그는 그렇게 외치고 있는 것 같았다. 아마 거기에 정신이 팔려, 그 인터뷰가 초래할 자신의 현실은 생각하지 못했을 것이다. '진정한 예술을 위해서 희생된 자들은 그것을 영광으로 알고 감수해야 한다'고만 생각할 줄 알았지, 그 희생자가 자신이 될 경우는 생각하지 못한 것처럼.

하지만 금성은 그 인터뷰에 눈도 깜짝하지 않았다. 그렇게 보면 현준호의 그 지저분한 인터뷰는 철저한 사회적 자해행위나 다름없게 된 셈이었다.

얼마 뒤, 은하에게 꽤 유명한 갤러리로부터 전시 지원 제의가 왔고, 관련 기획자와 미팅 약속이 잡혔다. 자신이 드디어 미술계에서 인정받게 된다는 생각에 은하는 두근거리는 가슴을 안고 나갔다. 하지만 그 기대는 미팅 자리에 나온 순간 와장창 깨졌다. 그곳에는 현준호가 있었다. 어이없는 가운데서도, 은하는 문득 그가 전과 어떻게 다른지 보고 싶은 생각에 그를 관찰했다.

그는 변한 건 전혀 없었으나, 은하에게 와 닿는 느낌이 변했다. 더 이상 그의 분위기가 신비하게 느껴지지 않고, 그저 음침하고 느끼하게 느껴졌다. 변했다고 한다면 그의 옷차림 정도였는데, 콘셉트는 변하지 않았으나 다만 예전 같은 묘한 조화는 찾아볼 수 없고 그냥 촌스러웠다. 그는 그저 패션 테러리스트로 보였다. 하지만 애초 그의 콘셉트 자체를 좋아하지 않았던 은하로선 이거나 저거나 비슷해 보였다.

그런데 참으로 신기한 일이었다. 그를 증오한다고 생각했는데, 울컥 반가운 마음이 들었다. 그 반가움은 상상을 초월하여 눈물이 나올 정도여서, 은하는 간신히 눈물을 참았다. 몹시 그리운 사람을 만난 것처럼 가슴이 벅차오르는 이 감정이 은하를 당혹스럽게 했다. 그런데 그 반가움은 그를 처음 보았을 때 느낀 불쾌한 거부감을 동반한 것이어서, 은하는 이 반가움이 자신의 감정인지, 자신의 눈이 느낀 감정인지 판단하기 힘들었다. 게다가 그는 여전히 아름다웠다. 아무리 패션이 구려지거나 눈에서의 빛이 사라져도, 그는 여전히 묘한 매력을 띠고 있었다. 은하는 어쨌든 프로답게 행동하기로 마음먹었다.

"구면이라 인사는 생략할 수 있어서 좋네요. 조건을 말씀해주시죠."

은하가 차갑게 말하자, 현준호가 무심하게 말했다.

"그거 낚시야. 할 말이 있어서 불렀어."

즉, 전시 지원 자체가 현준호의 인맥으로 만든 낚시란 이야기다. 역시 현준호답게, 가오 떨어지게 만나서 얘기 좀 하자는 애원 따윈 절대 안 했다. 다이렉트로 한 번에 만날 수 있는 길을 선택한 것이다. 은하는 기가 막혔다.

"낚시에도 정도가 있지, 전시 관련해서 낚시를 하다니, 쓰레기 예술가답네."

"닥쳐."

"알았어."

은하는 그렇게 말하고 바로 일어섰지만, 현준호의 다음 말이 은하의 발길을 잡아끌었다.

"성호 형 제수씨한테 오랜만에 머리 하러 갔다가 재밌는 이야기를 들었어. 아주 자세하게."

은하의 얼굴에 그제야 흥미가 떠올라서 다시 자리에 앉았다.

"무슨 얘기?"

10. 화련

"수호신 어쩌고 하는 얘기."

어떻게 할까 잠시 생각한 은하는, 이 비현실적인 심증을 철저히 거부하기로 마음먹었다.

"재미로 본 거야. 언제부터 미신을 신봉했어?"

"미신 따위가 아냐. 그 눈은 내 거야."

은하의 얼굴에 비웃음이 번졌다.

"그냥 변호사를 통해서 고소하지 그랬어. '이 여자의 안목은 월래 내건데 이 여자가 가져갔습니다. 절도죄로 고소합니다'라고 말야. 로스쿨 출범 이후 변호사가 많아져서 온갖 걸로 고소가 쉬워진 시대인데. 온 국민이 변호사라 한들, 이건 성립이 안 되겠지만."

"니가 뭘 가져갔는지 알아?"

"난 가져간 거 없어."

"그걸 그딴 쇼 프로그램에서 웃음거리로 써? 대체 너 뭐야?"

"아싸리 미신을 믿지 말든지, 믿으려면 끝까지 믿어. 내가 무언가 받았다 해도 당신이 원해서 준 거라잖아."

"난 원한 적 없어!"

"더 나은 예술을 위해서 다른 사람이 희생되는 것이 정당하다 생각한 사람이 아니라면, 이런 일 안 일어났다고."

"아니야! 내가 원한 건……."

"내가 해야 로맨스고 남이 하면 불륜이라는 개엿 같은 소리 하려거든 닥쳐."

현준호는 잠시 할 말을 잃었다. 아마도 은하가 한 말이 정확한 핵심일 것이다. 너무 맞는 말이라 그는 그런 게 아니라고 따지지도 못할 것이다. 현준호의 눈에 분명한 증오가 떠올랐다. 하지만 현준호의 증오 따위, 이젠 은하에게 귀찮은 일은 될지언정 상처가 될 순 없었다. 은하는 생긋 웃으며 말했다.

"그런 미신 같은 거 믿지 마. 그리고 기왕 믿으려면 끝까지 다 믿어. 날 건드리면 안 된다는 거 말야."

현준호가 입술을 깨물었다. 아마도 그것까지도 들은 모양이었다.

"등. 가. 교. 환."

은하는 한 자, 한 자, 천천히 말했다. 그렇게 하면 현준호를 소름끼치게 할 수 있다는 걸 알기 때문이었다.

"이번엔 대체 무슨 대가를 치르려고 이런 짓을 했지? 우성호 교수님은 나에게 부모에 가장 가까운 존재였어. 등가교환에 맞으려면, 당신도 부모 정도의 존재에게 외면받아야 맞을 거란 생각밖에 안 들어. 그럴 리가 없다는 게 억울할 정도야."

"그래, 너 같은 고아는 이해도 못하겠지만 아버지는 날 사랑해."

"하긴 당신한테 자랑거리는 당신 아버지밖에 없을 테니까."

현준호의 얼굴에 다시 떠오른 증오를 보고, 은하는 승리의 코웃음을 쳤다. 은하는 이번엔 소름끼칠 정도로 다정하게 말했다.

"자신을 돌봐. 현실을 살아. 근거 없는 미신적인 억울함 때문에 자신을 망치지는 마."

"다시 모든 걸 되돌리려면 어떻게 해야 하지?"

현준호의 말투는 간절했다. 그리고 은하가 들어온 현준호의 말투 중 가장 친절했다. 그걸 친절하다고 해야 할까……모든 것을 감수할 수 있고, 무엇이든 줄 수 있다는 듯한 말투. 은하는 그가 그런 말투로 말하는 것을 일찍이 들어본 적이 없었다.

"딱 한 가지밖에 없어."

은하는 한숨을 쉬며 천천히, 진지하게 말했다. 현준호의 눈빛이 반짝하는 것을 보고, 은하는 다시 어린애에게 덧셈 뺄셈을 설명하듯 차근차근 말했

10. 화련

다.

"타임머신을 발명해봐. 그래서 과거로 되돌아가는 거야. 과거로 가서, 처음부터 나한테 접근하지 않는 거야. 방법은 그거밖에 없어."

현준호의 눈이 분노로 번득였다.

"넌 나한테 오지 말았어야 했어."

"먼저 유혹한 건 당신이야. 미끼를 휙 던진다고 냉큼 물어버린 물고기나, 잡으면 안 될 물고기를 잡은 낚시꾼이나 멍청하긴 했는데, 그렇다고 물고기한테 왜 미끼를 물었냐고 욕할 순 없어. 미끼를 물길 바란 건 당신이었으니까."

"이렇게 될 줄은 몰랐어!"

"나도 내가 사랑받을 수 있을 줄 알았어."

"너 따위가?"

현준호의 말에 은하는 가소롭다는 듯이 웃으며 말했다.

"피차일반이지 뭐. 이 따위 여자 주제에 감히 당신한테 사랑받길 바란 나나, 그 따위 예술가 주제에 감히……."

"닥쳐."

현준호가 괴로운 목소리로 은하의 말을 끊었다. 그의 얼굴에 엄청난 억울함과 자괴감이 서렸다. 하지만 언제나, 진정한 예술가의 예술을 위해선 범인(凡人)은 희생되어야 한다고 주장하던 그가 아닌가? 은하가 진정한 예술가가 될 가능성이 있는 사람이고 현준호가 범인이라면 그는 당연히 이걸 받아들여야 하는 게 맞다. 아니, 진짜 그의 마인드대로라면, 오히려 영광으로 생각해야 하려나? 그녀는 흥미롭다는 얼굴로 코웃음을 쳤다.

"억울하다고 징징대진 마. 이런 일로 억울해할 철학을 가진 사람은 아니잖아."

한동안 얼굴이 백지처럼 창백했던 현준호가, 의외의 말을 했다.

"금성을 망치진 마."

그의 말에 은하는 그만 웃음이 나왔다.

"무슨 소리야. 금성을 망치려 했던 건 당신이잖아."

"난 금성을 망치려 한 적 없어. 금성은 네가 아니야. 걔는 밖에 내놓는 것보단 보호가 필요한 애야. 유명세, 부귀영화, 이런 걸 감당할 수 있는 애가 아니야."

"가난뱅이는 끝까지 가난뱅이로 살아야 한다는 부르주아 논리를 펼치려거든 닥……."

"그런 게 아니야!"

아까는 반박하지 못하던 현준호가 이번엔 고함을 질렀다.

은하는 현준호의 눈 속에 깃든, 진심 어린 걱정을 읽어냈다.

그는, 금성을 사랑한다! 그것도 진심으로. 우정 이상의 감정이다. 분명 현준호는 금성을 사랑하고 있었다.

그것을 읽어낸 은하는 갑자기 현준호에게 격렬한 질투를 느꼈다.

'금성은 내 거야. 나 외의 누구도 금성을 사랑하지 마.'

그게 은하의 솔직한 심정이었지만 그렇게 말해선 안 될 것이다.

"금성이 선택한 건 당신이 아니라 나야. 그를 사랑한다면, 그 선택을 존중해줘."

"그 앨 만나고……처음으로 여자로 태어났음 좋겠다고 생각했어."

그렇게 안 태어나서 다행이군, 하고 은하는 생각했다. 현준호가 여자였다면, 아니, 정확히 말해서 '은하보다 먼저 만난, 그런 눈을 가진 여자였다면' 아마도 금성은 현준호를 사랑하고 연인으로서 함께했을 것이다. 인정하긴 싫지만, 어쩌면 인간적으로는 은하보다 더 끌렸을지도 모른다. 둘 사이엔 분명, 눈 때문만이 아닌 미묘한 끌림이 존재하니까. 그는 아직까지도 현준호를 싫어하지 않는다. 또는 만약 금성에게 동성애 성향이 있었다면, 그가

10. 화련

사랑하고 연인으로 선택한 것은 현준호일 것이다. 은하는 현준호가 여자로 태어나지 않은 것과, 금성에게 동성애 성향이 없다는 것에 크게 감사했다.

"이렇게 태어난 이상, 지금 삶에 충실해. 그리고 날 짓밟으려 해봤자 짓밟히는 건 당신일 거야. 그러니까 그만해."

마지막 말은 경고였다. 은하는 정말이지 더 이상 아무 말썽도 겪고 싶지 않았다. 현준호가 행복해짐으로써 그럴 수 있다면, 정말이지 진심으로 그의 행복을 빌어주고 싶을 정도였다. 그래서 은하의 다음 말은 진심이었다.

"당신이 행복하길 빌어."

그리고 협박 비슷한 의미로 덧붙였다.

"더 이상 자신을 괴롭히지 마."

그 말엔 다음과 같은 뜻이 숨어 있었다.

'나를 괴롭히는 건 네 자신을 파멸로 이끌 테니까, 너 스스로를 괴롭히는 것이나 다름이 없다.'

은하의 말이 끝나기 무섭게, 현준호는 탁, 하고 일어나 눈썹이 휘날릴 정도로 재빨리 나갔다. 아마도 은하가 먼저 자리를 뜨는 것은 가오가 떨어진다고 생각하는 모양이었다. 은하는 떠나는 그 뒷모습을 보는 게 처음은 아니었다. 그런데 여전히 그의 뒷모습에 가슴이 뭉클하다는 것이 신기했다.

동시에 후련하기도 했다. 은하는 이렇게 상반된 양가감정을 동시에 느끼는 혼란이 다시 찾아오지 않기를, 그래서 두 번 다시 그를 만나지 않기를 간절히 빌었다.

얼마 후, 기사 하나가 은하의 눈을 사로잡았다.

그것은 20년쯤 전에 죽은 여배우의 유언장에 관한 기사였다. 은하는 왜 이 기사에 눈이 사로잡혔는지 알지도 못한 채, 기사에 집중했다.

화련이라는 여배우가 있었다. 매우 아름다운 외모에 묘한 매력이 있던 여배우였지만, 평생 정점에 선 적이 없는 배우. 한창 인기를 모으고 있을 때 돌연 건강 악화를 이유로 휴식기를 가졌고, 1년여 후에 돌아왔던 배우. 하지만 휴식기 이후 화련은 그 전보다도 인기가 떨어졌다가 정점에 서지 못한다는 스트레스 속에서 우울증 약을 복용하다가 죽어갔다.

화련은 죽기 직전 유언장을 새로 작성했다고 한다. 그녀가 죽은 후 새롭게 작성된 유언장이 발표되었고, 그 전의 유언장은 그녀의 소망에 따라 발표되지 않았다. 하지만 폐기되지는 않은 모양이었다. 화련의 사망 20주년을 맞이하여, 언론에서는 그녀가 고쳐 쓰기 전의 유언장을 발표하기로 했다. 어쩌면 그녀의 전 소속사나 친인척이 돈을 받고 그녀의 정보를 판 것인지도 모르겠지만, 표면상의 이유는 화련의 사적인 부분과는 전혀 상관이 없고 오히려 화련의 이미지를 북돋아주는 내용만 있다는 이유에서였다. 은하는 새로이 발표된 유언장을 주의 깊게 읽고, 기존 유언장과 다른 점을 찾아냈다.

……엘리자베스 1세 여왕이 영국과 결혼했듯이, 저는 연기와 결혼했습니다. 저는 평생 아이를 낳지 않았고, 만약 아이를 낳았다면 그것은 제 인생에 가장 큰 후회를 남기는 일이었을 것입니다. 그만큼 저는 일을 사랑했습니다. 아이를 낳는 것은 제가 아닌 다른 여성들의 몫입니다. 하지만 다른 여성들이 아이를 낳는 것은 위대한 일이라 생각합니다. 그래서 미혼모와 고아들을 위해 유산 일부를 쓰고 싶습니다.

유서는 전체적으로 크게 다르지 않았다. 화련의 유산 중 일부가 미혼모와 고아들을 위해 쓰인 것도 똑같다. 하지만 바로 그 전에, 아이에 대한 언급이 어딘지 부자연스럽게 느껴졌다. 그것은 언뜻, 그만큼 화련이 연기에 대한 열정이 강했다는 것만을 뜻하는 것 같았다. 하지만 은하는 그 속에서 희미

10. 화련

한 회한의 냄새를 맡았다. 그것이 어떤 종류의 회한인지는 알 듯 말 듯 희미하게 느껴졌다. 아마도 아이와 관련된 것이리라. 말은 이렇게 했어도, 화련은 아이를 낳지 않은 것을 후회했던 것일까?

아니, 그건 아니었다. 비록 순간적인 충동 비슷한 감정이었다 할지라도, 이 글에는 어딘지 '아이'에 대한 거부감이 느껴졌다. 은하는 그게 어떤 감정인지 궁금해하면서 화련의 얼굴을 주의 깊게 보았고, 그리고 순간 크게 경악하여 숨을 멈췄다.

……누군가와 닮았다. '은하의 눈'이 발견한 정보다. 은하의 눈으로 보았을 때, 이 화련이라는 여자는 분명 누군가와 닮았다. 그게 누구인지 은하는 어렵지 않게 생각해낼 수 있었다.

……현준호. 그는 전체적으로는 현목성과 꼭 닮은 외모이나, 현목성보다는 태가 훨씬 섬세하게 곱고 아름다웠다. 만약 이 화련이라는 여자와 현목성을 합친다면, 바로 현준호 같은 분위기를 낼 수 있을 것이다. 문득 은하는 이전에, 현준호의 가족사진을 본 일을 떠올렸다. 집에 아무도 없을 때, 현준호와 잠시 그 집에 들렀을 때였나. 그때 은하는 아직 눈이 완전하지 않을 때였지만, 사진 속에서 현준호의 형들과 누나를 보고 이상한 위화감을 느꼈었다.

현준호에겐 형 둘과 누나가 한 명 있었고 현준호는 막내였다. 형제들은 서로간의 터울이 두 살을 넘지 않았으나, 현준호만 유독 터울이 길어 바로 위 형제보다 열 살이 어렸다. 그땐 늦둥이 막내구나, 정도로만 생각했는데, 그래도 어딘지 이상했다. 다른 형제들은 현준호처럼 태가 곱지 않고 어딘지 전혀 닮지 않은 부분이 있었다. 현목성을 닮은 부분을 제외하면 현준호와 그의 형제들은 서로 닮지 않았다. 하지만 현준호를 제외한 형제들은 그런 이질감 없이 서로가 꼭 닮아 보였다. 은하는 이제야 그 이유에 대한 가설을 내릴 수 있었다.

어머니가 다르다.

그 이후 은하는 열혈 검색을 시작했다. 화련이라는 배우가 언제 휴식기를 가졌나?

예상했던 대로, 화련의 휴식기는 현준호가 태어난 기간과 정확히 일치했다. 화련은 현준호가 태어나기 여덟 달 전에 휴식기를 가졌고, 현준호가 태어난 뒤 석 달 후에 컴백했다.

은하는 다시 화련의 사진을 주의 깊게 보았다.

왜 그녀는 휴식기 이후 이전만큼의 인기도 회복하지 못했을까?

은하는 화련의 휴식기 이전과 이후의 차이점을 어렵지 않게 구분해 낼 수 있었다. 아마 은하가 아닌 다른 사람도 어렵지 않았을 것이다.

화련에겐 어둡고 음침하게 가라앉아 사람들을 끌어들이는 블랙홀 같은 매력이 있었다. 마치 어둠 속에서 보일 듯 말듯하게 나타나 남자를 파멸하러 온 몽마 같았다. 그것은 우리나라 연예계에서 주연급 여배우로 활동하기엔 그다지 좋은 매력은 못되었으나, 매력이 아예 없는 것보다는 훨씬 나을 것이다. 화련은 바로 그 매력으로 섹스어필하는 몇 가지 역을 맡고 화보를 찍으며 명성을 얻었다. 하지만 그런 종류의 매력으로는 정점에 서기 힘들었다.

복귀한 화련은 원래의 아름다운 외모는 변함이 없었지만 바로 그 블랙홀 같은 매력이 사라졌다. 마치 무언가가 화련에게서 그 매력을 빨아먹고 나간 것처럼. 화련에게서 블랙홀이 사라지자, 그녀의 어두움은 매력이 아닌 그저 음침한 느낌밖에 주지 못했다.

휴식기 이후, 화련의 매력은 대체 어디로 갔는가?

은하는 어렴풋이, 현준호가 같은 종류의 매력을 지니고 있었음을 깨달았다. 현준호는 그 아름다운 외모만으로는 설명이 안 될 정도로 여자들을 끄는 강력한 무언가가 있었고 그 매력을 이용해 그가 원하는 자유분방한 여자

10. 화련

관계를 즐길 수 있었다.

　문득 은하는 한 가지 궁금증이 들었다.

　화련은 매력을 잃었는데, 왜 현목성은 자신의 안목을 그대로 갖고 있었을까? 현준호는 현목성과 비슷한 종류의, 아니, 어쩌면 현목성보다 더 뛰어난 종류의 안목을 갖고 있었는데, 왜 현목성은 그 이후에도 안목을 잃지 않았을까? 은하는 갑자기 혼란스러웠다. 왜 이렇게 구체적으로, 증거도 없는 허황된 일들을 느껴야 하는가? 은하는 머리를 세차게 흔들었지만, 그 생각들이 떠나가질 않았다.

　화련과 현준호가 닮은 것은 그냥 우연일 수도 있다. 은하도 주변에서 자신과 닮았다고 들었던 연예인들을 세 명쯤 떠올릴 수 있었다. 현준호와 약간이라도 닮았다고 생각했던 연예인도 몇 명 떠올릴 수 있었다. 약간 닮은 느낌과 그 배우의 휴식기가 현준호가 태어났을 때와 일치한다고 해서 현준호가 화련과 현목성의 사생아라고 단정짓는 것은 너무나 지나친 억측이 아닐까?

　하지만 시간이 지날수록 그것이 억측이라고 생각되기는커녕, 오히려 점점 더 사실이라고 확신할 수 있었다. 은하의 눈이 잘못된 예측을 하는 경우는 드물었다. 아니면……아니면 눈은 이미 알고 있는 정보를 은하가 읽게 된 것일지도 모른다. 그러지 않고서야 이렇게 불확실한 정보에 대해 어떻게 이렇게까지 확신할 수 있단 말인가? 현목성은 다른 아이들보다도 현준호를 사랑했다. 그것은 아마 그가 현준호의 어머니를 사랑했기 때문이었으리라.

　안목이 생긴 후 은하는 현목성의 작품을 보고 그의 성격을 짐작할 수 있었다. 그는 매우 열정적이고, 자신의 열정에 대한 판단이 아주 확고한 성격이다. 자신의 열정에 대해 확실하게 책임지는 성격이다. 그였다면 아마, 자신의 열정이 선택한 사람을 책임지기 위해 그 어떤 장애도 뛰어넘으려 했을 것이다. 분명 그는 부인에게 충분한 보상을 한 후 이혼을 하고 화련과 함께

푸른 화가의 진실

화련의 아이를 자신의 가족으로 맞이하려 했을 것이다.

하지만 화련의 기사를 검색해본 결과, 화련은 여배우로서의 모든 야망을 포기하고 가정파괴자 불륜녀로 연예계를 마감하여 평범한 주부로 살아갈 여자가 절대로 아니었다. 그녀는 성공욕과 명예욕이 대단한 야심가였다. 어쩌면 화련은 아이를 지우려고 했을지도 모른다. 그녀라면 충분히 그러고도 남았을 것이다. 현목성이 현준호를 유달리 사랑한 것을 보건데, 어쩌면 화련이 아이를 지우려는 것을 막은 것은 현목성일지도 몰랐다.

이 모든 예상이, 마치 아무 생각 없이 보고 있는 TV에서 흘러나오는 오래된 영화처럼 은하의 머리를 스치고 지나갔다. 주마등 같았다. 그냥 상상인지, 이미 이 정보를 모두 알고 있는 은하의 눈에 각인된 정보가 은하의 머리에 전달되는 것인지는 모르겠지만, 은하는 이 예상들이 어쩌면 실재했던 일일 수도 있겠단 생각이 들었다. 은하는 이번에 공개된 화련의 이전 유언장에서 한 문장을 유심히 들여다보았다.

'저는 평생 아이를 낳지 않았고, 만약 아이를 낳았다면 그것은 제 인생에 가장 큰 후회를 남기는 일이었을 것입니다.'

다시 한 번 그것을 읽자, 은하는 순간적으로 현준호를 거의 동정할 뻔했다. 하지만 다음 순간, 은하는 인생 최초의 스승이었던 우성호를 잃은 사실을 떠올렸다. 아마도 영원히 잃은 것은 아닐 것이다. 느낌적으로도, 완전히 잃었다는 느낌은 들지 않았다. 우성호는 결국 자신의 인생에는 현준호보단 강은하가 더 도움될 사람이라는 것을 깨달을 것이다. 언젠가는 너무나 멋진 인생 최초의 스승을 되찾을 것이란 느낌이 강하게 왔다. 그것이 우성호가 강은하에게 애정을 가져서가 아니라 예술가로서의 우성호가 냉철하고 실용적이기 때문이라 할지라도, 은하는 상관없었다. 은하는 우성호의 그런 부

10. 화련

분까지 존경하고 좋아했다.

어쨌든 은하는 현준호 때문에 인생 최초의 진정한 스승인 우성호와 멀어졌다는 데에 분노했다. 부모가 없는 은하에게 있어, 우성호는 가장 부모에 가까운 존재였기에 그 분노는 매우 컸다.

은하는 이번에도 현준호가 대가를 치르기를 바랐다. 은하에게 부모에 가장 가까운 존재였던 우성호를 잃은 것과 맞먹으려면, 현준호는 자신의 부모에게 외면받아야 등가교환에 맞으리라는 생각까지 했다.

하지만 생각만 한 것이지, 진짜로 이루어질 줄은 몰랐다. 물론 확실한 것은 아무것도 없었다. 만약에 만약에 혹시나 만약에, 정말로 현준호의 친모가 화련이라면, 그가 친모에게 외면 받은 것이 수면 위로 드러난 것, 영원히 묻힐 수도 있었던 그 사실이 세상에 드러난 것에 대해 그는 어떻게 생각할까? 물론 화련의 메시지를 읽을 수 있는 사람은 현준호와 현목성밖에 없겠지만 말이다.

"그깟 글자 몇 줄 따위."

은하는 불만스럽게 중얼거렸다. 이 글자 몇 줄에 현준호가 충격을 받을지 안 받을지 모르겠지만, 받았더라도 자신이 당한 피해에 견줄 바는 안 될 거라고 생각했다. 우성호는 은하가 유일하게 존경하고 인정하는 자신의 윗사람이다. 그는 아직도 건강하게 살아서, 은하와 서로 좋은 영향을 주고받을 수 있었다. 하지만 현준호에겐 이미 현목성이 있지 않은가? 이미 현목성을 가진 자에게 죽은 부모의 글자 몇 줄 따위가 자신이 겪은 것과 견줄 만한 충격이 될 수 있을까? 은하가 받은 타격과 감히 견줄 수 있을까?

그토록 모든 것을 가진 사람이 왜, 아무것도 가진 것 없이 자수성가한 사람을 짓누르려 하는가? 은하는 생각할수록 자신이 훨씬 억울했.

지나치게 공정한 거래는 서로가 억울해한다는 무당의 말을 떠올리고, 은하는 코웃음을 쳤다. 이 글 몇 줄을 읽은 현준호의 고통이 은하가 생각하는 것보다 강할 수도 있다. 그래야만 공평하다. 하지만 은하는 자신이 우성호를 잃은 것보다, 죽은 사람의 글자 몇 줄 따위가 현준호에게 더 큰 충격일 거라고는 생각하기 힘들었다. 인간은 자신의 고통이 세상에서 가장 잔인하다고 생각하기 마련이고, 은하 역시 인간이기 때문에.

11. 균열

그 이후, 현준호가 은하를 직접적으로 '귀찮게 하는 일'은 더 이상 일어나지 않았다. 은하는 너무나 행복했기 때문에, 그에게 가졌던 악감정을 빠르게 잊어갔다. 원래부터도 은하에게 있어 현준호란 더 이상 좋아할 순 없어도 미워하긴 힘든 그런 대상이었다. 그냥 저만치 치워두고 잊고 사는 것이 가장 속 편했다.

무엇보다도, 은하는 지금 금성 외에는 필요한 사람이 아무도 없었다. 그가 작품을 만들어내는 과정을 자신의 눈으로 지켜보는 것은 순간순간 경이로움 그 자체였다. 그런 사람이 온전히 자기 것이라는 게 기적 그 자체였다.

금성은 은하가 곁에 있을 때면, 그림을 그리다가 심박수가 올라가 흥분기가 오면 전처럼 동네를 한 바퀴 뛰거나 체조를 하는 대신 은하를 안는 것으로 풀곤 했다. 그때 그에게 안기는 것은 경이로웠다. 보이지 않는 투명한 무언가가 은하에게로 흡수되는 것 같은, 그러면서도 은하 역시 그를 상승시켜주는 것 같은 느낌이 들었다.

금성은 수면 습관도 특이했는데, 한 번에 두세 시간 이상을 자지 못했지만 대신 매우 푹 잤고, 깨고 나선 새벽 공기처럼 맑고 선명한 기분이 든다고 했다. 그는 그렇게 하루에 세 번 정도 나눠서 잤다. 은하는 그의 수면 습관까지 닮아갔다. 시간이 흐르자, 은하는 자신의 스킬이 빠르게 늘고 있다는 것을 깨달았다. 은하에게 스킬에 대한 감이 없는 편은 아니었으나, 엄밀히 말하면 테크니션은 아니었다. 그 어느 때에도 이렇게 빨리 스킬이 발전한 적은 없었다.

변화는 금성도 마찬가지였다. 함께 전시를 가거나 작품을 감상할 때면, 깜짝 놀랄 만큼 인간의 눈이 알아내기 힘든 정보까지 알아맞히곤 했다. 금성은 옛날의 은하처럼 막눈은 아니었고 꽤 뛰어난 안목이 있었으나, 지금의 은하처럼 비정상적인 눈을 갖고 있지는 않았다. 하지만 그의 눈은 가면 갈수록 예리해졌고, 작품 역시 더욱 아름다워졌다.

모두가 기적 같은 일이었다. 자신도 줄지 않으면서 상대에게 좋은 영향을 줄 수 있다니.

은하는 문득 예전에 가졌던 의문점을 떠올렸다.

왜 화련은 매력을 잃고, 현목성은 자신의 안목을 그대로 갖고 있었을까?

그것은 아마도 은하와 금성과의 관계에서 둘 다 서로의 장점을 흡수하면서도 자신의 것을 잃지 않은 이유와 비슷할 것이다.

화련은 자신의 아이를 사랑하지 않았고, 현목성은 사랑했다.

화련은 자신의 아이를 거부하고 버렸고, 현목성은 받아들이고 책임졌다.

화련에게는 자신의 아이에 대한 빚이 있어서 자기도 모르는 새에 그 매력을 대가로 지불해야 했던 것은 아닐까?

어쩌면 현준호가 은하를 증오하듯이 화련 역시 현준호를 원망했을 수도 있다. 오죽했으면 유언장에 그런 언급을 했을까? 아마도 현준호만이 알아

11. 균열

듣고 충격받을 언급을 말이다. 결국 유언장을 고친 것을 보면, 끝끝내 자기 아들을 미워할 수는 없었겠지만.

그렇다면 만약 현준호와 자신이 금성과 자신 같은 사이가 된다면, 현준호는 새로운 눈을 얻는 게 가능할 수도 있을까? 은하는 방금의 가정이 불가능하단 것을 알기 때문에 그냥 재미로 생각했다.

은하는 사랑이 가장 위대한 예술이라 여겼다. 사랑은 기적을 낳는다. 한데 사랑은 기적을 낳지만, 어쩔 땐 기적이 일어나도 안 되는 것이 사랑이다. 때문에 지금 와서 현준호와 은하가 금성과 은하 같은 사이가 되는 것보단, 타임머신을 두 대쯤 발명하는 것이 훨씬 가능할 것이란 생각이 들었다. 시체를 되살리는 일이 더 쉬울 것이다. 현준호가 은하를 사랑하는 일은 이제까지도 없었고 앞으로도 없을 것이고, 은하는 비록 그를 사랑한 적 있지만 다시 사랑하는 것은 더더욱 불가능한 일이다. 한 번 완전히 끝난 사랑을 되돌리는 것은 새로운 사람과 사랑에 빠지는 것보다 힘든 법이다.

"사랑이 가장 위대한 예술이야."

은하는 금성의 허벅지를 베고 누워 혼잣말로 중얼거렸다. 금성은 그 말에 공감하듯 투명하게 웃었다. 은하는 그의 청정한 미소가 너무나 좋았.

하긴, 그에게 안 좋은 점이 어디가 있을까? 금성의 입술 옆에 있는 작은 점이나, 부드러운 인상의 얼굴과는 안 어울리게 손이 꺼칠한 것까지 좋았다. 만약 금성의 손이 부드러웠다면 지금보다 덜 좋았을 거라는 생각이 들 만큼, 그가 그 꺼칠한 손으로 자신을 만질 때의 감촉이 너무나 좋았다. 물론 손이 부드러웠어도 똑같은 생각을 했겠지만 말이다.

은하는 금성이 가진 게 없는 것조차도 좋았다. 그에게 자신이 해줄 수 있는 게 많아서 행복했다. 금성에게는 주어도 주어도, 모든 것을 다 주어도 끝이 없을 것만 같았다. 물론, 이미 금성은 가난한 미술학도가 아니었다. 은하의 내조에 힘입은 첫 전시의 성공 이후, 금성은 은하보다도 점점 더 높은 평가를 받기 시작했다. 하지만 금성의 성공 이후, 금성에게는 오히려 은하가 더 필요해졌다.

금성은 딱히 사치스런 사람은 아니었고 오히려 은하가 사치를 더 즐길 줄 알았으나, 금성의 경제 감각은 가히 경악스런 수준이었다. 금성은 있으면 있는 대로, 없으면 없는 대로, 돈을 왜 쓰지 않고 모아두어야 하는지에 대해 전혀 이해하지 못했다. 무엇이 비싼 것이고 싼 것인지 개념도 없었다. 그것의 가격이 얼마냐를 떠나서, 수중에 살 만한 돈이 있으면 싼 것이고 돈이 없으면 비싼 것이었다. 더군다나 천연 재료를 좋아해서, 돈을 벌면 벌수록 재료비로 엄청난 지출을 했다.

은하는 금성이 어렵게 산 것이 바로 이 경제관념 때문임을 깨달았다. 어찌 됐든 미술 하는 사람들 중에서도 보기 드물 정도의 고도의 테크니션인 그가 돈을 벌 길이 아예 없진 않았을 것이다. 그는 아마도 그림 그리는 데 필요한 만큼만 돈을 벌고, 모조리 쓰면서 살았을 듯했다.

은하는 화려한 것을 좋아하고 사치도 즐겨서 쓸 때는 과감하게 쓰긴 하지만, 금전 감각은 뛰어났다. 친척으로부터 유산을 지켜낸 것도 아마 그 덕분이었을 것이다. 그녀는 돈 냄새를 맡을 줄 알고, 돈을 지킬 줄도 알았다. 은하는 금성이 버는 돈은 재료비를 제외하고는 철저히 감시했다. 금성은 미술 재료비만 마음껏 쓸 수 있다면 경제적으로 제재받는 것을 괴로워하지 않아서, 은하가 재산 관리를 해주는 것을 불편하게 여기지 않았다.

금성의 작업실은 이미 오래전에 옮겼다. 그럴 수밖에 없었다. 이미 금성도, 은하도, 알아보는 사람이 많아졌기 때문이다. 금성과 은하가 함께 살기 위해서는 보안이 철저히 유지되는 고급 오피스텔로 옮길 수밖에 없었다. 은하는 비밀 연애는 포기했다 해도, 아직 결혼도 하지 않았는데 둘이 거의 같이 산다는 것을 굳이 들키고 싶지는 않았다.

은하는 완벽한 낙원이요 천국이었던 그곳을 잃는 것이 뼈아프게 슬펐지

11. 균열

만, 금성의 말대로 그와 함께라면 어디든 똑같다는 것을 빠르게 깨달았다. 어차피 중요한 것은 그와 함께라는 것과 그림을 그릴 수 있는 곳이라는 거지, 어디냐가 중요하진 않았다.

은하와 금성은 여러 번의 합동 전시회를 했다. 영국의 유명 딜러 한 명이 그들의 그림을 우연히 보고, 금성의 그림에 반해 그들에게 유럽 순회 전시를 제의했다. 은하의 그림이 빠지면 재미가 덜 느껴지도록 절묘하게 기획된 전시였기 때문에, 딜러는 은하에게도 함께 제의를 할 수밖에 없었다. 그 일은 큰 화제를 불러일으켰고, 국내 언론에는 마치 은하 덕분에 유럽 진출을 할 수 있는 것으로 포장되었다. 그것은 금성이 원한 것으로, 자신에게 쏟아지는 관심을 피하기 위해서였다.

이미 금성은 조금씩 피폐해져가고 있었다. 그는 원래 주목받는 것, 가식적인 이미지메이킹 등을 매우 피곤해하고 꺼리는 성격이었다. 금성은 그림만 주목받고 자기 자신은 그림자 속에 있었다면 얼마나 좋았을까, 하고 생각했다. 은하와의 커플마케팅으로 연예인급으로 얼굴이 팔린 것은, 금성에겐 소름끼치게 부담스러운 일이었다.

금성의 예상과는 달리 유럽 진출을 은하의 공으로 돌린 것이 금성에게 쏟아진 인터뷰 세례를 막아주진 못했다. 이미 사람들은 금성의 천재성이 은하보다 뛰어남을 인식하고 있었다. 우성호의 보호가 사라진 이후 미술계에선 은하에게 '지나치게 상업적' '보는 사람만의 시선만을 의식하는, 허례허식 가득한 그림' 등의 혹평이 쏟아졌다.

어차피 은하는 혹평이든 찬사든 유명세가 더 중요했기 때문에 크게 스트레스 받지는 않았다. 은하는 '기사 내용이 아닌 기사 분량이 중요하다'는 앤디워홀의 주장을 신봉했다. 오히려 금성은 약간이라도 안 좋은 비판이 나오면 며칠을 괴로워할 만큼 예민하게 반응했다. 다행히 금성에게 혹평을 쏟는 일은 드물었다. 금성의 작품에는 누구나 인정할 수밖에 없는 타고난 매력이 있었다.

 그들의 전시가 은하 덕분에 흥행할 수 있었다면, 좋은 평가는 금성 덕분이었다고 할 수 있을 것이다. 어디든, 사람들은 은하보단 금성의 작업에 더 관심과 찬사를 나타냈다. 은하 역시 인간이므로 거기에 질투를 안 한건 아니나, 금성을 너무 사랑한데다가 원체 자신에게 직접 피해가 오는 일을 제외하면 관대한 편이었다.

 금성이 은하가 속해 있는 곳보다 한층 더 큰 에이전시에 소속되면서, 은하도 금성과 세트로 함께 옮길 수 있었다. 특히 금성은 아직 그리지도 않은, 앞으로 그릴 그림까지 전부 예약되어 팔리는 기염을 토했다.

 그때부터, 금성은 그림을 그릴 때마다 심각한 수전증이 오기 시작했다. 은하가 와서 다정하게 위로하면 금성은 쓰게 웃으며 말했다.

 "이미 팔린 그림을 그리라니, 어떻게 해야 할지 모르겠어."

 은하는 금성의 말에 입을 비죽거렸다. 질투가 나기도 했고, 은하 자신 같으면 충분히 할 수 있는 일이기 때문이다. 가격에 비례하는 크기와 재료를 써서, 팔린 곳의 취향과 특성을 고려해 적당히 그리면 될 일이었다. 하지만 물론 금성에게 그런 것을 권하진 않았다. 그에게는 애초 불가능한 일이라는 걸 잘 알기 때문이다. 금성이 꼼수를 쓰고 계산해서 그림을 그린다니, 초식동물에게 사자 고기를 먹어보라고 하는 거나 다름이 없었다.

 그래도 최소한 은하가 옆에 있는 한 금성의 그런 증상은 심각한 것이 아니었다. 수전증이 와도 은하를 안고 나면, 그 증상은 곧 사라지곤 했다. 둘 사이엔 분명 보이지 않는 어떤 힘이 있었다.

 은하는 금성이 불행할 거라고는 꿈에도 생각하지 못했다. 그가 괴로워한다는 것은 인지하고 있었지만, 그의 괴로움이 이해가진 않았다. 명예욕이 강한 은하는, 자신보다 더 큰 명예를 누리는 금성이 근본적으로는 행복할 거라 여겼다. 초췌한 얼굴도 단지 스케줄 때문에 지쳐서 그런 것이라 생각

11. 균열

했다. 은하라면 얼마든지 즐길 수 있는 이 상황에서 피폐해지며 괴로워하는 금성이 이해가질 않아 때론 짜증날 정도로 답답하기도 했다.

그렇다고 은하가 금성의 스트레스나 건강에 무심했던 것은 아니었다. 하지만 병의 근본 원인에 대해 연구하기보다는 비싼 약을 사주는 게 은하의 사랑 방식이었다고 봐야 할 것이다. 은하는 금성을 위해 건강에 좋은 음식만 먹게 하고, 보약도 여러 번 지어 먹였고, 운동 스케줄까지 짜 주었다. 어느 날은 금성을 위해 잠시 짬을 내어 하코네에서 가장 효과 좋다는 온천 중에서도 매우 사치스런 호텔을 예약했다.

따뜻한 물속에서, 은하는 금성에게 기대어 말했다.

"요즘 참 행복하지?"

은하의 질문에는 부러움이 묻어났다. 명예를 원한 건 은하였는데, 금성이 더 큰 명예를 얻는다는 게 아이러니했다. 부럽긴 해도, 은하는 금성을 너무나 사랑하기 때문에 질투하지 않으려 애썼다. 은하의 말에 금성은 어설피 웃으며 대답했다.

"네 옆에 있는 게 좋아."

금성의 말은 거짓이 아니었고, 사실 그 말이 전부였다. 금성은 은하 곁에 있는 것이 좋아서 이 모든 부담감을 견뎌내고 있는 것뿐이었다. 하지만 은하가 그것을 알았더라도, 그녀는 변하지 않았을 것이다. 금성이 자신의 곁에 있는 한, 그를 돌봐주고 북돋아주고 보호해줄 자신이 있었기 때문이었다.

금성이 은하 곁에 있는 한.

바로 그것이 함정이었다. 금성은 지금 같은 생활을, 은하 곁에서만 견딜 수 있는 사람이었다. 은하는 현재로서는 평생 금성의 곁을 떠날 생각이 추호도 없었기 때문에, 그것이 함정이라는 생각을 전혀 하지 못했다.

푸른 화가의 진실

은하와 금성이 공개 커플이 된 지 2년차에, 은하는 우성호를 다시 얻었다. 은하가 이미 예상했던 대로 우성호의 개인적인 필요성 때문이었다. 은하가 우성호의 제자인 것은 다들 아는 사실이라서, 스승과 제자의 합동 전시를 하자는 제의가 은하와 우성호에게 몇 차례 오기는 했었다. 하지만 아마도 금성이 없었다면 우성호는 응하지 않았을 것이다.

오랜만에 비싼 레스토랑에서 은하를 대접한 우성호는, 그답게 바로 본론으로 들어갔다.

"금성이란 화가, 정말 대단한 화가야. 네 눈이 발견한 최고의 보물이야. 나랑도 전시 색깔이 잘 맞을 것 같아."

이 눈이 금성을 발견했을 때 눈의 주인은 은하가 아니었지만, 물론 은하는 그런 이야기는 하지 않았다.

"저도 그렇게 생각해요. 저에겐 과분한 짝이에요."

은하는 솔직하게 말했다.

"널 다시 찾은 게 이런 일이라고 삐치는 건 아니지?"

우성호가 농담기 어린 목소리로 말하자, 은하는 싱긋 웃었다.

"그게 바로 우 교수님이죠. 전 그런 교수님이 좋은걸요."

은하의 말에 우성호는 큰 소리로 웃었다.

곧 우성호와 금성과의 만남이 주선되었다. 우성호도 금성도, 첫 만남에선 은하를 빼고 둘이 만나기를 원했기에 첫 만남은 둘만의 자리가 되었.

금성도 우성호에게 홀딱 반한 모양이었다.

금성이 보기에, 언뜻 거침없어 보이지만 알게 모르게 자기 식대로 주변의 눈을 치열하게 신경 쓰며 사는 은하에 비해 우성호는 진정한 자유분방함이 있었다. 그러면서도 뼛속에서부터 멋이 우러나오는 군더더기 없는 멋쟁이 우성호는 금성과도 다르고 은하와도 달랐다. 거기다 기계치였던 금성에게, 미디어아트를 하는 우성호는 별세계 사람으로 보였다.

11. 균열

금성은 우성호를 처음만나고 온 날, 마치 슈퍼맨이라도 만나고 온 것처럼 들떠서 횡설수설해댔다. 금성이 우성호로부터 들은 말들은, 은하 역시 이전에 우성호로부터 익히 들어온 것이기 때문에 신기한 내용도 아니었다. 사실 은하가 해박하고 개념 있는 미술인이 된 것은 거의 우성호 덕분으로 봐야 할 것이다. 은하의 미술 개념 태반이 우성호로부터 온 것이었다. 은하는 어쩐지 금성은 우성호에게 빼앗기고 우성호는 금성에게 빼앗긴 기분이 들어서 불만스러웠지만, 그래도 인생 유일한 스승님을 되찾은 것은 몹시 기쁜 일이었다.

금성은 예전에 은하가 그랬던 것처럼 우성호를 동경하고 떠받들었다. 특히 금성이 우성호와 친해진 초기엔, 금성이 은하에게 하는 이야기의 절반 이상이 우성호에 대한 이야기였다. 은하는 그런 태도가 질투 나고 지겨웠지만, 자신 역시 그랬던 시절이 있어서 금성의 태도를 이해할 수 있었다. 우성호가 은하만 사로잡는 사람이 아니란 것을 새삼스럽게 깨닫게 해주어 재밌기도 했다.

문득 은하는 우성호가 은하와 처음 만나기 몇 년 전부터 현준호가 우성호를 멀리했었다는 말을 기억해냈다. 아마도 현준호는 금성을 만나고 나서 우성호를 멀리했던 게 아니었을까? 아마 현준호는 금성을 우성호에게 빼앗기고 싶지 않았을 것이다. 우성호는 금성을 알고 난 이후로는 예전처럼 은하를 자주 찾진 않았다. 원래도 나쁘진 않았는데다 은하를 만나고 발전한 금성의 안목도 이미 수준급이었고, 애초 우성호가 은하를 다시 찾은 이유가 금성에 대한 흥미였기 때문이었다. 물론 우성호는 의리를 아는 사람인지라, 예전처럼 은하가 미술계에서 혹평을 받는 것을 어느 정도 막아주는 역할을 다시 해주었다.

하지만 예상했던 대로 은하 입장에선 우성호는 금성에게, 금성은 우성호에게 약간씩 빼앗긴 꼴이 되었다. 특히 우성호가 은하를 빼고 금성과 둘이

푸른 화가의 진실

합동 전시를 하자고 그에게 제의하고 금성이 은하에게 말하지도 않고 OK 했을 때, 은하는 처음으로 우성호에게 폭발할 뻔했다. 금성과 우성호는 은하의 한계에 대해 느끼고 있었고, 따라서 둘 다 이번만큼은 은하가 빠지길 바랐다.

은하는 폭발해봤자 우성호의 마음이 바뀔 리가 없다는 것을 너무 잘 알고 있었다. 은하가 왜 폭발했는지 아예 궁금해하지도 않을 테니까. 게다가 은하 역시도 개인감정 때문에 이런 예술가들의 전시를 훼방놓는 것은 자존심상 허락할 수 없었다. 은하가 할 수 있는 일이라고는 마음속으로만 나 빼고 하는 그들의 전시가 폭삭 망하길 바라는 것밖에 없었지만, 둘의 결합은 매우 성공적이었다. 지나치게 군더더기가 없어 인간미가 부족하게 느껴졌던 우성호의 작품에 금성의 신비롭고 따뜻한 빛이 합쳐지자, 금상첨화란 말이 너무나 잘 어울리는 전시가 되었다. 둘의 결합에 극찬이 쏟아지자, 지나치게 보는 사람 눈을 신경쓰고 상업성에 집중하는 은하의 한계가 더욱 지적되었다. 그래도 은하는 언제나 그렇듯 자신에게 악의적인 피해가 오는 것만 아니면 대체로 관대한 편이었다. 그녀는 결국 질투하는 것조차 포기해야 했다.

공개 커플이 된 지 3년쯤 되자, 금성과 은하의 결혼 계획에 대한 질문이 나오는 것은 자연스러운 일이었다. 이미 둘은 서른셋에 들어선 나이였다.

은하는 우선 서로 사랑하는 것으로 충분하다고 대답하면서, 언제 결혼 발표를 하는 게 긍정적인 화제가 될 수 있을지 시기를 고르고 있었다. 물론 주례는 우성호가 맡을 것이다.

결혼 발표 날짜도 상징적인 날짜로 하기 위해 고심 중이었다. 그와 재회한 날짜로 재회 3주년을 기념하여 발표할지, 아니면 재회한 날짜에서 천 일을 기념하여 발표할지도 고민이고, 자신들의 결혼 발표 화제성을 죽일 만큼

11. 균열

큰 사건이 터지지 않을, 뉴스거리가 적은 때를 고르는 것도 중요했다.

결국 은하는 재회 3주년을 기념하여 11월 초에 발표하기로 마음먹었다. 마침 스포츠 시즌도 끝나고 뉴스거리가 적을 때니 적절할 것 같았다. 제발 연예인들이 아무 사건도 일으키지 않기를 간절히 바라며 은하는 금성과 내년쯤 결혼 계획이 있다고 발표했다. 예상했던 대로, 은하와 금성의 결혼 발표 소식은 큰 화젯거리였다. 은하는 그렇게 요란벅적하게 결혼 계획을 알리는 것이 누군가의 가슴을 찢어놓을 것이라고는 생각조차 못했다. 만약 생각했더라도, 현준호가 더 이상 자신을 건드리지 않을 것을 알고 있었다. 하지만 현준호는 은하가 생각했던 것보다 훨씬 집요했다. 현준호는 은하를 깊이 증오하고, 금성을 여전히 사랑했다. 그리고 그 누구보다도 은하에게만큼은 금성을 빼앗기고 싶지 않아했다. 그는 은하 대신 금성을 건드리기로 마음먹었다.

은하는 세계 유명 미술관을 돌면서 감상하고 작품 해석과 개인적인 감상을 리포터처럼 설명해주는 교양 프로에 출연하게 되었다. 물론 프로그램에서는 금성과 함께 나오길 원했지만 금성은 펄쩍 뛰며 거절했다. 하는 수 없이 은하 혼자 나가게 되었다.

대략 한 달간의 프로젝트로, 은하는 공짜로 유럽 여행을 한다는 기분으로 촬영을 즐겼다. 원체 말이 많은 은하에게 그 일은 크게 어려운 일이 아니었다. 물론 금성과 통화도 자주 했다. 시간이 나면 인터넷으로 화면을 보며 대화하는 것은 큰 즐거움이었다.

그러던 어느 날, 금성이 갑자기 연락이 되지 않았다. 금성은 한번 잠들면 아주 깊이 잠들긴 해도 두세 시간만 자고 일어났기 때문에 그와 오랜 시간 연락이 두절되는 일은 없었다. 여자의 직감으로, 무언가 불쾌하고 불길한 기분이 들었다.

푸른 화가의 진실

은하는 현준호 옆에 있을 땐, 일생 한 번도 바람피우지 않는 남자는 드물 거라고, 애써 그런 마음으로 위로하곤 했다. 그런데 이번엔 현준호 때와 달랐다. 이상한 예감이 드는 것만으로도 머리뚜껑이 열리고 폭발할 것만 같았다. 비참함과 질투심으로 미칠 것 같았다. 진짜로 무슨 일이 있는 것이라면, 상대 여자를 죽여버리고 싶었다. 그것도 아주 잔인하게, 갈갈이 찢어서.

금성은 꼬박 하루가 지난 후에야 연락이 되었다. 그의 말투는 어딘지 미안하고 불안해 보였다. 금성은 술을 너무 많이 마시다가 뻗었다고 어설프게 말을 늘어놓았다. 은하는 자신의 의심이 적중했다는 것을 확신했다. 그렇다고 따지기도 싫었다. 은하는 금성이 울트라마린 천연 안료를 위해 자신을 팔아넘긴 일이 문득 떠올랐다. 그때의 불신. 은하는 그것이 완전히 사라진 게 아니라는 것을 깨달았다. 벌어지기 쉬운 상처처럼, 그 사건이 다시 은하에게 불쾌하게 와 닿았다. 은하는 머리가 터질 듯이 복잡했지만, 은하답게 방송은 무리 없이 마무리했다. 즉시 한국으로 돌아온 은하는 금성의 작업실로 달려갔다.

은하가 들어오자 금성은 열렬하게 은하를 안으며 키스를 퍼부어댔다. 은하는 반가움에 그의 품속에 안겨 들어갔으나, 열정적으로 은하를 안는 금성의 손길은 무언가를 지우려는 듯이, 아니면 무언가를 극복하려는 듯이, 전과는 어딘지 다른 느낌이 들었다. 그녀는 그의 품에서 처음으로 자괴감과 비참함을 느꼈다.

무엇부터 따져야 할까? 왜 하루 동안 연락이 안 됐냐고? 하지만 은하는 그에게 물어볼 수가 없었다. 그들 사이의 불신의 골은 이미 시작부터 보이지 않게 존재해왔었다. 시작이 그렇게 어긋나버린 것이, 지금 와서 작은 징조만으로도 믿음이 쉽사리 흔들려버렸다.

은하는 결국 그에게 아무 말도 하지 않았다. 금성은 아주 정성을 다해 은하에게 잘해주려고 노력했다. 그 정성이 무언가 수상한 일이 있었다는 것을

11. 균열

증명하는 것 같아서 은하는 속이 쓰렸으나, 아무것도 묻지 않았다. 금성은 은하를 팔아넘기고 은하는 다른 남자의 품에 먼저 안긴 그들 사이의 아주 깊은 불신의 뿌리. 은하는 그것을 수면 위로 드러내고 싶지 않았다.

하지만 그것은 이미 계획된 사건이었다. 현준호는 바보가 아니었다. 바로 망치로 내려치기엔 강은하는 화강암처럼 단단하다는 것을 알고 있었다. 보이진 않지만 이미 그들 사이에 균열이 존재한다는 것도 알고 있었다. 현준호 자신이 바로 그 균열의 원인이었으니까. 그는 그 균열을 조심스레 내리쳐서 금만 가게 해놓고, 그 금이 커지도록 가만히 내버려두었다.

은하는 쓰라린 속을 감추고, 금성에게 "내가 유일하게 믿는 남자"라고 반복했다. 금성에게 은하가 그런 말을 하는 속뜻은 아마 "당신이 내가 믿을 수 있게 행동하길 바란다"가 더 정확할 것이다.

이것을 들출까? 그냥 심증뿐인 이것을 들춰볼까?

은하는 수도 없이 고민했다. 쉬운 일일 것이다. 은하가 없는 동안의 카드 사용 내역이나 전화 통화 내역을 뽑아본다면……. 금성은 그렇게까지 주도면밀한 사람이 아니니까.

어쩌면 은하는 그때 망설임 없이 그렇게 했어야 했을지도 모른다. 아마 그들이 정상적으로 출발한 관계였다면, 다짜고짜 은하는 의심하고 따지고 조사하고 캐내서 증거를 찾아내 그걸로 따지고 금성은 싹싹 빌고 그렇게 둘끼리만 다시 화해하고 풀렸을지도 모른다.

하지만 은하는 금성에게 불신의 씨앗이 이미 숨어 있던 것처럼 자신 역시 불신할 만한 씨앗이 있다는 것을 알고 있었다. 이미 은하는 첫 만남에서 금성이 아닌 다른 남자를 택해 안겼던 전적이 있기 때문이었다. 이것을 들추는 것이 오히려 더 두려웠다. 그 불신 탓에 은하와 금성은 만난 지 5년 만에야 맺어질 수가 있었다.

은하는 더더욱 아무것도 불신하지 않고 아무 말썽도 없는, 백 퍼센트 서로를 믿는 커플로 지내고 싶었다. 이미 보이지 않게 가느다란 금이 가 있는 상태인데 거기에 망치질을 하고 싶지 않았다. 신뢰와 사랑은 별개였다. 은하는 금성이 자신만 바라보는 남자라는 믿음을 더 이상 가질 수는 없었지만, 여전히 그를 미치도록 사랑했다.

셰익스피어의 〈오셀로〉에서, 오셀로가 데스데모나를 죽인 건 사랑하지 않기 때문이 아니다. 이미 데스데모나와 오셀로 사이에는 외모, 나이, 신분 차이 등의 '콤플렉스'라는 '균열'이 있었는데, 거기에 '의심'으로 망치질을 하니 와장창 깨져버린 것이다. 은하는 그냥 이 균열에 더 이상 망치질을 하지 않기로 했다.

하지만 은하가 간과한 것은, 망치질을 하지 않는다고 그대로 유지되는 것이 아니란 것이었다. 차라리 균열을 찾아내서, 균열을 인정하고 시멘트를 바르는 시도를 하는 게 나았을지도 모른다. 그랬다면 그 전처럼 예뻐 보이진 않더라도, 적어도 누군가 망치로 내려쳤을 때 깨지진 않았을 것이다.

은하는 겉보기엔 마치 아무 일도 일어나지 않은 것처럼 살려고 애썼다. 하지만 아무리 지나간 일로 잊으려 해도, 당시 금성의 몇 가지 정황에서 포착한 불신은 끝없는 상상으로 이어졌다. 그 하루 동안 무슨 일이 있었을까? 어떤 여자였을까? 어디였을까? 몸매는 어땠을까? 예뻤을까? 자신이 옷을 직접 벗겨줬을까? 몇 번이나 했을까? 혹시 아직도 연락하는 것은 아닐까? 그건 아니었다. 은하는 그의 통화내역을 몰래 확인하고 있었다.

그럼 그냥 잠깐 불장난이었을까? 아니면 아직 그 여자 생각을 할까? 하지만 한 번도 바람을 안 핀 남자는 있어도 한 번만 바람피운 남자는 없다고 하지 않나? 머릿속에 아무리 끝없는 상상의 나래가 펼쳐져도, 은하는 금성에게 한마디도 묻지 않고 그저 잘해주었다. 금성은 어딘지 이상한 분위기와 눈초리를 느끼면서도, 왜 그러는 것인지 묻지 않았다. 그들은 한 번도 싸

11. 균열

우지 않고 평화로웠지만 공기는 전보다 긴장감이 감돌았다. 그리고 드디어 터졌다. 그것도 최악의 방식으로.

한 잡지에 '유명 화가 섹스 스캔들'이라고 올라오면서 터졌다. 호텔로 보이는 곳의 침대에서 벗고 잠이 든 금성의 상반신과, 은하로는 보이지 않는 여자도 같이 있었다. 사진의 각도 등으로 보건데 여자가 직접 찍은 듯했다.

여자가 찍은 사진은 아주 교묘했는데, 여자는 자신을 직접 보더라도 사진 속의 그녀라고는 알아볼 수 없게 찍었다. 하지만 눈이 날카로우면서 그녀가 누군지 잘 아는 사람이라면, 사진 속 그녀를 알아볼 수 있을 것이다.

은하는 그 여자가 애니라는 것을 한눈에 알 수 있었다.

숨이 턱 막혔다.

금이 가고 있던 심장이 와르르 무너지는 소리가 들렸다.

분노 때문에 온 세상이 폭발하는 것처럼 느껴졌다.

왜 하필 애니란 말인가? 다른 여자도 아니고 애니라니. 어떤 여자였어도 분노했겠지만, 분명 은하가 가장 분노할 여자는 따로 있었다. 하필 애니라니. 게다가 왜 언론에 이렇게 크게 발표되었단 말인가? 둘끼리의 해결이라면 모를까, 은하는 대중의 이미지에 매우 신경 쓰는 성격이다. 애니, 그리고 언론. 은하에게 있어 최악의 방식으로 사건이 터진 것이다. 거기다 언론은 엉뚱한 쪽으로 흘렀다. 언론은 둘 모두의 이미지를 지켜주려 애썼지만, 그러려면 두 사람이 헤어져야 하는 방향으로 흘러갔다. 원체 금성은 대중의 시선에 그리 신경 쓰지 않는 이미지를 가진 예술가다. 근본적으로는 '자유로운 예술가' 이미지였다. 그는 적어도 화가로서는 그 사건에 아무런 타격을 받지 않았다. 어차피 그의 작품이 좋은 건, 그가 천재라는 건 틀림없는 사실이니까. 금성의 에이전시와 딜러들은 금성을 예술가다운 바람기가 있는 자유로운 영혼의 소유자로, 동방의 피카소로 멋들어지게 포장했다.

은하는 매우 똑부러지는 이미지를 갖고 있었고, 예술가라며 문란한 사생활을 정당화시키는 자들을 혐오하는 입장을 취해왔다. 그러지 않은 천재도 있고, 실상 문란한 사람들이 다 천재인 건 아니고 극히 일부만이 천재일 수도 있다는 점을 항상 강조해왔다. 사생활이 문란한데 천재인 척하고 싶어 하는 사람과, 깨끗한 사생활에 진정한 멋쟁이인데 천재인 사람을 은하는 다 겪어봤기에 자신 있게 그렇게 말할 수 있었다.

그렇게 칼같이 공명정대한 은하의 캐릭터에 손상받지 않으려면, 그녀는 금성과 결별을 선언해야 했다.

거기다 금성의 에이전시도 은근히 그가 은하와 헤어지길 바라며, 작품에선 세계적인 상품성이 약간 떨어지는 은하는 엔터테인먼트쪽 회사에 비싼 값으로 팔고 싶어 했다. 그들은 은하라는 보호막이 없으면 금성에게서 더 많은 이득을 뽑아먹을 수 있을 거라 기대했다.

앞으로 금성은 자유분방한 예술가로 포장될 것이다. 은하는 '푸른 화가'다운 차갑고 똑부러진 여자로서 자신의 이미지에 타격받진 않을 것이다.

단, 둘이 이별하기만 한다면.

에이전시에선 둘의 결별을 강요했다. 결별 후 은하를 어디에 팔 것인지와 금성의 마케팅을 어떻게 할 것인지까지 계획해놓았다. 이별하지 않으면? 타격받는 것은 은하 쪽이다. 은하는 남자가 적나라하게 바람피우고 그것이 만천하에 드러났는데도 그 남자를 용서하는 이미지가 아니었다. 은하가 모든 인터뷰를 사절하고 입을 딱 다물고 있었는데도, 곧 결별 기사가 쏟아져 나왔다.

은하는 작업실에 꼼짝 않고 앉아서 모든 연락을 거부했다.

늦은 밤, 작업실로 초췌한 얼굴의 금성이 들어왔다.

둘은 한동안 침묵 속에 서 있었다.

은하는 말없이 금성의 마음을 느꼈다. 금성은 괴로워하고 있었고, 너무 괴로워서 말조차 꺼내지 못하고 있었다. 그는 원래 불편한 이야기, 그것도

11. 균열

자신에게 불리한 쪽의 이야기를 잘하는 사람이 아니었고 그런 이야기를 하는 것을 극도로 꺼렸다. 그래서 그런 상황을 애초 잘 만들지 않았다. 그래서 금성은 그러지 않을 거라 믿었다. 금성이 이런 짓을 할 거란 생각 자체를 하지 못했다.

"강은하."

금성이 괴롭다는 듯이 간신히 입을 뗐다. 그제야 은하는 폭발해서 물었다.

"왜 하필 걔야!"

"난, 난 몰랐어……너무 취했었고, 기억도 잘 안 나…….""

"아무 일도 없었다고는 말은 못 하지?"

은하가 묻자, 아주 끈적하고 무거운 침묵이 감돌았다. 잠시 후, 금성이 움찔움찔하며 말했다.

"아마 누가 의도한 것 같아. 그냥 심심해서 혼자 바에 갔을 뿐인데 접근해왔어. 날 알아보더라. 나도 얼핏 기억이 났고. 오랜만이라고, 우연이라고 하면서……같이 술을 마셨는데……."

"지금 중요한 건 그게 아니잖아!!"

은하가 소리를 꽥 질렀다.

"중요한 건 네가 날 배신했단 거잖아! 그것보다 중요한 게 어딨어? 누가 시켜서 꾸민 일이든 뭐든 간에 그게 무슨 상관이야?"

누가 시켜서……애니의 사진을 보자마자 은하는 바로 현준호를 떠올렸다. 하지만 은하에게 있어서 현준호 따윈 별로 중요한 문제가 아니었다. 금성은 울상인 얼굴로 계속 변명을 했다.

"그만 깜박 넘어갔을 뿐이야. 실수였다고. 이건 분명, 목적이 있었어……."

"목적 없이 남자에게 접근하는 여자가 있어? 목적 없이 여자에게 접근하는 남자는 있고? 다들 목적이 있어서 이성을 유혹해. 그 목적이 돈이든, 섹스든, 사랑이든 말야. 나도 마찬가지야, 난 당신의 사랑을 받고 싶다는 목적으로 당신한테 접근했다고! 목적 있는 접근이라는 이유만으로 네가 날 배신한 핑계가 된다고 생각해? 핑계 좋네, 이 세상 모든 바람피우는 남자들도 같은 핑계갸, 나도 남자라서 실수한 거라고, 저쪽에서 유혹했기 때문이라고! 그 핑계가 정당하다고 생각해?"

"이건 계획된 것 같아. 이건 아무래도……."

짝!

은하는 결국 금성의 뺨을 때렸다. 아직까지 한마디도 사과하지 않았다는 것, 그리고 자기변명만 늘어놓고 있다는 것이, 더욱 화가 치밀게 했다.

그의 이런 면모를 몰랐던 건 아니다. 애초 그는 성인군자는 아니고, 강한 인물도 아니었다. 하지만 이런 상황에서 오로지 '약하고 못난 남자'의 모습을 보여주는 것이, 은하 마음속에서 정나미가 떨어지게 만들고 있었다.

죽을죄를 지었다고, 다 내 잘못이라고 해도 시원찮을 판국에 왜 자기 잘못을 덜어내는 말만 하면서 실수를 인정하지 않으려는 것일까? 금성이 약한 남자라서 그렇다는 걸 은하는 알고 있었지만, 그럼에도 전에는 감싸주고 싶었던 그의 나약함이 지금은 경멸스러웠다.

"헤어져."

금성의 눈이 크게 벌어졌다.

"은하야, 우린 겨우 이런 일로 헤어질 만한 사이가 아니잖……."

"닥쳐. 한 번만 더 '겨우'라고 말하면 혀 뽑아버릴 줄 알아."

은하의 말투는 진지하고 싸늘했다. 금성의 얼굴이 하얗게 질렸다.

"이게 다 현준호가 한 짓이라고 쳐. 그게 중요할까? 그새끼 나만 안 건드리면 괜찮을 거라 생각했나보지? 이게 더 나빠, 두 사람의 행복을 동시에 부수려는 거잖아. 남의 행복을 건드린 새끼 따위는 행복할 자격 없어. 난 그

11. 균열

놈이 지금 이 순간부터 평생 한 순간도 빠짐없이 불행했으면 좋겠어. 그래서 정신도 몸도 엉망진창이 된 채로 스스로 목숨을 끊어버렸음 좋겠어. 누군가의 손에 죽임당하는 것도 그놈한텐 사치야. 근데 그게 뭐가 중요해? 내가 열받는 건 그따위 놈 때문이 아니라 너야. 유혹한다고 넘어가? 앞으로 작정하고 당신 유혹할 여자가 그 여자 하나일 것 같아? 명성이 높아지면 높아질수록, 어차피 너 유혹할 여자들은 얼마든지 나타나. 앞으로 내가 뭘 믿고 당신하고 만나야 하지?"

금성은 은하의 입이 한번 폭발하기 시작하면 막기도 힘들고 반박하기도 힘들다는 것을 알고 있었다. 그래서 그냥 입을 다물기만 했고, 은하는 더욱 화가 났다.

'죽을죄를 지었다고, 진심으로 미안하단 말하기가 그렇게 힘들어?'

은하가 필요한 건 그 말뿐이었다. 그 말 한마디면, 다시 전으로 돌아갈 수 있을 것만 같았다. 전처럼 잘 지내는 것. 아마 은하와 금성 둘 다 그걸 바라고 있을 터였다.

"우리 다시 잘 지낼 수 있어."

금성은 불안해하며 거의 조르듯 말했다. 그는 은하가 떠날까 봐 두려워하고 있었다.

"제발 가지 마, 은하야. 우리 다시 잘할 수 있어."

그의 강아지 같은 눈이 불쌍할 정도로 축축해졌다. 금성은 빨리 이 곤란한 상황이 지나가서 은하가 화를 풀고 다시 예전의 편안한 관계로 돌아가고 싶은 마음이 역력해 보였다. 그것이 은하를 더욱 화나게 했다. 애초 없었던 일로 하기 가장 불가능한 종류의 일이다. 짓밟힌 은하의 마음이 풀어진다 해도 완전히 예전으로 돌아가기 불가능한 종류의 일인데, 금성은 그걸 모르고 있었다. 그냥 폭풍 속에 있는 것처럼 어서 지나가기만을 바랄 뿐이었다.

그래도 은하는 그를 사랑했다. 그래서 속으로 생각했다.

'미안하다고 말하는 게 그렇게 힘들면, 그냥 한마디만 해줘. 나 없인 못 산다고, 내가 필요하다고. 그럼 나도 용서하려고 애는 써 볼 테니까.'

은하가 그렇게 생각한 순간, 금성이 자존심이 살아 있는 눈빛으로 은하에게 말했다.

"너한텐 내가 필요해."

"……?"

은하는 자신이 원하는 말과는 정확히 반대로 말을 하는 그가 기가 막혔다.

"넌 지금 상태론 아티스트로서 한계가 있어. 너도 잘 알고 있고. 그런데 네가 왜 절망하지 않는지 알아."

"기록은 깨라고 있는 거고, 한계는 넘으라고 있는 거니까."

"그래, 넌 그런 사람이지. 눈이 부족하다는 한계도 가뿐하게 넘었으니까."

은하는 어깨를 움츠렸다.

"가뿐하진 않았어. 그 이야기 안 하는 게 우리 사이 불문율 아니었나? 그리고 왜 하필 지금 그 얘기가 나와야 하지?"

비슷한 현상과 상처가 있던 사람으로서, 금성과 은하는 되도록 그 이야기를 피했었다. 더구나 지금 이런 상황에 도대체 무슨 이야기를 하는 것인가?

"그랬지. 근데 더 이상 너나 나나 그 상처가 아프지 않잖아."

그 말도 사실이었다. 금성은 은하를, 은하는 금성을 치유해줌으로써 그 상처는 더 이상 아프지 않았다. 지금까지도. 하지만 더 큰, 새로운 상처가 생겨나 버렸다.

"은하, 너한텐 내가 필요하잖아. 내가 있으면 넌 빨리 한계를 뛰어넘을 수 있어."

11. 균열

"네가 없이도 한계를 뛰어넘긴 하겠지만 말야. 난 너 없이도 아주 잘 살 수 있는 사람인 거 알잖아. 그러니까 그따위 쓸데없는 개소리 집어치워."

금성의 얼굴에 쓰라린 표정이 스쳐갔다. 그 표정을 보니, 은하는 갑자기 죄책감이 들었다. 방금 한 말이 금성에게 잔인하게 들렸다는 것을 은하도 어렴풋이 알고 있었다. 알고 한 말이었다. '은하에겐 내가 필요하다'는 것, 그것이 금성의 자존심을 세울 수 있는 유일한 부분이었을 것이다. 그것 말고는 금성이 은하에게 해줄 수 있는 것이 이제까지도 아무것도 없었고, 앞으로도 없을 거니까. 아마도 그의 유일한 자존심을 은하가 부숴버렸을 것이다.

은하는 그제야 자신이 금성의 자존심을 건드리며 악독하게 말을 내뿜었다는 것을 깨달았다. 때때로 자신의 혀 뒤에서 나오는 독기를 스스로도 알고 있었다. 그 어떤 상황이 닥쳐오더라도, 금성에게만큼은 잔인하게 말하지 않겠다고 결심했었다. 이런 이야기에서까지 독기를 뿜어낼 필요는 없었다. 금성이 바람피운 사실에만 화를 내면 되는 것이었을 텐데.

"방금 얘긴 미안해. 정말 미안해. 상처 줄 생각은 없었어."

은하는 서둘러 말했다. 금성의 얼굴에 공허한 미소가 스쳐갔다.

"너무 바로 인정해서 허무하다. 역시 넌 언젠가 한계를 깰 수 있을 거야, 내가 없어도."

금성의 표정은 비참해 보였다.

'그냥 죽을죄를 지어서 미안하다고, 나 없인 못 산다고 하면 안 돼?'

하지만 금성은 그 말은 끝끝내 하지 않았다. 은하는 쓸데없는 곳에서 자존심을 차리는 그의 어리석음과 나약함이 가증스러울 정도로 미운 나머지, 차갑게 말했다.

"나 없이도 잘 살아. 이 작업실은 당신이 써, 당신 재산은 정확하게 이 작업실 비용만 계산하고 돌려줄게."

은하는 그에게 그렇게 말하고 바로 나갔다.

금성은 통장과 카드를 모두 은하에게 압수당했고, 은하가 매달 일정한 비용만 입금하는 계좌의 체크카드만을 쓰고 있었다. 그녀는 이런 이야기들이 금성에게 별 의미 없다는 것을 어렴풋이 알았지만, 금성이 자존심 때문에 미안하다는 말을 제대로 못했듯이 은하도 자신의 도덕적 자존심 때문에 이 문제를 깨끗하게 해결하고 싶었다.

그녀는 금성에게 말한 대로, 그의 통장, 카드 등을 돌려주었다.

금성의 그림 값은 물론, 그동안 은하가 이자놀이를 하고 금성이나 그의 작품 사진을 각종 광고에 팔아, 재산은 상당한 액수로 불어 있었다. 은하는 그 돈에서 그의 작업실 비용과 함께, 급할 때 자신의 돈으로 샀던 금성의 재료비도 십 원 하나까지 철저하게 계산해서 뺐다. 다만 금성에게 선물받은 것들과, 은하가 그에게 선물한 것들은 계산하지 않았다.

은하는 에이전시에 바로 이별 통보를 했다. 에이전시에선 뛸 듯이 기뻐하며, 바로 결별기사를 뿌렸다. 그 과정에서 은하에게 휘둘린 에이전시는 어마어마하게 불리한 조건으로 은하가 원하는 곳에 그녀를 넘기고 그녀에게도 많은 돈을 주어야 했지만, 나중에서야 그것을 아까워했다.

은하가 떠난 날까지도 금성은 정말 헤어지는 것이라 생각하지 않았다. 크게 싸우고 기분이 상해 있으니, 며칠 동안 가만히 놔둬서 기분이 풀리면 다시 화해하자는 그런 낙관적인 생각을 갖고 있었다. 그에겐 은하가 몹시 필요했다.

하지만 금성은 노출된 생활의 잔인함을 몸소 체험해야 했다. 다음날 은하와 금성의 결별 기사가 일제히 쏟아졌고 에이전시 매니저가 달려와 결별 인터뷰와 이유에 대해 적어 놓은 글과 이후의 마케팅에 대해 설명하자, 그는 이 가식적인 세상에 강렬한 혐오감을 느꼈다. 만 하루 만에 이토록 이별을

11. 균열

실감나게 하고, 자신은 부정하고 있는 이 결별에 대해 온 세상이 인정해주는 현실이 가증스러웠다.

그제야 금성은 자신이 보이지 않는 감옥에 갇혔다는 것을 깨달았다. 아니, 총성 없는 전쟁터에 갇혔다고 하는 것이 더 정확할까? 그곳이 이제까지 감옥이나 전쟁터가 아니었던 것은 은하가 있었기 때문이다. 항해 기술 하나 없이 거대한 태평양 가운데 다룰 줄도 모르는 육중한 배를 타고 혼자 버려진 기분이었다.

금성으로선 에이전시의 명령을 거절할 용기도 없었고 명분도 없었다. 금성이 하기 싫은 기색을 조금만 내비치면, 기다렸다는 듯이 에이전시는 온갖 협박과 회유를 해왔다. 그들은 그런 일에 능숙했고, 은하 정도나 돼야 그들을 상대로 타협하고 다루는 것이 가능할 것이었다. 금성은 그들을 상대하느니 차라리 그들의 말을 인형처럼 따르는 것을 선택했다.

금성이 피폐해져가던 어느 날, 현준호가 찾아왔다. 금성은 현준호를 보고 깜짝 놀랐다. 그가 어딘지 변했다고 느꼈기 때문이었다. 눈빛에서의 날카로움을 잃은 것은 이미 예전에 그의 전시에서 그를 보았을 때 알았다. 그럼에도 불구하고 금성은 현준호가 여전히 마성적일 만큼 매력적인 사람이라 느꼈고 그를 싫어할 수가 없었다. 하지만 금성의 눈에 현준호는 무언가 불완전했다. 여전히 아름답지만, 예전의 그 묘한 매력이 사라졌다. 마치 지옥으로 끌고 갈 것 같던 빨려드는 느낌이 더 이상 없었다.

금성은 그 매력이 어디로 갔는지 깨달았다.

그 여자. 애니라는 그 여자가 바로 이런 매력을 갖고 있었다. 빨려들어가는 것 같은, 그 속을 탐험해보고 싶은 충동을 불러일으키는. 예전에 금성은 현준호를 보고 그런 느낌을 받았지만, 그래서 그의 '존재' 자체에 끌렸지만, 금성은 동성애자가 아니었다. 너무 이성애자였다. 친구로서 그의 뜻에 전적으로 충성했지만, 어쩌면 그가 남자인 것에 약간은 아쉬움을 느꼈을지도 몰랐다. 그런데 그 느낌을 '여자'가, 그것도 몹시 아름다운 여자가 갖고 있는 것을 보자, 그리고 그 여자가 자신과 잠자리를 원하자, 도저히 뿌리칠 수가 없었다. 그 호기심을 이길 수가 없었다. 아마도 거부하면 두고두고 후회할 것 같았다. 만약 그 느낌이 없었다면, 제아무리 절세미녀의 유혹이라 한들 금성은 동하지 않았을 것이다.

마침 은하도 곁에 없었다. 금성은 이 기회를 놓치지 않았다.

결과는 불쾌했다. 금성은 자신의 영혼을 끌어당겼던 '느낌'을 가진 그런 여자가 그렇게 입이 더럽고 머리가 빈 여자일 것이라고는 상상도 못했다. 마치 더러운 그릇에 몇 천만 원짜리 포도주가 담긴 것처럼, 부조리하게 느껴졌다.

금성은 처음으로 현준호가 미워졌다. 눈이야 금성이 생각해도 그 눈은 은하가 가지고 있는 것이 맞았다. 하지만 그 매력은 왜 그 여자에게 넘어갔을까? 물론 본인은 그조차 모를 테지만 말이다. 하긴, 그런 어두운 매력은 인격을 따져가며 넘어가는 것은 아닐 것이다. 놀랍도록 아름다우면서 어둠의 세계에 있는 애니는, 그 세계에선 전설로 살아갈지도 모르는 일이다. 그러다 언젠가는 그녀의 마력적인 모습에 빠졌지만 그 더러운 인격에는 실망한 정신 나간 스토커에게 칼 맞아 죽는 것이, 저런 종류의 매력을 가진 자에게 알맞은 결론일 수도 있을 거란 생각도 들었다. 현준호도 셀 수 없을 만큼 많은 사람에게 상처주고 살았지만, 그런 결말을 맞이하기엔 너무 양지에 있었다.

금성의 놀란 표정이 무엇 때문인지 모르는 현준호는, 그냥 갑작스런 만남에 놀란 것으로 생각하고 웃으며 말했다.

"지금 많이 힘들지? 나에게로 와. 난 널 보호해줄 수 있어."

"그 여자가……애니가 형을 사랑했구나."

금성의 동문서답에 잠깐 어이가 없던 현준호는 입을 비틀어 웃었다.

11. 균열

"날 사랑하는 여자라는 건 너무 흔해서 그렇게 특별한 이야기가 아니야. 그딴 쓸데없는 이야기 하자고 온 거 아니야. 너라는 예술가의 미래, 그런 위대한 이야기를 하러 온 거지."

"그 여자가……준호 형을 사랑했어. 형은 그 여잘 가지고 놀다 이용했고."

금성은 멍한 얼굴로 앵무새처럼 중얼거렸다. 현준호의 얼굴에 질투가 스쳤다.

"뭐야, 너. 애니 걔한테 끌리기라도 한 거야? 너 여자 보는 눈이 족족 왜 그따위야? 하긴 애니는 얼굴이 예쁘기라도 하지."

"그 여자를 좋아하진 않아. 그날 잠깐 호기심에 끌렸던 것뿐이지."

그 호기심을 가졌던 것도 사실은 현준호 때문이었다. 그게 아니었다면 애니 뿐 아니라 그 어떤 여자에게도, 그런 호기심을 갖지 않았을 것이다. 하지만 금성은 그 말은 하지 않았다.

"난 그냥……은하를 되찾고 싶어."

준호의 얼굴에 질투보다 더 쓰라린 표정이 스쳤다.

"그년은 널 버렸어. 그러니까 잊어."

"내가 은하를 배신한 거잖아."

드디어 금성은 인정했다. 은하 앞에서였으면 좋으련만, 현준호 앞에서야 자신의 잘못을 인정했다.

현준호는 싱긋 웃었다.

"널 진짜로 좋아한 게 아니었나 봐. 나한테 몸 굴리던 무렵엔 내가 다른 여자랑 아무리 자도 찰거머리처럼 안 떨어지던데."

그의 말은 고문처럼 금성의 가슴을 찔렀다.

"왜 애니였는지 알겠어. 어울리네, 형이랑 애니랑."

금성의 말은 '그 매력을 가지게 된 게 왜 애니였는지 알겠어'였지만, 물론 현준호는 그런 속뜻까지 이해하지는 못했다.

"애니 그 여자 그냥 싸구려야. 얼굴만 예쁜 싸구려라고. 거기다 얼마나 멍청한지 알아? 널 유혹해서 그런 사진 찍는데 성공하면 평생 너만 사랑해주겠다 했어. 그걸 그대로 믿더라고. 세상에 그렇게 멍청한 년이 있을까?"

금성은 충격을 받았다. 자신의 사랑을 간절히 바라는 여자를, 그 사랑을 담보로 다른 남자에게 보낸다……그 말을 믿은 여자도 어이가 없었지만, 그런 짓을 한 현준호는 더더욱 어이가 없었다.

"말도 안 되지 않아? 좋아하지도 않는 여자가 남한테 따먹혀줘서 좋아지는 경우가 세상에 어디 있겠어?"

"그 여잔 아마 그만큼 형이 절실했을 거야. 세상 분간이 안 될 만큼……."

"어쨌든 멍청한 싸구려야. 이야기할 가치가 없어."

"어떤 여자였든! 형을 간절히 사랑했던 여자라고! 그 사랑을 그따위로 이용해선 안 됐어!"

금성이 분노를 담고 소리치자, 현준호는 어이없어하며 놀랐다.

"너 대체 왜 그래?"

"그리고! 그리고 은하도 형을……사랑했었고."

금성은 그 말을 하면서 이상하게 가슴이 아프거나 질투가 난다기보단 공감이 갔다. 이토록 부조리한 현준호를 사랑했던 강은하와 애니가 동시에 이해가 갔다. 그것이 얼마나 절실했을지도. 그토록 절실했기 때문에, 그의 마음 대신 그의 다른 것을 받게 되었을 것이다.

금성의 표정을 질투라고 생각한 현준호는 코웃음을 치며 말했다.

"그년은 그냥 손바닥 뒤집듯 마음을 쉽게 바꾸는 싸구려일 뿐이야. 나 좋아했다가 너로 마음이 변했듯이, 너에 대한 마음도 획 바뀌었을 뿐이라고."

"그 은하가 받은 게 형의 눈이었는데, 형 눈이 그렇게 싸구려였어?"

준호의 눈에 분노가 떠올랐다.

11. 균열

"그년이 훔쳐간 거야."

"아니야. 그런 건 훔쳐갈 수 있는 게 아니야. 제자리를 찾아간 것뿐이야. 나도 오래전에 비슷한 경험이 있어서 알 수 있어."

금성은 자신의 손을 들며 말했다.

"난 손이었지. 원래부터 그렇게 잘 그렸던 건 아니야."

현준호는 한 대 얻어맞은 얼굴로 공포에 가깝게 경악했다. 하지만 곧 표정을 풀었다.

"넌 그럴 만한 가치가 있는 예술가야."

"내가 이 손을 얻을 만한 가치가 있다면, 은하도 그 눈을 얻을 만한 가치가 있는 예술가야. 형은 그럴 만한 가치가 없는 예술가고."

퍼억!

현준호가 금성에게 주먹을 날렸다. 금성은 그대로 나가떨어졌다. 금성은 입가에 흐르는 피를 닦으며 말했다.

"참 이상하지? 우린 서로에게 끌렸어. 마치 매력적인 이성에게 끌리는 것처럼. 하지만 연인이 될 순 없었지. 은하의 과거가 형이란 것에 처음엔 기분이 상했어. 그런데 그 여잘 통해서 형의 무언가를 느껴보는 기분이라 더 갖고 싶기도 했어. 애니란 여자도 마찬가지였던 것 같아. 그 여잘 통해서, 그런 식으로는 절대 가질 수 없는 것을 간접적으로 갖는 기분을 느끼고 싶었던 것 같아. 그래서 뿌리칠 수가 없었어. 하지만……이제 그럴 일 없을 거야."

금성과 눈이 마주친 현준호는 비참해졌다. 금성의 눈에 이제 호감이라곤 한 터럭도 남아 있지 않았다. 그저 차가웠다. 금성은 원래 누군가를 잘 미워하지 못하는 성격이라, 이렇게 사람을 냉정하게 바라보는 일이 없었다. 이런 눈빛을 한 그를 본 적이 없었다. 마치 마지막으로 보았을 때의 은하의 눈빛 같았다. 은하는 때론 이렇게 소름끼치도록 차갑고 흥미 떨어진 눈빛을 했다. 주먹을 날리기 직전의 금성 말투도 어딘지 은하가 생각나게 했다. 둘은 어느새 이상한 데서 닮아 있었다. 금성을 끔찍하게 망가트려 놓은 것 같아서, 새삼 그 여자가 증오스러웠다.

"그렇게 쳐다보지 마."

현준호가 떨리는 목소리로 말했다. 금성은 싸늘하게 말했다.

"이제 끝났어. 그 끌림, 더 이상 존재하지 않아."

"만약에 우리 중 어느 한쪽이 여자였거나, 아니면 네가 동성애자였거나 해서⋯⋯우리가 만약에 연인이었다면, 뭐가 좀 달라졌을까?"

금성은 현준호의 말에 그리 놀라지 않았다. 금성도 생각해본 적 있는 것이었기 때문에.

"그냥, 얼간이 둘이 만나서 쌍으로 겉멋에 들려 헛짓거리 하다가, 같이 자멸했겠지. 서로가 서로를 깎아먹다가 함께 망했을 거야. 우린 둘 다 어리석으니까."

"넌 아니었겠지, 넌 진짜 예술가니까."

현준호가 맥없이 말했다. 금성은 고개를 저었다.

"가짜 예술가라는 건 없어. 더 많은 사람을 감동시키는 예술이 잇고, 덜 감동시키는 예술이 있을 뿐이야. 모사품이 아닌 진짜 창작이라면, 그건 모두 진짜 예술이야."

"너니까 그런 말을 할 수 있는 거야."

현준호가 비참한 목소리로 말했다. 금성은 일어서서 등을 돌렸다.

"나가. 두 번 다시 안 봤으면 좋겠어."

"넌 내게 마지막 남은 보물이야! 눈멀기 전에 마지막으로 본 빛이야⋯⋯ 그냥, 내 곁에 있기만 하면 돼, 바라는 건 그것뿐이야. 널 구속하지 않을 거야. 여자? 얼마든지 만나. 은하만 아니면 돼. 다시 사랑하는 여자도 생길 거야. 그것도 막지 않을게."

"나한테 필요한 사람은 은하뿐이야."

11. 균열

금성은 잘라 말했다. 현준호의 눈에 섬뜩한 빛이 스쳤다.

"다시 은하를 찾기 위해서라도, 형한테 가지는 않을 거야. 알잖아. 내가 은하를 되찾기 위해선 형의 손만큼은 절대 잡아선 안 된다는 거. 당신이 은하의 전 남자라서가 아니라……."

"그년한테 뺏기느니 널 죽여버리겠어."

금성의 말을 재빨리 끊은 현준호의 목소리가 분노로 번득였다. 금성은 다시 말했다.

"나가, 목소리도 듣고 싶지 않아."

금성은 등 뒤에서 살의를 느꼈다. 하지만 현준호가 자신을 정말 죽일 거라 생각하진 않았다. 그가 자신을 사랑한다는 것을 잘 알고 있었으니까.

"두고 봐."

그 말을 마지막으로, 현준호는 나갔다.

금성은 털썩 주저앉았다. 왜 은하와 현준호 둘 다 잃지 않을 수는 없는 것일까? 금성은 둘 다 좋아했다.

하지만 금성은 은하가 더 필요했다. 현준호를 잃고 싶은 건 아니었지만, 굳이 따지자면 그녀가 더 필요했다.

금성은 인간적으로는 현준호에게 끌린다 해도 예술가로서는 그를 택하고 싶지 않았다. 그것이 금성이 현준호를 떠난 이유였고, 지금도 그를 따라가지 않은 가장 큰 이유였다. 예술가 금성이 선택해야 할 사람은 은하다.

금성은 은하가 아직 자신을 사랑한다는 것을 알고 있었다. 자신이 은하를 사랑하는 것보다도 더, 은하가 자신을 몹시 사랑하고 있다는 것을 잘 알고 있었다. 그녀가 자존심을 버리고 그 사실만 인정한다면, 은하를 찾을 수 있는 가능성은 아직 남아 있었다. 하지만 그게 언제가 될까? 금성은 너무나 힘들었다. 당장 그녀가 옆에 있어야 했다. 금성은 뼈가 시리는 고독 속에서 격하게 흐느꼈다.

푸른 화가의 진실

한편, 엔터테인먼트 에이전시에 소속된 은하에게는, 에이전시에서는 그때쯤 다른 커플 마케팅을 권하고 있었다. 정민우라고 하는 스물아홉 살의 아주 잘생긴 배우였는데, 다만 다소 중후한 생김새라 20대보단 30대가 더 나을 듯한 배우였다. 회사에서는 그 배우를 아주 지적인 이미지의 30대 역할로 고착시킬 준비를 하고 있었고, 그 이미지를 만드는 데 은하와의 커플 마케팅이 도움될 거라고 생각하고 있었다.

사귀는 사람조차 별다른 동기 없이는 공개할 생각이 없었던 은하로서는, 사귀지도 않는 사람과 커플 마케팅이라니 내키지 않는 것이 당연했다. 은하는 자신이 싫어하는 일을 거절하거나 원하는 일을 성취하는 데 능숙한 사람이어서, 그 마케팅 권유를 거절하는 것은 쉬운 일이었다. 에이전시에서는 둘이 자연스럽게 사귈 수 있는 분위기를 만들어주기로 했다.

어느 날, 단체로 VIP 클럽파티에서 회식을 하게 되었다. 오랜만에 클럽에 온 은하는 회사가 잡아놓은 룸에서 나와 사람들 사이에서 음악을 마음껏 즐겼다.

······이상한 느낌이 왔다. 한 줄기 불쾌함이 그녀의 몸을 관통했다. 은하는 바로 직감했다.

'이곳에 현준호가 왔어.'

아직 보이진 않았지만, 이 장소에 현준호가 들어와 있음을 그녀는 느낄 수 있었다.

룸에 숨어버리면 그만이지만, 그녀는 오랜만에 놀러와놓고 굳이 숨을 필요를 느끼지 못했다. 게다가 룸으로 가면 회사 사람들이 어떻게든 정민우와 은하 단 둘이 있게 할 거란 것도 어렵지 않게 예상할 수 있었다. 그렇다고 현준호를 보는 것도 싫었다.

'그를 보고 싶지 않아. 보고 싶지 않아. 보고 싶지 않아······그의 모습을

11. 균열

지워줘.'

은하는 자신의 눈에 대고 간절히 빌었다. 그러자 놀라운 일이 일어났다. ……그가 정말로 보이지 않았다.

은하는 오늘 하루, 그가 눈에 보이지 않는다는 것을 직감했다. 그런 느낌이 오자 그녀는 다시 마음을 풀고 편하게 놀았다. 아마도 현준호가 가까이 다가와 말을 걸기 전까지 그가 은하의 눈에 보이진 않을 것이고, 물론 현준호가 은하에게 다가와 말을 걸 리도 없을 것이다.

때때로 현준호가 자신을 보고 있는 시선이 느껴졌다. 그는 은하 주변을 맴돌며 보고 있는 모양이었다. 하지만 상관없었다. 어차피 은하 눈엔 보이지 않아서 노는 데 전혀 상관이 없었다. 몇 시간 동안이나 시선은 계속 느껴졌고, 어쩌면 아주 가까이 지나쳤던 적도 있을 것 같단 생각이 들었지만, 역시 상관없었다. 어쨌든 그녀의 눈에 현준호는 보이지 않았고, 덕분에 음악 속에 쌓여 노는 분위기를 망치지 않을 수 있었다.

몇 시간 후, 더 이상 이 공간에 현준호가 없다는 것을 은하는 알 수 있었다. 그녀는 안도했다. 그런데 그로부터 한두 시간쯤 지났을까. 이번엔 아까와는 차원이 다른, 가슴이 벅차오르면서 몹시 그리운 느낌에 휩싸였다.

'금성이구나.'

아마도 현준호가 금성에게 알려준 모양이었다. 현준호는 아마도 금성에게 '너 없이도 그년은 클럽에서 즐겁게 잘 놀고 있어.' 뭐 이런 식의 말을 했을 것이다. 은하는 마음이 찢어지게 아팠다. 금성의 예상대로, 은하는 아직 금성을 몹시 사랑하고 있었다. 하루하루 지날수록 그가 잊히긴커녕 그에 대한 사랑이 커져만 갔고, 그래서 분노도 함께 커져가고 있었다. 다시 화가 치밀어 오르자 은하는 또 자신의 눈에게 부탁했다.

'금성을 보고 싶지 않아.'

하지만 이번엔 어림없었다. 금성은 멀리서부터 너무나 또렷하게 은하의 눈에 보였다. 시력이 더 좋아진 게 아닌가 하는 생각이 들 정도였다. 금성을 보고 싶은 마음이 더 컸기 때문인지, 현준호는 이 눈의 모체가 되는 사람이라 예외적으로 지울 수 있었던 것인지는 모르겠으나, 금성은 너무나 확실하게 그녀의 눈에 들어왔다. 금성을 못 본 체하는 행동조차도 불가능했다. 몸을 마음대로 움직일 수 없었고 금성에게로 시선이 딱 고정되었다.

"뭐해요, 들어와서 같이 놀아요."

어느새 은하 옆에 정민우가 와서 은근한 말투로 권했다.

그런 은하를 보는 금성의 얼굴에 질투와 분노가 스쳤다.

그 순간, 은하는 그에게 복수하고 싶다는 생각이 들었다. 은하는 정민우에게로 휙 돌아서 그의 목을 감싸고, 그대로 진하게 키스했다. 정민우는 깜짝 놀랐지만, 어차피 계획되었던 일이고 그도 은근 원하던 일이었다. 그는 은하의 허리를 단단히 감싸고 그녀에게 더 깊이 키스했다.

갑자기 은하의 심장이 조각조각 깨지듯이 엄청난 고통이 엄습해왔다. 이것이 금성의 심정이라는 것을 은하는 바로 알 수 있었다. 그가 도망치듯 이 자리를 떠나는 것까지도, 눈에 보이지 않는데 확신할 수 있었다.

은하는 눈물을 흘리며 정민우를 밀쳐냈다.

할 수만 있다면 금성에게로 달려가서, 화나게 하려고 일부러 그런 거라고, 오해하지 말라고 소리치고 싶었다.

에이전시와 정민우의 목적은 달성되었다. 강은하와 정민우는 아티스트와 지적인 배우 커플로 훌륭한 마케팅을 할 수 있었다. 실제로 은하와 정민우가 사귄 건 아니었다. 은하는 정민우와 에이전시 사람들을 불러, 마케팅을 받아들이기로 하고 그 일환으로써 공개 키스 사건을 일으킨 것일 뿐이라고 못박았다. 정민우는 그 이후에도 선물과 꽃다발 공세를 퍼부었지만 은하는 전부 돌려보냈다.

11. 균열

은하와 정민우의 공개 커플 메이킹을 시작한 지 석 달쯤 후에, 우성호가 찾아왔다.

"정말, 너희 땜에 귀찮아 죽겠어."

우성호는 짜증스럽게 은하에게 핀잔하듯 말했다.

우성호의 성격을 보아하건데, 은하와 금성의 사이가 달라졌다고 해서 우성호와 은하의 사이라든지 우성호와 금성의 사이가 달라질 리는 없었다. 우성호는 애초 그런 것을 신경쓰지 않았다. 하지만 문제는 주변 사람들이 우성호가 신경쓰게 한다는 것이었다. 은하는 우성호 앞에서 금성의 이야기를 절대로 꺼내지 않았지만 금성은 아니었던 모양이다.

"그냥 니네 둘이 화해하고 다시 사귀면 안 돼? 정말 귀찮아서라도 더 이상 금성을 못 만날 것 같아."

"금성이 제 이야기 많이 하나요?"

금성과 헤어진 후, 은하는 처음으로 금성의 이름을 입에 담았다. 우성호는 얼굴을 찌푸리며 말했다.

"이젠 나도 걔 안 만날 거야. 걘 왜 그렇게 멍청하냐. 니 문제로 나를 괴롭히는 게 자신한테 전혀 도움 안 된다는 걸 몰라. 게다가 걔, 요즘 너무 망가졌어."

은하도 들은 바는 있는 말이었다. 그 키스 사건 이후, 금성은 술에 절여 살았다. 둘이 헤어지기 전에는 은하도 금성도 알지 못했던, 질 나쁜 사람들과 어울린다는 소문도 들었다.

"요즘엔 제정신인 적을 본 적이 없어. 횡설수설하게 술기운이 항상 안 깬 것처럼 보여. 약이라도 하냐고 묻고 싶을 정도야. 너무 위험하게 망가졌어. 불쾌해. 그 앨 만나면서 마지막으로 니 얘기 했어. 정민우와의 커플 마케팅 그거 가짜라고 말이야."

"네?"

우성호는 은하와 정민우와의 사이가 가짜라는 것을 아는 얼마 안 되는 사람 중 하나였다. 사실상 그것이 가짜라는 것을 아는 유일한 측근이었다.

"우 교수님, 대체 왜!"

우성호는 입이 가벼운 사람이 아니었고 은하가 유일하게 존경하고 사랑하는 윗사람이었기 때문에 털어놓은 것이었다.

"흥분하지 마, 강은하."

우성호가 냉정한 말투로 은하를 말렸다.

"난 너의 그 점만큼은 너무 싫어. 조작된 사실을 가지고 마케팅하는 거 말야. 그것도 남녀간의 사이로. 사랑은 그렇게 이용되어선 안 돼. 그건 정말 역겨운 행동이야. 내가 네 인생의 유일한 스승이랬지? 나도 널 진정한 의미의 제자로 받아들이기로 했어. 너도 알다시피 난 남의 사생활 간섭 안 하는 사람이야. 하지만 스승으로서 이번만큼은 제자의 일에 간섭하겠어. 금성과 헤어지든 말든 그건 니 문제고 니가 결정할 일이니 알아서 해. 하지만 복수심에 시작한 조작 커플 마케팅은 당장 때려쳐."

은하는 놀라서 입이 딱 벌어졌다. 우성호는 절대 남의 일에 간섭하는 사람이 아니다. 그런데 그가 간섭을 한다는 건…….

마음이 저리듯 아파왔다. 우성호가 금성을 더 좋아한다고 생각했는데 아니었다. 그가 끝까지 자신의 사람으로 품은 제자는 결국 은하였다.

"감사해요."

은하는 눈물을 꾹 참고 우물우물거리며 말했다. 우성호는 따뜻하게 웃었다.

"물론 판단은 네가 하는 거야. 하지만 내 말 명심하는 게 좋을 거야."

"네, 명심하겠어요."

그 이후, 은하는 우성호의 말을 받아들여서 커플 마케팅을 그만두었다. 언론에서 그들이 석 달 만에 깨진 이유에 대해 묻자, 은하는 사랑의 상처 때

11. 균열

문에 기대고 싶은 마음에 정민우의 따뜻함에 기댔지만 그런 마음으로 만나는 것은 모두를 기만하는 것이라고 답변하며 공개 사과했다. 정민우의 이미지는 올라갔고, 은하도 어느 정도 동정과 이해를 받았고, 기획사도 정민우도 목적은 달성했기에 불만은 없었다.

한편 금성은 키스 장면을 목격했을 때부터 지옥 속에 있었다. 하지만 진짜 지옥은 다음 날부터 시작됐다. 다음 날부터 세상이 모두 은하와 정민우의 이야기를 하고 있었다. 금성은 두 귀를 막고 이 세상 자체를 모두 폭파시켜버리고 싶었다. 제정신으로 있고 싶지 않았다.

처음엔 술이었다. 원래는 적당히 즐기는 정도였지만, 점차 제정신으로 깨어 있는 때가 드물어졌다. 집에서 혼자 마시다가 외로움에 미칠 것 같을 때면, 나가 마시기도 했다. 누가 옆에 있든, 어디든 상관없었다.

금성에게 새 생활에 알맞은 친구들도 생겼다. 금성 또래의 친구들이었는데, 다들 돈 좀 있는 양아치 인상을 풍기는 가벼운 남자들이었다. 그들이 먼저 금성의 팬이라며 다가왔다. 그들은 금성을 끌고 술집이며 유흥업소며 돌아다녔고, 금성은 옆에 있는 것이 누구든 상관없이 술만 마셨다.

그들 모두, 사실은 현준호가 고용한 사람들이었다. 금성은 그 친구들을 통해 엑스터시와 케타민을 즐기게 되었다. 그리고 약의 강도는 점점 높아져 갔다. 필로폰의 각성으로 며칠 깨어 있다가, 대마나 케타민으로 간신히 잠들기도 했다. 결국 그는 되돌아오기 힘든 강을 건넜다. 주사기에 손을 댄 것이다. 뭘로도 잠들기 힘들게 되자, 급기야 헤로인에도 손을 댔다.

그쯤 금성은 우성호로부터 은하의 커플 마케팅이 사실은 거짓이라고 전해 들었지만, 이미 그는 너무 멀리 왔다. 정신이 희미하게 현실이 아닌 곳을 헤매고 있어서, 그런 현실정보가 아득한 곳에서부터 들려오는 것처럼 느껴졌다.

푸른 화가의 진실

 그렇다고 금성이 화가로서 게을렀던 건 아니다. 평소 그는 그야말로 미친 듯이 그림만 그렸다. 그림은 그리자마자 팔려나갔고, 때로는 그리기 전에 이미 팔려 있기도 했다. 그 뒤에는, 이제는 딜러가 된 현준호도 있었다. 현준호는 닥치는 대로 그의 그림을 사들였다.

 이 모든 것은 현준호의 힘만으로는 불가능했다. 은하가 주류의 궤도로 끌어들여 엄청나게 올려놓고 보호자가 사라진 금성을 이용해 돈을 벌려는 딜러 세력이 현준호의 협조자가 되어주었다. 그들은 금성의 명성이 최고조에 오르고, 그다음 그가 빨리 죽길 바라고 있었다.

 금성의 생활과 건강이 망가지는 것과는 상관없이 그의 명성은 점점 높아져갔다.

12. 내 모든 걸 너에게 주고 싶어

그렇게 1년 가까운 시간이 흘렀다.

그동안 은하는 그 누구에게도 마음 주지 않고 방송 활동도 줄여가면서 그림만 그렸다. 수녀처럼 살던 건 아니었다. 오히려 금성은 정신줄만 놓고 살 뿐 그 이후론 어떤 여자도 가까이 하지 않는데 비해, 은하는 그렇진 않았다. 다만 둘 다 서로만 생각하고 있는 것에선 비슷했다. 은하는 외로움을 견딜 수 없을 땐 어딘가 금성을 닮은 남자에게 잠시 안기고, 금성과 다른 점을 발견하는 순간 그에 대한 관심을 잃어버렸다. 누굴 만나든 결국 그녀는 금성 속에 있는 것이다. 그리고 곧 현실로 돌아와, 화가로서의 자신의 일에만 더욱 집중했다. 그 결과, 믿기지 않을 만큼 기쁜 기회가 왔다. 뉴욕 첼시의 화랑 측에서 그녀에게 전시 제의를 해온 것이다. 은하는 맹렬하게 그림만 그렸다. 그러다 머리가 아프면 밖으로 나와 하염없이 거리를 걷곤 했다.

완연한 가을이었다. 도심지 번화가의 은행나무 잎도 노랗게 물들었다. 도

푸른 화가의 진실

시의 은행나무가 노랗게 물들기 시작하자, 은하는 자주 나와서 홍대 길거리를 혼자 걸었다. 절경의 산자락이 아닌 도심지 한가운데서 가을 단풍을 맞이한 은행잎은 몹시 쓸쓸하고 초라해 보이기도 하고, 샛노란 태양빛처럼 아름다워 보이기도 했다.

물론 그것은 금성 때문이었다. 가을의 끝 무렵, 점점 차가워지는 바람이 잔인하게 느껴지던 그 쓸쓸한 가을의 끝자락에, 오랜만에 금성과 재회했던 순간이 떠오르기 때문이었다. 마치 순금처럼 눈부신 노랑으로 빛났던 가을의 은행잎들이 봄날 꽃가루처럼 흩날리며, 그 속에 서 있던 금성의 투명한 미소가 생각났다. 그것은 몹시 기쁘고 황홀한 기억인 동시에, 몹시 쓰라린 기억이었다.

은하는 때대로 그 거리에 금성이 서 있던 바로 그 장소에 가서 서 보았다.

오랜만에 그와 재회했을 때 벅찬 기쁨을 가끔 느껴보고 싶을 때가 있었기 때문이었다. 그때만 하더라도 은하는, 금성과 함께 은행잎의 노란빛처럼 눈부신 희망으로 반짝이는 미래만 펼쳐질 줄 알았다.

지금 금성의 명성은 은하를 훨씬 압도하고 있었다. 하지만 들려오는 금성의 생활은 엉망이었다. 질 나쁜 사람들과 어울리며 술에 절여 산다던가, 약을 한다는 소문도 들었던 것 같다. 그런 재능과 명성을 가지고 그딴 식으로 살아가는 금성이, 은하는 이해가 가지 않았다.

하지만 금성만 걱정하기에는 은하는 할 게 많았다. 이따금 그가 몹시 그립거나 쓸쓸할 때면, 이렇게 그와 재회했던 거리에 와서 우두커니 서 볼 뿐이었다.

전시 준비를 모두 끝내고 뉴욕으로 출발하기로 한 날이 되자, 은하는 떠나기 전에 마지막으로 그때의 기분을 느껴보고자 다시 거리로 나왔다. 마침 그때처럼 맑고 투명하고 차가운 공기 속에서 은행잎이 휘날리는 화창한 날씨였다.

12. 내 모든 걸 너에게 주고 싶어

그렇게 거리에 나온 은하는 꿈을 꾸는 것만 같았다.
……금성. 분명 그였다.
금성은 은하와 재회했던 꼭 그 장소에 우두커니 서서, 흩날리는 은행잎을 맞고 있었다.
은하는 이곳에 나올 때마다 몇 번이나, 이렇게 그를 다시 만나는 장면을 상상했었다.
그가 아직 나를 잊지 못했을 거라고, 그래서 그도 가끔 이렇게 나와서 은행잎 휘날리는 길에 우두커니 서 있을 때가 있을 거라고, 그렇게 상상해왔다. 그 상상이 이렇게 그녀 눈앞에서 실현되자, 한동안 그녀는 돌부처처럼 굳어 그를 바라보았다.
하지만 금성은 그녀의 상상 속에서처럼 멋있지 않았다. 균형 잡힌 팔다리에 매끈한 몸매를 가지고 있던 금성이지만, 예전 모습은 찾아볼 수 없을 정도로, 비루먹은 말처럼 깡말라 있었다. 그 '마름'은 어딘지 병적이고 비정상적인 느낌을 주었다. 예전엔 싸구려나마 항상 산뜻한 옷차림이었는데, 지금은 비싼 브랜드지만 방바닥에 굴러다니는 걸 대충 주워 입은 듯 아무렇게나 구겨져 있었다.
은하는 금성 가까이 다가가 그의 눈앞에 멈춰 섰다.
가까이서 보니, 그는 한층 더 초라했다. 회색빛이 감도는 창백한 얼굴은 병색이 감돌았고, 한낮 태양빛 아래서 보는 퀭한 얼굴은 끔찍하게 비참해 보였다. 볼살이 놀랄 정도로 야위어 홀쭉했는데, 입가와 턱은 한동안 여드름에 시달리다 가라앉은 것처럼 피부가 지저분했다. 입술은 바짝 메말라 군데군데 텄다. 그중 일부는 터져서 피가 난 듯 아랫입술에 회갈색 딱지가 붙어 있었다. 금성은 지하 감옥에 처박혀 있다가 갓 출소한 사람처럼, 햇살이 눈부신 듯 눈을 찌푸리고 있었다. 눈 밑으론 둔탁한 윤기가 도는 진회색 기미가 짙게 내려앉았다.

푸른 화가의 진실

은하를 본 금성은 정신이 나간 사람처럼 한동안 전혀 반응이 없었다. 잠시 후, 그의 눈동자 속 초점이 서서히 은하를 중심으로 돌아왔다.

"은……하……."

금성은 메마른 입술을 움직여 간신히 말했다. 말투조차도, 지능이 떨어진 사람처럼 발음이 뭉개져서 어눌했다. 은하는 눈물을 글썽이며, 두 손으로 금성의 마른 볼을 감쌌다.

"이게 무슨 꼴이야……대체 왜 이런 거야……."

은하는 금성의 어깨 위에 손을 올려놓았다가, 금성의 팔을 쓰다듬어 내리면서 두 손을 잡았다. 금성의 두 손은 흡혈귀에게 피라도 빨린 듯이 차가웠는데, 가벼운 전기 충격을 받은 것처럼 이따금씩 주기적으로 파르르 파르르 떨려왔다.

은하는 그의 손을 잡고 그 거친 손에 입을 맞췄다. 금성의 얼굴에 약하게나마 혈색이 돌아왔다.

"은하……."

드디어 시선이 온전하게 마주친 은하와 금성의 두 눈에 눈물이 글썽였다.

그 어떤 말도 필요치 않았다.

은하는 가슴이 벅차올라, 금성의 목에 팔을 두르고 그의 입술에 입을 맞췄다. 금성은 덜덜 떨리는 손을 움직여 은하의 어깨와 허리를 감쌌다. 그들은 애달프도록 진하게 키스를 나눴다. 금성의 입속으로 혀가 들어가자, 은하는 등에 식은땀이 흘렀다. 그의 입속은 믿을 수 없을 정도로 바짝 마르고 거칠었다. 심지어 비릿한 피 맛도 섞여 나오는 게, 입속이 메마르다 못해 튼 모양이었다. 잠시 후 그에게서 입을 뗀 은하는 조심스럽게 물었다.

"밥은……먹었어?"

금성은 덜덜 떨면서 고개를 가로저었다.

12. 내 모든 걸 너에게 주고 싶어

"따라와."

은하는 눈물을 훔치며, 금성의 손목을 잡고 끌었다.

은하는 금성을 자신의 차에 태우고 어딘가로 갔다. 은하가 금성을 데리고 간 곳은 서울 외곽에 보양죽으로 유명한 곳이었다.

화려한 도자기그릇에 죽이 담겨져 나왔다. 하지만 금성의 멍한 표정은 몹시 굶어 보이긴 했어도 먹고 싶다는 얼굴이 아니었다. 며칠 굶은 사람 앞에 오래된 신문지를 내놓은 것처럼, 금성의 얼굴은 음식을 바라보는 얼굴이 아니었다.

"……먹어."

은하가 재촉하듯 말했지만, 금성은 은하의 말을 못 들은 것처럼 꼼짝도 하지 않았다. 보다 못한 은하는 금성의 옆자리에 바짝 붙어 앉아서, 숟가락에 직접 죽을 떠서 금성의 메마른 입술 앞에 디밀었다. 그제야 금성은 죽을 삼켰다.

죽을 삼키고 나자, 금성의 얼굴에 다시 인간적인 화색이 약간 돌아왔다. 이제야 배고프다는 얼굴로, 금성은 은하를 쳐다보았다. 길 잃은 강아지가 지나가는 사람에게 먹이를 얻어먹고, 더 달라는 표정 같았다. 결국 금성은 은하가 먹여주는 대로 꾸역꾸역 죽 한 그릇을 다 먹었다. 금성의 얼굴에 피로감이 몰려왔다. 그것은 병색 짙은 피곤함이라기보단, 불면증에 시달린 사람이 이제야 잠이 오는 것처럼 편안한 졸음이었다. 은하의 차에 탄 금성은 이내 쓰러지듯 은하 어깨에 기대어 쿨쿨 잠이 들었다.

운전하는 내내, 은하의 눈에선 하염없이 눈물이 흘렀다. 서울 시내에 들어오자 은하는 차를 잠시 한강 고수부지 근처에 세워두고, 잠든 금성의 옆에서 내내 조용히 눈물을 흘렸다. 밤 비행기라 아직 시간 여유가 있었다. 은하는 잠든 금성을 조용히 바라만 보았다. 몇 시간 동안이나 금성은 은하의 차에서 죽은 듯이 깊이 잠을 잤다. 금성이 자는 한 언제까지라도 옆에서 지켜보며 깨우지 않으려고 했으나, 비행기 시간이 다가왔다. 은하는 금성을 집까지 바래다주었다.

"미안. 나 가봐야 해서."

금성은 아쉬운 듯 말없이 은하의 손을 잡았다. 그 손에는 약간의 온기가 돌아와 있었다.

"……기분 좋게 먹은 거, 오랜만이야. 뭘 먹든 고무 씹는 것 같아서 음식이 역겨웠는데."

순간, 은하의 머릿속에 불길한 예감이 스쳤다.

마른 몸. 어눌한 말투. 약이라도 하는 것 같다는 우성호의 말. 그리고…… 비슷한 소문들.

은하는 금성의 손을 잡아끌고, 재빨리 팔을 걷었다. 불길한 예감은 빗나가는 법이 없었다. 금성의 팔은 주사 자국 투성이였다. 그녀는 경악한 얼굴로 눈을 둥그렇게 뜨고 금성을 보았다. 금성은 무덤덤하니 공허한 얼굴로 계속 말했다.

"약도 없이 그렇게 푹 잔 것도, 오랜만이야."

은하는 눈물을 글썽이다가, 금성을 와락 껴안았다.

"나, 한 달 후에 다시 돌아와. 그때까지만 버텨줄래?"

"……"

"우리, 다시 시작하자. 같이 살자. 내가 밥도 먹여주고, 잠도 재워줄게. 다시 돌아올 수 있어. ……약은 어디까지 했어?"

금성은 멍한 얼굴로 힘없이 안겨 있다가, 무덤덤하게 말했다.

"……펜타닐까지. 아이스, 그러니까 필로폰이랑……헤로인도……."

은하는 몸이 얼어붙었다. 그녀는 마약에 대해 잘 알진 못했지만, 이 정도면 거의 끝까지 했다는 이야기란 걸, 대충은 알고 있었다. 그녀는 순간 분노

12. 내 모든 걸 너에게 주고 싶어

가 치솟아 금성의 뺨을 때렸다.

"어쩌다 거기까지 갔어?"

금성은 나른한 얼굴로, 아무 말도 하지 않았다. 은하는 울음을 터뜨리며 다시 금성을 끌어안았다.

"상관없어! 나한테 불가능이란 게 있을 것 같아? 그보다 더한 거라도 내 옆에선 회복할 수 있어!"

잠시 금성을 끌어안고 있던 은하는 어떤 상황에서도 예술가로서의 일은 잊지 않는 그녀답게, 출국해야 한다는 것을 떠올렸다. 은하는 금성을 떼어 놓으며 말했다.

"……나, 가야 해. 뉴욕에서 첫 전시 하거든."

금성은 텅 빈 얼굴로 은하를 몇 초간 보다가, 우물우물 어눌하게 말했다.

"……가지 마."

은하는 깜짝 놀랐다. 그녀가 아는 금성은, 적어도 전시하러 가는 화가를 붙잡을 사람이 절대로 아니었기 때문이다. 하지만 은하는 단호했다.

"가야 해. 걱정 마, 금방 올 거야."

은하는 금성의 두 손을 꼭 잡았다.

"갔다 오면, 내가 네 옆에 있을게. 걱정 마, 다 좋아질 거야."

은하의 말에 금성의 얼굴엔 작은 조약돌이 던져진 우물처럼 슬픔이 일렁였다. 하지만 금성은 곧 체념한 얼굴이 되었다. 금성의 얼굴에 초연한 미소가 아련하게 떠올랐다. 금성의 눈빛이 갑자기 맑아지며, 그는 명료한 목소리로 말했다.

"나 비밀 하나만 얘기할게."

"뭔데?"

"나……가족이 있어. 쌍둥이 동생, 은성."

은하는 화들짝 놀랐다. 그가 이제껏 이런 중요한 이야기를 하지 않았다는 것이 화나고 경악스러웠다.

"뭐? 그런 얘기 한 번도 한 적 없었잖아!"

"내겐 큰 상처였거든. 내 동생은 나보다 머리가 좋아. 그래서 좋은 집에 입양됐어. 종종 연락하겠다고 약속했는데……한 번도 연락이 없었어. 찾을 수조차 없었어. 동생을 찾고 싶어. 찾아서……보살피고 싶어."

"너한테 연락조차 없었는데도?"

"그래도 내 유일한 가족이야."

은하는 금성의 손을 다정하게 잡고 말했다.

"내가 꼭 찾아서 보살필게."

금성은 안심한 듯 웃더니, 어딘지 자책하는 눈빛으로 말했다.

"그때……기억나? 내가 있으면 넌 한계를 빨리 넘을 수 있다고……내가 그 말이 잔인하다고 하니까 넌 바로 사과했잖아."

은하는 갑자기 왜 그 이야기를 하는지 영문도 모르고 고개를 끄덕였다.

"응, 기억해."

"그때, 사실 너한테 내가 아니라 나한테 네가 필요했어. 그 증거로 나 지금 이 꼴이잖아. 넌 내가 없어도 한계를 넘어섰겠지만, 난 네가 없으면 이렇게 무너질 사람이었으니까. 그땐 그런 말을 할 수가 없었어. 나약하단 걸 인정하는 것은 강한 사람만이 할 수 있어. 난 그럴 용기가 없었어. 그런데 넌 바로 인정하는 걸 보고, 난 훨씬 더 비참해졌어. 내 나약함이, 내 치사함이, 더욱 드러나는 것 같았거든……."

"그런 건 중요하지 않아."

은하는 금성의 이마에 입을 맞추고 가방을 들었다. 이제 비행기 시간이 다가와 금성의 말을 들을 시간이 없었다. 은하는 이쯤에서 그를 달래서 보낼 생각밖에 하지 않았다. 나중에 다시 돌아와서 언제까지고 언제까지고 실컷 그의 이야기를 들어주면 되는 것이다.

12. 내 모든 걸 너에게 주고 싶어

"걱정 마, 금방 올 거야. 오자마자 전화할게."

은하의 말에는 금성에게 빨리 집에 들어가라고 하는 재촉이 분명하게 담겨 있었다. 금성은 쓸쓸하게 웃으며 자리에서 일어났다.

나가면서, 금성은 잠깐 머뭇거리며 속삭이듯 말했다.

"내 모든 걸 너에게 주고 싶어."

저게 무슨 뜻인지, 은하는 당장 그의 의도가 읽혀지지 않았다. 이제껏 낯간지러운 고백이나 사랑 표현 같은 건 하지 않았던 금성이었다. 그렇다고 지금 당장 잠자리를 하자는 뜻은 더더욱 아니어 보였다. 그런 거라면 더더욱 저런 식으로 표현할 사람이 아니었다.

시간이 촉박하다 느껴지자, 은하는 더 이상 생각하는 것을 멈췄다. 가장 중요한 것은 뉴욕 전시. 나머지는 그 이후에 생각하자. 은하는 미소 지으며, 그에게 빨리 가라고 재촉하듯 고개를 끄덕였다.

"돌아오면 평생 네 곁에 있어줄게. 두 번 다시 떠나지 않을 거야. 이번엔 진짜로."

은하의 말에 금성은 희미하게 희망이 깃든 얼굴로 웃으며, 차 문을 닫고 엘리베이터로 걸어갔다. 금성은 은하의 차에서 내린 뒤 몇 번이나 뒤돌아보았다. 그때마다 은하는 재촉하든 손을 흔들었다. 금성이 엘리베이터를 타는 것을 확인한 후, 은하는 재빨리 오피스텔 주차장을 빠져나와 공항으로 향했다. 그리고 이륙하기 정확히 10분 전에 비행기에 탑승했다.

그것이, 은하가 본 마지막 금성의 모습이었다.

강은하는 역시 강은하였다. 뉴욕에 도착한 그녀는 금성에 대한 일을 머릿속에서 싹 지우고 전시에 몰두했다. 일주일 동안 그녀는 금성에게 전화 한 통 하지 못했다.

금성의 소식은 은하의 매니저가 먼저 들었다.

은하가 한창 전시회장을 마지막으로 체크하고 있을 때 핸드폰이 울렸다. 전시 준비로 은하는 핸드폰을 받지 않고 있어서, 매니저의 폰으로 연락이 왔다. 핸드폰 소리에 은하는 전시 준비 중에 무슨 전화를 받느냐는 듯이 짜증스런 얼굴로 매니저에게 눈을 흘겼고, 매니저는 넉살좋게 웃으며 양해를 구한 후 전화를 받았다. 그리고 몇 초 후, 얼굴이 하얗게 질려 딱딱하게 굳었다가, 몇 번이고 진짜냐고 흥분해서 확인했다. 은하는 매니저의 전화를 중심으로 그를 감싸고 있는 시베리아 한기 같은 공기를 느낄 수 있었다. 심상찮은 사건임을 짐작한 은하가 무슨 일이냐고 재촉하자, 매니저는 말할까 말까 한동안 고민하다가 결심하고 말했다.

"어차피 알게 될 테니까 말씀드릴게요. 금성이……죽었어요. 약물 과다 투여로 인한 쇼크사래요."

은하는 그 소리가, 마치 아주 멀리서 들려오는 종소리처럼 비현실적으로 울렸다. 거짓말이라고 따지고 싶었지만, 그녀는 매니저의 말이 사실임을 직감했다. 잠시 후, 그녀는 픽 하고 쓰러져 그대로 기절했다.

금성이 죽기 직전 은하를 마지막으로 만났다는 것은 알려지지 않았으나, 그 후의 일은 언론에 알려진 것과 거의 일치했다. 은하는 정확히 십 분 뒤에 일어나서, 무표정한 얼굴로 전시를 완벽하게 체크하고 오픈했다. 오픈 날에도 은하는 시종일관 웃는 얼굴로 능숙하게 사람들을 대했다. 사람들이 금성에 대한 소식을 전하며 괜찮냐고 물을 때마다 그녀는 어두운 얼굴로 한국 미술계의 크나큰 별이 떨어진 것은 국가적인 큰 손실이고, 너무나 슬프기 때문에 그 이야기는 하지 말아 달라고 조리 있게 대답했다.

전시 오픈 행사까지 매끄럽게 다 치르고 나서야, 은하는 비로소 인간 강은하로 돌아왔다. 전시 오픈 다음 날, 은하는 하루 종일 미친 듯이 울다가 탈진해서 결국 응급실로 실려갔다. 병원에서 몇 번이고 발작을 일으킨 그녀

12. 내 모든 걸 너에게 주고 싶어

는 한국으로 돌아와 다시 정신 차리기까지의 기간 중간중간을 기억하지 못했다. 그렇게 그녀는 몇 달을 폐인에 가깝게 살았다.

금성의 부검 이후 마약중독 사망으로 확정되자 세상은 발칵 뒤집혔다. 국가기관의 수사가 진행되며 마약 공급이 의심되는 각종 조직이나 장소도 발칵 뒤집히고 금성과 상관없는 마약 관련자들을 때려잡는 소득은 있었지만, 금성의 마약 공급책은 끝내 밝혀지지 않았다. 마약조직을 직접 통한 게 아니라 은밀한 제3의 공급자가 있었을 거란 짐작을 할 수 있을 뿐이었다. 그의 전 연인이던 은하에게도 수사 협조 요청이 들어왔으나 간단한 질문 정도로 넘어갔다. 이미 그들이 이별한 지 1년이 지났고 이별 후에야 마약에 손댄 게 확실한 데다 금성이 죽은 충격으로 은하의 상태가 말이 아니었으니 말이다.

그녀가 다시 사회로 돌아오기까지—그러니까 '화가 강은하'로 돌아와 세상에 내놓을 그림을 그리기 위해 붓을 잡기까지—반년이 걸렸다. 수많은 사람들이 걱정했지만, 그녀가 재기하지 못할 거라고 보는 사람은 없었다. 매니저 역시 은하의 패닉 상태가 생각보다 길어질 때에도 그녀가 조만간 곧 정상으로 돌아와 붓을 잡을 거란 걸 알고 있었다. 지구가 멸망하는 것처럼 슬프다 할지라도, 그대로 무너질 강은하가 아님을 모두들 믿고 있었다. 강은하는 그 기대를 저버리지 않고, 다시 돌아와 맹렬하게 그림 작업에 몰두했다.

금성의 재산은 많이 탕진되었으나, 일부 남아 있는 재산과 아직 팔리지 않은 그림은 금성의 유서에 따라 전부 은하에게 양도되었다. 은하는 그제야 금성에게서 마지막 들은 말인, "내 모든 걸 너에게 주고 싶어"라는 말의 의미를 이해했다. 그 말 앞에는 '만약 내가 죽는다면'이 생략되어 있었던 것이다. 은하는 유산에 자신의 돈을 더해서 금성의 이름으로 미대 장학기금을 만들었다. 그리고 금성을 기리는 전시에 마지막 미완성작들과 함께 전시할 작품들을 작업하는 데에 미친 듯이 매진했다.

13. 권 기자 이야기 —4

"그럼 그게 죄책감 때문일까요? 자신이 떠나지 않았다면 금성이 죽지 않았을지도 모르겠다는 그런 생각 때문에?"

권 기자가 묻자, 은성은 경멸하듯 피식 웃었다.

"다른 것도 아니고 전시 때문에 간 거잖아요. 이미 약속된 전시를 하기 위해 떠난 걸로 미안해할 위인이 아니에요, 강은하는."

"딴은 그렇네요."

권 기자는 동감하며 피식 웃으며 대답했다.

그는 강은하에 대해 잘 알고 있었다. 그녀는 결코 남을 밟고 올라가 성공하는 타입은 아니었으나, 그 누구라도 남을 위해 미술가로서의 자신을 절대로 희생하지 않았다.

"더군다나 상대가 금성이에요. 누구보다도 예술을 사랑했던 형이잖아요. 그런 형 때문에 예술가로서의 본분을 잊어버린다면 그게 더 죄라고 생각할

13. 권 기자 이야기 —4

사람이에요. 아마 그토록 충격 받고 슬퍼하고 회고전을 준비한 건, 금성의 죽음 자체에 대한 슬픔 때문이지 죄책감 때문은 아니에요. 그렇다고 해서, 강은하가 '내가 그때 떠나지 않았다면 금성은 죽지 않았을까?'라는 생각을 안 한건 아니지만."

"어떻게 생각하세요? 그때 강은하가 떠나지 않았다면, 금성은 죽지 않았을까요?"

은성은 잠시 침묵했지만, 권 기자의 질문에 대해 대답을 고민하는 얼굴은 아니었다. 아마도 거기에 대해 너무 많이 생각했기 때문에, 새삼스레 다시 생각할 필요는 없을 것이다. 은성은 다만 말을 고르고 있었다. 그는 이윽고 천천히 말을 꺼냈다.

"어차피 세상에는 만약이란 없어요. 은하가 옆에 있었다면 금성이 살았을까? 그 대답이 예스라고 해도, 그때 은하가 전시를 포기하지 않을 거란 건 변하지 않아요. 물론 형을 혼자 두고 가면 죽는다는 것을 미리 알았더라면 어떤 조치는 취하고 떠나거나, 형을 데리고 가거나, 다르게 행동했겠죠. 하지만 은하는 마약에 대해 잘 몰라서, 금성이 얼마나 위험한 상태인지 인지하지 못했어요. 인간인 이상 미래를 예측할 순 없는 일이고요. 접해본 적 없어서 알 필요가 없는 것에 대해 잘 몰랐던 것과, 신이 아닌 인간이라서 미래를 예측할 수 없었다는 게, 잘못은 아니니까요."

"은하는 어떻게 생각했죠?"

"자신이 옆에 있었다면 죽지 않았을 거라고 생각한 건 확실해요. 그래서 몹시 안타까워했죠. 그때 운 나쁘게도 타이밍이 엇갈려 자신이 옆에 있지 못했다는 걸 안타까워했어요. 마치 천재지변으로 외딴 섬에 발이 묶여 가고 싶어도 갈 수 없었다는 것처럼. 전시를 포기했다면 자신이 곁에 있을 수 있었는데 떠난 거라곤 절대로 생각 안 해요. 후회하거나 미안해하긴커녕, 그때 떠나지 않을 수도 있었다는 사고 자체를 못해요."

한동안 은성은 뜸을 들이다 무겁게 덧붙였다.

"저도 그때 은하가 떠난 게 잘못이라고 생각하진 않아요. 은하와 형이 만난 것 자체가 잘못이라면 모를까. 은하를 만나지 않았다면 형은 죽지 않았을 거예요."

"하지만 그렇게 젊은 나이에 부와 명성을 얻지도 못했겠죠."

권 기자 생각에, 은하가 적극적으로 밀어준 덕분에 금성이 스타가 된 건 그 누구도 부정할 수 없는 사실이었다. 금성의 재능을 은하보다 위로 평가하는 사람이 많긴 했지만, 어쨌든 그 재능을 매우 효과적인 방법으로 세상에 알린 사람이 은하였다는 것은 모두가 인정하니까.

권 기자의 말에 은성은 고개를 끄덕이지도, 가로젓지도 않고 말했다.

"그렇긴 하지만 형이 천재였던 건 확실하잖아요. 형의 천재성은 강은하와 전혀 상관이 없었고요. 강은하가 아니었더라도 형이 언젠가는 인정받았을 거라 생각해요. 죽지도 않았을 테고. 어차피 형이 원한 건 마음껏 그림 그릴 수 있는 환경이었지, 부와 명성이 아니었어요."

"금성이 죽은 후, 현준호는 어땠나요?"

권 기자의 물음에 은성의 표정이 더욱 어두워졌다.

"형이 마지막으로 만난 사람은 현준호였어요."

"네, 뭐라고요?"

이건 권 기자도 모르는 이야기였다. 은성은 이야기를 계속했다.

14. 그가 마지막으로 만난 사람

은하가 떠난 후로도 금성은 금단현상 때문에 약을 찾아 헤맸다. 하지만 그가 이제까지 약을 구한 경로로는 물건이 없다는 대답뿐이었다. 금성은 미칠 것만 같았다.

그때 그에게 전화가 왔다. 현준호였다.

"나에게 물건이 있어."

"무슨……물건?"

금성은 그렇게 말하면서도, 현준호가 무엇을 말하는지 짐작할 수 있었다.

"네가 원하는 거 다. 나에게로 와. 아니면 네가 이 약을 입수하긴 힘들 거야. 네가 이제껏 약을 입수한 경로 모두, 난 막을 수 있거든. 내 밑으로 오면 마음껏 제공할게."

전화를 끊고 나서, 금성은 고민에 빠졌다. 하지만 그 고민은 길지 않았다. 금단증상이 너무나 고통스러웠기 때문이다. 의지로 되는 일이 아니었다. 마약은 그의 뇌가 정상적인 생각을 할 수 있게 내버려두지 않았다. 문득 금성은 자신이 마약중독자가 된 것도 현준호가 조장한 것이 아닐까 하는 생각이 들었다. 하지만 지금 당장은 그게 중요한 게 아니었다. 중요한 건 그가 약을 갖고 있다는 것이다.

금성이 오자, 현준호는 복잡미묘하게 반가운 표정을 지었다. 어딘지 씁쓸해 보이기도 하고, 어딘지 잔인해 보이기도 하고, 어딘지 슬퍼 보이기도 하는 얼굴이었다.

"너 꼴……엉망이다."

"약……있어?"

"우선 약속부터 해. 앞으론 정말 내 밑에 있을 거지?"

금성은 현준호 앞에 무릎을 털썩 꿇었다. 식은땀이 주룩주룩 흘렀다. 그는 눈물을 흘리며 손을 부들부들 떨었다.

"더 이상 못 참겠어. 살려줘. 죽을 것 같아……."

그 모습에, 현준호는 아무 말 없이 금고에서 주사를 꺼내 금성에게 건넸다.

"손 떨리는데, 내가 놔줄까?"

묘하게 친절한 그 말투가 몹시 아슬아슬하고 위험하게 들렸다. 금성은 고개를 저었다.

"내가 더 익숙해."

금성은 능숙하게 주사를 놓고, 잠시 약에 취해 평온해지더니 나른하고 몽롱한 얼굴이 되었다. 그 모습을 지켜보며 현준호는 복잡한 감정이었다. 그가 자신의 통제 안에 놓여 있다는 것이 쾌감을 주는 동시에, 망가진 그를 보는 게 괴로웠다. 약의 반응이 지나갈 때까지 현준호는 병 걸린 강아지 같은 금성의 모습을 잠자코 지켜보았다.

시간이 지나 금성이 이성을 차릴 수 있을 정도의 상태가 되자, 현준호는

14. 그가 마지막으로 만난 사람

계약서를 내밀었다.

"자, 이제 계약해. 내가 널 보호해줄 수 있어."

금성은 자신을 이 상태로 밀어 넣은 게 현준호가 아닐까 하는 의심이 다시 들었다. 그가 보호해주겠다고 말하는 것이 역겨웠다. 금성은 계약서를 그 자리에서 찢어버렸다. 현준호는 입을 떡 벌리고 경악했다.

"뭐 하는 짓이야?"

"곧 있으면 은하가 와. 그때까지 버틸 수 있을 거야."

"……그게 무슨 말이야?"

"우리 화해했어. 이제 앞으로 내 인생은 은하가 책임질 거야."

"그년이 신이라도 돼? 널 정상으로 돌려놓을 수 있을 거라 생각해?"

현준호는 이런 사태에 대비해서, 일부러 한번 중독되면 벗어나기 힘든 종류들까지 동원해서 깊이 빠져들게 한 것이었다.

"세상엔 약을 하다 끊은 사람 얼마든지 있어. 은하 옆에서라면 무슨 방법이든 있을 거야. 어찌 됐든 내가 정상적으로 살아갈 방법이 있을 거야."

금성의 눈빛은 단호했다. 마치 백만대군을 지원받은 것처럼 확신에 차 있었다. 현준호는 문득 두려움을 느꼈다. 자신이 은하를 이길 수 있을까? 자신이 없었다. 하지만 그녀에게 빼앗긴다는 것은 죽기보다 싫었다. 금성을 빼앗기는 게 싫은 건지, 눈도 빼앗아간 사람한테 금성마저 빼앗길 순 없는 건지는 모르겠지만, 어쨌든 죽기보다 싫었다. 현준호는 눈을 질끈 감았다. 그리고 결심한 듯 눈을 떴다.

"알았어. 네 판단을 믿지."

그러면서 현준호는 다시 금고 쪽으로 가서, 작은 상자 하나를 가져오더니 금성에게 건넸다. 금성이 무엇이냐는 듯이 쳐다보자, 현준호는 체념한 얼굴로 말했다.

"……약이야. 당장 끊기는 힘들 거야. 어차피 용량 줄여가면서 끊어야 할 거야."

금성은 필요 없다고 말하고 싶었으나, 차마 그 말이 나오지 않았다. 그의 시선은 이미 상자에 꽂혀 있었다.

"……알았어. 고마워."

금성은 자괴감에 빠진 얼굴로 약을 받고 바로 나갔다. 금성이 나가자, 현준호는 주먹으로 벽을 세게 쳤다. 주먹 끝에 통증이 느껴지며 피가 맺혔지만 그는 그 아픔이 아득하게만 느껴졌다. 무너지듯 앉은 현준호는 급격하게 눈물이 터져 나와 미친 듯이 흐느꼈다. 한동안 그는 사무실에서 움직이지도 않고 술만 부어 마셨다. 차라리 이대로 술독에 빠져 죽는 것이 나을 것도 같았다. 사형 판결을 받아놓고, 하루하루 사형 집행 날짜를 기다리는 사형수 같았다. 더 살았으면 싶기도 하고, 차라리 빨리 사형이 집행되는 게 나을 것 같기도 한 그런 마음. 아니, 현준호는 자신이 그것보다 훨씬 괴로운 심정일 것이라 생각됐다. 그는 자신의 심장에게 스스로 사형 선고를 내린 것이다. 나의 심장이지만 내 것은 아닌 그 심장에게. 그것이 죽으면 자신도 더 이상 살 수 있을 것 같지 않지만, 그래도 다른 사람을 위해 뛰는 것보단 나을 것 같았기에.

그 순간이 영원히 안 왔으면 싶기도 했다. 하지만 그러면서도 뉴스는 빠짐없이 챙겨보았다.

'금성이 충동을 못 이기고 약물을 투여하는 시간이 빠를까? 은하가 와서 말리는 시간이 빠를까?'

어느 쪽을 원하는지 스스로도 알 수 없었다. 하지만 적어도 후자보단 전자가 나을 것 같단 생각이, 금성에게 당장 전화하고 싶은 욕구를 눌렀다.

드디어 금성이 약물로 인한 쇼크로 죽었다는 기사가 떴지만 현준호는 놀라지 않았다. 그 소식을 본 그는 음산하게 웃음을 터뜨렸다. 그리고 한동안 미친 사람처럼 숨이 막히도록 웃었다.

14. 그가 마지막으로 만난 사람

"은하……네가 졌어. 네가 졌다고!"

더 이상 웃을 기력도 없을 만큼 웃고 나자, 죽을 것 같은 허무감이 온몸을 감쌌다. 무엇과도 표현하지 못할 허무함이 온 세상을 감싸는 것 같았다. 더 이상은 살아도 산 게 아니었다. 그가 '살아 있다'고 지칭할 수 있는 동안 만난 사람은 금성이 마지막이었다.

이 세상의 빛이 사라졌다.

도대체 무엇을 해야 할지 갈피조차 잡히지 않았다. 한동안 현준호는 정신없이 사무실을 왔다갔다 걸어 다녔다. 그렇다 휘청 넘어지자, 이번엔 갈피를 못 잡고 기어 다녔다. 대체 어찌해야 할지, 앞으로 어떡해야 할지, 아무것도 생각나지 않고 그렇다고 가만히 있자니 미칠 것 같았다. 그는 마치 짐승처럼 고함을 지르다, 힘없이 옆으로 쓰러졌다.

문득 현준호는, 이 미칠 듯한 허무함을 벗어날 단 하나의 길이 있다는 것을 깨달았다.

그는 금성이 자신에게 오면 묶어두기 위해 구입했던 주사기를 하나 꺼냈다. 이것만이 자신을 구원해줄 수 있을 것 같았다. 아마도 그것은 더 빠른 파멸을 위한 잠깐의 구원이겠지만, 그는 오히려 잠깐의 구원이 아닌 빠른 파멸에 대한 기대로 몸을 떨었다. 그는 망설임 없이 자신의 팔에 주사기를 꽂았다.

그리고 그때부터 현준호에겐 새로운 취미가 생겼다.

선단공포증이 있던 시절엔 상상도 못하던 취향, 바로 '칼'을 모으는 취미였다.

15. 권 기자 이야기 —5

은성이 잠시 입을 다물자, 권 기자는 충격에서 벗어나기 힘들었다.

"그러니까 소문대로……현준호가 금성의 죽음에 관련이 있다?"

"네, 사실상 직접적인 가해자죠."

권 기자는 어이가 없었다. 그가 이 모든 것을 일으켰다니! 그것도 그런 별 볼일 없는 예술가 주제에! ……라고, 은하는 생각했을 것이다.

"그런데 당신은 현준호를 사랑한다?"

권 기자의 말에 은성의 눈빛이 어두워졌다.

당최 이해가 되지 않았다. 결국 현준호만 끼어들지 않았어도 강은하와 금성은 잘 살았을 것이 아닌가? 그 모든 것을 망쳐놓은 것이 현준호인데 어째서 그를 원망하지 않고, 금성을 띄워주고 그의 실수를 용서하고 그의 인생을 책임지려 했던 강은하를 원망하는 것인가?

"제가 알기론 현준호가 우울증 약을 먹기 시작한 건 화련의 이전 유서가

15. 권 기자 이야기 —5

발표된 직후부터였고, 마약에 손을 댄 건 형이 죽은 직후부터였어요. 현준호의 괴로움이, 강은하보다 더했으면 더했지 못하진 않았을 거예요. 사실 강은하와도 비교가 안 되게 괴로웠을 거예요. 강은하가 형을 죽인 것도 아니고, 강은하는 현준호보다 강하니까."

권 기자는 그가 현준호를 감싸는 게 못마땅했다. 어쨌든 재능 있는 예술가를 타락과 죽음으로 몰아넣은 사람은 감쌀 필요가 없다고 생각했다. 하지만 은성은 계속 현준호를 감싸며 말했다.

"형의 타락은 강은하가 원인이었어요. 형으로서는 견딜 수 없는 세계로 멋대로 끌고 와서 가둬놓고 떠나버렸으니까. 현준호는 금성을 사랑했어요. 현준호가 질투한 건 강은하를 가진 금성이 아니라, 금성을 가진 강은하였어요. 그가 갖고 싶어 한 건 금성이었어요."

"그럼……삼각관계의 주인공은 강은하가 아니라 금성이었군요."

권 기자의 말에 은성은 비웃듯이 입을 비죽거렸다.

"강은하 그 여자한테는 드라마 속 여주인공은 안 어울려요. 역사의 주인공이 될 수는 있겠죠. 하지만 그런 역은 안 어울려요. 그 여잔 사랑스럽지 않으니까."

그의 말이 그럴싸하다는 생각이 들었다. 은하는 동화 속 주인공, 혹은 로맨스 속 주인공의 분위기는 결코 아니었다.

그런데 권 기자는 문득 이상한 생각이 들었다.

"왜 이제까지의 이야기에서, 당신은 한 번도 등장하지 않죠?"

은성은 쓰게 웃었다.

"지금부터 시작하려고요, 제가 등장하는 이야기를."

그는 이야기를 계속했다.

16. 금성과 은성

　금성과 은성은 대략 열 살 때까지 같은 고아원에 있었다. 금성은 일찍부터 그림에 미쳐 있었다. 흔적을 남길 수 있는 것이 손에 잡히기만 하면 어디든 낙서를 하고 다녀서, 고아원에서도 골칫거리였다. 금성에게 가장 큰 벌은 어딘가에 갇혀서 아무것도 못 그리게 되는 것이었다. 하지만 그때부터도 금성은 묘한 매력이 있어서, 고아원 원장과 선생들에게 그리 큰 구박을 당하진 않았다.

　오히려 문제는 학교를 다니면서부터였는데, 고아에다가 외골수이고 그림밖에 몰랐던 금성은 쉬운 놀림감이었다. 다행히 은성은 금성보다 사회생활 본능이 기민한 편이라, 동생임에도 형처럼 금성 주변을 감시하며 그를 지켜주려 애썼다. 당시 은성은 천재 소리를 듣는 지능 높은 수재여서 선생님의 사랑을 듬뿍 받고 있었으므로, 아이들도 은성에게는 함부로 하지 못했다.

16. 금성과 은성

　은성은 그야말로 '공부가 제일 쉬웠어요'타입의 두뇌를 갖고 있었다. 덕분에 어린 시절엔 금성보다 은성이 훨씬 유명했다. 학교에선 이런 천재가 영재교육을 지원해줄 만한 환경 속에 없음을 한탄했다.

　은성의 소문을 듣고, 한국에 와서 입양할 아이를 찾던 미국의 사업가 부부가 은성을 입양하기로 했다. 그들은 젊은 시절 이민을 가서 비교적 성공적으로 부동산 사업을 했으나, 두 가지 고민이 있었다. 하나는 아들을 하나 낳은 후 건강상 문제로 아이를 가질 수 없다는 것이고, 또 하나는 유일한 아들이 지독한 꼴통에 골칫거리라는 것이다.

　그들은 결혼 후 이민을 가서 한국인의 마인드를 아직 갖고 있는 반면, 아들은 완전히 미국식 문제아가 되어 서로 이해조차 힘들다는 것이 큰 문제였다. 아들에 대한 실망도 그렇고 고국에 대한 그리움도 있고 해서, 그 부부는 복잡한 국제 입양 절차를 거치더라도 한국에서 어린 시절을 보낸 아이를 입양하길 희망했다. 그것도 친아들과는 달리 공부 잘하는 아이, 훗날 집안의 자잘한 사업적 법 문제를 해결하는 데 도움 줄 변호사로 클 수 있을 법한 똑똑한 아이를 입양하고 싶어 했다. 그래서 그들은 은성의 소문을 듣고선, 제대로 지원만 해준다면 우수한 법조계 사람으로 자랄 만한 머리를 가진 이 아이를 입양하기로 결정했다.

　은성의 입양 소식에 금성은 떠나갈 듯이 울었다. 하지만 그도 동생의 앞길을 막을 생각은 없었다. 고아원 선생 중 한 명은, 이들에 대한 배려로 은성이 떠나기 며칠 전, 둘을 데리고 어린이대공원에 갈 계획을 세웠다. 그런데 그날 아침, 금성이 보이지 않았다. 대신 쪽지가 남겨져 있었다.

'미안해 은성아. 오늘 정말 학교에 급한 일이 있어서.'

　금성은 그날 학교에 결석 신청까지 해놓았다. 대공원 갈 생각에 부풀어 있던 은성은 엉엉 울었고, 결국 고아원 선생과 함께 학교로 가서 금성을 찾았다. 학교에서 물어물어 헤맨 끝에, 그들은 미술반에 혼자 있는 금성을 발견했다. 금성은 크레파스로 커다란 풍경화를 그리고 있었다. 그 모습을 본 은성은 울화가 치밀었다.

"여기서 뭐하는 거야! 급한 일이란 게 이거야?"

그림에 집중해서 은성과 선생님이 들어오는 줄도 몰랐던 금성은 화들짝 놀라 일어섰다.

"대체 여기서 뭐하는 거냐고!"

당황한 얼굴이던 금성은 떠듬떠듬 말했다.

"우리반 해정이가……대회에 낼 그림인데 이거 그려주면 이 크레파스 준다고 했거든……."

은성도 해정이가 누군지 알고 있었다. 잘 사는 집의 아이로, 백해정이라는 여자애같은 이름을 가진 몹시 건방진 성격의 남자아이다. 무엇보다도 그 아이가 최근에 선물 받은 72색 크레파스를 금성은 군침을 흘리며 부러워하곤 했다. 그러고 보니 금성은 바로 그 72색 크레파스로 그림을 그리고 있었다. '오일 파스텔(Oil pastel)'이라고 쓰여 있는 수입품이었는데, 아마도 외국에서 사온 선물인 모양이었다. 한눈에도 비싸 보였다.

선생과 은성은 금성이 그리고 있는 그림을 보고 깜짝 놀랐다. 크레파스로도 이런 느낌이 나올 수 있으리라고 믿기지가 않을 만큼 아름답고 다채로운 느낌의 풍경화였다.

그 때, 해정이가 친구들과 함께 교실로 들어왔다.

"그림은 다 그렸어?"

금성은 표정이 금방 밝아져서 그림을 가리켰다. 해정이는 삐딱한 태도로 그림을 보다가 친구들에게 눈짓을 하자, 친구들은 재빨리 그림을 챙겼다.

"……그럼 크레파스 내가 가져도 되지?"

16. 금성과 은성

금성이 크레파스를 정리하며 챙기자, 해정이는 피식 웃었다.

"미쳤냐? 거지같이 못 사는 주제에. 그게 얼마 짜린줄 알고 너 같은 거지새끼한테 주냐?"

"……뭐?"

금성은 놀란 나머지 멍한 얼굴이었다. 고아원 선생도 어이가 없어서 말했다.

"그럼 그림은 금성에게 다시 줘야지."

"끼어들지 마세요. 울 아빠한테 이르기 전에."

해정이는 고아원 선생을, 아마도 자기 아빠의 세력이 닿을 학교 선생님 중 한 명으로 알았는지 건방진 태도로 그렇게 말했다. 은성은 금성에게 화가 나면서도, 지금 이 순간은 해정이가 더 밉다는 생각이 들었다. 은성이 주먹을 들려는 찰나, 금성이 갑자기 해정이의 발목을 잡고 매달려 울기 시작했다.

"약속했잖아! 크레파스 줘! 달란 말이야! 나 저거 필요해, 은성이한테 그려주려면 저거 필요하단 말야!"

"꺼져, 거지새끼야!"

금성은 크레파스를 달라며 발버둥치고 목놓아 울기 시작했다. 해정이는 그런 금성을 발로 차며 쫓아내려 했지만, 금성은 해정의 발목을 붙잡고 놓지 않았다.

소란통에 미술 선생님과 주변 학생들이 교실로 모여들었다.

"대체 무슨 일이지?"

미술 선생님은 놀라서 두리번거리다가 해정의 친구들이 커다란 그림을 들고 있는 것을 보고 물었다.

"아, 이번 대회에 낼 그림 다 그렸니? 근데 이게 대체 무슨 일이지?"

마침 그 자리에 있던 고아원 선생이 앞으로 나갔다.

"안녕하세요. 저는 금성과 은성이 있는 희망고아원 선생님입니다. 이게 어떻게 된 일이냐면요……."

해정이는 영리한 아이였다. 때문에 대회에 낼 그림을 다른 아이에게 몰래 부탁한 것을 목격한 '어른'이 이 자리에 있고, 그 '어른'이 많은 사람들이 지켜보는 가운데에 그것을 폭로하려는 것을 깨달았다.

"울지마, 이 크레파스 너 가져."

해정이가 재빨리 말하자, 금성이 울음을 뚝 그쳤다.

"……정말? 약속대로 하는 거다?"

"그래, 크레파스 너 가져."

금성은 팔짝 뛰며, 크레파스를 챙기고 아직 눈물콧물로 범벅된 얼굴로 함박웃음을 지었다. 고아원 선생은 앞으로 나가 설명하려 했으나, 금성이 진짜 원하는 것이 무엇일지 잘 아는 은성이 고아원 선생의 손을 붙잡고 말렸다. 고아원으로 오는 길 내내, 금성은 싱글벙글한 얼굴이었지만 은성은 금성에게 너무 화나 말도 나오지 않았다. 무려 마지막으로 금성과 놀기로 한 날이다. 그런데 금성은 고작 크레파스 때문에 자신과의 마지막 약속을 깨버린 것이다.

고아원에 도착하고 나서야, 금성은 은성이 화가 단단히 났다는 것을 알아차리고 은성을 달랬다.

"그만 해, 은성아. 너 떠나도 우리 종종 연락하고 만날 수 있을 거야. 게다가 너 얼굴 그려주려고 달라 그랬단 말야. 하루 노는 건 놀고 나면 그만이지만, 그림은 계속 갖고 있을 수 있잖아."

"싫어, 다 필요 없어!"

은성은 금성이 '자신의 얼굴을 그려주고 싶어서'보다는 '그 크레파스를 가지고 싶어서'가 우선이어서 그랬다는 것을 너무나 잘 알고 있었다. 그게 바로 금성이라는 것을 잘 알지만, 그래서 화가 풀리지 않았다. 금성은 이것

16. 금성과 은성

이 은성을 위로할 수 있을 거라 생각했는지, 은성을 달래는 한편으로 온 힘을 다해 72색 오일파스텔로 자신과 은성이 함께 있는 초상화를 그렸다.

다음 날까지 은성은 금성에 대한 화가 풀리지 않았다. 고아원 선생들이 아무리 달래도 은성은 막무가내였다. 밤새 그림을 완성한 금성이 생기발랄한 얼굴로 은성에게 그림을 내밀었다.

"자, 선물이야."

하지만 은성은 아직 화가 안 풀려 있었다. 이 그림 때문에 대공원을 못갔다는 생각이 들자, 은성은 그 자리에서 그림을 북북 찢어버렸다.

금성은 놀라서 입을 떡 벌리다가, 은성의 뺨을 세게 때렸다.

"어떻게 내 그림을 찢을 수 있어?"

뺨을 맞은 은성도 엉엉 울고, 그림을 찢긴 금성도 엉엉 울었다. 고아원 사람들이 다 달려들어 말려도 소용없었다.

하루 종일 운 끝에 저녁이 되자, 금성이 조심스레 은성 옆으로 다가왔.

"너 곧 떠나잖아. 갈 때까지 이러기야? 그림 찢은 거 용서할게. 우리 그만 화해하자."

은성은 금성이 자신의 그림을 얼마나 소중하게 생각하는지, 그리고 그 그림을 찢은 걸 용서한다는 게 금성으로선 얼마나 큰일인지 잘 알고 있었다. 하지만 아무리 생각해도, 자신과의 마지막 추억을 쌓을 기회를 고작 크레파스 때문에 날려버린 것이 용서가 되지 않았다.

"앞으로도 종종 연락하면 되잖아. 좀 더 크면, 내가 돈 모아서 미국으로 갈게. 미국엔 더 큰 대공원이 있대. 꼭 거기 같이 가자."

금성의 말에 은성은 차차 화가 풀렸다. 은성은 금성을 안고 엉엉 울며 말했다.

"꼭 오는 거다? 내가 연락할 테니까, 꼭 오는 거다?"

"그래, 은성아. 편지 꼭 해야 해?"

은성이 떠나는 날, 고아원 선생과 금성은 공항에서 은성을 마중했다. 고아원 선생은 금성이 연락할 수 있도록 양부모 부부에게 연락처를 물어보았으나, 그들은 정중하게 거절했다. 고아원 선생은 어차피 은성이 연락할 것이라는 생각에 더 물어보지 않았으나, 나중에 크게 후회했다. 은성이 떠나고 나자, 금성은 매일같이 우편함을 뒤지고 은성에게 전화가 왔냐고 물어보았다. 하지만 그 후 금성은 평생 두 번 다시 은성의 연락을 받지 못했다.

은성이 양부모와 함께 미국 로스엔젤레스 공항에 도착하자, 양부모의 아들이 마중 나와 있었다. 그는 미국에서 태어나 성준이라는 한국 이름보다는 브랜든이라는 이름이 더 익숙했는데, 십대에 들어서자마자 마약 문제 여자 문제부터 시작해서 안 친 사고가 없었다. 오늘도 긴 머리에 피어싱을 한 차림으로 눈살을 찌푸리며 왔는데, 부모의 명령 탓에 억지로 온 게 역력한 표정이었다. 하지만 은성 눈에 브랜든은 신기하고 흥미롭게 비춰졌다.
"저 새끼예요? 그 천재라는 새끼가?"
"말조심하지 못해?"
양아버지가 아들에게 버럭 소리 지르자, 브랜든은 욕설을 내뱉으며 거칠게 집을 향해 차를 몰았다.
집에 도착하고 며칠 동안, 브랜든은 자주 외박하며 은성을 피했다. 하지만 은성은 본능적으로, 브랜든이 자신을 싫어하지는 않으며 그가 완전히 나쁜 사람은 아니란 것을 직감했다. 저런 유형의 사람을 본 적이 없어서인지 아니면 그가 겉은 거칠어도 속은 외로워 보여서인지, 은성은 브랜든과 친해지고 싶었다.
어느 날, 브랜든이 술냄새를 풍기며 늦게 들어오자, 은성은 얼른 그에게 쪼르르 달려가 음료수를 갖다주었다. 브랜든은 피식 하고 웃었다. 브랜든은 음료수를 받지 않고 그대로 2층 자기 방으로 올라갔고, 급히 따라 올라가던

16. 금성과 은성

은성이 계단에서 넘어지고 말았다.

은성이 넘어지는 소리에 브랜든은 뒤돌아보았다. 무릎에서 피를 흘리면서도 울지 않는 은성이 브랜든에게 인상 깊게 다가왔다. 브랜든은 은성을 자기 방으로 부르고, 구급상자를 꺼내 상처를 소독하고 반창고를 붙여주었다. 종종 오토바이 사고를 내는 브랜든이기에 손놀림은 비교적 능숙했다.

"너 이름이 뭐라고 했지?"

"은성……아니, 브라이언, 아니 명준이요."

은성의 말에 브랜든은 웃음을 참는 듯, 얼굴을 살짝 일그러뜨렸다.

"……그래. 뭐라고 부를까?"

"……저, 둘만 있을 때, 가끔 은성이라고 불러주실 수 있어요?"

은성의 말에 브랜든은 피식 웃으면서도, 그 표정은 어딘지 쓸쓸함이 깃들어 있었다. 아마도 교포로서 겪는 정체성 혼란 때문에 자신의 정체성 혼란을 이해한 모양이라고, 은성은 나중에야 생각했다. 그 후 브랜든은 그전처럼 은성에게 퉁명스럽지는 않았다. 그렇다고 친절하진 않았으나, 은성은 그가 적어도 자신을 동정하고 있다는 것을 느꼈다. 다음 날, 양부모가 모두 나간 시간에 브랜든은 집으로 들어왔다. 그는 은성을 보자 말했다.

"야, 은성! 내 방에서 오토바이 키 좀 갖고 와줘."

은성은 2층으로 올라가며, 그가 자신을 은성이라고 불렀다는 것을 깨달았다. 그날 하루 종일 은성은 기분이 좋았다. 금성을 보고 싶은 마음도 잠시 잊을 정도였다. 다음 날 은성은 즐거운 마음으로 금성에게 보낼 편지를 쓰고, 브랜든에게 달려갔다. 마침 브랜든은 오늘도 오토바이를 타고 나가려는 중이었다.

"형, 저 한국으로 편지 보내려 하는데……어디로 가야 해요?"

브랜든은 귀찮은 듯이 눈살을 찌푸리며 말했다.

"우체국이 어디냐 하면……."

"형, 나도 태워줘요."

"……뭐?"

브랜든은 어이없어하며 눈살을 찌푸렸다. 은성은 눈에 생기를 가득 담고 브랜든에게 매달려 졸랐다. '형'이란 존재에게 졸라본 적이 처음이 아니기에, 조르는 태도는 능숙했다.

"나 태워줘요, 형!"

"이 새끼가 진짜……."

브랜든은 한동안 욕지거리를 내뱉다가, 포기한 얼굴로 은성을 뒷자리에 태워주었다. 난생처음 타보는 오토바이는 몹시 신났다. 은성은 소리를 질렀고, 그런 은성이 밉지는 않은 듯 브랜든은 피식 웃었다.

바로 그날, 사고가 났다.

브랜든은 신호위반 트럭을 피하려다 미끄러졌고, 머리를 가로수에 들이받으며 즉사했다. 뒷자리에 있던 은성은 크게 다쳤다.

사고통에 은성이 손에 쥐고 있던 금성에게 보내는 편지는 잃어버렸다. 사건은 평소 입양된 아이를 싫어하던 브랜든이 아이를 어디론가로 데려가서 버리려다가 사고가 난 것으로 추측되었다.

다행히 양부모는 심성이 괜찮은 사람들이라, 이 불행을 은성이 가져다줬다며 은성을 미워하거나 원망하진 않았다. 하지만 브랜든이 그런 짓을 했다가 목숨을 잃었다는 것은 부부에게 큰 상처를 안겨주었다. 브랜든의 장례식이 끝나고 나서야, 그들은 은성의 상태에 관심을 가졌다.

은성은 한동안 혼수상태로 있다가 2주 후에야 정신을 차렸다. 하지만 사고의 충격 때문인지, 은성은 자신이 누구인지 전혀 기억하지 못했다. 하지만 그 좋은 머리는 전혀 변함이 없어서, 머리를 다쳤음에도 괴물 같은 기억력과 지능을 가진 은성에게 의료진은 혀를 내둘렀다.

16. 금성과 은성

　양부모는 차라리 기억을 잃은 김에, 은성이 입양아라는 사실을 감추고 완전히 자신들의 친아들로 키우기로 마음먹었다. 은성은 양부모를 친부모로 알고 정상적으로 커갔다. 좋은 머리 덕분에 전교 1등을 놓친 적이 없었고, 양부모가 바라던 대로 엘리트 코스를 밟아갔다.
　은성은 자신의 과거를 완벽하게 잊어버렸다. 한국에 자신의 연락을 간절히 기다리고 있는 쌍둥이 형제가 있으리라고는 꿈에도 생각하지 못했다.

　그렇게 20여 년이 넘게 흘렀다. 은성은 로스쿨을 졸업하고 로펌회사로 들어가, 하루하루 열심히 일하며 살아갔다. 그동안 은성은 비교적 부모 실망시키지 않는 아들로 성장하며 살았으나, 단 하나, 부모님의 억장을 무너지게 한 점이 있었다. 그것은 그의 성적 취향 때문이었다.
　은성은 살아가면서 단 한 번도 여자에게 매력을 느낀 적이 없었다. 은성이 사랑한 대상은 항상 남자였다. 그것도 어딘지 삐딱하고 불량하고 성질이 나쁜 남자에게 매력을 느끼는 경향이 있었다. 아마도 기억은 못하지만, 양형제 브랜든의 모습이 무의식중에 남아 있는 듯했다.
　물론 양부모는 은성의 성정체성을 알게 되고 나서 큰 충격을 받았다. 그렇다고 어쩔 수 있는 것도 아니었고, 이미 은성을 아들로서 사랑하게 된 그들은 그냥 그것을 사실로서 인정할 수밖에 없었다. 받아들이진 못하더라도, 미국 사회에 있다 보니 적어도 그런 성적 취향이 있다는 것과, 그것도 인정받는 사회가 되어가고 있다는 것에 대한 인식은 있었다. 하지만 은성이 사랑하는 남자들이 하나같이 죽은 친아들을 떠올리게 해서 그들의 가슴을 아프게 하곤 했다.
　은성의 한국 친구들은 종종 은성에게 한국에 그를 꼭 닮은 화가가 있다는 말을 전해주었다. (금성과 은성이 이란성인지 일란성인지는 유전자 검사를 안 해봐서 알 수 없었으나, 일단 외모는 매우 닮아 있었다) 미술에 관심

푸른 화가의 진실

이 전혀 없던 은성은 처음엔 그 말을 건성으로 들었다. 하지만 몇몇 한국 출신 혹은 한국인 클라이언트들로부터 그 말을 점점 자주 들으면서, 은성은 처음으로 화가 '금성'에 대해 검색해보았다. 은성 역시, 자신과 너무 닮은 화가의 외모를 보며 놀라긴 했지만 그때까지도 그냥 얼굴만 닮은 화가 정도로 생각했다.

금성의 외모 이상으로 그의 그림은 은성에게 매우 인상적이었다. 오히려 처음엔 자신과 닮은 얼굴보다도 그림이 더 인상적이었다. 그에 비해 항상 세트로 같이 나오는 강은하는 재미있는 작품을 하지만 금성보다는 수준이 떨어지는 것 같았다. 은성 취향으론, 보는 사람을 고도로 의식해서 그리는 은하의 그림이 감각적인 것은 인정해도 어쩐지 역겹게 느껴졌다. 원래부터 여자를 이성으로서 좋아하지 않을 뿐만 아니라 여자를 불편해하는 편인 은성이긴 해도, 강은하는 뭔가 특히 마음에 안 드는 타입이라 생각했다. 강은하가 금성을 이용하는 것이란 생각까지 들었다. 은성은 그 후로 예술이라는 것에 관심이 생겨 미술관에도 종종 갔는데, 그의 눈에 금성만큼 멋진 화가는 드문 것 같았다.

그러던 어느 날, 은성은 기억나지 않는 끔찍한 악몽을 꾼 것 같은 기분에, 온몸에 식은땀이 흐르면서 깨어났다. 나중에야 알게 된 것이었지만, 그날은 금성이 죽은 바로 그날이었다. 은성은 자신이 왜 이런 기분이 드는지 몰랐다. 머리가 이유 없이 아프면서, 온 세상이 무너지는 것처럼 슬펐다. 가슴 한쪽이 무너지는 것 같았다. 깨질 듯한 머리와 온몸의 통증이, 꼭 죽을 것만 같았다. 병원에 가보았지만 몸은 멀쩡했다. 하지만 은성은 너무나 끔찍한 기분 속에서 지끈거리는 머리를 부여잡았다. 문득 희미하게, 어떤 그림을 찢었던 기억이 떠올랐다. 은성은 머리를 거세게 흔들었다. 갑자기 영어가 낯설게 느껴지면서, 한국말이 몹시 듣고 싶었다. 은성은 집으로 와서 한인 채널을 틀었다.

16. 금성과 은성

 마침 뉴스가 흘러나오고 있었다. 뉴스에서는 한국의 천재 화가 금성의 죽음을 알리고 있었다. 사인은 약물중독 추정. 부검을 해봐야겠지만 신체에선 마약을 투여한 듯한 흔적이 발견되었으며, 검찰의 강력한 수사가 진행되고 있다……한편 금성의 전 연인 강은하는 미국 뉴욕으로 전시를 하러 떠난 것으로 알려져 있…….
 은성은 몇 시간 후에야 깨어났다. 뉴스를 보고 자기도 모르게 기절한 것이다. 문득, 크레파스를 달라고 울부짖는 금성의 모습이 놀랍도록 선명하게 눈앞에서 펼쳐졌다. 눈앞에 빔 프로젝터 영상을 쏜 것만 같았다. 은성은 머리를 움켜쥐었다.

 '대체 내가 무슨 생각을 하고 있는 것인가?'

 다음 순간, 은성은 미친 듯이 눈물을 흘리면서 바닥을 뒹굴었다. 깨질 것 같은 머리에서는, 원래 머리 좋고 기억력 좋은 은성다운 아주 선명한 기억들을 쏟아내고 있었다.
 10살 때까지의, 은성이 지워놓고 있던 기억.
 곧 연락하겠다는 금성과의 약속.
 기억력이 원래 좋기 때문인지, 오랫동안 잊어버렸던 기억을 떠올리는데도 매우 선명하게 떠올랐다. 그것은 은성에게 너무나 잔인한 일이었다. 자신의 반쪽이라고 할 수 있는 유일한 형제를 24년 만에 기억해 냈는데, 영원히 볼 수 없게 되어버린 것이다.
 은성은 탈진할 때까지 울다가 결국 응급실로 실려갔다.
 은성의 양부모는 은성의 입원 소식에 허겁지겁 달려왔다. 그들은 금성의 사망 소식을 전해 듣고 혹시 그것과 관련 있지 않을까, 어느 정도 각오는 하고 있었다. 하지만 정신만 차리면 이성을 잃고 울부짖는 은성에게서는 한동안 아무 이야기도 들을 수 없었다.

금성을 잃고 은하가 병원에 입원해 있는 기간과 비슷하게, 은성 역시 병원에 있었다. 한동안 정신을 완전히 놓고 있던 은성은, 은하가 정신 차릴 때쯤인, 몇 달 후에야 정신을 차렸다.

"왜 이야기해주시지 않으셨죠?"

은성은 정신을 차리자마자 멍한 얼굴로 양부모님께 물었다. 양어머니는 그 말에 그저 눈물만 흘려댔다. 양아버지는 아내 대신 침착하게 말했다.

"우린 네가 완전하게 우리 아들로 자라길 바랐단다. 널 사랑하기 때문에 그런 것이었어. 어차피 넌 기억을 못하고 있었고, 네 형제도 다행히 성공한 화가로 잘 살고 있었잖니."

은성은 아무 말도 못하고 눈물만 줄줄 흘렸다. 그 역시 자신이 사랑받고 살았다는 것을 알고 있었다. 그는 도저히 양부모를 원망할 수 없었다.

"만약 이렇게 네 형이 일찍 갈 줄 알았다면, 말했을 거다. 하지만 넌 우리 아들 이명준으로서 너무 잘 살고 있었잖냐. 그걸 망치고 싶지 않았단다."

은성은 양부모의 마음을 이해할 수 있었다. 자신이 기억을 잃은 탓이지, 양부모 탓이 아니었다. 더군다나 예전 기억을 완전히 되찾은 은성은 양부모에게 그들의 친아들 브랜든이 자신을 납치해서 버리려고 데려간 게 아니라, 자신이 졸라서 오토바이에 태워준 거란 말을 도저히 할 수 없었다.

정신을 차린 은성은 한동안 금성 관련된 소식과 소문을 모조리 모았다. 그 과정에서 은성은, 금성이 살해되었다는 소문을 접할 수 있었다. 금성의 명성이 최고조일 때 죽는 바람에, 금성의 그림을 가지고 있던 딜러들이 큰 돈을 벌었다는 것이다. 그중 금성의 그림을 가장 많이 소유한 자는 현준호라는 딜러로, 유명 화가의 아들이고 한때 금성의 절친이었다는 소문이 있었다.

금성의 부검 결과 약물과다로 인한 쇼크사로 판명되었고, 약물중독 상태

16. 금성과 은성

가 꽤 심각했다는 사실도 밝혀졌다. 치사량을 아주 살짝 넘는 펜타닐이 섞인 헤로인을 맞고 죽은 것으로 밝혀졌는데, 불법 유통되는 헤로인에 펜타닐이 섞이는 건 새삼스러운 일이 아니었고, 계량 실패로 중독자가 골로 가는 것도 새삼스러운 일이 아니었기 때문에, 살해 목적으로 건네진 약이라는 전제 하에 수사되지는 않았다. 강력한 수사에도 결국 밝히지 못한 금성의 마약 운반책에 관해서도 온갖 소문이 떠돌았다. 약물중독부터 그 강도 센 약까지 조달한 곳이 너무 위험한 조직 폭력배 세력이라 덮은 것이라니, 정치인이나 연예계가 연루된 국제 마약 카스텔이라 국제 문제가 될 수 있어서 덮은 것이라니, 금성의 숨겨진 새 애인이 공급한 것인데 그 인물이 워낙 거물 집안이라 빠져나간 것이라니, 심지어 외계인 공급설(?)까지, 온갖 소문이 떠돌았다. 가장 인기 있는 소문은, 바스키아처럼 그림 가격 때문에 딜러가 연관되어 있다는 음모론이었다. 특히 금성의 그림을 가장 많이 보유한 현준호에 대한 소문이 많았다. 하지만 공식적으로 둘이 안다고 알려진 사이도 아니고, 사적으로도 8~9년 전 이미 절교한 친구 사이일 뿐이라서, 현준호는 강은하보다도 수사의 관심에서 멀었다. 더군다나 현준호는 현목성의 아들이다. 현목성의 작품은 유명 기업 건물이나 명소에 여기저기 설치되어 있었고, 고위급 후원자나 고객이 많았다. 확실한 증거라도 없는 한 수사하기 상당히 껄끄러운 '빽'을 가진 인물인 것이다. 모두 그저 소문뿐이었다.

또 한편으로는, 금성이 약물중독까지 간 데는 강은하의 역할이 매우 컸다는 소문도 있었다. 물론 그의 마약중독 자체는 강은하와 관련이 없었다. 그러나 금성은 강은하와는 달리 폐쇄적인 성향의 예술가라는 것을 이미 많은 사람들이 알고 있었다. 강은하처럼 공인의 위치에서 예술을 할 수 있는 사람이 아닌데 그녀가 금성을 그런 자리로 끌어들이고 버린 것이, 금성이 무너진 원인이 되었다는 것이다.

'만약 금성이 강은하를 만나지 않았다면 결코 죽지 않았을 것이다.'

푸른 화가의 진실

금성의 열혈 팬들로부터 이 주장은 확산되어갔다. 하지만 강은하가 금성의 재산에 자신의 재산을 보태 장학기금을 만들고 금성을 기리는 전시를 한다고 발표하면서부터 그 주장은 점점 사그라들었다. 애초 둘의 이별은 너무 확실하게 금성의 공개적인 배신이 원인이라, 은하 탓을 하기엔 한계가 있었다. 이미 잘 나가는 여자를 자신은 무명일 때 만나 그 여자의 지원을 받아 성공한 건데 아주 시끌벅적하게 배신했으니, 배은망덕은 누가 봐도 금성이었다. 그렇게 헤어져놓고 금성을 기리기 위해 활동하는 강은하가 오히려 비정상적이어 보였다. 어쨌든 소문상으로 금성의 죽음 원인으로 지목되는 딜러들의 중심에 있는 것은 현준호였고, 금성이 무너진 원인으로 지목되는 것은 강은하였다.

은성은 곧 연락하겠다는 금성과의 약속을 평생 지키지 못했다. 그렇다면 금성을 죽인 범인이라도 밝혀내고 싶었다.

그리고, 자신이 몰랐던 금성에 대해 더 자세히 알고 싶었다.

그렇다면 어떻게 해야 할까?

소문을 종합해본 결과, 폐쇄적인 성격으로 진심으로 마음 터놓는 친구는 거의 없었던 금성을 가장 잘 알 만한 사람은 연인이었던 강은하와, 절친이었던 현준호다. 거기다 강은하와 현준호도 한때 연인이었다는 소문이 있었다.

아무리 봐도 이 두 사람이 금성의 죽음과 깊은 관련이 있을 것 같았다. 동시에 금성을 가장 잘 아는 사람들일 테니, 이 사람들을 만나면 금성에 대해 많은 것을 들을 수 있을 것이다. 은성은 이 둘을 만나 금성에 대해 듣고, 그리고 누가 더 금성의 죽음에 깊은 관련이 있나 알아내겠다는 결심을 했다. 은성은 형의 흔적을 찾고 싶다고 양부모에게 말씀드리고 한국을 향해 떠났다.

17. 그들이 말하는 금성

한편 은하는 맹렬하게 금성을 위한 전시를 준비했다. 금성을 기리는 전시를 준비하며, 은하는 한 가지 심각한 고민에 휩싸였다. 그것은 그의 그림들을 모으는 작업에 대한 것이었는데, 그의 그림을 가장 많이 보유한 사람이 현준호임을 은하도 알고 있었다.

은하는 일에 있어서는 얼굴이 두꺼운 사람이라, 만약 현준호가 그림을 빌려줄 거라는 확신이 있었다면 그가 자신이 좋아하고 관계했던 남자가 아니라 전남편이라 할지라도 찾아가서 그림을 빌려달라고 사정했을 것이다. 하지만 은하는 현준호가 단칼에 거절할 것을 아주 잘 알고 있었다. 현준호는 세상 모든 사람에게는 그림을 빌려준다 할지라도 자신에게는 절대 빌려주지 않을 것이다.

그래서 그녀는 할 수 없이, 금성이 마지막으로 넘겼던 그의 미발표작들 혹은 미완성작들과 함께, 그가 자신에게 선물한 천연 울트라마린으로 그린

푸른 화가의 진실

〈푸른 은하〉, 그 외에 그와의 추억 등에 대해 작업한 자신의 작품으로 전시를 채우기로 계획했다. 막판에는 금성이 대형 작품을 작업하지 않은 탓에, 큰 작품은 은하 자신의 작품으로 채워 넣어야 했다. 대신 그 중앙에, 마치 보물창고처럼 금성의 공간을 따로 조명하여, 모든 스포트라이트를 금성의 작품들에 집중하게 할 예정이었다. 물론 그 가운데는 〈푸른 은하〉가 자리할 것이다.

진정 금성을 기리기 위한 전시임에는 확실하지만, 참으로 은하다운 기획이기도 했다. 한마디로 주인공은 금성이지만, 시점은 전지적 은하 시점의 전시가 될 것이다. 하지만 이제껏 열렸던 금성의 전시 중 그 어떤 전시보다도 흥미롭고 재미있는 전시가 될 것임은 다들 믿어 의심치 않았다. 그림 실력보다도 전시 기획력이 더 좋다는 평가도 듣는 은하가, 그것도 전력을 다해 진심으로 기획하는 전시가 흥미롭지 않을 리가 없었다.

은하답지 않게 모든 언론 활동을 끊고 전시 기획과 작품에만 매진하면서, 한편으로 은하는 아무도 모르게 금성의 쌍둥이 동생을 찾았다. 하지만 입양 기관에서 양부모의 정보를 공개하지 않아서 쉬운 일이 아니었다.

전시 준비하던 초기에, 은하는 연애조차도 아닌 짧은 헤프닝을 몇 번 겪었다. 역시 금성과 닮았거나 금성을 생각나게 한다는 이유만으로 만난 남자들이었는데, 언제나처럼 금성이 아님을 실감케 하는 순간 헤어졌다. 이중 마지막 만난 남자는 실망을 넘어서서 역겨움을 선사했다.

그는 금성을 처음 봤을 때와 비슷한 나이에 금성처럼 클럽에서 알게 됐다는 이유로 만났던 어린 남자였다. 많이 닮진 않았지만 금성처럼 강아지 같은 인상이 있었다. 그러나 알고 보니 강아지 같은 인상이 아니라 그냥 개새끼였다. 은하가 그만 만나자고 하자 그는 은하의 몸을 아래위로 훑어보더니 아쉬워하며 말했다.

"그럼 나랑 섹스 파트너만 할래? 설마 그것도 싫어?"

17. 그들이 말하는 금성

　순간 은하는 지나치게 기분이 불쾌한 나머지 오싹 소름이 끼쳤다. 심지어 잠자리도 형편없었던 인간이 무슨 자신감인가 싶기도 했다. 한바탕 저주를 퍼붓고 싶어졌지만, 은하는 어찌 되었든 간에 자신이 이 남자를 차는 입장이란 생각에, 나보다 널 더 사랑해주는 좋은 여자 만나길 바란다며 영혼 없는 축복을 해주었다. 그러자 그런 여자 네가 소개시켜 주고 가라는 남자의 말에, 이런 한심한 놈한테서 금성을 생각했다는 것 자체가 역겨웠다.

　그 이후 은하는 아무나에게서 금성과 닮은 점을 찾는 일을 그만두었다. 은하는 '아무나'가 아니라 좀 더 확실하게 금성을 닮은 사람을 만나고 싶었다. 때문에 그 후로 은하는 더욱 간절하게 그 쌍둥이 동생을 찾고 싶었다. 금성의 마지막 부탁 때문만은 아니었다.

　이란성 쌍둥인지 일란성 쌍둥인지는 모르겠지만, 만약 일란성이라면 그와 몹시 닮았을 것이 아닌가? 아니, 이란성이라고 해도, 같은 뱃속에서 자란 동갑내기 형제끼리는 일반 형제들보다 더 닮아 있을 수도 있다. 미국의 올슨 쌍둥이 자매의 경우만 해도 이란성임에도 불구하고 일란성처럼 닮지 않았던가? 그와 같은, 혹은 비슷한 유전자를 가졌다면, 적어도 은하를 실망시키진 않을 사람일 것 같았다. 그러면서 그와 꼭 닮은 사람을 만난다면, 마치 고문 같은 이 그리움, 가슴을 갈기갈기 찢어놓는 이 그리움을 조금이라도 달랠 수 있을 것 같았다. 하지만 금성이 있던 고아원에선 입양 기관이 밝히지 않아 자신들도 모른다는 대답뿐이었다.

　그런데 마침 뜻밖의 연락이 왔다. 은하의 기획사 측에서, 미국 변호사 한 명이 개인적인 일로 연락을 해왔다는 것이다.

　"미국 변호사요?"

　"네, 김은성이라는 미국 변호사요. 중대한 사안이라 직접 연락드리고 뵙고 싶다고 하는군요. 어떻게 할까요?"

　은하는 '김은성'이라는 이름에 정신이 번쩍 났다.

"그런데 명함은 '브라이언 리'라고 되어 있어요. 그런데도 꼭 김은성이라고 전해달라고 하더군요. 어떻게 할까요?"

은하는 심장이 멎는 것만 같았다. 그가 자신이 찾고 있는 그 '김은성'이 맞는 것 같다는 예감이 들었다. 그녀는 당장 그 자리에서 자신의 연락처를 김은성에게 가르쳐달라고 한 뒤 연락을 기다렸다.

은하는 그의 연락을 기다리는 동안 시간이 지옥처럼 천천히 흐르는 것 같았다. 실제로는 얼마 지나지 않아서였지만 지옥같이 긴 시간이 흐르고 난 후, 문자가 왔다.

'김은성입니다.'

심장이 내려앉았다. 은하는 조심스레 물어보았다.

'왜 저한테 연락하셨죠?'
'전 화가 금성의 쌍둥이 동생이거든요.'

흔하는 핸드폰을 그만 떨어뜨리고 말았다.
손이 덜덜 떨려 답장을 하는 것조차 불가능했다.
다시 문자가 오자, 은하는 그 소리에 깜짝 놀라며 조심스럽게 핸드폰을 들여다보았다.

'지금 만나 뵙고 싶습니다. 어디로 가면 될까요?'

손의 떨림이 진정되어 그 문자에 답장을 보내기까지 십 분이 넘게 걸렸

17. 그들이 말하는 금성

다. 간신히 마음이 진정된 은하는, 자신의 작업실로 오라는 말과 함께 주소를 문자로 보내주었다.

한 시간 후.
작업실 현관문 벨이 울렸다.
은하는 조심스럽게 현관문을 열었다.
한동안 아무 말도 할 수 없었다.
물론, 문 앞에 서 있는 남자가, 각오를 했음에도 금성을 너무 닮았기 때문이었다.
눈물을 줄줄 흘리면서, 은하는 그대로 쓰러져 기절하고 말았다.

잠시 후, 은하는 소파 위에서 가물거리는 눈을 힘겹게 떴다.
"정신이 드세요?"
은성이 그녀에게 말했다. 그의 목소리를 듣고, 은하의 온몸에 전율이 흘렀다. 금성보다 약간 얇은 목소리에 교포 발음이 약간 섞여 있긴 해도, 금성과 매우 닮은 목소리였기 때문이다.
아직 잘 보이지 않는 희뿌연 그녀의 눈에, 금성의 모습이 또렷하게 보였다. 은하는 그만 탄성을 지르며, 벌떡 일어나서 은성을 힘차게 안았다.
"......?"
그를 안고 나서야, 은하는 위화감을 느꼈다. 체취 때문이었다. 금성의 체취는 특이했다. 유화 작업 때문인지 그의 몸에선 솔 냄새와 더불어 어딘지 상큼한 향내를 풍겼다. 그의 몸 뼛속까지 밴 듯한 송진 냄새가 역하지 않고 상큼했다. 마치 지구상에 존재하지 않는 것 같은, '은하수 향기'. 그의 투명한 아우라에 몹시 잘 어울리는 그런 매력적인 향기였고, 은하는 그런 그의 체취를 몹시 사랑했다.

하지만 은성에게선 그런 체취가 나지 않았다. 분명 외모도 옷차림도 깔끔한데 비해, 체취는 굳이 표현한다면 홀아비 냄새라고 할 만한, 좋지 않은 냄새였다. 거기에 찌든 듯한 담배 냄새도 섞여 나왔다. 금성도 가끔 담배를 피긴 했지만 희한하게도 그의 체취에 남자다움을 더해주는 듯이 솔향기와 잠시 섞였다가, 머스크향 비슷한 고소한 자취를 남기며 그의 체취 속에 사라지곤 했다. 이 남자와는 완전히 달랐다. 그의 체취는 은하의 기억 속 깊이 새겨진 금성의 체취와는 너무도 달랐다.

그제야 은하는 그가 금성이 아니란 것을 깨달았다. 그의 체취는 너무나 현실적으로 그가 금성이 아니란 것을 알려주었다. 은하는 그에게서 떨어져, 몹시 어깨를 떨면서 오열했다. 잠깐이라도 금성을 만난 듯한 꿈같은 환상이 산산이 부서진, 아주 잔인한 순간이었다. 오열하는 은하를 보며 은성은 복잡한 심정이었다. 은성은 항간에 익히 퍼져 있는, '금성이 은하를 만나지 않았다면, 금성은 죽지 않았을 것이다'라는 말을 확인하고 싶었다. 그런데 그 말이 사실이라 해도, 금성을 몹시 사랑한 것이 역력히 느껴지는 이 여자에게 죄를 묻기 상당히 힘들 것만 같았다.

한참 후 은하는 진정이 되자, 곧 태연한 얼굴로 단정하게 말했다.
"죄송해요, 제가 실례를 했네요. 여기 앉으세요. 커피, 아니면 주스? 뭘로 하시겠어요?"
"커, 커피요."
정신을 차리고 나자 순식간에 본 모습으로 돌아온 은하의 모습에 은성은 처음엔 적잖이 당황했다. 거기다 말없이 꼼꼼하게 시간을 들여 차분히 핸드드립으로 커피를 내리는 모습도 은성을 당황하게 했다. 좋은 커피인 모양인지, 온 사무실 안에 아주 신선하고 고소한 커피 향기가 가득 퍼졌다.
"금성이 핸드드립 커피를 좋아해서요. 저도 거기 옮아서 아직도 이렇게

17. 그들이 말하는 금성

마시죠."

 최초로 듣는 금성의 '취향'에 관한 이야기라, 그제야 은성은 위화감을 가라앉혔다. 하지만 이제 눈물 맺지 않고 손도 떨지 않으며 커피를 내놓는 은하를 보고, 은성은 이 여자의 악의 없는 냉정함이 마음에 들지 않았다.

 은하는 커피를 한 모금 마시고 내려놓더니, 눈빛이 바로 날카로워지며 물었다.

 "왜 이제야 왔죠?"

 "네……?"

 추궁하는 듯한 은하의 말투에, 은성은 그만 어깨가 움츠러들었다.

 "금성은 항상 당신을 기다렸어요. 당신은 금성에게 평생에 걸친 가장 큰 상처예요. 그럼에도 마지막 부탁이 당신을 찾아달란 거였어요. 그런데 왜 이제야 왔냐고요. 저는 금성의 유언에 따라 제가 도울 수 있는 한 당신을 도울 거예요. 하지만 그전에 알아야겠어요. 이제야 나타난 저의가 뭐예요?"

 은하의 눈빛엔 강력한 원망이 담겨 있었다. 그녀의 눈빛에 은성은 몸이 움츠러들면서 확 밀리는 듯한 느낌을 받았다. 빨리 그 '저의'란 것을 토해내야 할 것만 같았다. 더군다나 은하의 말은 은성에게도 뼈저린 상처였다. 은하는 마치 주변의 공기까지 움직여서 은성을 추궁하는 것만 같았고, 은성은 거기에 가슴이 베인 듯 아파왔다.

 은성은 조심스럽게, 자신의 과거를 이야기해주었다.

 입양 가자마자 사고를 당했던 이야기, 사고 직후 기억은 잃었지만 그것에 대해 양부모는 오히려 잘됐다고 생각하며 과거의 일들을 싹 조작해서 그들의 친아들로서 살아온 이야기 등.

 "그리고 금성이 죽은 직후, 거짓말처럼 기억이 돌아왔어요."

 몹시 집중하여 은성의 이야기를 모두 들은 은하는, 서글픈 얼굴로 고개를 끄덕였다.

"금성은 당신이 자신을 기억해주길 바랐나 봐요. 그래서 죽자마자 그의 영혼이 당신에게로 가서 기억을 되살려놓았나봐요."

"전 귀신을 믿지 않아요. 기억은 영혼이 아니라 뇌세포가 담당하는 영역입니다."

은성의 말에 은하는 당황했다.

"하지만 저도 형의 기억을 되찾은 건, 기억해주길 바라는 형의 염원 덕분이었을 거라 생각해요. 너무 늦었지만."

은하는 새삼스레, 다시 한 번 은성의 얼굴을 뜯어보았다.

이제는 그의 얼굴에서 금성과 닮은 점보다도 다른 점들이 눈에 더 많이 들어왔다. 금성보다 좀더 작달막하고 마르고, 빈약한 턱과 볼 때문에 특히 코 아랫부분부터는 차이가 났다. 금성보다 훨씬 영악한 느낌에, 무엇보다도 금성이 가지고 있던 그 특유의 아우라는 찾아볼 수가 없었다.

하지만 상대 기분 상관없이 자신의 의지에 따라 말하는 화법은 어딘지 금성을 닮은 부분도 있는 듯했다. 금성보단 훨씬 영악스럽게 생겼을지언정 귀염성 있는 분위기도 금성과 닮았다. 어쨌든 금성과 닮은 점이 많다는 것이 은하로서는 몹시 반가웠다. 금성과 비슷한 유전자를 지니고 있고, 지금으로선 금성과 가장 닮은 사람이니 말이다.

"제가 무엇을 도와드리면 될까요? 금성의 유언도 있었고, 어떤 일이든 해드리고 싶어요."

은하는 갑자기 친절해져서 열성적으로 말했다. 휙휙 바뀌는 태도에 은성은 머리가 혼란스러웠다.

"형의 이야기를 듣고 싶어요. 하나도 남김없이, 아주 솔직하게, 형에 대한 모든 걸 듣고 싶어요. 아마도 지금 현재 형에 대해 가장 잘 알고 있는 사람은 당신일 테니까요."

이것이, 우선 은성이 은하와 현준호에게 바라는 것이었다. 그래서 그는

17. 그들이 말하는 금성

은하 외에도 현준호도 따로 만나볼 생각을 하고 있었다. 그 둘이, 이 세상에서 금성에 대해 가장 잘 아는 사람들일 테니 말이다.

"그리고 약속해줘요. 저에겐 그 어떤 왜곡도 없이, 진실 그대로 형에 대해, 형이 겪은 사건에 대해 들려주세요. 형도 그걸 바랄 거예요."

은하는 눈을 반짝이며 기쁘게 고개를 끄덕였다.

어쨌든 이 말은, 금성에 대한 이야기를 들려주기 위해서라도 은성을 자주 보아야 한다는 걸 뜻할 테니 말이다.

"형의 그림, 보고 싶어요."

은성이 말하자, 은하는 문득 그에게 가장 먼저 보여 주고 싶은 그림이 생각났다. 물론 그 그림은 금성이 자신을 위해 그려준 〈푸른 은하〉였다. 은하는 그에게 이 그림을 보여주면서 가장 처음 금성과 만났던 이야기를 들려주었다. 금성이 현준호에게 자신을 울트라마린 물감을 받고 팔아넘기다시피 한 이야기와, 자신은 처음엔 금성이 아닌 현준호를 사랑하게 된 이야기 등.

은성은 은하가 보여준 그 시리도록 푸른 그림 앞에서, 은하의 말을 들으며 한동안 말없이 서 있었다. 은성에게는 그림을 보는 안목 같은 건 없었지만, 그의 그림을 직접 보자 금성의 감정이 자연스레 느껴졌다. 특히 이렇게 대상이 명확한 그림 앞에선 은하도 완전히 느끼지 못하는, 금성의 진심 같은 것을 엿볼 수 있었다.

"형은 당신이 참 인상적이었나 봐요. 왠지……잔인해요. 나쁘진 않은데, 차가워."

은하는 그의 말에 부정도, 긍정도 하지 못하는 얼굴로, 약간은 상처받은 표정으로 우두커니 섰다. 은성은 자기도 모르게 내뱉은 말들을, 스스로도 내뱉으면서 곰곰이 생각해보았다.

'형은, 처음엔 사랑은 아니었군. 그냥, 강렬한 인상이었을 거야. 사랑이었

푸른 화가의 진실

다면 분명 따뜻한 그림을 그렸겠지. 이렇게 잔인하도록 맑고 차가운 그림을 그리지 않았을 거야. 결국 끝까지 강렬한 인상이었을까……? 아니면 결국 사랑이 되었을까……? 사랑이 아니라고 하기엔, 인생에서 가장 중요하고 특별한 존재였던 것은 확실한데.'

은성은 물론 이 말을 입 밖으로 내지 않았다. 하지만 은하는 감이 좋고 눈치가 빠른 사람이었다.

"아무리 봐도 사랑을 표현한 그림은 아니죠? 금성이 나에게 느낀 감정은 어쩌면, 사랑에 빠진 여자에게 느끼는 그런 감정은 아니었을 거란 생각이 들어요. 운명적인 무언가를 느꼈지만, 운명적인 사랑과는 무언가 다른 느낌. 그래서 처음엔 더 감동적이고, 더 좋았어요. 운명적인 여자로서가 아니라, 운명적인 예술가로서 봐주었다는 게. 그래서 너무 좋은데……그래서 지금은……슬퍼요."

은하의 말에 은성은 다시 혼란에 빠졌다. 이들 사이에 오고갔던 교감은 과연 사랑이었을까? 그들은 처음부터 '서로를 빛내줄 눈부신 예술가'로서 서로를 선택했던 것이 아닐까? 순수한 사랑이 아니었던 것일까?

하지만 은하의 그림을 보면서, 은성은 그것이 그들에게 있어서는 사랑 그 이상의 사랑일 수도 있겠다는 생각이 들었다. 금성을 기리기 위해 금성에 대한 추억을 표현한 은하의 그림엔, 분명히 금성이 섞여 들어가 있었다. 금성은 은하의 그림 속에서 그 일부가 살아 있는 듯했다. 그것에 대해 은성은 솔직하게 은하에게 말해주었다.

"금성을 만난 이후에, 당신 그림에선 조금씩 형이 느껴져요. 형이 죽은 후엔 더욱 진하게. 하지만 그럼에도 당신은 강은하예요. 원래도 재능은 넘쳤지만, 지금도 금성만큼의 천재는 아니죠."

은하는 그의 말에 쓰게 웃었다. 그녀 역시 익히 잘 알고 있는 사실이기 때

17. 그들이 말하는 금성

문이다.

"금성이 나에게 마지막으로 한 말이 무엇이었는지 알아요?"

은성이 궁금해하며 보자, 은하는 뿌듯함과 슬픔이 반반 섞인 말투로 말했다.

"내 모든 걸 너에게 주고 싶어."

대략 삼십 초 정도, 그들 사이에 침묵이 흘렀다. 어찌 보면 닭살 돋는 사랑 고백이지만, 그것은 단순한 사랑 고백이 아닐 것이다. 비록 열 살까지의 모습밖에 몰랐지만, 은성은 금성이 여자에게 저런 말로 사랑 고백을 할 인물이 아님을 알고 있었다. 문자 그대로, 금성은 자신을 은하에게 주고 싶어 했다. 한 여자를 사랑한 남자로서가 아닌, 예술가로서의 모든 것을, 자신이 인정하는 단 한명의 예술적 영혼의 단짝에게. 하지만 그것을 받았다 해도, 은하는 결코 금성 수준은 될 수 없었다. 금성의 영혼이 함께한다 해도 그림은 어디까지나 은하의 손과 은하의 심장으로 그려야 했기 때문에. 은하도 그것을 잘 알고 있었다.

"무슨 수를 써도 형처럼은 될 순 없다는 게 슬픈가요?"

은성은 조용히 물었다. 은하는 고개를 저었다.

"금성이 될 필요 없어요. 난 나로서, 강은하로서 충분해요. 그래서 그게 슬프진 않아요, 아쉽긴 해도. 그보단 금성이 없는 게 훨씬 더 슬퍼요."

조용히 눈물 흘리는 은하를 보며, 은성은 아무 말도 할 수 없었다.

은하를 본 한편으로, 은성은 현준호를 찾아갔다. 이번에는 김은성이라는 이름을 밝히지 않고, 미국 변호사 브라이언 리라는 이름으로 적당히 핑계를 대어 찾아갔다. 현준호의 반응 역시 은하보다 덜 하진 않았다. 은성이 찾아갔을 때, 현준호는 야윈 얼굴에 다소 몽롱한 눈으로 자신의 사무실 문을 열어주었다. 그리고 은성을 본 현준호는 비명을 지르며 부들부들 떨더니 뒷걸

음질쳤다.

"……다 너 때문이야! 아니, 이건 다 그년 때문이야, 그러니까 나 원망하지 마, 나한테 오지 마!"

벽까지 뒷걸음질친 현준호는 결국 주저앉아 흐느껴 울었다. 한동안 울던 현준호는, 무릎과 팔로 얼굴을 푹 감싼 채로 말했다.

"……그래도 이렇게 귀신으로라도 널 보고 싶었어."

은성은 이 남자에게 강한 동정을 느꼈다. 문득 그를 보고 있자니 양형제, 브랜든이 생각났다. 나른한 태도, 풀린 눈, 타락한 분위기가 딱 그 남자 같았다. 스스로 자기 자신의 균형을 찾지 못해 망가져버린 그 혼돈의 분위기. 기억을 찾은 후, 은성이 브랜든에게 갖는 감정은 복잡했다. 자신의 기억을 지워버린 사고를 내어 금성을 영원히 잃게 한 원인이 된 사람이나, 미안한 마음이 훨씬 많았다. 그리고 지금 돌이켜 생각해 보건데, 동성애자인 은성에게 그는 아마 첫사랑 비슷한 그런 감정을 느끼게 했던 것 같았다.

당시 은성이 브랜든을 졸라서 오토바이를 탄 것과, 브랜든이 은성의 부탁으로 우체국에 가던 길이란 것을, 은성은 기억을 찾고 나서도 결코 말할 수가 없었다. 아이 납치범으로 오해받아 죽은 브랜든이 사실은 자신이 졸라서 태워준 것이라고 어찌 말할 수가 있을까? 은성은 그를 다시 만난다면, 그에게 사과하고 싶었다. 사고를 낸 것은 원망스럽지만, 그보단 자신 때문에 납치범으로 오인 받아 죽게 한 것 같아서 죽도록 미안한 대상이었다. 현준호가 금성에 대해 느끼는 감정도 비슷한 것 같았다. 거기에 어쩌면, 사랑의 감정을 느낀 것까지도.

은성이 느끼기로, 은하는 금성 때문에 아직 괴로워하면서도 잘 극복해나가고 있었다. 언젠가 다른 남자도 사랑하며 정상적으로 일상을 보낼 수 있을 것 같았다. 자신의 생활을 이성적으로 잘해나가고 있었다. 즐거워할 건 즐거워하며 그 와중에 슬퍼하는 것이지, 금성을 잃은 슬픔 속에 갇혀 있는

17. 그들이 말하는 금성

모습은 아니었다.

하지만 현준호 이 남자는 금성을 잃은 슬픔, 오로지 그 하나에 철저히 갇혀 사는 것 같았다. 도저히 거기서 벗어날 것 같지 않았다. 그는 그 깊은 수렁 속에서 영원처럼 헤매고 있었다.

은성은 현준호 앞에 가까이 가서 말했다.

"금성에겐 쌍둥이 남동생이 있었어요. 그게 저고요."

현준호의 어깨가 움찔했다. 은성은 다시 부드럽게 말했다.

"자세히 보면 다르게 생겼다는 걸 알 거예요. 저는 형과 가까웠던 사람들에게 형의 이야기를 듣고 싶어서 왔어요."

현준호는 그제야 고개를 천천히 들었다. 초췌한 모습에도, 그의 자태는 처연하게 아름다웠다. 은성은 그의 모습이 처량하면서도, 몹시 아름답다 생각했다. 어두우면서도 그 속에 빠지고 싶은 매혹적인 향기가 느껴졌다. 아마도 강은하 역시, 한때는 이 남자를 열렬히 사랑했을 것이다.

은성은 강은하 같은 여자는 도저히 좋아지지가 않았다. 애초 동성애자인데다 게이들 중에서 유독 친구로서조차도 여자를 가까이하지 않는 편이긴 해도, 특히 강은하 같은 타입은 좋아하지 않았다. 때문에 그는 은하가 애정과 기대를 담고 자신을 쳐다보았을 때에 속이 거북하기까지 했다. 그것은 이미 충분히 슬픔을 극복해내고 있는 여자가, 좀 더 완벽하게 슬픔을 극복하기 위해 금성을 닮은 자를 이용하고 싶어 하는 다소 이기적인 눈빛으로 느껴졌다.

반면 이 남자는, 그야말로 지푸라기 같은 마지막 희망을 바라보는 눈빛으로 자신을 보고 있었다. 지옥에 떨어진 자가 실낱같은 빛을 보고 눈이 부셔서 자기도 모르게 눈을 찡그려가며, 혹시 저게 날 여기서 구해줄 천사의 옷자락이 아닐까, 하고 기대하는 그런 처량한 눈빛.

"저에게 형에 대한 이야기를 들려주실 수 있죠?"

은성은 부드러운 미소와 함께 그렇게 말하며 현준호에게 손을 내밀었다. 현준호는 풋 하고 어딘지 슬프게 웃고, 그의 손을 잡았다.

은성은 아직 한국에서 호텔에 머무르고 있었다. 그런데 만난 그 당일로, 현준호는 은성에게 오피스텔 키를 건넸다.

"내가 종종 쓰는 곳인데, 한국에 머물 동안 써. 난 집도 있고 사무실도 있으니까 괜찮아. 오피스텔은 우리 집 근처야. 네가 원하면 언제든 만나서 금성에 대한 이야기를 들려줄게. 그리고 또 필요한 거 있음 언제든지 말하고."

은성은 깜짝 놀랐다.

"그렇게까진……."

"부담 갖지 마. 금성은 내 친동생이나 마찬가지였어. 그러니 너도 내 친동생이나 마찬가지야. 내가 할 수 있는 한 도와주고, 돌봐주고 싶어."

현준호의 말투는 너무나 친절하고 부드러웠다. 따뜻하게 웃는 표정의 그는 매우 아름다웠다. 그의 표정에서, 은성을 돌봐주고픈 진짜 진심이 느껴졌다. 그런 그를 보며 은성은 이상한 기분이 들었다. 은성은 떨리는 손으로 오피스텔 키를 꽉 잡았다.

그리고 은하의 연락을 받고 그녀를 다시 만난 은성은 아연실색하고 말았다. 은하 역시 오피스텔 키를 그에게 건넸기 때문이다.

"내 작업실이랑 같은 건물이에요. 한국에 있는 동안 여기에 머물러요."

은성은 크게 당황했다.

"아, 아니에요. 이미 머물 곳 구했어요."

"괜히 집값 쓰지 말고 들어와요. 금성이랑 약속했어요. 당신을 돌봐주기로."

"저 돌보는 손길 필요한 나이 아니에요. 금성의 동생이지만 쌍둥이라 당신이랑 동갑이기도 하다고요. 그리고 지인이 비워둔 집에 잠시 들어가 사는

17. 그들이 말하는 금성

거라 집값도 안 나가고, 정말 괜찮아요."

은성의 말에 은하는 실망한 표정이었다. 왠지 그 표정은 자신의 친절을 거절받은 데 대한 실망이 아니라, 은성을 '같은 건물'에 들이지 못한 아쉬움인 것 같았다. 은하가 자신에게 '남자'로서의 위로를 받고 싶어 한다는 것을, 은성은 직감했다. 은성은 속이 거북해졌다.

하지만 이 여자로부터는 금성에 대한 이야기를 보다 논리적으로 자세히 들을 수 있을 것이다. 그리고, 서로에 관한 이야기를 종합해보고 금성이 왜 죽었는지, 궁극적으로는 누구 탓인지 밝혀볼 생각이었다. 금성에 대해 자세히 알고, 금성의 죽음에 가장 큰 원인 제공을 한 사람을 찾아내는 것. 그것이 은성의 목표였다.

하지만 은성은 혼란스러웠다. 금성이 죽은 원인으로 꼽히고 있는 강은하나 현준호나 너무나도 금성을 사랑했고 아직도 금성을 몹시 사랑하는 사람들이란 것이 확실했기 때문이다.

어쨌든 은성은 부지런히 은하의 작업실을 드나들며 금성의 이야기를 들었다. 은하는 금성에 관한 이야기를 아주 자세하게, 그것도 좋은 쪽으로 잘 포장하여 말해주었다. 은성은 그 이야기를 들으며 그녀에 대한 비호감이 조금 가셨다. 그녀가 쓰는 언어는 유려하고 맑았다. 그 말들 속에서, 그녀가 나쁜 사람은 분명 아니라는 것을 은성도 느낄 수 있었다.

무엇보다도 은하는 금성을 기리는 전시에 대한 정성이 대단했다. 그녀가 현준호보다 덜 슬퍼 보이는 까닭은, 그 슬픔을 이 전시에 쏟고 있기 때문인지도 모르겠다는 생각이 들었다. 쉴 새 없이 이야기를 하면서도, 은하는 작업을 하는 손을 놓는 일이 드물었다.

작업을 조금씩 손에서 놓고 은성에게 보다 집중해주기 시작한 것은, 작업이 대략 마무리 단계에 들어가면서부터였다. 그때쯤 은하와는 서로 말도 놓으며, 작업실 외의 다른 장소에서 술을 마시며 보기도 했다. 그때마다 은하는 한껏 꾸미고 나왔다. 은성은 거부감이 들었지만 좀더 그녀에게서 많은 이야기를 듣고 싶어서 일단 그녀가 하자는 대로 놔두었다.

"현준호와 만났을 때는 어땠어?"

은성의 입에서 현준호 이야기가 나오자 은하의 표정이 순식간에 굳었다.

"그건 나에게 별로 기분 좋은 이야깃거리가 아니야. 알려진 이야기만 봐도 알 수 있듯이. 그걸 꼭 알아야겠어?"

"응, 꼭 알고 싶어."

은성의 말에, 은하는 무거운 얼굴로 현준호에 관한 이야기를 조심스레 들려주었다. 되도록 객관적이려고 노력하는 이야기임에는 분명하나, 그 이야기에는 현준호에 대한 부정적인 시선이 짙게 깔려 있었다. 그리고 이야기 도중 가볍게 눈썹을 찌푸리며 생략하는 부분도 있었다. 은성은 현준호와의 일 중에서 은하가 가장 중요한 이야기를 숨기고 있다는 것을, 말하기 힘든 복잡한 무언가가 있다는 것을 어렴풋이 느꼈다.

은성은 현준호와도 자주 만났다. 현준호의 이야기들은 은하의 이야기보다 훨씬 두서없고 편파적이었다. 대부분 금성에 대한 무조건적인 찬사와, 묻지도 않았는데 은하에 대한 무조건적인 욕설, 그리고 금성이 죽은 원인은 은하 때문이라는 주제에 집중되어 있었다. 너무 두서가 없고 편파적이라 도저히 이야기가 신빙성 있게 들리지 않았다. 보다 신뢰가 가게 말하는 은하의 이야기를 들어보면 은하가 금성을 빼앗아간 이유 외에 현준호가 은하를 그토록 증오할 만한 이유는 없었는데 말이다.

그럼 현준호가 이토록 은하를 증오하는 까닭은 오직 금성을 빼앗겼기 때문일까? 그것도 맞긴 하겠지만, 은성은 은하의 이야기에서 느꼈듯이, 현준호의 이야기에도 숨겨진 비밀이 있다고 느꼈다. 은하는 이야기하기 곤란한

17. 그들이 말하는 금성

이야기라서, 현준호는 너무나 괴로운 이야기라서 말하지 못하는 그런 비밀이, 어딘가 둘 사이에 숨겨져 있는 것 같았다.

그래도 현준호의 이야기엔, 금성의 그림이나 금성과 자신이 함께한 에피소드 등은 소름끼칠 정도로 자세한 면도 있었다. 은성은 전반적으로 정리가 전혀 안 되어 있지만 한이 절절이 맺힌 현준호의 이야기를 들으며, 사실 금성을 가장 사랑했던 건 현준호가 아닐까 하는 생각이 들었다.

현준호는 은성에게 몹시 다정했다. 그는 은성에게 잘해주는 것이 인생의 유일한 보람인 것마냥 필사적인 태도마저 엿보였다. 자신의 생명줄이 은성에게 있다는 듯한 태도였다. 그것은 마치, 시한부 판정을 받은 남자가 죽기 전 사랑하는 연인에게 정성을 다 하는 태도와도 같았다.

잘해주는 것은 은하도 마찬가지였지만, 그녀의 친절은 현준호처럼 은성에게 모든 것을 거는 듯한 태도는 물론 아니었다. 은하는 어디까지나 자신의 영역에 침해받지 않는 선에서 친절했다. 거기다 처음에는 작업하면서 은성을 만나곤 했던 은하는, 작업이 마무리되자 점점 은성을 유혹하는데 집중하는 것 같았다. 만나면 술을 마시며 이야기하는 일이 잦고, 만날 때마다 평소 입기 꺼려했던 아름다운 드레스나 가슴이 푹 파인 상의, 미니스커트 등을 입고 나왔다. 은근한 눈빛을 보내며 이야기하는 은하는, 분명 은성을 남자로 보는 마음을 품고 있는 것처럼 보였다.

은성은 어느새 금성이 그랬던 것처럼 두 사람의 관심을 한 몸에 받고 있었다. 하지만 은성은 그것이 '김은성'이라는 자신에게 베푸는 사랑이 아님을 알고 있었다. 그 둘 다 금성을 너무 사랑해서, 금성의 그림자를 자신에게서 찾으려는 것이다. 은성은 그것을 현준호에게 느낄 때면 서글퍼졌고, 은하에게 느낄 때면 불쾌해지곤 했다.

은성은 은하에게는 현준호를 만난다는 것을, 현준호에게는 은하를 만난다는 것을 감추고 있었다. 때문에 은성은 현준호와 있을 때 은하에게 전화

푸른 화가의 진실

가 오면 다음에 연락하겠다며 곧 끊곤 했다. 하지만 그것이 잦아지자 현준호는 어딘지 위화감을 느끼기 시작했다. 비록 그의 눈은 예전 같지는 않았지만, 그래도 썩어도 준치라고 보통 사람보단 예리한 감이 있었다.

"만나는 여자면 그냥 편하게 받아. 뭐가 문제라고."

"그런 거 아니에요."

어색하게 웃으며 대답하는 은성을, 현준호는 어딘지 수상하다는 듯이 쳐다보았다. 비록 은성은 금성보다는 훨씬 능숙하게 거짓말을 하거나 속마음을 감출 수 있었지만, 현준호는 그걸 곧이곧대로 믿을 만큼 순진한 사람은 아니었다.

어느 날, 현준호는 은성의 집에 금성의 그림들을 가져왔다.

"금성이 그린 것 중, 나와 함께하던 시절 그렸던 그림들이야. 이것들을 손에 넣느라 얼마나 힘들었는지 몰라. 이젠 네가 가져."

현준호는 그렇게 말하며 은성의 오피스텔 거실에 직접 못을 박고 그림들을 걸었다. 전선과 조명기를 가져와서 각 그림마다 조명기까지 설치하는 그의 모습이 이채로웠다. 아마도 이따금씩 와서 자신도 그 그림들을 볼 생각인 것 같았다. 그것이 왠지 은성에게 반갑게 느껴졌다.

그림을 모두 설치한 후, 둘은 소파에 앉아 말없이 금성의 그림들을 감상했다.

은성은 그림들을 보며, 그 어떤 그림도 현준호를 표현한 그림은 없다는 것을 깨달았다. 일부러 그런 그림만 가져온 것은 아닌 것 같았다. 아마 금성은 현준호를 표현한 그림을 그린 적이 없을 것이다. 그림을 보며 짓는 현준호의 쓰라린 표정은 아마도 그래서일까? 그가 만약 금성의 〈푸른 은하〉 그림을 본다면 어떤 표정을 지을까?

그때 전화가 왔다. 강은하였다. 은성이 당황하며 전화를 끊으려 하자 현준호가 재빨리 은성에게서 전화를 빼앗았다. 'blue'라고 저장된 이름은 전

17. 그들이 말하는 금성

화기 너머에서, 은하의 목소리를 내었다.

"또 바빠? 언제쯤 시간 돼? 가볍게 와인 한잔 하며 이야기하자."

물론 현준호는 은하의 목소리를 단번에 알아들었다. 은하의 목소리를 들은 현준호는 굳은 표정으로 전화를 끊었다. 그의 표정이 워낙 무시무시해서, 두렵게 느껴지기까지 했다. 은성은 얼른 변명하듯 말했다.

"형의 이야기를 듣고 싶어서 만나고 있어요. 그냥 그것뿐이에요. 당신과 껄끄러운 사이인 것 같아서 이야길 안했어요."

"……저 여자 목소린 그게 아닌데? 같이 자자고 하면 잘 분위기야."

은성은 얼굴이 굳었다.

그것은 은성도 느끼고 있었다. 하지만 은성은 그럴 수 없었다.

"더러운 년. 이젠 같은 형제한테도 몸 굴리려고 안달이야? 하긴, 원래부터 더러운 싸구려 여자였어. 하지만 너까지 그년 냄새 풍기며 내 앞에 나타나지 않았으면 좋겠어. 그년만 없었어도 금성과 난 잘 살고 있었을 거야."

"그럴 일은 없을 거예요. 전 게이예요."

은성은 스스로 말해놓고도 깜짝 놀랐다.

사실 벌써 커밍아웃 할 생각은 없었다. 하지만 현준호의 의심과 기분을 풀어주기 위해, 말하지 않고서는 견딜 수 없었다. 은성의 말에 현준호는 잠시 침묵하다, 곧 박장대소를 터뜨렸다. 거의 병적으로 웃는 그의 모습에 은성은 잠시 멍한 생각이 들었다.

분명한 느낌은, 그는 은성이 동성애자임을 비웃는 것은 아니었다. 은성은 그의 웃음에 대한 의미를 가늠하기 힘들었다. 한참만에야 꺽꺽거리며 웃음을 그친 현준호가 말했다.

"재밌네, 그리고 웃기네. 화가인 금성이 게이인 게 훨씬 그럴싸했을 텐데."

그렇게 말하는 현준호의 얼굴에 쓰디쓴 표정이 스쳐갔다. 그제야 은성은 현준호가 터뜨린 웃음의 의미를 알 것 같았다. 현준호는 은성이 아닌 금성이 동성애자였으면 하고 바란 적이 있는 것이다.

은성이 동성애자임을 알고 나자, 현준호의 표정이 조금 능글맞아졌다. 현준호는 은성 가까이 다가와, 그의 얼굴 바로 앞에 자신의 얼굴을 들이밀고 은성을 유심히 보았다. 은성은 왠지 민망해서 눈길을 피했고, 자기도 모르게 얼굴이 붉어졌다. 그런 은성을 보자 현준호는 씁쓸하게 웃으며 은성에게서 떨어져 말했다.

"너 혹시……나 좋아해?"

은성은 그만 심장이 얼어붙는 것만 같았다. 당황하는 은성을 보며, 현준호는 무거운 목소리로 말했다.

"나 좋아하지 마. 난 쓰레기야."

그의 말엔, 뼛속 깊은 곳에서부터 우러나오는 묵직한 한이 서려 있었다.

언젠가 은성은 그가 저 말을 은하에게 한 적이 있다고, 은하에게 들은 적이 있었다. 은하는 그때 그의 말은 '작품을 멋지게 하는 진정한 예술가이기 때문에 쓰레기다'라는 뉘앙스가 섞인 극도의 겉멋이었다고 설명했다.

은하에게 말했을 때는 그런 뉘앙스가 맞긴 했을 것이다. 하지만 지금 현준호의 말은 겉멋이 아닌 것 같았다. 그 말엔 진심 어린, 한 맺힌 자책이 아주 뿌리 깊게 자리 잡고 있었다.

"가까이 와줄래?"

현준호가 부르자, 은성은 조심스레 현준호에게 가까이 다가갔다. 은성을 보는 그는 허공을 보듯 멍한 얼굴이, 그를 보는 것 같지 않았다. 현준호는 잠시 은성을 바라보다가, 손으로 은성의 코 밑으로 입과 턱 부분을 살짝 가렸다. 그의 얼굴에 아련한 표정이 스쳤다. 이렇게 하고 있으면 금성과 거의 똑같아 보인다는 것을 은성도 알고 있기에, 가슴이 아파왔다.

"부탁이 있어."

17. 그들이 말하는 금성

현준호는 그렇게 말하고 갑자기 자신의 혁대를 풀었다. 은성은 심장이 쿵 하고 내려앉으면서도 크게 당황했다. 그의 눈빛과 행동이 의미하는 바는 분명해 보였다. 은성은 직감했다. 자신은 이것을 결코 거절할 수 없을 것이다.

그는 혁대를 손에 쥔 채로, 은성의 얼굴을 잡고 키스했다. 가슴이 떨려왔다. 그들은 정신없이 키스하며 서로를 탐닉했다.

어느새 침실이었다. 현준호는 아마도 남자랑 잔 게 처음은 아닌 듯했다. 현준호의 손길은 놀랄 정도로 부드럽고 열정적이었다. 순식간에 옷을 벗은 그의 팔이 주사자국 투성이인걸 보고 은성은 섬뜩한 기분이 들었지만, 곧 아무 생각도 할 수 없었다. 은성의 옷을 벗긴 그는 은성의 목과 가슴을 물고 빨고, 그의 성기를 정성껏 부드럽게 빨며 그 역시 부풀어 올랐다.

문득 침대 옆 탁자에 놓인 혁대가 은성의 눈에 들어왔다. 왜 이것은 굳이 침실까지 가지고 온 것일까? 그것은 불길한 느낌을 주었다. 하지만 그런 생각도 할 틈이 없었다. 어느 새 은성을 엎드리게 한 현준호는 그의 뒤쪽으로 힘차게 들어왔다. 은성은 고통을 동반한 아득한 쾌감 속에서 모든 이성이 무너져내렸다.

모든 것이 끝난 후, 현준호는 한참 동안 은성을 조심스레 꼭 끌어안으며 머리를 쓰다듬고, 등을 어루만졌다. 그 시간은 아주 오랫동안 이어졌다. 소중하게 사랑받는 느낌 속에서, 은성은 설레는 동시에 비참해졌다. 그가 안은 것은 아마 자신을 원해서가 아닐 것이기에. 그래도 은성은 이 시간이 영원하길 바랐다. 그의 손길이 자신을 부드럽게 쓰다듬는 이 시간이, 끝나지 않았으면 싶었다.

하지만 그 시간은 매우 끔찍한 방향으로 끝났다. 아마도 깜박 잠이 든 모양이었다. 손길이 멈춘 것을 느끼고 잠이 깬 은성이 고개를 들고 현준호를 보자, 현준호의 눈빛이 무겁게 가라앉아 있다는 것을 깨달았다. 이 세상의 마지막을 엿본 듯 무거운 눈빛과 침묵은, 피가 얼어붙을 듯한 불길함을 주는 무언가가 있었다.

　잠시 뒤, 결심한 듯 눈빛이 굳은 현준호는, 굳이 챙겨가지고 온 그 혁대를 집어 들더니 자신의 목에 두르고 교차한 후, 은성의 손을 잡더니 혁대 양 끝을 쥐게 했다. 은성의 떨리는 손 위로, 현준호의 손이 힘을 쥐는 것이 느껴졌다.

　"……뭐 하는 짓이야?"

　"날 죽여줘, 제발. 네 손에 죽고 싶어."

　그러더니 그는 은성의 손 위로 쥔 자신의 손에 점점 힘을 쥐었다.

　그제야 은성은 아까 그가 부탁이 있다던 말의 뜻을 이해했다. 자신과 자달라는 부탁이 아니었던 것이다. 은성도 원할 거라 생각한 걸 '부탁'해야 한다고 생각할 사람이 애초 아니었다. 그가 부탁하고 싶은 건 자신을 죽여 달라는 것이었다. 은성은 기가 막혔다. 그를 좋아해서 받아들인 자신의 입장 같은 건 그의 뇌리에 없었다. 죽기 전 마지막으로 금성에 대한 그리움을 풀고자 그를 안았고, 죽고 싶은데 기왕 죽을 거면 금성에게, 혹은 금성과 피가 이어진 사람의 손에 죽고 싶어서, 자신의 죽음을 부탁한다. 그 두 행위 사이의 연결고리가 현준호의 머릿속엔 없는 것이다. 은성은 필사적으로 현준호와는 반대 방향으로 힘을 주었다.

　"그만해! 제발 이러지 마!"

　"넌 날 죽여야 해! 제발 날 죽여줘!"

　현준호는 더 세게 힘을 주었다. 그의 힘은 의외로 대단히 셌다. 아니면 혼신의 힘을 끌어 모으는 건지도 몰랐다. 그는 바로 이 순간을 위해 모든 힘을 아껴온 양, 은성의 손을 잡은 채로 목을 조르기 위해 안간힘을 썼다. 그들은 아까보다도 더 격정적으로 서로 뒤엉켜 옥신각신하다 은성의 손이 간신히 현준호의 손을 빠져나오자, 현준호는 자신의 손으로 혁대를 조르기 시작했다. 은성은 엄청난 두려움이 밀려 왔다.

17. 그들이 말하는 금성

그는 죽으면 안 된다. 적어도 은성에게 있어서, 그는 죽지 말아야 했다.

"그만, 그만해!"

은성은 그의 손을 혁대에서 떼어내기 위해 안간힘을 쓰다, 그의 허리를 껴안고 필사적으로 바닥에 메다꽂듯이 몸을 던졌다. 균형을 잃은 현준호는 은성과 함께 침대에서 떨어지며 손이 혁대에서 풀렸다. 몸이 얼얼하고 아팠지만, 그를 살렸다는 것에 큰 안도감이 밀려왔다.

둘의 모습은 엉망이었다. 온몸이 멍투성이였다. 현준호는 방금의 행동으로 모든 힘과 의지를 다 쓴 듯했다. 그는 여전히 은성을 보는 것이 아닌 듯한 눈빛으로 은성을 보더니, 그의 가슴에 얼굴을 묻고 흐느끼기 시작했다. 그의 흐느낌엔 깊은 절망과 한이 스며 있었다.

그제야 은성은, 어쩌면 금성의 죽음에 더 깊이 관계된 것은 은하가 아닌 현준호일 수도 있다는 생각이 들었다.

'하지만 그렇다고 해도, 내가 현준호를 증오하고 복수할 수 있을까?'

은성은 자신이 없었다. 방금의 일로 확실히 알 수 있었다. 은성은 절대 그가 죽길 바라지 않았다.

한참 후에야 흐느낌을 멈춘 현준호는, 영혼이 빠져나간 듯 표정이 없었다. 현준호가 조용해지길 기다려, 은성이 말했다.

"난 금성이 아니야. 은성이야."

은성은 진심으로, 현준호가 금성으로서가 아닌 은성으로서 자신을 봐주길 바랐다. 그런 은성의 심정과는 상관없이, 그 말이 현준호를 제정신으로 돌려놓은 모양이었다. 그는 갑자기 창백한 얼굴로 은성에게서 몸을 떼고 일어났다. 순식간에 옷을 주워 입은 그는, 아무 일도 없었다는 듯이 휘리릭 밖으로 나갔다.

물론 은성은 은하에게도, 자신이 현준호와 만나고 있다는 이야기를 하지 않았다. 현준호는 은하처럼 자주 전화질을 해대진 않았기 때문에 은하에게는 감출 수 있다고 생각했다. 하지만 오산이었다. 가끔씩 묘한 얼굴로 자신을 바라보는 은하의 시선을 느낄 때마다, 그녀가 무언가 짐작하고 있는 것 같다는 느낌을 지우기 힘들었다.

은하와 은성이 바에서 조용히 술을 마시며 이야기를 나누고 있을 때였다. 그 바는 현준호와도 왔던 적이 있는, 그의 단골 바였다. 잠시 그들 사이에 침묵이 흐르며 묵묵히 술을 마셨는데, 술 종류도 현준호가 좋아하는 라프로익이었다. 평소 맥켈란이나 글렌모렌지를 시키던 은하가 호불호 심한 이 술을 묻지도 않고 현준호처럼 병째 시킬 때부터 짐작했어야 했다. 은성은 아릿한 소독약 같은 냄새 속에서 현준호를 떠올렸다. 그의 키스, 체취, 손길, 그리고 그의……. 그때가 떠오르자 은성은 얼굴이 화끈 달아오르며, 마음이 아려왔다.

"당신에게서 어둡고 날카로운 공기가 느껴져, 누굴 만나고 다니는 거지?"

마침 잔 끝을 손으로 살짝 쥐고 막 한 모금 마시려던 은성은 그만 당황하여 잔을 놓쳤다. 잔은 쨍그랑 소리를 내며 바닥까지 떨어져 굴러갔다. 이제껏 은하가 현준호에 대해 한 표현들을 비춰보면, 이 말이 현준호를 의미한다는 것을 은성은 대번에 짐작할 수 있었다. 아마도 은하는 일부러 여기로 와서 이 술을 시키고, 바로 이 순간을 노려 이 이야기를 한 것이 틀림없었다.

은성은 비교적 침착한 성격이었으나, 이러한 기습 공격에는 어쩔 수가 없었다. 그는 입술을 깨물고 은하를 보았다. 자신을 전혀 쳐다보지 않는 심드렁한 은하의 표정, 하지만 아마도 매우 확실하게 은성이 당황한 공기를 음미하며 확신하고 있을 은하의 침착한 얼굴은, 은성을 불쾌하게 만들었다.

"……무슨 뜻으로 하는 말이지?"

17. 그들이 말하는 금성

은성은 가까스로 자신을 다잡고 태연한 척 물었다. 은하는 그러한 은성의 시도가 가소롭다는 듯이 웃었다.

"들켰어, 방금 다."

은성은 아무 말도 할 수 없었다. 확신에 찬 그녀의 말은 부정하기가 힘들었다.

"현준호를 만나는 것도 금성에 대한 이야기를 듣기 위해서인가? 이야기가 아주 편파적일 텐데. 내 욕도 많이 할 거고."

이 말에도 은성은 부정할 수가 없었다. 그리고 솔직히 말해서, 현준호에게 은하 욕을 들었을 때보다도 지금 이 순간이 훨씬 은하가 싫고 불쾌했다. 왜 그가 은하를 싫어하는지 알 것도 같았다.

"현준호가 날 싫어하는 이유는 따로 있어."

고스란히 은성의 마음을 잡아내서 대답해주는 듯한 말에 은성은 다시 한 번 당황했다.

"그 이유, 듣고 싶어?"

이 질문에 그렇다고 대답하는 것은 그녀에게 휘둘리는 것 같아서 싫었다. 하지만, 너무나 듣고 싶었다. 거기에 중대한 비밀이 숨겨져 있을 거란 예감은 오래전부터 들었다. 현준호는 결코 말하지 못하는, 현준호가 은하를 증오하는 숨겨진 이유가 있을 것 같았다. 더군다나 은하는 여유로운 태도로 대답을 기다리는 게, 은성의 대답을 듣기 전엔 이야기할 태세가 아니었다. 은성은 한숨을 쉬며 자포자기한 듯이 대답했다.

"듣고 싶어, 몹시."

은성의 말에 그녀는 언더 락 잔을 빙빙 돌리더니, 향이 거슬리는지 코끝을 찡그리며 이야기를 시작했다.

"현준호라면 아마 이 정도까진 이야기한 적 있을 거야. 원래 날 쫓아다니며 몸 대주던 여자였다. 그러다 금성한테까지 아랫도리 돌리더라. 금성이 순진해서 넘어갔다. 더러운 여자다, 뭐 이런 식으로 말야."

물론 은성은 현준호로부터 방금 이야기와 거의 토씨 하나 틀리지 않고 똑같은 말을 여러 번 들었었다. 하지만 그 말 때문에 은하가 불쾌하게 여겨진 적은 없었다. 오히려 오늘 같은 은하의 모습에 불쾌감이 올라와, 현준호가 왜 그렇게 말할 정도로 은하를 싫어하는지 이해가 갈 정도였다.

"그 첫 번째 이유는, 현준호는 금성을 사랑했어. 그런데 금성은 날 선택했지."

이것까지는 은성도 아는 이야기였다. 때문에 다소 심드렁한 생각이 들었다. 그런 그의 표정을 보며, 은하는 쓰디쓴 목소리로 말했다.

"내가 정말 미치겠는 건 뭔지 알아? 어쩌면 금성은, 인간적으로는 현준호를 더 좋아했을 수도 있겠다는 생각이 들어. 다만 예술가로서 날 선택한 게 아닐까. 만약 나랑 현준호 둘 다 예술가가 아니었다면, 만약 성별, 재능, 모두 같은 조건이었다면, 아니, 둘 중 하나라도 같은 조건이었다면, 금성은 현준호를 선택했을 거 같다는, 그런 생각. 그래서 나도 현준호가 싫어. 날 헌신짝 취급해서가 아니라, 금성이 더 좋아하는 사람은 사실 현준호일지도 모른다는 이유 때문에 말이야. 무섭도록 질투나. 난 날 증오하는 현준호를 이해해. 하지만 현준호가 날 증오하는 건 그것 때문만은 아냐. 더 중대한 이유가 있어."

그러면서 은하는 어느 순간 얻게 된 그 비정상적인 안목에 대한 이야기를 은성에게 해주었다. 은하나, 현준호나, 은성에게 그들의 눈에 대한 이야기는 한 적이 없었다. 은하는 이야기하기엔 복잡했고, 현준호는 입에 담지 못할 만큼 뼈저린 일이었을 테니까.

그 이야기를 듣는 내내 은성은 끼쳐 오는 소름을 참기가 힘들었다.

은성의 경악한 표정을 보며, 은하는 피식 웃으며 말했다.

"어차피 짐작일 뿐이야. 판타지야. 믿을 만한 이야긴 아냐."

17. 그들이 말하는 금성

"하지만 현준호가 안목을 잃기 시작한 시점부터 당신에게 안목이 생기기 시작한 것은 맞단 말이지?"

"그래. 하지만 우연일 수도 있지. 세상엔 재능이 있다가 없어지는 사람과, 없는 재능 생기는 사람 꽤 있을 거 아냐. 그 시기와 재능의 종류가 우연히 일치했을 뿐이야. 그리고 그 판타지가 사실이라 해도, 결국 스스로 원한 거야. 진정한 예술을 위해선 그 누구의 희생도 정당하다 생각하는 그니까, 그냥 자신이 '그 누구'에 들어갔을 뿐인 거야. 아마 현준호는 이 이야기를 못 할 거야. 당당하게 억울해할 수가 없거든. 그저 밑도 끝도 없이 내가 더럽다고 욕하는 수밖엔 없을 거야."

그녀의 논리가 틀리진 않다는 점 때문에, 은성은 은하가 더더욱 소름끼쳤다. 이 여자가 악녀는 결코 아니란 것도 너무 잘 알 수 있었다. 그래서 오히려 더 싫었다. 차라리 아예 악녀인 게 속 편할 것 같았다. 이 세상엔 현준호 같은 사람보단 은하 같은 사람이 더 많은 게 도움이 될 것이다. 왜 금성이 결국 선택한 것이 이 여자였는지도 어렴풋이 이해가 갔다. 결국 은하를 선택할 수밖에 없었을 것이다. 이 말이 사실이라면, 어쩌면 그 눈 역시도, 은하를 선택할 수밖에 없었을 것이다.

은성이 자리에서 일어나려 하자, 은하가 그의 손을 살그머니 잡으며 말했다.

"나……집에 좀 데려다줘. 설마 술 취한 여자 혼자 두고 가진 않을 거지?"

뉘앙스가 끈적하다는 생각은 들었지만, 은성은 묵묵히 은하를 데리고 그녀의 작업실로 데려다주었다.

은하는 은성의 어깨에 기대 작업실로 비틀거리며 들어왔다. 은성은 그녀를 작업실 소파에 눕히고 담요를 덮어준 다음, 작업실을 나가려고 했다. 하지만 다음 순간, 벌떡 일어난 은하가 은성의 허리를 꼭 껴안았다. 은성은 허리에서 불쾌한 소름이 돋는 것만 같았다. 은하는 은성의 몸을 돌려 자신을 보게 하더니, 은성의 입에 열렬하게 키스했다. 그러면서 은하는 자신의 블라우스 단추를 하나둘 풀었다.

참으로 황당했다. 현준호, 강은하, 모든 게 전혀 다르고 성별마저 다른 두 사람은, 아마도 똑같은 심정으로 똑같은 짓을 은성에게 하고 있었다. 그걸 보니, 모든 게 다른 두 사람이 한때나마 연인 비슷한 사이긴 했다는 것을 실감할 지경이었다. 은성으로서는 현준호는 절대 거절할 수가 없었지만, 강은하는 절대 받아들일 수가 없다는 차이는 있지만. 은성은 은하를 힘으로 밀쳐내고 무겁게 말했다.

"취했어. 난 이만 가볼게."

하지만 은하는 다시 은성을 껴안으며 말했다.

"오늘 그냥, 나랑 자면 안 돼? 별 거 아냐, 그냥 즐기면 돼. 아무 부담도 주지 않을게."

은성은 그녀의 말에 대꾸하지 않고, 은하를 자신의 몸에서 거칠게 떼어내 강제로 소파에 앉혔다. 그리고 등을 돌려 현관문 쪽으로 갔다.

은하가 벌떡 일어나 외쳤다.

"날 창녀라고 생각해!"

등 뒤에서 들려온 그녀의 말에, 은성은 등에 식은땀이 흘렀다.

"어디서 들어 본 말이네."

영화 〈내 아내의 모든 것〉에서 임수정의 대사였다. 은성의 양어머니가 좋아했던 영화라 같이 본 적이 있어서 기억하고 있었다. 똥을 싸고 방귀를 껴도 한없이 예쁘기만 했던 그녀가, 신춘문예에 당선된 소설의 첫마디라고 말하며 류승룡의 심장을 덜컹 내려앉게 했던 대사.

은하는 공허한 얼굴로 필사적으로 말했다.

"그냥 날 창녀라고 생각해! 그냥 날……안아줘."

17. 그들이 말하는 금성

"창녀는 초이스를 할 수 있어. 니가 창녀라면, 난 너 선택 안 해."

은성은 말하면서도 스스로가 한심했다. 하지만 냉담하게 그 말을 내뱉고 은하를 본 은성은 공포감을 느꼈다. 이런 말을 들은 여자는 분노하거나 상처받은 얼굴을 하는 게 정상일 것이다. 하지만 은하의 공허한 눈 속에서는 분노나 상처 따윈 찾아볼 수 없었다. 그녀에게 자존심의 상처 따윈 더 이상 고통이 아니었다. 그저 자신의 가슴을 찢어놓는 고통, 금성을 그리워하는 이 고통을 무엇으로라도 채우길 바라고 있었다. 그 마음을 위로받길 바라고 있었다.

그 얼굴을 보며, 은성은 자신이 생각했던 것보다 금성을 잃은 은하의 고통이 대단히 크다는 것을 깨달았다. 현실에서의 생활을 충분히 잘 해내고 있다 해서, 그 슬픔과 고통이 현준호보다 적은 것이 아니었다. 그녀가 현준호보다 강하다고 해서, 현준호보다 덜 슬퍼하고 있는 것은 아니었다. 은하 역시 미쳐버릴 만큼 금성을 그리워하고, 또 그리워하고 있었다. 다만 그 괴로움을 감추고 겉으로는 자신의 삶을 멀쩡히 살 수 있을 만큼 강할 뿐이었다.

은하는 그 공허한 얼굴로, 평온하게 말했다.

"창녀는 돈 내야 해. 난……공짜잖아."

은성은 그만 할 말을 잃었다. 어이가 없었다. 물론 그녀라면 내일쯤엔 분명 멀쩡하게 정신을 차리고 다시 멀쩡하게 현실을 살아갈 것이다. 하지만 지금 은하는 금성에 대한 그리움 때문에 제정신이 아니었다. 은성이 말이 없자, 은하는 다시 조르듯 간절하게 말했다.

"아니면 내가 돈 줘? 줄게, 원해는 대로 줄게, 나 돈 많아. 그러니까 제발……날 안아줘."

은성은 그만 화가 솟구쳤다.

"그래! 당신 충분히 창녀 같아! 하지만 난 남창 아냐."

"왜, 나 당신 취향 아냐? 나 그렇게 못난 외모 아니야. 몸매도 괜찮아. 아니면 내가 더러울까 걱정돼? 건강 이상 없어. 건강진단서 끊어서 보여줄까?"

은성은 더 이상 두고 볼 수가 없었다. 듣고 있다간 자신도 정신이 이상해질 것 같았다. 그는 크게 심호흡을 한 후 말했다.

"그래, 당신 내 취향 아냐. 스타일 문제가 아니야. 나, 여자 못 안아. 나……남자 좋아해."

이번엔 은하가 한 대 얻어맞은 얼굴이 되었다. 한 눈치 하는 그녀가 이것은 짐작 못했다는 것이 놀랍기도 했다. 아마도 그녀는 게이를 감별해 낸다는 '게이 레이다'는 장착하지 않은 모양이었다. 그녀는 눈치가 빠르지만, 관심이 없거나 접해보지 못한 것에 대해선 굉장히 무지한 듯했다. 아마 그래서 필로폰, 헤로인에 펜타닐까지 한 금성이 한 달을 못 버틸 수도 있다는 것을 몰랐고, 은성이 게이란 것을 몰랐을 것이다.

"웃기지? 화가인 형은 여자 좋아하는데 변호사인 나는 남자 좋아하고. 차라리 형의 직업이면 커밍아웃이 그렇게 이상하지도 않을 텐데."

말하면서 은성은 문득 현준호가 생각나 씁쓸한 표정을 지었다. 그녀는 은성의 말에 무언가가 짐작이 갔는지 눈을 동그랗게 뜨고 다시 물었다.

"진짜야?"

"그래, 진짜야……근데 왜 그러지?"

은하의 표정은 매우 묘했다. 은성은 은하의 묘한 얼굴이, 그가 동성애자라는 사실에 놀란 게 아니란 걸 깨달았다. 그녀는 은성이 동성애자라는 것을 단순한 사실로 받아들였을 뿐이다. 그녀는 그 사실로 다른 사실을 깨달아가는 표정이었다. 은하는 한동안 혼란스런 얼굴이다가, 차갑게 식은 눈빛으로 물었다.

"혹시 당신……현준호 그 새끼 좋아해?"

17. 그들이 말하는 금성

은성의 심장이 쿵, 하고 내려앉았다. 자신이 동성애자인건 커밍아웃 전엔 짐작도 못했으면서, 왜 여기선 그런 귀신같은 눈치가 나오는지 기가 막혔다.

"대답해! 현준호 좋아하냐고!"

"……그래."

은성의 말에, 은하는 입을 떡 벌렸다. 은하의 얼굴에 경멸의 표정이 떠올랐다. 은성은 그 경멸이, 자신이 동성애자라서 떠오른 경멸이 아님을 알 수 있었다. 은성은 은하가 무엇 때문에 경멸하는 표정인지를 짐작하면서도, 오히려 그 진짜 이유를 듣고 싶지 않아 떨리는 목소리로 말했다.

"왜 그런 표정이야? 동성애자 처음 봐? 남자 좋아하는 남자라 경멸스러워?"

물론 은하가 그런 생각 할 리가 없다는 걸 은성도 알고 있었다. 남에게 피해만 주지 않는다면, 타인의 성적 취향이나 성정체성에 대해 관대함을 넘어 아예 아무런 생각이 없을 그녀였다. 그녀의 경멸은 전혀 다른 방향이었다.

"어떻게, 어떻게 그럴 수 있어? 당신 금성 동생이잖아. 그런 위대한 예술가의 동생이면서, 어떻게 그렇게 질 떨어지는 예술가를 사랑할 수 있지?"

은성은 머리가 어질해졌다.

"……당신 지금 내가 동성애자라는 것에 놀란 게 아니라, 위대한 예술가 동생인 내가 질 떨어지는 예술가를 좋아해서 놀라는 거야?"

"당연한거 아냐? 어떻게 그럴 수가 있어!"

"당신도 사랑했던 사람이잖아!"

"그땐 사랑할 만한 가치가 있긴 했었어! 근데 지금은 그냥 무가치한 쓰레기잖아!"

정말 지긋지긋한 여자다, 라고 은성은 생각했다.

사고방식 자체가 보통 평범한 사람의 사고방식과 달랐다. 어떻게 보면 논리성이 있긴 한데, 어딘지 인간적인 냄새가 빠진 논리성이 있었다. 왜 현준호가 이 여자를 보자마자 흥미를 갖고도 결코 단 한순간도 사랑하지 않았는지, 반면 왜 금성은 결국 이 여자를 선택했는지, 동시에 이해가 갔다. 어떤 사람에겐 이질감과 두려움을, 어떤 사람에겐 강렬한 이끌림을 주는 여자. 금성과 비슷하지만 금성과는 또 다른 이 여자가, 은성은 끔찍스러우면서도 왠지 미워할 수가 없었다.

도망치듯 그 자리를 나오고, 은성은 그날 바로 현준호에게 전화했다. 이 미칠 듯이 불쾌한 마음속에서 보고 싶은 것은 오직 그뿐이었다. 현준호는 즉시 은성에게로 왔다. 은성은 한동안 눈물을 흘렸고, 현준호는 그런 은성을 끌어안고 토닥이다가, 부드럽게 키스했다. 둘은 다시 뜨겁게 뒤엉켰다. 온몸 구석구석 집착적으로 애무하다가 격정적으로 거칠게 몰아붙이는 그의 품속에서, 은성은 아까의 불쾌함과 함께 답답했던 속이 씻겨 내려가는 것 같았다. 비인간적인 논리를 가진 은하에 비하면 혼돈 그 자체인 현준호지만, 그 블랙홀 같은 혼돈 속에 빨려 들어가 차라리 가루가 되어버리고 싶었다.

"무슨 일인데 그래."

녹초가 되어 누워 있는 은성에게, 현준호가 나른한 목소리로 물었다. 은성이 대답을 안 하자, 현준호는 비릿하게 비웃으며 말했다.

"그년, 사람 빡돌게 하는 데가 있지?"

은성이 움찔하는 것을 현준호는 놓치지 않았다. 그런 그의 머리를 부드럽게 쓰다듬으며 현준호가 말했다.

"그 여자 만나지 말라니까. 더 이상 그 여자한테 아무것도 빼앗기기 싫어."

"……그 여자도 당신이 싫다고 했어."

17. 그들이 말하는 금성

"한땐 날 사랑한다고 했어. 그런 년이야. 언제 바뀔지 몰라. 믿을 게 못 돼."

"그 이유가, 금성이 진짜 사랑한 건 당신일지도 모르기 때문이랬어. 만약 성별이나 재능 모두 같은 조건이었다면, 금성은 현준호를 선택했을지도 모른다고."

한동안 침묵이 감돌았다. 현준호는 벌떡 일어나, 술병과 잔을 가져왔다. 라프로익. 술을 잠시 노려보던 그는, 언더락 잔에 가득 따르고 스트레이트로 벌컥벌컥 마셨다. 무거운 공기 속에 연기 같은 매캐하고 날카로운 향이 퍼졌다.

"형, 된장남이었네…… 결국 예술가로서 능력이 더 되는 쪽을 사랑한 거네."

그것이 사랑일까에 대해 은성은 의문이기도 했지만, 결국 사랑이긴 하다는 것이 결론이었다. 몇 년을 함께 한 현준호를 소재로는 스케치 한 장도 그리지 않았으면서, 그 잠깐 본 은하를 소재로는 자신의 작품 중에서도 걸작에 속하는 그림을 그려내고, 재회하자마자 그녀의 얼굴을 스케치한 그것이, 금성에게 있어서 사랑이 아닐 리가 없다. 결국 금성은 자신만의 가치판단과 논리 속에서 '사랑'을 '선택'했다. 웃기게도 그건 계산이 아니라, 금성에게는 본능에 가까운 영역이었다. 금성이 자신만의 본능으로 선택한 사랑은 은하였다.

"훔쳐간 거였는데."

은성은 현준호의 그 말에 움찔하며 아무런 토를 달지 않고 질문도 하지 않았다. 사실 엄밀히 말하면 현준호의 말은 틀렸다. 훔쳐간 것도 아니고, 금성이 사랑한, 은하의 '예술가로서의 능력'은 그 눈을 의미하는 것도 아니기 때문에. 그 눈을 갖기 전부터 이미 금성의 본능은 은하를 선택했기에, 현준호를 떠났을 것이다.

푸른 화가의 진실

아무것도 묻지 않고 곤란해 하는 얼굴의 은성을 보고, 현준호는 자신의 잃어버린 눈에 대해 은성이 이미 알고 있음을 직감했다.

"……그것에 대해 뭐라 그러디, 그년은."

"그냥, 객관적이고 자세하게, 그 여자답게 말해줬어. 판타지 같은 이야기라 믿을 만한 이야긴 아니라면서."

쨍그랑! 현준호가 컵을 꽉 잡는 바람에 그만 컵이 깨져버렸다. 부들부들 떨리는 손에선 피가 흘렀고, 얼굴은 창백했다.

그 모습을 보고, 은성은 왜 현준호는 이 일을 입에 담지 못했는지 알 수 있었다.

입에 담기 너무 끔찍한 일이었던 것이다.

은성은 재빨리 구급약 상자를 꺼내 현준호의 손을 치료해주었다. 문득, 자신을 치료해주던 양형제, 브랜든이 생각나기도 했다. 손을 소독하고 유리 조각을 빼내는 은성 옆에서, 현준호는 아픔을 전혀 느끼지 못하는 듯이 나른한 얼굴이었다. 은성은 그의 손에 붕대를 감으며, 조심스럽게 말했다.

"……난 당신이 좋아. 형도 틀림없이 그랬을 거야."

방금 마신 술기운이 올라오는지, 현준호는 한숨을 내쉬며 드러누웠다. 눈을 감은 그의 눈에서, 눈물이 흘러내렸다.

"이 얘길 듣고도 넌 날 좋아할 수 있을까?"

현준호의 말에, 은성은 문득 불안함이 엄습해왔다.

"곤란한 이야기면 안 해도 돼."

은성은 얼른 말했다. 지금 이야기를 들으면 안 된다고, 들으면 가장 괴로운 이야기일 거라고 본능적으로 직감했다.

"아니, 지금 아니면 못할 것 같아. 금성……내가 죽였어."

은성의 마음속에서, 외마디 비명이 터져 나왔다. 하지만 실제로는 아무 말도 하지 못했다. 어쩌면 이것을 짐작하고 있었는지도 모른다고, 은성은

244

17. 그들이 말하는 금성

생각했다.

현준호는 심드렁한 말투로, 금성에게 사람을 붙여 타락시킨 과정, 약을 접하게 하고 마지막으로 약을 받으러 온 금성에게 일부러 강도 높은 약을 건네 사망하게 한 과정에 대해 소상히 말했다. 그것도 마치 은하처럼 객관적이고 자세하게 사실을 나열했다. 원래 그는 편파적이고 단편적으로 말했었는데 말이다.

"어차피 나도 얼마 안 남았을 거야."

그러면서 현준호는 자신의 팔을 들었다. 은성이 애써 외면하고 있던, 주사자국 가득한 팔.

그는 아무렇게나 벗어던진 옷의 주머니를 뒤적이더니, 칼을 꺼냈다. 모조 보석이 박혀 유치할 정도로 화려한 칼집에서 칼날을 꺼내자, 장식용 칼이라고 생각했던 칼은 제법 날카로웠다.

"다시 한 번 부탁할게. 네가 날 죽여줘."

아무 말도 할 수 없었다.

지금 이 남자를 죽이고 싶어 할 만큼 미워해야 하는데 그럴 수가 없었다. 어쩌면, 금성 역시 죽어가면서도 현준호를 미워하지는 못했을 거란 생각도 들었다. 아니, 그 생각은 핑계일지도 몰랐다. 그래도 은성은 이 남자를 미워할 수 없었다. 차라리 금성을 죽인 게 은하였으면, 하고 얼마나 바랐는지 모른다. 하지만 은성도 이미 알고 있었다. 은하는 금성 같은 예술가를 고의로 죽일 위인이 아니다. 하지만 현준호는 어쩌면 그럴 수도 있을 거란 생각, 아마도 마음속 깊은 곳에선 아예 안 하진 않았을 것이다.

현준호는 자조적으로 피식 웃으며 칼을 다시 칼집에 넣고 아무데로나 던졌다. 그리고 다시 은성을 끌어안았다. 자신을 집요하게 탐닉하는 그가 찾는 것은, 영원히 잃어버려서 절대 찾아지지 않는 것을 자신에게서 찾는 거라는 걸, 은성은 잘 알고 있었다. 흡사 목마른 사람이 끊임없이 바닷물을 들

푸른 화가의 진실

이키는 것이나 다름없는 허무함. 하지만 그럼에도 은성은 자신을 온몸이 녹아내릴 듯 흥분시키는 그의 손길을 결코 거부할 수가 없었다.

지칠 때까지 은성에게 모조리 쏟아낸 현준호는 깊이 잠들었다. 하지만 그 옆에서, 날이 밝아올 때까지 은성은 한숨도 잘 수가 없었다.

형을 죽인 원수는 찾았다.

법적으로도 완벽하게 유죄이다.

하지만 자신은 이미 그를 사랑하고 있다.

대체 이게 무슨 상황인가?

"넌 날 못 죽이지?"

어느새 잠에서 깬 현준호가 나른하게 물었다. 은성은 말없이 고개를 끄덕였다.

"날 죽여줄 사람……정했어. 틀림없이 날 죽여줄 수 있을 거야."

은성은 그가 누구를 말하는지 바로 알 수 있었다.

강은하. 그녀는 과연 이 모든 걸 알게 되면 어떻게 할까?

물론 가만히 있지는 않을 것이다. 그렇다고 설마 그 여자가 사람을 죽이기까지 할까?

확실한 건, 분명 그녀는 가만히 있지는 않을 것이다. 의도하지 않아도 현준호를 파멸로 몰아넣었는데, 그녀가 의도하고 움직인다면 과연 어떻게 될까?

그런 일은 일어나선 안 된다는 예감이 들었다.

현준호는 어딘지 기대에 젖은 음산한 미소를 지었다. 마치 고통을 기대하는 마조히스트 같은 표정이었다. 현준호는 정신 나간 듯 큭큭거리며 말했다.

"기대되는데. 무엇을 상상하든 그 이상일 것 같아서 말이지."

17. 그들이 말하는 금성

은성은 덜덜 떨며 몸을 웅크렸다.

여기서 자신이 할 수 있는 것은 아무것도 없을 것이다.

그저 강은하가 현준호를 용서하길 바라는 것 외에는.

하지만 물론 강은하가 그럴 리 없다는 것을 은성은 알고 있었다.

18. 반짝이지 않는 별

　은하는 어느 날 타자로 친 글이 적힌 우편물을 받아보고, 소스라치게 놀랐다.
　거기엔 현준호가 금성을 죽인 과정이 자세하게 적혀 있었다. 현준호는 H로, 금성은 ★로 표기된 그 문서는, 언젠가 레스토랑에서 본 앤디워홀 그림의 엽서가 함께 동봉되어 있었다. 그녀는 이것을 보낸 사람이 현준호라는 것과, 이것이 모두 사실임을 직감했다.
　대체 왜 현준호는 이것을 그녀에게 보냈는가?
　하지만 그 이유는 더 이상 중요하지 않았다.
　금성을 죽인 자가 있다는 사실 앞에, 은하는 그 어떤 것도 중요하지 않았다. 그것이 누구든 간에, 은하는 갈기갈기 찢어서 뼈까지 갈아 죽여버리고 싶었다.

18. 반짝이지 않는 별

 은하는 바로 에이전시를 통해 현준호 연락처를 알아내고 전화했다. 현준호는 은하의 번호를 알고 있던 모양이었다. 그는 받긴 받았는데 전화 건너편에선 아무 소리도 없이 침묵만이 감돌았다. 하지만 은하는 그가 전화한 사람이 자신인지를 알고 있고, 끊지 않고 듣고 있다는 느낌 정도는 받을 수 있었다.

 "왜 나한테 그걸 보냈지? 한번쯤 만나서 이야기란 걸 해봐야 하지 않겠어?"

 "……주소 보내줄 테니까 내 사무실로 와."

 "언제 가면 되지?"

 "너 좋을 대로. 계속 여기 있으니까."

 "알았어. 지금 갈게."

 은하가 사무실 문 앞에 도착해서 노크하자, 현준호가 직접 문을 열었다. 흐트러진 모습에 술 냄새가 진동했지만, 여전히 그가 아름답고 매력적이고 반갑다고 느껴지는 건……은하의 마음이 아닌 것 같았다. 그가 너무나 매력적이고 반가운 동시에, 마음 한쪽에선 여전히 강렬한 적개심과 불쾌감이 들고 일어났다.

 현준호는 어딘지 잔혹해 보이는 미소를 희미하게 짓더니, 은하를 붙잡고 마치 그녀가 도망가기라도 할 것처럼 사무실 안으로 강제로 가둬놓듯이 들여놓고 문을 탁 닫았다. 대체 현준호가 왜 이러는지 이상하게 생각하며 고개를 든 순간, 은하는 그 이유를 깨달았다.

 그는 이 사무실 속에 둘러싸인 그녀가 어떠할지를 보고 싶었을 것이다. 현준호는 이 사무실을, 자신이 수집한 칼들의 전시실로도 사용하고 있었다. 작은 사무실 벽 전체가, 여러 가지 칼들의 진열장이었다. 모든 칼들이 유리 진열장 속에서 날을 번득였다.

 털썩.

은하는 자신도 모르는 사이에 무릎을 꿇고 주저앉았다. 얼굴의 핏기가 완전히 가시고, 눈이 쓰라리면서 앞이 새카매졌다. 온몸에 소름이 돋았다. 너무 많은 칼을, 너무 갑자기 봤다. 감정을 조절할 새도 대비할 새도 없었다. 자신이 웩웩거리며 구역질을 하는 것이 아득하게 느껴졌다. 그녀는 이 괴로운 구역질이 정말로 자신이 하고 있는 것인지 헷갈렸다. 유령 세계에 초대된 것만 같았다.

　시간이 얼마나 지났을까. 넓지 않은 이 사무실 안에서 아득할 정도로 멀리 느껴져 희미하게 보이는, 어느새 사무실 책상에 걸터앉아 어딘지 쓰라린 조소를 머금고 자신을 구경하고 있는 현준호의 모습이 느껴졌다. 그것을 느끼자 은하는 피가 나도록 입술을 깨물고 주먹을 꽉 쥐었다.

　'난 너랑 달라……이겨낼 수 있어.'

　시간이 조금 흐르자, 마음이 어느 정도 진정되었다. 은하는 주먹을 불끈 쥐고 주변을 한 바퀴 보았다. 주변 모든 벽이 자신을 공격하려고 달려드는 것 같았지만, 은하는 견뎌냈다. 그리고 주먹을 불끈 쥔 상태 그대로 천천히 몸을 일으키고 손을 천천히 폈다.

　현준호가 의외라는 듯 놀랐다. 은하는 조소를 머금고 말했다.

　"놀랐잖아. 칼이 너무 많아서."

　"넌 그게……심하지 않나 보구나. 나 같으면 기절했을 텐데."

　"말은 똑바로 해. 옛날의 나 같았으면, 이겠지. 지금은 아니잖아."

　현준호의 눈에 섬뜩함이 스쳐갔다. 은하는 그런 그의 모습에 분노가 두 배로 상승하는 것 같았다. 은하가 칼을 무서워할지 궁금해서인지 아니면 칼을 무서워하는 것을 보고 싶어서인지는 모르겠지만, 의도하고 칼투성이 장소로 부른 것이 그녀를 더 화나게 했다.

　이제 그녀는 완전히 기운을 되찾고 싸늘하게 물었다.

　"그런 쓸데없는 얘기하러 여기 온 거 아냐. 금성 죽인 거, 정말 당신이

18. 반짝이지 않는 별

야?"

"……쓸데없는 얘기?"

현준호의 목소리가 분노로 떨렸다. 은하는 그의 말을 무시하고 계속 물었다.

"금성 죽인 거, 진짜 당신이냐고."

"내가 죽인 거……아냐."

현준호가 무겁게 말했다.

"금성은……너 땜에 죽은 거야. 너만 안 나타났어도 금성은 죽지 않았어."

"허……."

은하는 기가 막혀서 혀를 찼다.

"역시 쓰레기네. 자신의 죄를 남 탓하며 떠넘기다니."

"우리는 잘 지내고 있었어. 네가 모든 걸 망쳐놨어. 우리 인생을 망쳐놨어."

"그러니까, 금성 당신이 죽였냐고."

"넌 걔가 감당할 수 없는 세계로 걜 끌어들였어. 그리고 그 속에 그냥 내버려뒀어. 무책임해. 내가 손대지 않았어도 걘 술과 마약에 찌들었을 거야."

"난 다시 그에게 돌아가려 했어. 그도 받아주려 했고. 금성을 망가뜨린 건 내가 아니라 너야. 그런 금성을 난 평생 지켜주려 했었다고."

현준호는 쓰게 웃었다.

"그래서 내가 죽였어. 너 때문에 빛을 잃었는데, 내 마지막 반짝임까지 빼앗기고 싶지 않았어."

현준호의 말에서 은하의 귀에 들린 건 "그래서 내가 죽였어." 오로지 이 한마디였다. 지나친 분노에, 은하는 오히려 더욱 침착해졌다. 고요한 분노 속에서 은하는 이 공간의 칼을 모두 모아 현준호를 찢어발기는 상상을 여러 번 했다. 아주 고통스럽게, 발가락부터 천천히 조각조각 찢어서. 그 상상이 시원한 쾌감을 일으킬 정도로 눈앞의 그가 가증스러웠다.

무섭도록 머리가 차가워지고 침착해졌다. 은하는 아주 또렷한 목소리로 천천히 말했다.

"언젠가 당신이 스스로를 쓰레기라고 한 적 있지? 진짜였어. 부실한 과실이었는데, 병신같이 그나마 영양가가 조금이라도 있는 과즙 짜내서 스스로 남한테 주고 남은 찌꺼기. 보통 쓰레기라고 부르지."

"닥쳐!"

"근데 보통 그런 찌꺼기는 비료라도 될 수 있는데, 이건 완벽한 쓰레기야. 농약에 오염된 찌꺼기야. 오염돼서 독성밖에 없는, 쓰레기 오브 쓰레기. 거기다, 살리에르만도 못한 살리에르이기도 하고. 살리에르는 귀라도 제대로 뚫려 있는 음악가였을 거야. 근데 당신은 눈도 제대로 붙어 있지 않잖아."

"……네가 훔쳐갔잖아."

현준호의 말은 아주 무겁게 옹골졌다. 제대로 응축된 한이 서려 있었다.

"그것만 잃지 않았어도 난 계속 그림을 그렸을 거야. 너 때문에 난 그림을 버렸어."

그의 말에 은하는 진심으로 지독한 짜증이 밀려왔다.

"다 당신이 원한거야. 결국은 당신의 논리대로 된 거라고. 다행이지 않아? 하마터면 당신은 의미 없이 비싼 물감만 낭비하면서 그 쓰레기 같은 걸 계속 생산할 뻔했잖아. 이 눈이 그 역겨운 걸 더 보고 있을 수가 없어서 나에게 온 거란 생각은 안 들어?"

"닥쳐!"

방금의 대화에서 크게 상처를 받은 현준호는 어떤 말을 해야 은하가 자신과 맞먹는 상처를 받을지 궁리하듯 눈을 굴리다가 말했다.

"넌 데리고 잘 가치도 별로 없는 여자였어."

18. 반짝이지 않는 별

자신을 상처주고 싶어 하는 현준호의 의도를 파악한 은하는 피식 웃었다. 그게 진정으로 아무렇지 않은 정도가 아니라, 그 말이 아직도 자신에게 상처가 될 거라 믿는 현준호가 우스웠다.

"그게 대체 내게 무슨 상관이야, 금성에게 가장 특별한 사람이 나였는데, 당신 같은 쓰레기의 가치가 내게 뭐가 중요한데."

"네가 그러지 않았어? 금성이 정말로 좋아한 사람은 나였을 수도 있다고."

"하지만 그 눈도, 금성도, 당신이 가치가 없어서 버린 거 아냐. 난 '당신에겐' 여자로서 무가치하고, 당신은 '세상에게' 예술가로서 무가치한 거, 누가 몰라? 금성도 그걸 너무 잘 알아서 당신을 버리고 나한테 온 거잖아."

자신의 말을 들은 현준호의 표정을 보고, 은하는 그의 괴로움에 환희를 느끼며 계속 말했다.

"당신 말이 진심 나한테 상처가 될 거라 생각한 거야? 어차피 금성도 눈도 날 선택한 마당에 당신 따위의 가치가 정말 나한테 중요할 거라 생각해? 게다가 오래전부터 알고 있던 사실이라 별로 새삼스럽지도 않아. 뭐, 내 말도 마찬가지겠지만. 내가 당신에게 별 가치 없는 여자인 거 이상으로, 당신이 이 세상에 별 가치도 없는 예술가란 거, 당신도 오래전부터 알고 있던 사실일 거 아냐. 그 눈을 어쨌든 달고는 있던 적도 있었으니까, 알긴 할 거 아냐. 당신이 무가치하다는 거. 가치 있는 건 당신 아버지지. 당신은 아버지 등골이나 빼먹는 쓰레기고."

한동안 죽음 같은 침묵이 흘렀다. 현준호가 다시 응축된 증오를 담아 말했다.

"넌 세상에 태어나지도 말았어야 했어. 너 따위를 낳은 니 부모까지도 증오해."

은하는 그만 너무 웃겨서, 진심으로 웃겨서, 큰 소리로 깔깔 웃고 말았다.

정적 속에 공포처럼 날카로운 웃음소리가 흘렀고, 그 웃음이 진심으로 웃겨서라는 것을 현준호도 느낄 수 있어서, 그의 등줄기에 소름이 돋았다. 웃음기를 가득 머금은 그녀의 말이 이어졌다.

"그건 당신 생각이고. 이 세상은 그렇게 생각 안 할걸? 이 세상은 당신이 세상에 태어나지 말았어야 했다고 생각할 거야. 처음부터 당신은 실수로 태어났어. 알잖아? 당신이 태어난 것 자체가 더러운 실수라는 거."

아까보다 더 무거운, 죽음 같은 침묵이 감돌았다. 은하는 그 침묵 속에, 자신을 향한 강렬한 살의가 포함되어 있다는 것을 느꼈다. 그것을 증명하듯, 현준호가 증오를 담고 위협적으로 말했다.

"이곳에 칼이 너무 많다고 생각하지 않아? 널 찢어발기기엔 충분할 만큼."

은하는 순간 겁에 질렸다. 현준호의 말이 진심임을 느꼈기 때문이다. 하지만 다음 순간, 은하는 마치 보디가드가 나타난 것처럼 마음이 편안해졌다. 이유는 없었다. 그저 은하 내부에서 일어난 심리 변화였다. 은하의 얼굴에 공포 대신 흥미 가득한 표정이 떠올랐고, 은하는 재밌다는 듯이 말했다.

"궁금한데? 그럼 어떻게 될지. 적어도 당신은 날 건드리면 안 되잖아? 그런데 내 목숨을 건드리면 어떻게 될까? 뭘로 대가를 치르게 될까?"

"상관없어, 내 목숨으로 갚는다 해도."

은하는 그 말에 자지러지게 웃었다. 현준호는 공포를 느꼈다.

"에게~ 그걸론 부족하지. 처음부터 태어나지도 말았어야 할 당신 목숨 따위. 너무 자신의 목숨값을 과대평가하는데?"

죽음보다 깊은 정적이 현준호의 얼굴을 감쌌다. 은하는 싸늘한 웃음 가득한 목소리로 말했다.

"당신 목숨으론 부족해. 등가교환에 맞으려면, 당신 아버지 정도가 함께 찢어발겨져야 하겠지. 그리고 아마도 그렇게 될 거야. 아무리 위대한 예술

18. 반짝이지 않는 별

을 한다 해도 살인자를 낳은 예술가 따위, 무가치해. 당신 아버지는 위대한 예술가가 아니라, 천재 예술가를 망치고 살인을 하고 부모를 찢어발기는 자식을 낳았을 뿐이야. 널 낳게 한 게 그분 인생 최대의 실수였어. 아마 세상의 언론이 그렇게 만들어줄 거야. 언론의 힘, 잘 알고 있을 거 아냐. 거기에 당한 적 있으니까."

현준호의 표정이 하얗게 질렸다. 은하는 현준호가 자신의 아버지를 얼마나 사랑하는지 잘 알고 있었다. 그리고 아마도 진짜로 그렇게 되지 않을까 하는 생각도 들었다. 그가 정말 자신을 죽인다면 그 대가는 그의 목숨 따위론 부족할 것이다. 문득 여배우 화련의 얼굴이 스쳐지나갔다. 은하는 자신이 이제 안전하다 느꼈고 더 이상 말하는 것은 과잉보호라 생각되었지만, 현준호에 대한 증오 때문에 입에서 터져 나오는 말들을 막지 않았다. 은하의 뇌리에 나타난 금성의 얼굴이 은하의 입에 도화선을 당겼다.

"설사 당신 부모 중에 죽은 사람이 있다 해도, 죽은 사람까지 찢어발길 수 있을 거야. 명예 때문에 자식까지 버린 사람이잖아? 비밀이 발가벗겨져서 불륜과 살인자의 부모로 망신당하는 건 충분히 두 번 죽고도 남음이 있지. 그러니까 낳기 싫어한 거야. 바로 이런 놈 나올까 봐. 알잖아? 너 같은 쓰레기를 낳은 걸 죽는 순간까지 후회했었다는 걸. 널 낳은 건, 평생의 후회를, 남기는 일이었지."

은하는 마지막 말을 아주 천천히, 또박또박, 주의 깊게 말했다.

털썩.

현준호는 다리가 풀려 주저앉았다. 그의 얼굴은 마치 시체 같았다. 그가 쥐어짜듯이 물었다.

"……너, 뭘 알고 있는 거지?"

은하는 그에 대한 대답 대신, 다 알고 있다는 말투로 말했다.

"내가 죽으면 뒤처리는 권 기자가 해줄 거야. 알지? 기사에 당신 이야기

응용했던. 당신을 처음으로 개망신 주고 몰락시킨, 당신이 가장 유명해진 사건 말야. 그 사건에서조차 주인공은 당신이 아니었지만. 원래 당신은 주인공이 될 가치가 없으니까. 어차피 이 이야기에서도 주인공은 실수로 폐급 쓰레기 사생아를 낳은 천박스런 불륜 여배우랑, 그게 인생 최대의 오점이 될 천재 예술가겠지."

물론 그 기자는 이 모든 사실을 몰랐고 이걸 짐작하는 사람은 은하뿐이었지만, 오로지 현준호에게 공포를 주기 위해 거짓말을 했다. 그리고 은하는 보는 사람으로 하여금 소름끼칠 정도로 만족감이 퍼진 미소를 지었다.

"금성을 잃었어. 당신 때문에. 그래서 난 조각조각 부서진 세상에서 살고 있어. 당신 목숨으론 부족해. 그따위 무가치한 목숨으론 백번을 죽어봤자 부족해. 당신을 낳은 사람들마저 찢어발겨져야 할 것 같아. 그 정도는 돼야 만족할 거 같아. 괜찮은데? 내 목숨을 버릴 가치가 있어."

은하는 죽음을 각오하듯 초연한 표정으로 씩 웃었다. 물론 은하는 절대로 죽고 싶지 않았다. 현준호의 죄가 정말로 부모 죄라고도 생각한 적 없었다. 다만 이 말이 현준호에게 고통을 주고, 이런 표정이 현준호를 소름 돋게 할 것이고, 현준호는 결코 자신을 죽이지 못하리란 것을 잘 알고 있었다. 현준호의 얼굴에 공포가 떠올랐다.

"……우리 아버지 건드리지 마."

항복 선언. 은하가 그의 아버지를 입에 담았을 때부터 정해진 결말이긴 했다. 그는 아버지를 무척 사랑하니까. 은하는 피식 비웃으며 말했다.

"당신이 날 직접 죽이기 전까진 내가 당신 아버질 건드릴 자격이 안 될 거야. 당신 아버진 죄가 없으니까."

은하는 그다음, 하지 말았어야 할 말을 덧붙였다.

"더러운 불륜으로 생긴 쓰레기를 폐기하려 하는 걸 굳이 말려서 낳게 한 것 외에는 말이야."

18. 반짝이지 않는 별

 현준호의 경악한 표정으로 은하는 자신의 예상, 즉 화련이 아이를 지우려 했지만 현목성의 염원으로 현준호가 태어난 것이 맞고, 그걸 현준호도 알고 있다는 걸 알 수 있었다. 그리고 어떤 것도 묻지 못하고 얼굴이 하얗게 질려 말문이 막힌 그의 모습에서, 그가 이것에 대해 평생 입에 담은 적이 없다는 것도 짐작할 수 있었다. 평생 입에 담지조차 못할 만큼, 매우 뿌리 깊은 역린. 다행히 그 누구도 알 수 없었기에 평생 듣거나 언급할 일이 없어서 애써 모른척해 온, 그의 가장 근본적인 트라우마.
 "꺼져."
 은하는 그의 앞에서 즉시 꺼져주었다. 하지만 나오고 나서, 은하는 갑자기 찝찝한 생각이 들었다. 비록 상대가 연쇄살인마라 할지라도 해선 안 될 말을 했다는 죄책감이 아주 희미하게 들었다. 현준호가 불쌍하단 생각은 털끝만큼도 들지 않았지만, 스스로의 도덕적 자존심 때문에 죄책감이 들었다. 하지만 그렇다고 해도 그녀의 죄책감이 심한 건 아니었다. 그것보단 현준호에 대한 증오가 훨씬 더 컸기 때문이었다.
 무엇보다도, 아무 말도 하지 않았다면 은하는 정말로 칼로 난도질당해 죽었을 거란 생각이 들었다. 현준호가 은하를 증오하는 정도는 정말 그 이상이었다. 자기 자신을 떠난 자기 자신의 일부까지도 죽여버리고 싶었을 것이다. 아마도 은하를 죽이는 것은 고통스럽지 않겠지만, 자기 자신의 일부였던 것을 죽여버린 것은 그를 고통 속으로 밀어넣었을 것이다. 하지만 그것까지 자신의 죽음으로 감당하겠다고 결심할 만큼 진심 어린 증오였다. 그 증오로부터, 은하는 자기 자신을 지킬 필요는 있었다.
 그래도 좀 지나치긴 했다. 은하는 현준호로부터 완벽하게 안전해졌지만, 안전을 확보할 만큼의 말만 했어야 했다는 생각이 들었다. 지나친 과잉대응이었다. 법적 판결이 아닌 도덕적 판결로, 이것은 '정당방위'가 아닌 '과잉방어'라는 판결이 내려질 것이다. 하지만 자신의 말에 얼굴이 하얗게 질려

푸른 화가의 진실

좌절하는 현준호의 얼굴이 떠오르자, 은하는 뼛속까지 후련했다.

다음 날, 현준호는 은성의 집에 찾아왔다.
그를 본 은성은 깜짝 놀랐다. 한숨도 못 잔 것이 역력한 그의 얼굴은, 마치 평생의 악몽에 시달린 것처럼 비참하고 끔찍해 보였기 때문이었다.
"무슨 일 있었어?"
자신을 걱정하는 기색이 역력한 은성을, 현준호는 신기해하며 우두커니 쳐다보았다.
"너는 나 원망 안 하지?"
은성의 마음속에 섬뜩한 감정이 스쳤다. 방금 그 말은 은성의 역린이나 다름없었다.
사실 자신은 현준호를 미워해야 한다. 형을 죽인 현준호를 미워해야 한다. 하지만 그럴 수가 없다. 그것이 은성을 괴롭게 하지만, 그래도 그는 현준호를 미워할 수가 없다. 어쩌면 은성은, 금성이 현준호를 용서했을 거라는 생각이 핑계가 아닐 수도 있겠단 생각이 들었다. 이제 은성은 성인이 된 금성도 어느 정도 이해를 할 수 있었다. 은하와 현준호에게 들은 금성의 성격을 종합해볼 때, 아마 틀림없이 금성은 현준호를 용서했을 것이다. 그리고 사실은 현준호를 좋아했을 것이다.
어쩌면 그 마음이 자신에게 옳은 것이 아닐까?
아니면 이것조차도 핑계일까?
현준호는 은성을 보며, 괴로운 목소리로 계속 말했다.
"정작 너는 나 원망 안 하는데……너는 나 걱정하는데……."
문득 은성은 현준호의 멍한 눈빛이, 그가 자신을 보고 있는 것이 아니라 다른 사람, 즉 금성에게 하는 이야기임을 깨달았다.
속이 쓰라렸다. 현준호에게 있어서 자신의 가치는 금성과 닮은 외모를 가

18. 반짝이지 않는 별

졌다는 것과 금성의 동생이라는 것밖에 없었다. 단 한 순간도 행복할 수 없는 그를 구원할 수 있는 건, 자신이 아니었다. 그를 구원할 수 있는 단 하나의 인물은 그를 구원할 생각도 애초 없었을 것이고, 더군다나 이미 죽어버렸다.

현준호의 눈에 조금씩 초점이 돌아왔다. 현준호는 이제 금성이 아닌 '은성'을 보고 있었다. 걱정과 고통 가득한 은성을 보며, 현준호는 입을 비틀며 씁쓸하게 웃더니 물었다.

"너……나 사랑해?"

차마 그 어떤 대답도 하지 못하고 한동안 침묵 속에 얼어붙은 은성을 가만히 보던 현준호는, 그의 머리를 그러쥐고 격정적으로 키스했다.

언제나처럼 현준호는 다정하면서도 집요하게 은성을 몰아붙였지만, 이번엔 어딘가 느낌이 달랐다. 현준호는 '금성'을 보고 있는 것이 아닌 것 같았다. 그는 이번엔 제대로 '은성'을 보며 그를 안았다. 마치 마지막인 것처럼, 현준호는 온 힘을 다해 거칠게 은성에게 쏟아냈다. 은성은 잠시나마 모든 복잡함에서 벗어나, 드디어 '금성의 대용품'이 아닌 자신으로서 현준호에게 안긴 환희를 느꼈다. 드디어 그의 마음에 '나'로서 들어간 것일까? 하지만 은성에게 마구 들이박으며 하는 현준호의 말에 은성은 소름이 끼쳤다.

"그 여자를 죽여줘."

그의 말에 깊이 응축된 증오 때문에 은성의 몸까지 떨려왔다. 그의 말은 아주 진지하게 진심이었다.

현준호가 처음으로 '은성'을 보고 '은성'으로서 그를 안은 것. 바로 이것 때문이었던 것이다. 오싹함에 온몸이 얼어붙으면서 그의 행위가 고통스럽게 느껴졌다. 하지만 그 수축을 느낀 현준호는 오히려 더 흥분한 듯 더욱 거칠게 들이박으며 머리카락을 세게 쥐고 당겨 그의 귓가에 바짝 입을 갖다대고, 심장에서 솟구친 듯한 진심을 담아 말을 쏟아냈다.

"그 여자를 죽여줘. 나는 못 죽여. 그 여자를 증오해. 온몸의 세포 하나하나까지도 그 여잘 증오해. 그 여자의 그 어떤 것도 건드릴 수 없다는 것 때문에 더욱 미칠 정도로 그 여잘 증오해. 그 여자만 안 만났어도 이 모든 일은 일어나지 않았을 거야. 그러니까 네가 그 여잘 죽여줘. 아니, 너밖에 그 여자를 죽일 수 없을 거야. 너만이 그 여잘 죽여도 아무 탈이 없을 거야. 넌 금성의 동생이니까. 그러니까 그 여잘 죽여줘. 난 못하니까 네가 죽여줘. 넌 날……사랑하잖아."

그 말과 함께, 현준호는 마지막으로 파정했다. 현준호의 말에 너무 큰 충격을 받은 은성은, 온몸에 경련이 일어나듯 떨며 엎드린 자세 그대로 일어나질 못했다. 그런 은성의 머리를 다정한 손길로 부드럽게 쓰다듬으며, 현준호가 말했다.

"네 형의 일……미안해. 그 빚은……곧 내 손으로 갚아줄게."

그리고 그는 바로 옷을 입고, 바로 나갔다.

그때 은성은 현준호의 말이 무슨 뜻인지 몰랐다. 그 전에 오늘 그가 한 말이 너무나 충격적이었고, 그의 말이 온몸으로 박혀 아무것도 생각할 수가 없었다.

그 다음 날 뉴스는, '현목성의 아들'이 자신의 사무실에서 자기가 수집하던 칼 중 하나로 스스로를 찔러서 자살한 사건으로 잠시 떠들썩했다. 그 뉴스를 보고 나서야, 은성은 현준호의 마지막 말이 무슨 뜻인지를 알 수 있었다. 현준호가 은성을 만나고 나서 자신의 사무실로 돌아와 곧바로 행한 일이었다.

현준호는 미술을 전공한 사람답게 인체를 잘 알고 있었고, 그래서 약에 취한 상태에서도 정확하게 급소에 스스로 칼을 찔러넣었다. 따로 유서는 없었고, 다만 이미 작성해놓은 유언장은 있었다. 유언장에 따라, 현준호 소

18. 반짝이지 않는 별

유하고 있었던 금성의 그림 전부가 은성에게 양도되었다.

따로 유서는 없다. 그를 마지막으로 만난 사람은 자신이다. 그렇다면 자신에게 한 말, "강은하를 죽여 달라"는 말이 곧 현준호의 유서이고 유언인 것이다. 그것을 깨달은 은성은 눈물을 후둑후둑 흘리며 목이 찢어져라 울었다.

어떻게 이렇게 잔인할 수가 있단 말인가? 처음으로 '은성'으로서의 자신을 안으며, 그런 잔인한 소원을 자신에게 떠넘긴 것이다. 현준호는 마지막까지 부조리했다. 대체 어떻게 자신에게 그런 부탁을 할 수가 있단 말인가? 만약 그가 나에 대해 조금이라도 애정이 있었다면, 그런 부탁을 했었을까? 아니, 애초 그런 식으로 논리가 이어지지 않는 사람일 것이다. 그의 부탁, 관계, 그의 죽음까지, 너무나 큰 충격이고 고통이고 혼돈이라, 은성은 갈피를 잡을 수 없이 괴로웠다.

더군다나 이제까지 그가 배운 '법'이 그의 이성에 말하고 있었다.

현준호는 정말, 법적으로 완벽하게 유죄였다. 뭐 하나도 유죄가 아닌 게 없었다. 하지만 강은하는 법적으로 유죄인 부분이 단 한 개도 없었다. 사소한 범죄조차 걸 수 있는 것이 없었다. 하지만 왜 자꾸 법적으로나 도덕적으로나 훨씬 잔인하고 엉망인 현준호가 불쌍하게, 법적으로 완벽하게 무죄인 은하가 훨씬 잔인하게 느껴지는가? 왜 은하가 훨씬 증오스러운 것일까? 문득 현준호가 한 말이 떠올랐다. 강은하의 그 어떤 것도 건드릴 수 없기에 더더욱 그녀가 증오스럽다는 말. 은성은 그 말을 이해했다. 은하가 증오스러운데, 법적으로는 아무리 따져도 은하가 벌 받을 이유가 하나도 없다는 사실이, 그녀를 더 증오스럽게 만들었다.

심지어 법이 아닌 도덕적으로 따져도 은하의 죄가 크다고 하기 힘들 것 같았다.

분명 모든 사태가 다 그녀의 존재로 인해서 일어난 건데, 자신이 사랑하는 두 남자 모두의 파멸을 이끈 건 결국 은하의 존재 때문인데, 그런데 이렇게까지 죄가 없다니! 그것이 더욱 은성을 미치게 만들었다.

은성은 한 가지만 생각하기로 했다.

'강은하만 없었다면, 현준호도 금성도 죽지 않았다.'

이것만큼은 사실일 것이다. 이 한 가지만 생각하는 것이 은성으로선 더 편했다. 그래서 그는 강은하를 죽이기로 결심했다.

은하는 현준호의 죽음에 대해 전해 듣고도 그다지 놀라진 않았다. 칼로 가득한 그 사무실을 보며, 은하는 조만간 이런 일이 발생하리라고 충분히 예상할 수 있었다. 아니, 어찌 보면 이런 일이 빨리 발생하길 원했다. 아마 그는 자신의 죽음 방법을 오래 전부터 그렇게 정해놓고 칼을 모은 것인지도 몰랐다.

분명 놀란 것도 아니고 그렇다고 그의 죽음이 안타까운 것도 아니었다. 은하의 관념 속에서 그는 죽어 마땅한 놈이었다. 더 괴롭게 죽지 못한 게 안타까워야 할 그런 놈이었다.

하지만 놀란 것도 아니고 안타까운 것도 아니고 슬픈 것도 아닌데, 가슴 한구석이 쓰리고 온 세상이 허무하게 느껴졌다. 이 거대한 세상의 일부가 뻥 뚫린 것만 같았다.

어쨌든 목성의 아들은 자살로 인해 그의 살아생전보다 훨씬 큰 주목을 받게 되었다. 그리고 그 바로 전에 그가 오랜만에 은하를 만났었다는 사실도 에이전시를 통해 밝혀져서, 그것도 크게 화제가 되었다. 결국 현준호 인생에서 가장 유명한 이 사건의 히로인조차도 은하가 되었다. 그 사실이 은하는 어마어마하게 귀찮았다.

현준호의 죽음은 유서도 없는 충동적 자살이었고, 죽은 자는 말이 없다. 은하는 숱한 인터뷰 요청에서 오로지 한마디, "그에게서 마지막으로 들은

18. 반짝이지 않는 별

말은, 그저 그동안 미안했다는 사과였다"라고만 밝혔다.

사실이 어찌됐든, 이 말은 은하와 현준호 이미지 모두를 상승시켜 주는 말이었다. 강은하는 확실히 센스쟁이다. 한 차례 경찰과 기자들을 만나고 나서, 은하는 작업실에 칩거했다. 누구의 연락도 받지 않으려 했으나, 우성호의 연락은 받았다. 우성호는 현준호의 장례식을 잘 치렀다는 말과 함께, 현준호가 죽은 충격으로 현목성 작가도 쓰러져서 얼마 살지 못할 것 같다는 말을 전해주었다.

"정말 현준호 만나서 한 이야기가, 현준호가 그동안 미안했다고 한 말이 전부야? 진짜냐고 묻는 거 아니야. 아닌 거 아니까. 걔가 그런 말을 할 리가 없는 애란 거 너도 알고 나도 알아."

우성호는 확신하고 있는 것이다. 현준호의 선택이 은하 때문이라고. 그의 말에 은하는 아무 말도 할 수 없었다. 대체 무슨 말을 할 수가 있을까? 금성을 죽인 게 현준호라고? 그래서 현준호 평생의 콤플렉스이자 상처인 출생의 비밀을 들먹여 골로 보냈다고? 현목성 작가 인생 최대의 실수가, 더러운 불륜으로 생긴 쓰레기 사생아를 '폐기'하지 못하게 한 것이라 말했다고? 은하는 알 수 있었다. 아무 말도 못하든 모든 것을 다 말하든, 우성호와는 이걸로 끝이라는 것을. 그것이 아마, 자신이 현준호에게 저지른 '과잉방어'의 대가일 것이다. 어차피 끝일 바엔 아무 말도 하지 않는 것이, 인생 유일한 스승님에 대한 마지막 예의일 거라고, 은하는 생각했다.

영원 같은 침묵이 흘렀다. 그들은 오랜 시간 동안 침묵 속에서 아무 말도 하지 않고 그저 전화만 들고 있었다. 한참 후에야 우성호가 말했다.

"네가 현준호에게 무슨 말을 했든, 난 진정한 의미에서 네 잘못은 아니라고 생각해."

그리고 또 아주 무거운 침묵이 흐르더니, 우성호가 조심스레 말했.

"잘 지내라. 물론 넌 자책 안 하겠지만, 난 네가 자책할 필요 없다고 생각한다."

우성호는 또 한동안 침묵하다가, 결국 먼저 전화를 끊었다.

은하는 직감적으로, 자신의 예상대로 이것이 정말 우성호와의 마지막임을 깨달았다.

'궁극적으로 네 잘못이라고 생각하진 않는다. 하지만 너와 더 이상 가까이 지낼 수 없으니 이해해달라.'

바로 이런 뜻이었을 것이다.

우성호는 현준호의 집안과 오랜 친분이 있었으며, 태어날 때부터 알고 지낸 현목성 작가를 진심으로 존경하고 좋아했다. 그러니 이것이 어쩌면 당연할 것이다. 어쨌든 마지막 만남에서 은하가 현준호의 멘탈을 산산이 부숴서 죽게 만든 것은 틀림없는 사실이니까. 어차피 조만간 터질 폭탄이었지만 그 도화선을 그녀가 굳이 당겨준 것은 맞으니까. 시한부 환자를 죽인다 해서 살인자가 아닌 게 아니듯이, 어쨌든 그녀도 책임은 피할 수 없는 것이다.

은하는 이 넓은 우주에 혼자 던져진 것 같은 비참한 외로움을 느꼈다. 한동안 그녀는 작업실에 조용히 칩거했다.

그날, 은하의 작업실 건물에 정전이 일어났다. 마침 집에 촛불이 있어서 은하는 촛불을 찾아 켰다. 촛불의 그 불꽃이 갑자기 너무나 아름답게 느껴져서 은하는 넋을 잃고 바라보았다. 더 큰 불꽃을 보고 싶었다.

그래서 그녀는 베란다로 가서, 베란다 타일 종이 위에 불을 붙였다. 불꽃이 타오르는 모습은 마치 옛날 금성의 그림을 처음 보고 눈의 욕망을 충족시켜주는 것처럼 은하의 욕망을 충족시켜주었다. 은하는 불꽃이 꺼지지 않게 자꾸자꾸 종이를 넣었다.

더, 더, 더.

바람이 휘리릭 불어 베란다 커튼이 나부끼면서, 불꽃의 일부가 베란다 커튼에 옮겨붙었다. 불꽃이 더 커지자 그것은 더 큰 환희와 아름다움을 가

18. 반짝이지 않는 별

지고 은하의 눈 속에 비춰졌다. 사랑하는 여자와의 하룻밤을 위해선 죽음이 도사리고 있는 만리장성을 쌓으러 갈 수도 있다고 생각한 전설 속의 남자만큼이나, 은하는 이 불꽃의 아름다움을 계속 음미하기 위해선 죽음도 불사할 수 있을 것만 같았다.

다음 순간, 은하는 정신 차렸다. 베란다엔 마침 수도꼭지가 있었고, 은하는 물을 콸콸 틀고 호스로 커튼에 물을 뿌려 불을 껐다. 은하가 그리 늦게 정신 차린 건 아니었다. 옆에 수도꼭지도 있었고, 혼자 힘으로 불을 끄기엔 충분했다. 하지만 어쨌든 위험천만한 일이었다.

은하는 자신의 눈 속에 있는 무언가가 죽고 싶어 한다는 것을 깨달았다. 큰 자책감과 상실감 속에서, 은하 자신이 죽지 않으면 혼자 힘으론 죽을 수도 없는 그 무언가가 크나큰 슬픔과 자책 속에서 죽고 싶어 한다는 것을 깨달았다.

정전이 끝나고 불이 들어왔다. 주변이 환해졌다. 정신없이 찬물로 세수를 했다. 그리고 세면대 거울 속의 자신을 똑바로 노려보았다. 정확히는 자신의 '눈'을 노려보았다.

"난 살아갈 거야."

은하는 자신의 눈 속에 또 다른 무언가가 있는지는 발견할 수 없었고 그건 10년 전 20년 전이나 똑같은 자신의 눈으로 보였지만, 눈 속 어딘가에 있을 또 다른 무언가를 향해 말을 걸었다.

"그러니까 너도 살아. 난 죽지 않을 거야. 난 살아갈 거야. 네 선택에 책임을 져. 나도 날 선택해준 널 책임질게. 나와 함께, 그럼에도 살아가자."

그제야, 은하의 눈에서 폭포수처럼 눈물이 쏟아져 나왔다. 슬픔도, 동정도, 애도도 아닌, 세상이 일그러진 듯이 기괴하게 느껴지는 현실 속에서, 어찌 되었든 자신의 인생에 큰 변화를 주고 떠나간 그를 위해 울었다.

한참 동안 울고 나서, 은하는 문득 한 문장이 떠올랐다.

푸른 화가의 진실

"내 아내는 반짝이지 않는 별이다."

《니진스키 전기》에서, 니진스키가 자신의 아내에 대해 표현한 말이다. 그 문장이 불현듯 떠올라 은하의 뇌리에 강렬하게 박혔다. 은하는 자신이 느꼈던 감정에서, 금성과 현준호의 차이를 알 수 있을 것 같았다.

둘 다 은하에게 별이었다. 마음속에 들어와 박힌 별이었다.

금성은 그 이름처럼, 눈부시게 빛나는 별이었다.

현준호는 반짝이지 않는 별이었다.

마음에 품었지만 현준호는 반짝이지 않았다. 빛이 나지 않았다.

문득 현준호가 애처롭게 느껴졌다. 태양의 축복을 받아 거대하고 위대하게 빛나는 목성이라는 별의 궤도를 돌며, 너무 작아 보이지 않고 반짝이지 않는 위성에 불과했던, 그러면서도 목성을 사랑했던 그의 아픔이 애처롭게 느껴졌다. 그제야 은하는 현준호를 주제로 그림을 그렸다. 충동적인 그림이었다. 하지만 은하답게, 그것은 현준호 자체를 기리기 위한 그림이 전혀 아니었다. 철저히 은하 중심적으로, 그저 자신에게 현준호가 어떤 인물이었는지를 새기는 그림일 뿐이었다.

거대한 붉은 동굴. 아주 씁쓸하게 느껴지는, 핏빛 동굴. 주름과 오돌토돌한 돌기가 있는 이 동굴을 보고, 그리고 그 동굴로 흘러드는 의미 없는 물줄기를 보고, 사람들은 야한 생각을 떠올릴 수 있을까? 은하는 이것이 야하지 않고 비참하고 씁쓸해 보이기를 빌었다.

그리고 동굴 밖으로, 전혀 예쁘지 않고 빛나지 않는, 카오스처럼 여러 색깔이 섞여진 유치하고 촌스럽고 차가운 별을 그렸다. 알록달록함에도 그 누구도 이 별이 찬란하다 생각하진 않지만, 그렇지만 어딘지 끌릴 듯한 그런 색깔로 유치하게 채워 넣었다.

18. 반짝이지 않는 별

어느새 현준호에 대한 생각은 날아가고, 그에 대한 원망과 아픔도 정리되었다. 〈반짝이지 않는 별〉이란 이 그림도, 컬렉션에 괜찮게 들어갈 수 있을 것 같았다. 그를 소재로 한 작품을 하면서 그에 대한 원망이나 찝찝함(죄책감이라기엔, 자신의 말 몇 마디보단 금성을 죽인 현준호의 죄가 비교도 안 되게 크다고 생각했기에, 그녀의 감정은 죄책감까진 아니었다), 어쩌면 약간은 남아 있을 무언가 정체모를 미련까지 정리하는, 역시 강은하는 예술가였다.

19. 다시 태어나 널 본다 해도

아무도 만나고 싶지 않았지만, 은하는 은성의 전화는 받았다. 그리고 은성의 방문 역시 반갑게 맞았다. 은성의 얼굴은 몹시 끔찍했다. 아마 자신의 얼굴 역시 그리 좋은 모습은 아닐 것이다. 금성을 죽인 원수가 죽었는데, 금성을 가장 사랑한 둘 다 왜 이런 표정들인 것인가?

그녀는 은성에게 〈반짝이지 않는 별〉을 보여주었다.

"비참하고……야한 그림이네."

은성이 가라앉은 목소리로 말했다. 그녀는 그 말에 고개를 끄덕였다.

"비참하고 야한 사이였으니까."

"저 반짝이지 않는 별, 너무 초라하고 유치해."

"초라하고 유치한 사람이었으니까."

그녀의 무미건조한 목소리에, 은성은 슬슬 화가 치밀었다. 그림의 별은 나름대로는 정성이 담겨 있었고 매력적이었다. 그런데 다른 부분은 광택이

19. 다시 태어나 널 본다 해도

있는 재료로 그려진 반면 그 별만큼은 일부러 무광택의 과슈물감을 선택해 그린 것 같았다. 그래서 여러 색깔로 혼잡한 그 별은 더더욱 초라하고 비참한 느낌을 주었다. 나름대로는 현준호를 기리는 그림이었지만, 그런 그림에서조차 그녀는 현준호를 멋없고 유치하고 비참하게 빛나지 않게 표현하고 있었다.

역시 강은하는 냉정했다. 절대로 더 미화하지 않았다. 만약 현준호가 이 그림을 본다면, 죽어서까지 자신을 초라하고 비참하게 표현한 것에 대해 화를 내며 그림을 찢어버렸을 것이다.

더군다나, 그 그림을 보는 강은하는 즐겁고 홀가분해 보였다. 물론 현준호의 죽음이 즐겁고 홀가분한 것은 아닐 것이다. 이 그림이 마음에 들게 나온 것이 즐거운 것이었고, 그림을 그림으로써 현준호에 대해 남아 있던 무언가를 정리해 홀가분한 거라는 걸, 은성은 알고 있었다. 그런 종류의 사람을 이미 한 명 알고 있기에, 그녀가 그런 마음이란 것을 너무 잘 느끼고 있었다.

은성과 헤어지기 1년 전쯤, 금성은 어떤 여자애에게 꽂혀서 쫓아다닌 적이 있었다. 은성은 거기에 대해 격렬하게 질투했지만 금성은 신경도 쓰지 않을 만큼 진심이었다. 처절하게 외면 받고 나서, 금성은 그 여자애를 소재로 그림을 그렸다. 어린 시절의 그림이라 지금은 어디 있는지 알 수 없지만, 지금이라도 발견되면 경매에 나올 만한 그림이었다. 그림을 완성한 금성은 딱 저런 분위기였다. 이걸 그리기 위해 그 여자애를 좋아한 것 같다고, 자신의 실연을 보람있어하기까지 했다.

하지만, 자신이 인생을 파탄 낸 사람을 정리하는 것은 다르지 않나? 자신이 파탄 낸 사람을 작품 소재로 써먹음으로써 마음을 깨끗하게 정리하고 홀가분해하며 즐거워하는 모습은, 은성에게 비인간적이고 부조리하게 다가왔다. 하지만 따질 수도 없었다. "현준호는 그걸 멋지고 올바른 일이라 생각했던 사람이야."라는 한 마디로 정리될 수 있는 일이고, 그게 사실이긴 하기 때문에. 아니, 굳이 현준호가 그런 사람이 아니라 해도 은하는 딱히 별 생각이 없을 것이다. 이젠 현준호보다 이 작품이 더 중요할 것이기에. 하나 더 알고 있는 '그런 사람'이 금성이라서, 은성은 이러한 그녀의 면모를 마음 놓고 역겨워할 수도 없었다.

"당신, 현준호 마지막으로 만나서 무슨 얘기했어? 진짜로 무슨 얘기 했어?"

그 날, 현준호는 은하를 만나고 나서 자신에게 와서, 잔인한 목적성 때문에 처음으로 자신을 '은성'으로 보고 안았다. 그렇게 잔인한 방식으로 자신을 안고, 자신에게 잔인한 부탁을 했다. 그렇다면 그것이 대체 무엇 때문인지는 알아야 했다.

"그거 알아서 뭐하려고?"

"그냥……궁금해. 당신은 나한테 다 말해주기로 했잖아."

은하는 잠시 고민하다 말했다.

"현준호는 아마 사생아일 거야."

그러면서 그녀는 자신이 예상했던 심증을 모두 말했다. 화련과 현준호에 대한 모든 예상. 그리고 그것을 바탕으로 현준호에게 쏟아낸 말들을 모두 말해주었다.

"……모두 심증일 뿐이야. 그냥, 내 눈이 본 심증일 뿐이야. 틀렸을지도 몰라."

그녀는 적중률 100퍼센트에 달하는 자신의 눈을 툭툭 쳤다.

"그냥 심증을 가지고 말했을 뿐이야. 당신은 태어난 게 실수였다고, 태어나지 말았어야 했다고. 먼저 나보고 태어나지도 말았어야 했다고 한 건 그 쪽이야. 똑같이 대꾸했을 뿐이야. 난 잘못 없어."

"당신은 알고 한 말이잖아."

19. 다시 태어나 널 본다 해도

"현준호도 내가 고아인거 알고 들먹였는데 뭘."

핑계가 있어 다행이라는 듯한 말투로 말하는 그녀는 현준호의 그 말에 털끝만큼도 상처받지 않았을 것이다. 그럼에도 은성은 그 말에 할말을 잃을 수밖에 없었다. 금성이나 그 자신도 고아였기 때문에. 그것조차도 그녀가 의도했을 거란 생각이 들어 더욱 화가 났다.

"……당신이……사람이야?"

은성은 왜 현준호가 자신에게 은하를 죽여달랬는지 이해할 수 있었다. 모든 것을 잃었는데도, 그토록 고통받았는데도, 그런데도 나쁜놈도 죄인도 모두 자신이기에 더욱 비참했을 것이다. 그녀는 이해할 수 없다는 듯이 말했다.

"난 그걸 현준호에게 묻고 싶어. 당신이 사람이냐고. 왜 그랬냐고. 너 법 공부했다며. 내가 유죄인 부분이 있니?"

"……아니."

"그리고 네 하나밖에 없는 쌍둥이 형이자, 내가 사랑하는 사람을 현준호가 죽였어. 그건 법적으로 유죄니?"

"……그래."

이번에도, 은성은 하는 수 없이 대답했다. 대답하면서 은성은 그녀가 증오스러웠다. 그가 가장 괴로워하는 부분을 그녀가 집어낸 것이다.

"그럼 결론은 이거잖아. 악한 놈은 그 자식이야. 죽어도 싸. 난 죄가 없어. 내 탓이 아냐. 현준호는 그냥 자기가 죽은 거야."

"그래도 당신만 없었다면 우리 형과 현준호는……."

"너 그새 현준호한테 세뇌됐니? 현준호만 없었다면 금성과 난 행복했어."

"당신 옆에서, 형은 결국 바싹바싹 말라갔을 거야. 그리고 결국 버려졌을 거야. 형이 아무런 실수 안 했어도, 형에게 얻을 거 다 얻고 나선, 형에게 지친 당신이 당신 세계에 집중하기 위해 형을 내팽개치고 떠났을 거야. 자기 없인 살 수 없게 만들어놓고 쇼팽을 떠난 조르주 상드처럼. 그리고 상드처럼 뒤돌아보지도 않았겠지."

약하디약한 사람의 마음으로 너무나 푸른 꿈을 꾼다고, 드라마 〈선덕여왕〉에서 미실의 대사였던가. 금성이 혼자서는 살아갈 수 없는 세계로 은하가 끌어들였는데, 그에겐 은하의 마음에만 기대야 버틸 수 있는 세계였다. 언제 무너질지 모르는 위험한 세계를 버티며 사는 것이, 오로지 은하의 마음에만 달렸다? 그것도 은하처럼 자기 자신의 세계가 가장 중요한 사람의 마음에, 금성처럼 위태로운 사람이? 사람의 마음처럼 약하디약한 것에 파멸하지 않고 버틸 수 있는 유일한 길이 달려 있는 인생을 산다고? 은하는 금성을 그런 인생으로 몰아넣은 것이다. 은성은 현준호가 아무 짓도 하지 않았어도, 금성이 실수하지 않았어도, 이 커플의 미래는 결국 금성의 파멸로 끝났으리란 생각이 들었다. 결국 어떻게든 은하만 살아남고 현준호와 금성은 파멸하는 것이, 이들이 만났을 때부터 정해진 결말이었을 것이다. 하지만 은하는 궁극적으론 인생 전체로 보았을 땐 별다른 타격도 받지 않았겠지.

문득 은하는 자신의 옆에서 초췌해져가던 금성을 떠올렸다. 수전증이 와서 부들부들거리는 그 손의 떨림까지도, 기억이 났다. 그런 그에게 가끔 느꼈던 짜증스런 답답함도. 그를 떠날 때, 그에게 이득 되는 것만 잔뜩 남기고 떠난다 생각했다. 자신이 그에게 만들어준 현실이 그에게 고통이 될 거라 추호도 생각하지 못했다. 그래서 그가, 그런 눈부신 명성과 평가 속에서 그렇게 엉망으로 사는 것을 이해하지 못했다. 은성의 말이 틀리지 않을 수도 있다는 것이 은하를 견딜 수 없이 화나게 했고, 그것은 은하의 입이 다시 터지게 만들었다.

"헛소리 하지 마! 어차피 역사에 만약이란 없어, 그리고 지금 너 무슨 소

19. 다시 태어나 널 본다 해도

릴 하는 거야? 현준호는 네 형을 죽였어. 형을 죽인 원수를 찾아온 거 아니었어? 형에 대한 이야기를 듣고 싶은 것은 둘째고, 원래는 현준호와 나 중에서 누가 금성의 죽음에 직접 연관되어 있는지 알아내려 한 거 아니었어?"

처음에는 분명 그랬다. 은성은 또 할 말을 잃었다.

"이럴 거면 왜 나타났어? 금성 죽인 원수 찾아내서 사랑하려고 금성 죽인 원수 찾고 싶던 거였어? 사실은 내가 금성 죽인 원수이길 바랐지? 아주 아주 간절하게 바랐지? 근데 그게 아니라서 안타깝지? 이거 미안해서 어쩌니, 금성을 죽인 게 내가 아니라서?"

은하의 말 한 마디 한 마디가 날카로운 칼이 되어 정곡을 깊이 찔렀다. 은성은 자신이 변호사라는 게 한심스럽게 느껴졌다. 어차피 더 이상 법조인의 길을 갈 생각이 없어졌지만 말이다. 법적으로 명백히 유죄인, 형의 원수를 사랑하여 용서하고, 그 사람 말을 듣고 자신조차 법적으로 유죄를 저지르려고 하는 이상, 이미 자신은 자격이 없었다. 하지만 어쩔 수 없었다. 이 일그러진 세상 속에서, 자신이 할 수 있는 일은 그것 뿐인 거 같았다.

은성은 말없이 은하에게 다가가 그녀를 끌어안았다. 은하는 병찐 얼굴이면서도 그의 포옹을 반갑게 받아주었다. 그와는 다른 체취에 은하는 얼굴을 찡그렸지만, 그래도 그를 닮은 얼굴을 가진 자의 품이라는 것이 반갑게 생각되었다.

다음 순간, 은성은 은하의 배에 주먹을 가격했다.

은하는 은성의 품에 힘없이 쓰러졌다.

얼마나 시간이 흘렀을까.

은하가 쓰러질 때는 낮이었는데, 어느새 밤인 듯했다. 장소도 이상한 창고 같은 데로 옮겨져 있었다. 아마도 은하가 정신을 잃고 나서도, 약물 등 정신을 잃게 하는 다른 조치를 취한 것 같았다. 조금씩 정신을 차린 은하는,

자신이 이상한 창고 같은 데서 로프로 묶여 있음을 깨달았다.

간신히 정신을 차리자 눈앞에 은성이 보였다.

은성은 아주 싸늘한 얼굴로 분명한 증오를 담고 자신을 보고 있었다.

그리고 손에는, 작지만 제법 날카로워 보이는 아름다운 단도를 들고 있었다.

……아마도 현준호의 칼이겠지. 유치하게 화려한 게 어딘지 현준호 취향 같다는 생각이 들었다. 그녀는 그렇게 생각하며 입을 열려고 하는데, 입이 열리지 않았다. 입에 재갈이 물려 있었다.

"당신이 하는 말, 단 한마디도 듣기 싫어. 그냥 내말 듣기만 해."

은성이 차갑게 말했다.

"당신이 증오스러워. 만약 당신이 없었다면 금성은 죽지 않았을 거야. 현준호도 죽지 않았을 거야. 그것만큼은 확실한 거 아냐? 법적으로 무죄? 법적으로 유죄인 절도죄가 나아. 법적으로 유죄인 폭행죄가 나아. 그들은 당신한테 먹혀버렸어. 당신 때문에 엉망진창이 됐어, 나마저도."

그녀는 "그럼 법적으로 유죄인 살인죄는? 그것도 그게 나아?"하고 묻고 싶었지만 재갈이 물려 있어 물을 수가 없었다. 이런 질문을 할까봐 은성은 그녀에게 재갈을 물렸을 것이다. 은성은 말을 계속했다.

"법 공부한 나한테 법을 들먹여? 그게 나한테 얼마나 잔인한 말인지 알아? 나도 알아, 넌 현실에서는 무죄야, 세상은 널 선택했고, 그래서 세상은 너를 위해 희생자를 낸 거뿐이겠지, 너를 위해! 그래서 넌 이 빌어먹을 세상 속에선 죄가 없어. 법적으로도, 도덕적으로도, 죄가 별로 없어. 그게 날 더 미치게 만들어! 이제 알 거 같아. 왜 현준호와 금성이, 네가 등장하고 나서 망가졌는지. 나마저도 너 때문에 그 잘난 법적으로 범죄를 저지를 만큼 망가졌으니까."

그녀는 그의 말에 한없이 억울했다. 자신은 이 모든 사태를 바란 적이 없

19. 다시 태어나 널 본다 해도

었다. 가장 억울한 건, 그녀만의 가치판단 속에서는 진정 세상이 선택한 것이 자신이 아닌 것 같다는 생각이었다. 진짜 천재는 금성이니까. 그런 그를 죽인 것이 현준호 아니었던가? 세상의 선택을 받은 그를 죽였으니 현준호가 세상의 외면을 받아야 하는 것이 당연한 거 아닌가? 하지만 재갈이 물려 있다는 상황 외에도 공포로 인해 그녀는 한마디도 할 수가 없었다.

방금 발견한 삽 때문이었다. 창고 입구 쪽에 삽자루가 하나 있었다. 새로 구입한 듯 보이는 그 삽은, 원래 창고에 있던 것이 아닐 것이다. 그녀는 겁에 질렸다. 은성이 자신을 죽이려는 것이 진심이라는 것을 깨달았기 때문이다. 은성은 그녀를 죽이기로 결심하고 계획해서 여기로 온 것이다. 반경에 구해주러 올 사람이 없고 사체를 운반해 묻을 수 있는 곳으로 데려와, 파묻어버릴 삽까지 준비해온 것이다.

먼지 없이 윤기가 흐르는 그 삽은 어떤 것보다도 공포스러웠다. 죽음이 아주 가깝게 느껴졌다. 이토록 겁에 질려본 적이 없었다. 미친 듯이 살고 싶었다.

'아직 전시를 완성하지 않았어. 금성을 기리는 전시인데! 내 모든 걸 걸고 만든 전시인데!'

아직 기획하고 싶은 부분과, 그려야 할 그림들이 남아 있다. 전시 절차가 많이 남아 있다.

이상하게도 주마등처럼 스치는 건 금성과의 추억이 아니라, 금성을 기리는 전시를 준비하는 시간들이었다. 그녀의 마음은 아직 괴로웠지만 전시 준비는 즐거웠고, 그 과정에서 마음이 차곡차곡 정리되어 가고 있었다. 10여 년이 넘게 그녀는 금성의 그림자 속에 갇혀 살았다. 전시는 그것을 정리하는 과정이었다. 지금 당장 죽더라도, 정리가 안 된 채로 죽고 싶지 않았다.

다음 세상을 가더라도 정리되지 않은 마음으로 가고 싶지 않았다. 무엇보다도, 이토록 열심히 준비한 전시를 자신의 손으로 마무리해서 세상에 내놓을 수 없다는 것이 용납되지 않았다. 다른 것은 다 차지하고서라도, 우선 그것 때문에라도 절대 죽고 싶지 않았다. 죽을 수가 없었다. 그녀는 자신도 모르게 마치 도살을 앞둔 짐승처럼 몸부림치고 울부짖으며 끅끅거렸다. 웅웅거리는 목소리는 아주 절박하게 살려달라는 말임을 쉽게 느낄 수 있었다.

끝까지 폼만 잡을 줄 알았던 그녀가 추할 정도로 몸부림치며 살려달라고 호소하자, 오히려 은성은 어이가 없어졌다. 끝까지 도도하게 자신을 노려보는 강은하의 모습을 상상했기 때문이었다. 강철 같은 모습의 그녀를, 그 숨통을 끊어놓으면서 그 싸늘한 강인함을 비웃고 싶었다. 이렇게 짐승처럼 살려 달라 울부짖는 모습은 상상도 하지 못했다. 강은하가 아니라 전혀 다른 사람 같았다.

아마도 거기서 그녀에 대한 증오가 약간은 풀린 것 같았다. 은성은 가까이 가서, 칼로 그녀의 재갈을 끊었다. 그녀의 독설을 단 한 마디도 더 이상 듣고 싶지 않지만, 지금 짐승처럼 몸부림치는 그녀에게선 독설이 나올 것 같지 않았다. 과연 이렇게 추하게 몸부림치는 강은하 입에선 어떤 소리가 나올지 문득 궁금했다. 아마 은성은 그녀의 반성과 사과, 혹은 그녀의 밑바닥을 듣고 싶어 하는 건지도 몰랐다.

"살려줘! 죽고 싶지 않아! 내가 다 잘못했어, 내가 미친년이고 나쁜년이었어, 다 나 때문이야, 내가 모든 원흉이야! 뭐든 다 할게, 다 줄게, 제발 살려줘!"

그녀의 입에선 예상했던 대로 살려달라는 울부짖음이 나왔다. 그것도 은성이 듣고 싶어 하는 말들 위주로.

"너도 사람이구나. 살고 싶어 하는. 남들 살고 싶은 욕망은 다 꺾어놓고."

"아직 전시를 완성하지 않았어! 금성을 기리는 전시야!"

19. 다시 태어나 널 본다 해도

강은하가 날카롭게, 하지만 몹시 절박하게 외쳤다. 은성은 순간 재갈을 끊은 것을 후회했다. 은하의 그 말이, 그 어떤 말보다도 날카롭게 은성의 가슴을 후벼 팠다.

"제발 전시만 완성하게 해줘! 그것만은 완성하게 해줘! 지난 1년 간 전시에만 매달리며 살아왔어, 그게 내 삶의 목표였어, 그것만은 하게 해줘! 신고하지 않을게. 나 당신 신고 못해. 당신 돌보기로 금성이랑 약속해놓고 경찰서 보낼 순 없어. 그러니까 지금은 살려줘. 죽이려면 그 전시는 끝나고 죽여. 부탁이야! 제발 살려줘! 난 살아야 한단 말야!"

그리고 그녀는 목놓아 울었다.

정말 살고 싶어 하는, 추할 정도로 짐승 같은 울부짖음이었다. 금성의 전시는 핑계가 아니었다. 지금 그녀가 몸부림치며 살고 싶어 하는 가장 큰 이유가 그것인 것은 틀림없는 사실이었다. 은성도 느낄 수 있었다. 그런 강은하의 모습에, 어린 시절 크레파스를 달라고 울부짖는 금성의 모습이 겹쳐 보였다. 자신과의 마지막 만남까지 내팽개치고, 고작 그림 한 장 완성하기 위해 크레파스를 달고 난리치던 금성의 모습, 은성과의 약속마저 팽개치고 크레파스를 손에 넣고 환하게 웃던 금성의 모습이 선명하게 겹쳐 보였다.

정말 지긋지긋한 족속들이라는 생각이 들었다.

지겨웠다. 죽이는 것조차 지겹다는 생각이 들었다.

은성은 깨달았다.

그는 이 여자를 죽일 수 없었다. 죽이면 안 된다. 그건 처음부터 정해져 있었다.

아무리 가증스러워도, 아무리 원망스러워도, 죽일 수가 없었다.

시간이 얼마나 흘렀을까. 은하는 울다 지쳐 끅끅대고 있었다. 은성은 한동안 가만히 그녀를 노려보았다.

그리고 이윽고, 그는 칼을 들고 천천히 그녀에게 다가왔다.

은하의 얼굴이 하얗게 질렸다.

은성은 은하 가까이에 와서 눈높이를 맞추며 앉아서, 한동안 차갑게 그녀를 노려보았다.

그는 들고 있던 칼을 들어, 칼등으로 그녀의 양 뺨을 툭, 툭, 쳤다. 마치 영국에서 기사 수여식 때 왕이 기사의 어깨를 칼등으로 툭툭 치듯이. 칼등의 차가움에 은하는 공포를 느낀 듯했다. 그녀의 얼굴에서 핏기란 핏기가 전부 빠져나가 입술마저도 하얗게 질렸다. 눈빛이 어마어마한 공포에 휩싸였다. 그 칼은 언젠가, 현준호가 은성에게 자신을 죽여달라고 부탁하며 그에게 건네려 했던 칼이다. 그 칼로 은하를 위협하고 공포에 휩싸이게 한 것에 대해, 아마도 현준호는 속시원해할 것이다. 은성은 그것으로 만족했다. 그리고 아무 말 없이 그 칼로 은하를 묶은 로프를 천천히 하나하나 끊었다. 로프를 다 끊자, 은성은 일어나서 문 쪽을 향해 천천히 걸었다.

은하는 로프에서 해방된 후로도 꼼짝 않고 앉아 있었다. 은성에게서 살의가 사라졌다는 것을 피부로 느낀 듯, 그녀의 피부에 핏기가 점차 돌아왔다. 은성은 칼을 칼집에 넣고, 소중하게 주머니에 넣었다. 그리고 무겁게 말했다.

"이젠 왜 당신이 한계가 있었는지⋯⋯왜 그 모든 것을 다 받고도 결코 형의 수준은 될 수가 없는지⋯⋯알 것 같아."

그녀의 눈에서 공포가 사라지며 호기심으로 번뜩였다. 그녀는 다급하게 물었다.

"그게 뭔데?"

은성은 쓸쓸한 얼굴로 고개를 가볍게 젓고는 대답 없이 나갔다. 아니, 나가려고 했다. 하지만 기다시피 달려온 그녀가 그의 바지끄댕이를 잡는 바람에 나갈 수가 없었다. 그녀는 며칠 굶은 강아지 같은 표정으로 간절히 그를 보며 계속 집착적으로 물었다.

19. 다시 태어나 널 본다 해도

"그게 뭔데? 금성에게는 있고 나한텐 없는 게 뭔데?"

"이거 놔."

"그게 뭔데? 말해주고 가! 제발 말해주고 가……."

은성에게 지긋지긋한 환멸이 밀려왔다. 그는 그녀의 멱살을 잡고 바닥에 있는 힘껏 내동댕이쳤다. 하지만 그녀는 아무렇지 않게 벌떡 일어나더니 다시 그의 다리에 매달려 말했다.

"말해주고 가. 그게 뭔데?"

은성은 기가 막혔다.

"이봐. 나 방금 전까지 당신 죽이려고 했던 사람이야."

은성은 말하면서도 스스로도 유치하게 생각되었지만, 그녀가 정말로 그 사실을 완전히 까먹고 있는 것 같아서 말해줄 수밖에 없었다. 하지만 그 말이 안 들리는 모양이었다.

"그게 뭔데? 금성에게는 있고 나한텐 없는 게 뭔데?"

아마도 그것이 강은하를 오랫동안 괴롭혀온 질문인 모양이었다.

현준호의 눈을 갖고, 금성도 그녀에게 모든 것을 주고 싶어 했는데, 금성이 갖고 있던 경지는 절대 도달할 수 없는 그 한계가 은하를 가장 괴롭혀온 것이었다. 하지만 금성은 강은하와 근본적으로 달랐다. 그러기에 작품도 근본적으로 다를 수밖에 없었다.

하지만 어떻게 설명할 수 있을까? 은성은 질린 나머지 대답을 해주기로 결심했지만, 은성이 느낀 그 차이점을 제대로 설명할 방법이 없었다.

"뭐라고 말해야 될지는 모르겠어. 넌……머리로 세상을 봐. 너만의 논리로 세상을 봐. 너무 차가워. 차갑고 공허한 우주 같아. 하지만 형은 그래도……마음으로 세상을 봤어. 그래. 둘 다 자기밖에 모르고, 예술이 우선인 사람들이지. 하지만 형은 너처럼 머리로만 세상을 보지 않았어. 세상을, 사람을 사랑할 줄 알았어. 마음으로 그림을 그렸어. 넌 그림도, 형조차도, 너만의 논리로, 너만의 시선으로, 네 입장에서만 사랑했어. 그래서 형도 아마 네 곁에서 말라 비틀어져갔을거야."

처음에 은하는 이해할 수 없다는 듯이 은성을 쳐다보았다.

하지만 조금 시간이 지나자, 천천히, 아주 천천히, 은하의 얼굴이 무언가에 얻어맞은 듯한 표정으로 바뀌어갔다.

스르륵, 하고, 그녀는 은성을 잡은 손을 힘없이 놓았다.

그녀는 이해했을까?

아마 완전히 이해하진 못했을 것이다. 하지만 자신과 금성과의 차이점이 어디에 있는지, 아주 어렴풋이는 깨달음이 왔을 것이다. 그녀는 차갑지만 나쁜 사람은 아니니까. 답답하지만 멍청한 사람은 아니니까. 은성은 멍한 얼굴을 하고 있는 그녀의 표정을 씁쓸하게 쳐다보았다. 그 충격 받은 얼굴이 자신에게 목숨을 위협받아서 나온 표정이 아니란 것이 좀 웃기기도 하고 기도 막혔다.

"은하답네."

라고 은성은 중얼거렸다. 정말로 자신이 그렇게 생각했다기보단, 아마도 형이라면 웃으면서 그렇게 말했을 거란 생각이 들어서였다. 저런 말도 안 되는 여자를 사랑한, 아니, 더 정확히 말하자면 저런 말도 안 되는 여자를 '선택'한 형이 원망스럽기만 했다. 그것도 그들만의 형태의 '사랑'이긴 했겠지만 말이다.

그녀는 비틀거리며 일어나다가, 낑낑대며 무너지듯 쓰러졌다. 마취가 풀린 상태에서 제대로 움직이기는 힘들어 보였다. 최근 1년 동안 전시에만 매달리며 몸 상태도 이미 좋은 상태는 아니었다.

"차 가져왔지? 데려다줘."

그녀의 말에 은성은 이제 어이가 없어지려고 했다. 스스로 바보 같다고 생각하면서도, 은성은 다시 한 번 말해야 했다.

19. 다시 태어나 널 본다 해도

"나 방금 당신 죽이려던 사람이라고."

"이젠 죽일 생각 없잖아. 혼자 집에 어떻게 가. 집에 데려다줘."

어이가 없었지만, 잠시 후 은성은 은하를 자신의 차 옆자리에 태우고 그녀의 오피스텔을 향해 가고 있었다. 은하는 의자를 뒤로 완전히 당기고 누워서, 무방비한 상태로 눈을 감고 누웠다. 잠시 침묵이 감돌고, 그녀는 눈을 감은 채로 느릿하게 말했다.

"현준호에게 하고 싶은 말이 있어. 당신이 대신 들어줄래? 마지막으로 현준호를 사랑해준 사람이잖아."

은성은 대답하지 않았다. 그것을 긍정으로 이해한 그녀가 말했다.

"우리 다음에 다시 또 태어나면, 그땐······만나지 말자. 그럼 서로가 서로에게 상처주지도, 서로가 지옥을 겪지도 않을 테니까. 어디까지나 서로를 위해서······만나지 말자. 그리고 다음 생애는 부디 행복해야 해."

언젠가 은하는 오로지 자신이 신경 쓰이게 하는 일이 없기 위해 현준호의 행복을 빌어준 적이 있었다. 진심이긴 했지만 현준호의 행복 자체를 원한 것은 아니었다. 자신의 상처에 대한 보복성으로 오히려 현준호의 불행을 더 원했을지도 모르지만, 그것보단 자신에게 신경 쓰이는 일이 없어야 한다는 게 더 중요했기에 그의 행복을 빌었을 것이다. 아마도 그의 불행에 대해 어느 정도는 쌤통이라는 생각도 했을 것이다. 하지만 지금 은하는, 진심으로 그의 안식과 평화를 바랐다. 그가 더 나빴지만 자신이 더 강했기에 자신이 좀 더 너그러웠어야 했다는 자책감을 안고, 진심으로 그의 안식을 빌었다.

은성은 조용히 눈물을 흘리는 그녀를 보며, 어쩌면 그녀가 마지막으로 현준호를 죽음으로 몰아넣은 말들을 한 것에 대해 후회하고 있을지도 모른다는 생각이 들었다. 그렇다 해도, 그녀는 분명 자신이 그 말을 하지 않았어도 결국 언젠가 현준호는 같은 선택을 했을 거라고도 생각해서, 그다지 죄

푸른 화가의 진실

책감을 느끼거나, 도덕적 자존심의 훼손을 느끼거나 하진 않겠지만.

"그렇다면 금성은?"

은성이 물었다.

은하는 다음에 다시 또 태어날 수 있다면, 금성은 보고 싶었다. 하지만 이렇게 온 세상이 찢어발겨지는 아픔을 다시 겪고 싶지 않았다. 그것은 출구 없는 지옥이었다. 이번 생애 진심으로 그의 인생을 책임져 주고 싶었지만 실패했다. 그들은 처음부터 서로 사랑하진 말았어야 했을지도 모른다. 그냥 친구로 남았어야 했을지도 모른다.

"금성은……보고 싶어. 하지만 제발, 사랑은 하지 말자."

은성도 그 말에 찬성이었다. 예술가로선 운명이고 인연일지 몰라도, 남녀로선 악연이란 생각이 들었다. 은하는 혼잣말하듯 노래하듯 천천히 말을 계속했다. 금성에게 하는 말인 듯했다.

"다시 태어나 널 본다 해도, 널 사랑하진 않을 거야. 우리 다시 태어나 본다 해도, 연인이 되진 않을 거야. 다만, 좋은 친구는 되고 싶어. 그렇다고 그렇게 친구가 된다 해도, 널 사랑하진 않을 거야.

우리 다음에 태어나 좋은 친구 되면, 너의 행복한 인생을 보고 싶어. 하지만 너의 그 인생을, 책임져 주지는 않을 거야. 너 때문에 이젠 두 번 다신, 마음이 아프진 않을 거야."

"이기적이네."

하지만 그만큼, 은하는 금성 때문에 힘들었다는 것이고, 그만큼 사랑했다는 것이다.

무거운 침묵이 흘렀다. 그 침묵 속에서, 오열하는 것보다 더 큰 슬픔이 느껴졌다.

은성은 은하를 부축해서 그녀의 오피스텔까지 데려다주었다.

나가려는 은성을, 그녀가 붙잡았다.

19. 다시 태어나 널 본다 해도

"무서워. 오늘 밤만 여기서 자고 가줘."

놀라는 은성의 표정을 보고 그녀가 피식 웃었다.

"나랑 자자는 거 아냐. 그냥, 하루만 내 옆에 있어줘."

"저기, 나 방금 당신 죽이려……."

"그만 해."

세 번째로 똑같은 말을 하려는 은성을, 그녀가 한숨을 쉬며 막았다.

"정말 무서워서 그래."

"뭐가 그렇게 무서운데? 현준호 유령이라도 나타날까 봐? 당신 그런 거 무서워하는 사람 아니잖……."

"네가 죽을까 봐."

은성은 잠시 할 말을 잃었다.

문득, 그런 생각을 안 하진 않은 것도 같았다.

아마도 그런 생각을 하면서, 아까 현준호의 칼을 소중하게 챙겼던 것 같았다.

마침 그녀를 납치할 때 썼던 수면마취제가 아직 은성의 차에 남아 있었다.

만약 이대로 혼자 차를 탔다면……지금 생각해보니 그녀가 걱정하는 일이 일어났을지도 모르겠다는 생각이 들었다. 아니, 확실하게 일어났을 거란 생각이 들었다.

"너마저 죽는 건 싫어. 현준호랑 같은 선택은 하지 마."

"……나 안 죽어."

"그럼 하루만 내 옆에 있어줘. 지금은 어둡잖아. 사랑하는 사람을 잃고 나면, 밤이 얼마나 길고 끔찍한데. 사람을 얼마나 외롭고 비참하게 만드는데. 금성이 죽고 나서 밤마다 몇 번이나 죽고 싶었어. 물론 진짜로 죽을 마음은 추호도 없지만, 어쨌든 난 나니까. 하지만 너는 걱정돼. 그러니 날 밝을 때까진 내 옆에 있어줘."

"현준호한테도……그런 걱정 해줬었어?"

그녀는 잠시 할 말을 잃었다. 은하는 칼로 가득 찬 현준호의 사무실을 나올 땐, 지금보다 더 강렬하게, 아니 거의 확신에 가깝게, 현준호가 곧 죽음을 선택할 거란 예감이 들었었다. 하지만 그것에 대해 걱정하긴커녕 제발 빨리 그런 일이 일어나길 바라다시피 했고, 다음 날 뉴스를 접한 직후엔 어느 정도는 속 시원하기까지 했다.

"……현준호한테 내가 옆에 있어달라고 했으면 짜증나서 오히려 더 빨리 죽었을걸."

은하는 간신히 그렇게 말했다. 어이없지만 말은 되는 그 변명에 은성은 별말 못하고 헛웃음을 지었다. 그녀는 계속 말했다.

"그때와 같은 실수, 다시 하게 하지 마. 밝을 때까지만 내 옆에 있어줘. 그리고 날이 밝고 나서, 제발 이 빌어먹을 세상을 네가 살아가줬으면 좋겠어."

결국 은성은 날이 밝을 때까지 은하 옆에 있었다. 둘은 한동안 잠도 자지 않았지만 더 이상 말하지도 않았고, 그래서 몹시 불편하고 불편했지만, 그래도 이상하게 혼자 있는 것보단 덜 절망스러웠다. 어쨌든 죽고 싶다는 생각은 점점 걷혀졌다. 이런 사람 곁이라도 나를 아끼고 생각해주는 사람이 옆에 있는 게 덜 절망스럽다는 데서, 결국 인간은 사회적 동물이란 것을 은성은 문득 실감했다.

20. 권 기자 이야기 —마지막

권 기자는 입을 떡 벌리고 은성의 이야기를 들었다.

방금 이 이야긴 충격이었다. 무려 금성의 동생이 은하를 죽이려고 했었다니.

최근 은하는 '푸른 은하'라는 거대한 스튜디오를 만들고, 거기서 돈 없고 재능과 열정 넘치는 예술가들의 작업을 돕고 지원하는 프로젝트를 진행하겠다는 발표를 했다. 명예와 도덕심 충족을 위해 그저 장학금 정도만 지원했던 은하답지 않은, 상당히 귀찮은 프로젝트라서 의외라는 생각을 한 적이 있었다.

어쩌면 은하는 '세상을 마음으로 보기 위해서' 그런 프로젝트를 진행하려는 것일까?

'반짝이는 별들을 수호할 수 있는 은하'가 되기 위해?

권 기자는 다시 은성의 얼굴을 살폈다.

은성의 얼굴은 어느새 흑빛이 되어 있었다. 어떤 식이든 간에, 은하를 죽이려던 그의 시도는 그에게도 굉장히 끔찍한 경험이었을 것이다. 은하가 아무리 싫다 해도, 그녀는 형의 여자였다. 그녀를 죽이려던 이유도 형을 죽인 살인자가 부탁했기 때문이었다. 그러잖아도 형에 대한 죄책감이 클 은성이었다. 더군다나 평생을 통해 법을 배워온 자가 가장 끔찍하고 부조리한 범죄를 저지르려고 했던 것이다.

권 기자는 문득, '은성은 정말 은하가 가증스럽기만 한 것일까'라는 생각이 들었다. 물론 동성애자라 이성으로 사랑할 순 없다 해도, 특별한 '사람'이긴 할 것 같았다.

"당신은 은하를 정말 싫어하나요? 물론 좋아할 수야 없겠지만……저한테 찾아온 걸 봐선 아주 싫어하는 것 같지도 않은데. 더군다나 당신 형을 그렇게 사랑하잖아요."

은성은 피식 웃었다.

"사랑……했죠."

"……네? 지금도 열렬히 사랑하는 거 아닌가요? 금성을 기리는 전시에 그렇게 모든 걸 걸고 준비했고, 이제 곧 열리는데."

"그래서죠. 전시가 마무리됐거든요. 전시 마무리하며, 은하의 마음도 마무리가 됐어요. 원래 그런 족속이잖아요, 그런 사람들은."

권 기자는 할 말을 잃었다.

"얼마 전에 금성의 어린 시절의 그림 발견된 거 아시죠?"

물론 알고 있었다. 어린 시절의 짝사랑을 소재로 그린 그 그림은, 컬러 사인펜, 크레파스, 매직, 색종이 등을 동원해, 팝아트적 콜라주 형태로 만들어졌다. 아홉 살짜리의 작품이라고 믿어지지 않는 걸작이었다. 은성의 초등학교 때 선생님 집 창고에 있던 것이 최근 발견되어 요 며칠 떠들썩하게 만든 그림.

20. 권 기자 이야기 —마지막

"바로 그 그림이에요. 형이 그토록 열렬히 짝사랑한 사람을 싹 잊게 만든 그림. 그렇게 아파했는데, 그 그림 그리고 났더니 즐겁고 홀가분해 보이더라고요. 아마 은하도 지금 거의 그런 상태일 겁니다. 형조차도 전시 소재로 실컷 써먹고 났더니 마음에서 풀린 거죠. 좋아할 수가 없어요. 그런데 미워할 수도 없어요. 형도 그런 사람이었으니까. 그래도 존재 자체가 재수없어요."

권 기자는 웃음이 나왔다. 은하를 잘 아는 사람으로서, 어쩐지 그의 말이 이해가 갔기 때문이다.

하긴, 처음 만난 그 순간부터로 따지면, 은하가 금성의 그림자에 지배당하며 산지 어언 11년이다. 교제하고 나서로 따져도 6여년이다. 물론 사랑하는 사람의 그림자에 평생 지배당하며 사는 사람들도 많다. 하지만 그것은 옳지 않고, 특히 은하는 더더욱 그럴 사람은 아니다.

"하지만 그게 아마 옳을 겁니다. 산 사람은 살아야죠. 세상을 위해선 은하 같은 사람이 존재하는 것이 나을 수도 있어요."

권 기자의 말에, 은성은 쓸쓸한 표정을 지었다.

"그럴지도요. 어차피 전 이 세상을 좋아하지 않아요. 저 같은 사람을 애초 인정하지 않는 세상이니까요."

"하지만 세상도 많이 변했잖아요."

이제는 성소수자를 차별하는 것이 법적으로 금지되는, 차별금지법이 나오는 세상 아닌가? 하지만 권 기자의 말에 은성은 고개를 저었다.

"그래도……변하지 않는 것이 있어요. 소수의 인권은 다수로부터 배척받고, 재능 없는 자는 외면당한다는 것은 변하지 않을 거예요."

권 기자는 어느새 이 젊은이에게 호감을 느끼고 있었다. 금성만큼은 아니라 해도, 그도 분명 매력을 갖고 있었다.

"그래도 당신이 이 세상을 살아갔으면 좋겠군요."

권 기자의 말에 은성은 피식 웃었다.

"은하 측근다우시네요. 은하랑 똑같은 말을 하다니. 정말 재수없는 여자예요. 네, 전 살아갈 겁니다. 유일한 핏줄이던 형을 사랑하는 사람 손에 잃고, 사랑하는 사람은 자살한데다 그 사람에게 형의 연인을 죽이라는 부탁을 받았더라도, 그래서 죽을 만큼 괴롭더라도, 전 살아갈 겁니다. 하지만 변호사는 그만둘 거예요."

권 기자는 그 말에 그리 놀라지 않았다.

처음에 그의 스마트한 인상을 보고 법조계가 잘 어울린다고 생각했지만, 이야기를 종합해보면 그는 법조계가 어울리는 사람이 아닌 것 같았다. 단지 머리가 좋을 뿐이다. 법이 아닌 감정에 따라 현준호를 사랑하고 은하를 죽이려고 했던 그에게 법은 어울리지 않았다. 결국 극단적인 선택은 하지 않았지만, 권 기자가 느끼기로 은성은 금성과 마찬가지로 예술가 쪽의 기질이 더 많을 것 같았다.

"아마도 제 양부모님은 엄청나게 실망하겠죠. 그것 때문에 입양했는데 말이죠. 하지만 양부모님은 절 사랑하세요. 결국 인정하실 겁니다."

한동안 은성은 고민에 빠진 얼굴이다가 다시 말했다.

"전 이번에 말씀드리며 양부모님께……제 양형제의 마지막에 대해서도 말씀드리고 싶어요. 은하는 그러지 말라고 말리더군요. 죽은 자가 납치범으로 오해받는 건 안타깝지만, 살 사람들은 되도록 잘 살아야 하지 않겠냐고."

은하다운 말이었다. 권 기자도 솔직히 그것은 은하가 옳지는 않다고 생각했다. 그녀는 결코 악녀는 아니고 양심 때문이라기보단 도덕적 자존심 때문에 되도록 옳은 판단을 하려 노력하지만, 언제나 옳은 건 아니었다. 현준호 때도 그의 부모와 출생을 들먹인 것은 옳은 일이라고 하기 힘들 것이다.

이 일도 그렇다. 평생 자신의 친아들이 납치범인줄 알았던 부모에게 진실을 바로잡아주는 것이 옳다. 하지만 자신이 끼어들 일은 아닌 것 같아, 권

20. 권 기자 이야기 —마지막

기자는 아무 말도 하지 않았다. 어차피 은성은 은하가 뭐라고 하든 진실을 밝히겠지만 말이다.

잠시 침묵이 흐른 후 은성이 말했다.

"전 글을 쓰고 싶어요. 은하가 그러더군요. 당신이 날 도와줄 수 있을 거라고. 이 이야기가 제 첫 번째 소설이 될 거예요."

"은하가……이 이야기를 쓰는 걸 허락했나요?"

"은하는 이것이 이야기가 된다 해도, 되도록 자신이나 금성이 직접 느껴지지 않길 원해요. 완벽하게 변형되길 원하죠. 무용이라든가 음악이라든가……다른 직업으로 변형되어서, 완벽하게 소설화되지 않으면 허락하지 않을 거예요. 제 이야기의 편집자로서 당신이 도와줄 거라 했어요. 그 길이, 내가 죽음을 선택하지 않도록 도와줄 것 같다며. 그리고 은하는 저를 압박하진 못하겠지만, 아마도 당신을 압박하겠죠. 은하는 당신의 약점을 많이 쥐고 있어서 당신은 은하의 뜻을 따를 테니까요. 역시, 끝까지 재수없는 여자예요, 은하는. 미워할 수도, 원망할 수도 없어서 더 재수없어요."

그의 말에 권 기자는 고개를 끄덕였다. 물론 이 일이 권 기자에게 해가 되진 않을 것이다. 은성은 학벌과 외모와 지성 모두를 가진, 꽤 가능성 있는 작가가 될 것 같았다. 이 이야기도 잘 다듬으면 제법 재밌는 이야기가 될 것 같았다. 물론, 그 이야기 속에서 은하나 현준호나 금성이 보이면 안 되겠지만 말이다. 사실 강제로 떠맡겨지다시피 한 일이지만, 권 기자의 느낌으로 은성은 좋은 동업자가 될 것 같았다.

권 기자는 유쾌하게 은성에게 손을 내밀었다.

"잘 부탁드려요."

은성은 비즈니스적인 미소를 지으며 권 기자와 반갑게 악수했다.

그로부터 얼마 후, 금성을 기리는 전시가 열렸다.

푸른 화가의 진실

현준호가 가지고 있던 금성의 그림은 모두 은성에게 양도되었고, 은성은 이 전시에 그 그림들을 모두 빌려주었다. 덕분에 은하는 처음 계획했던 것보다 훨씬 화려하게 전시를 열 수 있었다. 전시 인터뷰 등 언론에 나오는 은하의 모습은, 은성의 말마따나 즐겁고 홀가분해 보였다.

전시가 열리고 나서 며칠 후, 권 기자는 은하가 없는 시간대를 골라 평일 문 닫을 무렵에 전시장을 찾았다. 평일임에도 전시장은 제법 북적거렸다. 전시를 보며 느낀 것은, 분명 금성이 가장 눈부시게 보이도록 기획된 전시지만 철저히 '은하 중심적인' 느낌은 지울 수 없다는 것이었다.

하긴, 그녀는 강은하니까. 은하 중심적으로, 그것은 어쩔 수 없을 것이다. 그렇게 느낀 첫 번째 이유로는, 전시장 들어가서 왼쪽 벽 옆면 전체를 차지하며 첫 번째로 보이는 그림 때문이었다. 그것은 〈미술의 탄생〉이라는 제목의 거대한 그림이었다. 중심에서부터 알타미라 동굴벽화를 딴 듯한 형태에, 갖가지 추상적이거나 초현실적인 이미지가 겹쳐 구석구석 퍼져나간 형태의, 꽤 거대한 그림이었다. 그리고 그림 설명에는 다음과 같은 글이 쓰여 있었다.

미술의 탄생

형태의 모방에서 시작되었지만
혼을 담아 새로 창조하여,
그대들의 영혼을 살찌우다.

권 기자는 처음엔, 금성을 기리는 전시에 금성의 그림이 아닌 이 그림이 가장 처음에 있다는 것이 이해되지 않았다. 은하가 아주 오만한 여자라고까지 생각되었다.

20. 권 기자 이야기 —마지막

거기다가 그 맞은편 벽에는 금성의 〈푸른 은하〉가 걸려 있었다.

하지만 잠시 더 생각해보자 이해가 될 듯도 했다.

금성과 은하 사이의 감정은 단순한 사랑이 아니라, 미술이라는 매개로 맺어진 감정이었다. 미술의 탄생이 아닌, 금성과 은하라는 인연이 탄생한 가장 큰 이유를 나타내기 위한 그림일 것도 같았다. 물론 전시 전체를 보고 나면 금성이 가장 빛나도록, 그래서 너무나 애틋하게 기억에 남도록 기획되어 있지만, 어쨌든 철저히 '은하 중심적인' 기획의 전시였다.

전시장을 마감한다는 진행자의 목소리가 들려오고, 사람들이 전시장을 나가기 시작하자 권 기자도 따라 나왔다. 권 기자는 가던 도중, 문득 팸플릿을 가지고 나오지 않았다는 생각에 다시 전시장을 찾았다.

마감 팻말이 걸린 문을 열고 들어간 전시장 안에는, 은하와 은성이 있었다. 아마도 그녀가 은성 혼자 조용히 전시를 보게 하기 위해, 마감 시간 이후에 그를 부른 듯했다. 권 기자는 슬며시 다가가 전시장 안을 훔쳐보았다.

은하는 그림 〈푸른 은하〉 앞에 못박힌 듯 서 있었다. 은성은 전시장을 한 바퀴 돌고 나서 그녀 뒤에 섰다.

"저⋯⋯강은하."

은성이 부르고 나서야 그녀는 뒤돌아보았다. 그녀는 반가운 눈빛으로 은성을 쳐다보았다.

⋯⋯아무래도 그녀는 은성이 한때 자신을 죽이려 했었다는 것을 완전히 잊은 모양이었다. 사실 지금 그들의 모습을 보니, 권 기자는 은성의 그 말이 사실일까 의심조차 들었다. 지금 은하와 은성의 모습은 분명 남자와 여자로서의 모습은 아니었으나 뭔가 사촌지간 같은, 엷게 비슷한 공기가 흐르는 분위기였다. 그것은 아마도, 둘 다 금성과 현준호라는 같은 사람들을 사랑한 기억을 공유하기 때문이리라.

은성은 이제 적개심이 사라진 미소를 띠고 그녀를 보며 말했다.

"멋진 전시네. 넌 좋은 예술가야. 형만은 못하지만."

"그래, 아직은. 나도 알아."

하지만 은하의 말엔 콤플렉스는 없었다. 언젠가는 극복하리라 믿기 때문인 것 같았다.

한동안 그녀는 하염없이 은성의 얼굴을 쳐다보았다.

아마도 그녀는 은성을 보고 있는 것이 아닐 것이다. 그것을 그도 잘 알고 있을 것이다.

"키스……해도 돼?"

그녀가 조심스럽게 물었다.

물론 은하가 키스하고픈 대상은 은성이 아닐 것이다. 은성의 얼굴에 자괴감 비슷한 표정이 어렸다.

"불쾌한 거란 거……알아. 잠시만 그 불쾌함을 참아줄 수 있니?"

은성은 포기한 듯 눈을 감았다. 은하는 그에게 얼굴을 가까이 가져가 입을 맞췄다. 입술이 붙은 채로, 그들은 한동안 가만히 있었다. 은성의 꿈틀하는 손놀림이나 얼굴 표정은 불편한 기색이 역력했다. 하지만 은하 역시 눈을 감고 있기 때문에 볼 수는 없을 것이다.

"됐어."

은하가 그에게서 떨어져서, 눈을 감은 채로 말했다.

"그동안……사랑했고, 고마웠어."

홀가분함이 느껴지는 은하의 말에, 은성도 권 기자도 직감했다.

은하는 이제 금성을 마음에서 완전히 정리했다는 것을.

그녀는 눈을 뜨고, 은성을 따뜻하게 쳐다보며 말했다.

"다시 말하지만……난 당신이 살아갔으면 좋겠어. 그리고 행복했으면 좋겠어."

은하의 말에 은성은 잠시 머뭇거리다가, 힘겹게 말했다.

20. 권 기자 이야기 —마지막

"……나도."

그 말에 그녀는 무언가 구원이나 용서를 받은 듯이, 몹시 기쁜 표정을 지었다.

그들이 악수를 하는 것을 보고, 권 기자는 재빨리 입구에서 떨어져 숨었다. 은성이 나오면서 은하의 눈에 띄지 않을 만한 곳에 이르자마자 입을 닦았다. 불쾌하기보단 씁쓸하고 슬픈 표정이었다.

그로부터 몇 달 뒤, 권 기자에게 은하가 찾아왔다.

은하는 잘 차려입었지만 어딘지 차가움이 느껴지는 푸른 빛깔의 정장 차림에, 웃음을 만면에 띠고 있지만 빈틈없어 보이는 모습이었다. 그동안 서로 주고받은 이야기도 있고, 오랫동안 은하와 일을 해온 권 기자는 그녀가 어떤 목적으로 왔는지 곧 알아차릴 수 있었다. 은하는 아마도 은성에 대한 부탁과 함께 무언의 협박을 하러 왔을 것이다. 물론 넉넉한 보수에 대한 약속과 함께.

역시 정 안 가는 여자라고 권 기자는 생각했다.

"푸른 은하 스튜디오는 잘 되어가고 있나요?"

권 기자가 물었다. 은하는 눈살을 찌푸렸다.

"스튜디오 이용할 가치가 없는 애들이 너무 많아요."

하지만 잠시 후, 은하의 입가에 미소가 감돌았다.

"그런데 가끔, 이 스튜디오를 연 것이 천만다행이라는 생각이 드는 친구들도 있어요. 이 세상엔 생각보다 인재가 많은 것 같아요. 재능을 키우고 발휘할 기회까지 얻는 인재가 드물어서 그렇지."

은하는 그 '인재'들의 그림이 생각나는지, 입가에 만족스런 미소를 흘리며 잠시 생각에 잠겼다. 그리고 은하는 혼잣말처럼 말했다.

"은하가 될 거예요. 반짝이는 별들을 수호할 수 있는 은하가 될 거예요."

은하의 말에 권 기자는 문득 그녀가 그린 〈반짝이지 않는 별〉이란 그림을 떠올렸다.

그 그림이 현준호를 의미하는 것임을 알게 된 권 기자는, 은하의 말이 한편으로는 '반짝이지 않는 별은 수호하지 않겠다'라고 들렸다.

은하가 정말 그런 뜻으로 말한진 모르겠지만, 그렇게 될 것 같았다. 반짝이는 재능을 가진 사람만을 가치 있는 사람 취급할 것이다. 그것이 강은하였고, 어쩌면 그것이 은하의 인간적인 한계일 것이다.

하지만 또 달리 생각해보면, 은하라면 언젠가는 바뀔지도 모른다. 사람 변하기 쉽지 않지만, 한편으로는 무한한 발전 가능성이 있는 것 또한 사람이니까. 발전 가능성이 높은 사람과 적은 사람으로 사람들을 나눈다면, 은하는 분명 전자에 들어가긴 할 것이다.

은하는 가방에서 봉투를 꺼내 권 기자에게 내밀었다.

"우선 은성을 잘 부탁드린다는 가벼운 선물이에요. 아마 스타 신인 작가를 알아보고 키운 편집자로 방송에 서게 될 거에요. 그에 대비해서 옷 좀 해 입으세요."

'어떻게든 은성을 스타 작가로 키워라'라는 명령이 담겨 있는 말에 권 기자는 기분이 나빠질 뻔했으나, 봉투를 슬쩍 열어보고 액수를 보고는 기분이 확 풀렸다. 확실히 은하는 완급 조절을 할 줄 아는 센스가 있었다.

"그리고 전, 제 사생활을 지키고 싶어요. 그러니 어떤 글이 되든, 제가 직접적으로 느껴지진 않았으면 좋겠어요. 그 수위도 잘 조절해주길 바라요. 작업이 성공적이면, 지금 출판사에서 승진하실 수 있을 거예요."

은하답게 그녀의 부탁엔 협박의 뉘앙스가 섞여 있었고, 그 뒤엔 반드시 당근을 제시했다. 기분이 나쁘진 않았다. 어쨌든 은하와의 거래가 자신에게 손해가 된 적은 없었으니 말이다.

"무엇보다도 여자로서의 제 사생활은 지켜지길 바라는 게……저 곧 결혼

20. 권 기자 이야기 —마지막

할 것 같거든요."

이번에야말로 권 기자는 깜짝 놀랐다. 금성의 전시로 그녀는 정말 제대로 살풀이가 된 모양이다. 이미 그녀의 마음이 금성으로부터 해방되었다는 것은 몇 달 전에 알았으나, 그래도 이렇게 빨리 결혼을 할 줄은 몰랐다.

하긴, 금성이 죽은 지도 벌써 2년이 지났다. 그의 죽음으로 은하는 몇 달을 패닉 상태에 빠져 있었고, 1년을 금성을 기리는 전시에 매달렸다. 처음 만났을 때부터 따지면, 그녀는 어찌 보면 인생의 3분의 1 가까이를 금성의 존재감 속에 산 셈이다. 이제 그녀는 금성으로부터 해방되어 자기 길을 가는 것이 옳은 일일 것이다.

"그래서 상대는……?"

"로건 초이라는 사람이에요. 사업가인데 딜러도 겸하고 있죠."

그 사람이라면 권 기자도 알고 있었다. 재미 교포 2세 사업가이자 딜러인데, 딜러치고는 그렇게까지 큰 부자는 아니었고 아직 딜러로서는 막 시작하는 남자였다. 한데 찰스 사치, 제프리 디치 등 내로라하는 딜러들과의 인맥은 꽤나 화려했다. 원래는 패션경영 쪽에 있었고 지금도 중저가 브랜드를 그리 크지 않은 규모로 운영을 하는데, 프랑스에서 일했을 당시 패션 거물이면서도 미술수집가로도 유명한 프랑수아 피노와도 친분을 쌓았다고 알려져 있었다. 아직은 햇병아리 딜러지만, 미국에서 나름대로 순조로운 행보를 하는 신진 세력으로 언론에 한 번 소개되기도 했다.

정말 은하답지 않은가? 결국 그녀는 이제까지 그랬듯이 '예술가로서의 자신의 인생에 도움 될' 남자를 '선택'한 것이다. 물론 오로지 계산에 의해서만은 아닐 것이다. 은하는 좋아하지 않는 남자랑 이득 때문에 억지로 함께 할 수 있는 사람이 아니다. 언젠가 잠깐 사진으로 본 그의 모습은 미남까진 아니라도 제법 매력적이었고, 사십대 초반으로 한창 성숙한 매력을 뿜어내고 있었다. 더군다나 그는 찰스 사치처럼 대단히 강인한 인상을 풍겼다.

누구라도 그의 미래는 성공이 준비되어 있을 것이라 생각할 만한 그런 강직한 카리스마가 있었다. 은하가 '선택'했다면 아마도 딜러로서 대단한 '재능'을 가진 남자일 것이고, 그녀는 아마 자신의 예술가로서의 인생을 풍부하게 만들어 줄 그의 '가능성'과 '재능'에 반했을 것이다. 그것이 그들 세계에서의 진짜 '사랑'이 될 수 있음을, 권 기자도 어렴풋이 이해할 수 있었다.

"그동안 깨달은 것은, 제가 강하다고 해서 약한 남자를 만나면 안 된다는 거예요. 오히려 전, 저보다 더 강한 사람이 필요해요."

그건 권 기자도 동의하는 바였다. 나약한 사람들은 그녀 곁에서 모두 그녀에게 흡수당한 듯한 느낌이었다.

"그는 강해요. 내가 기댈 수 있을 만큼 강해요. 그의 옆에서 행복해질 거예요."

은하의 눈은 새로운 행복을 향한 기대로 반짝였다.

무슨 말을 할 수가 있을까?

그녀는 이 이야기에서 살아남은 사람이다.

살아남은 사람은 행복할 자격이 있다.

이제 권 기자 역시, 그녀가 행복하길 비는 것이 옳다는 생각이 들었다.

"저는 언젠가 제가 사랑했던 사람들을 마음에서도 기억에서도 차음 지워가겠죠. 그러니 제가 잊더라도 세상 사람들은 기억해줬으면 해요. 그것이 금성인지 현준호인지 저인지 모를 지라도, 어쨌든 이 인연들을 사람들이 기억해줬으면 좋겠어요. 아마 은성이라면 가능할 거예요. 은성이 그럴 수 있도록 힘써주세요."

그러면서 은하는 공손하게 권 기자에게 머리를 숙였다.

그녀의 진심이 느껴졌다.

은하의 감정이 진심임을 알 수 있었다. 금성에게도 현준호에게도 진심이었지만, 그리고 그들을 향한 마음이 영원하지 않았듯이 이번에도 영원하리

20. 권 기자 이야기 —마지막

란 보장은 없겠지만, 그렇다고 해서 이번이 진심이 아닌 것도 아니었다. 아무리 과거의 그들이 뜨거웠다 한들, 과거에만 사로잡혀 사는 것은 옳은 일이 아닐 것이다. 어쨌든 살아 있는 사람은 과거에 갇혀 슬퍼하며 사는 것보단, 미래를 바라보며 행복하게 사는 것이 옳을 테니 말이다.

권 기자는 조용히 고개를 끄덕였다.

푸른 화가의 진실

개정판 1쇄 발행 2024년 4월 13일
(푸른 화가의 진실 초판 발행일 : 2017년 8월 7일)

저자 방주

펴낸곳 큰집
편집/표지디자인 리림
펴낸이 방주연

주소 경기도 광명시 너부대로57, 203호
전화 02-2282-3433
이메일 taehagdang@naver.com
신고번호 제 390-2024-000011호

ISBN 979-11-987359-0-4(03810)
가격 13,000원

잘못 만들어진 책은 구입처에서 바꾸어 드립니다.
이 책의 저작권법에 따라 보호를 받는 저작물이므로 무단 복제 및 무단 전재를 금지합니다.
이 책의 내용 전부 또는 일부를 이용하려면 반드시 저작권자와 큰집 출판사의 서면 동의를 받아야 합니다.

「이 도서의 국립중앙도서관 출판예정도서목록(CIP)은 서지정보유통지원시스템 홈페이지(http://seoji.nl.go.kr)와 국가자료공동목록시스템(http://www.nl.go.kr/kolisnet)에서 이용하실 수 있습니다.(CIP제어번호: CIP2016027905)」